水浒传中的文化密码

李之亮 著

巴蜀书社

图书在版编目（CIP）数据

《水浒传》中的文化密码/李之亮著. —成都：巴蜀书社，2016.4（2017.6 重印）
ISBN 978-7-5531-0687-8

Ⅰ.①水… Ⅱ.①李… Ⅲ.①《水浒》评论 Ⅳ.①I207.412

中国版本图书馆 CIP 数据核字（2016）第 048832 号

《水浒传》中的文化密码 李之亮 著

策划组稿 责任编辑	何 锐
封面设计	何东琳
封面题签	何 峭
内文设计	何 玄
出 版	巴蜀书社 成都市槐树街 2 号 邮编 610031 总编室电话：(028)86259397
网 址	www. bsbook. com
发 行	巴蜀书社 发行科电话：(028)86259422 86259423
经 销	新华书店
照 排	四川胜翔数码印务设计有限公司
印 刷	四川机投印务有限公司（87487333）
版 次	2016 年 8 月第 1 版
印 次	2017 年 6 月第 2 次印刷
成品尺寸	170mm×240mm
印 张	18.375
字 数	280 千
印 数	3001—6050 册
书 号	ISBN 978-7-5531-0687-8
定 价	42.00 元

前 言

施耐庵写的《水浒传》，不但是国人家喻户晓的古典名著，甚至已经成为世界范围之内的名著。迄今为止，这部小说已经被翻译成英、法、德、俄、日、朝、越南等十几种文字，它的影响面，早已超越了中国和华人的界限。该书所以能受到如此众多读者的由衷喜爱，就在于它向人们揭示了一条颠扑不破的真理：哪里有压迫，哪里就有反抗。这话无须我过多絮聒，读者都心知肚明。书中表现出来的，还有很多指导我们做人和处事的大道理，比如忠义、诚信、公正、廉洁等等。一个人没有忠义，没有诚信，没有公正和廉洁，总有一天要得到报应。这并非是封建迷信，而是人类生存过程中的必然规律，是维持人类社会正常运转的基本支撑点，没有这个支撑点，人类社会就乱套了。

《水浒传》历来有多种不同回目的版本，七十一回的“简本”截至到《梁山泊英雄排座次》为止，以大团圆的喜剧收场，看起来不让人感到扼腕。但这个本子是清朝金圣叹的删节本，远不是施耐庵原著的全部。还有一个一百回本，故事情节比较紧凑，不少学者认为这个本子应该最接近施耐庵原著。人民文学出版社 1975 年出版的《水浒传》，就是以容与堂刊本为底本的百回本。再有就是一百二十回本，一般通称为《水浒全传》。这个本子与百回本中的一百回内容没有太大的出入，多出来的二十回，是描写梁山好汉平田虎、平王庆的故事。有专家研究称，这二十回（第九十一回至第一百一十回）是后人塞进百回本里去的。根据是明万历年间出现的《新刊京本全像插增田虎王庆忠义水浒传》中，明确标出了“插增”二字。

这种说法本身似乎不无道理，但一百回本的第七十二回写柴进进入徽宗读书的睿思殿，将屏风上书写的四大贼寇“山东宋江，淮西王庆，河北田虎，江南方腊”中的“山东宋江”剜掉，表示梁山人不愿作贼寇的心愿；第九十回里，李俊、张横等人对吴用抱怨说：“朝廷失信，奸臣弄权，闭塞贤路。俺哥哥破了大辽，剿灭田虎，如今又平了王庆。止得个皇城使做，又未曾升赏我等众人。”这两段话在百回本、百二十回本里几乎一字不差。按理说，李俊等人如此说话，前面一定要有破田虎、破王庆的故事做铺垫才对，否则他们的话便成了无根之谈。况且第七十二回已经埋下了如此明显的伏笔，可是在一百回本里，又确实找不到梁山人征讨田虎、扫平王庆的蛛丝马迹。既然根本没有征田虎、平王庆，第七十二回为什么要埋那样的伏笔呢？李俊等人的话又是从何说起的呢？即使作者不愿意展开描写，也总该有两三句的简略交代吧？起码要说说“淮西王庆，河北田虎”的来龙去脉吧？所以我的意见是：一百二十回本才更接近施耐庵的原作。怎见得九十一回至一百一十回不是初印时被删除，后来又被人们补足的呢？这样讲的理由除了上面提到的一条之外，我还细细阅读了全书数遍(年少时瞎读不算在内)，最深切的体会是：第九十一回至第一百一十回的遣词用语，与其他回目出奇地一致，甚至出现错误（错字及错概念）的规律都十分相似甚至吻合。说这些文字出于他人之手，我不太相信。一个语言特色十分鲜明的作家写出的文章，别人想模仿得出神入化是很难做到的，尤其是这种大开大阖、笔力雄健、汪洋恣肆的写作风格和粗犷的写作方法，没有本人与生俱来的阔大胸怀，没有对语言文字娴熟的掌控驾驭能力，是根本写不出来的，即使写出来，也肯定是“狗尾续貂”，让人三两眼就看破了。文字少了还有可能作假，洋洋二十回数万字的敷衍铺陈，写作风格如此一致，如果这些文字果真是出自某个“他人”之手，这个人实在太了不起了。

基于以上考虑，再加上一百二十回本毕竟比百回本、七十一回本内容更加丰富，所以我这本小书，就以 1962 年中华书局上海编辑所出版的一百二十回插图本《水浒全传》为依据，对其中一些与宋朝制度、民俗相关的话题稍作解说，所有引文也全依此本，希望对热爱《水浒传》的朋友们有些小的帮助。我打算写这本小书已经很久，原因很多，归结起来大约有以下几点。一是出于对《水浒传》的热爱，我记得第一次读这本书，是在十几岁考进北大附中的时候，那份如饥似渴，如痴如醉，恨不得立马儿扎上绑腿投奔梁山泊，至今自己都觉得好笑。好在那时候上中学，老师们不但不反对学生阅读“课外书”，反而鼓励学生多一些旁及和涉猎，那种教育理念和教育方法，真让人感到舒心和惬意。二是因为此书毕竟是写古代故事的，其中有很多古代特有的知识，距离现在已经很遥远，看书的人会感到比较陌生了。读者阅读此书，只是囫囵看下去，对故事梗概的理解当然不会受到太多的阻碍，毕竟是古白话作品嘛。但有些专门性的术语，没有人为之详细加以解说，就只能似懂非懂地让它从眼皮底下滑过去。如果有人费点功夫，把一些疑难词语做出详细的“注解”，会不会对读者的阅读有帮助呢？三是我搞了大半辈子宋朝文献的整理和笺注，对宋朝的典章制度、人物事件和风俗民情多少有些了解，再加上在大学里讲了多年的中国古代文化史课，对古代一些文化现象也略知一二，所以不揣冒昧，写成了这本小书。我写这本书的初衷主要有两点，一是对《水浒传》原书中一些疑难词语加以疏解，甚至不惜掰开揉碎，把某一名物或某一现象的来龙去脉尽量梳理清楚，这样会使读者对这一名物、现象有个全方位的系统的了解。二是对原书中使用不大切当的某些特殊词语，如官制、兵制、地理等词语加以辨正，并将其原委始末尽可能交代清楚，使读者参考了本书之后，知道原书中哪些说法是真正符合宋朝典章制度的，哪些说法不太符合宋朝的实际情况。施耐庵毕竟是元末明初人，写的又是文学作品，对于宋朝那么复杂的典章制度和丰富的民俗文化，要求他一清二楚，一点儿都不出差错，就太难为他了。尽管如此，《水浒传》中说得不很妥当的地方，总该稍稍加以澄清，否则读者会误认为其中的所有说法都不存在问题，那样反倒会给读者形成某些错觉。对这些词语的匡正和辨识，丝毫没有贬抑原著的意思，这份心情，务请读者理解才好。宋人郭若虚在《图画见闻志》卷一中有这样一段话："至如阎立本图昭君配虏，戴帷帽以据鞍；王知慎画梁武南郊，有衣冠而跨马。殊不知帷帽起于隋代，轩车废自唐朝。虽弗害于名踪，亦丹青之病耳。"意思是说唐朝著名画家阎立本所画的《昭君配虏图》里，王昭君是戴着帷帽上路的；另一名家王知慎画的《梁武南郊图》里，梁武帝是骑着骏马到郊坛去的。要知道帷帽是隋朝才出现的，汉朝的王昭君不应是这副装束；骑马赴郊坛是唐朝刚刚规定的，南北朝时的郊祭，帝王应该乘坐轩车才对。这些小小的瑕疵并不影响其为名画，但如果符合历史的真实，岂不就更完美了吗？我写这本书的心情和出发点，与郭若虚所说完全一致，仅仅是把"昭君配虏，戴帷帽以据鞍；王知慎画梁武南郊，有衣冠而跨马"之类不太恰当之处告诉读者而已，原书本身的万丈光焰，并不会因为几个词语的误用而受到任何的影响。正因为我对《水浒传》爱之弥甚，对施耐庵老先生敬之如神，所以才希望它更加完美。全书分为上、下两编，一事一议，一共列了一百多个小专题。写作时没有完全按照原书回目的顺序排列，而是更注重于分别细类的排列，特此告知读者。

李之亮

2011年11月16日

本书原本是应北京某社之约撰写的，按计划2012年年初即该出版，但因某些意料之外的原因迟迟未能面世。眼看着一年年拖下去实在没意义，便想到了我的老搭档巴蜀书社资深编审何锐先生，把此书出版拖延的情况向他如实讲了一遍，并将部分章节发给他看。何先生当即表示，这是一本雅俗共赏的好书，理当尽快出来。感动之余，这里再补充几句话，不仅写给何锐先生，也是对于我有终生之助的巴蜀书社新老领导们表示深深的敬意。我和何锐先生的交往从1985年就开始了，那时我三十五岁，何先生三十三岁。我在郑州大学中文系任教，何先生则是刚从屈守元老先生门下硕士毕业来到巴蜀书社，成为这个古籍专业社的元老之一。我与何先生合作的第一部古籍整理著作是宋代李石的《续博物志》校注，在当时很多编辑向读者索要出版资助的大背景下，《续博物志》的出版不但十分顺利，而且还很快收到了该社寄来的一笔不菲的稿费。我深知在这本书的出版过程中，何先生付出了多少心血和努力。打那时起，我们的合作便一发而不可收，一直到我退休的2012年，最后一部大型古籍整理著作《苏轼文集编年笺注》顺利出版，时间跨度是二十七年，我们都已成了六十开外、浑身是病的皤然老者。当时我们曾有个约定，在中国古籍堆里摸爬了大半辈子，就让《苏轼文集编年笺注》成为我们合作的结茧之作吧。遗憾的是，我们似乎犯了同一种不治之症：怎么也割舍不下对中国古籍的热爱和眷恋。他还在继续编，我还在继续写。既然如此，我们会心一笑，索性同时撕毁了当时的约定，再继续合作一部书，这就是本书何以继续在巴蜀书社出版的原因。记得电影《知音》的插曲里有一句“人生难得一知己”。这话用在孤独的我身上再合适不过，这位无怨无悔陪伴我走过三十年整理古籍之路的何锐先生，起码在古籍出版这个行当里，可谓无出其右，这已绝非感谢、感激之类字眼能够涵盖的了。但愿这本书真是我们合作的最后一部，也好让重病缠身的何先生息肩住脚，好好养疴，否则对他来说，我就是夺人性命的罪人了！

李之亮

2016年1月3日于盐城师范学院

目 录

上编

史实典制编

1. 宋太祖是“武德皇帝”吗

《水浒传·引言》中说，五代大乱，干戈不息。“后来感的天道循环，向甲马营（原误，当作“夹马营”，当时洛阳的军营名）中生下太祖武德皇帝来”。这里的“武德皇帝”，说的是宋太祖赵匡胤。第九回写林冲遇难，被鲁智深救下一命，并遇见了小旋风柴进。酒店老板对林冲说道：“他是大周柴世宗子孙，自陈桥让位，太祖武德皇帝敕赐与他誓书铁券在家中，谁敢欺负他?”这两句话讲得很别扭：赵匡胤陈桥兵变禅让帝位的是周世宗柴荣的儿子后周恭帝柴宗训，而不是世宗柴荣本人。这倒也罢了。关键是作者两处把宋太祖的帝号称为“武德皇帝”，实在是有违历史真实，更有违于赵匡胤的本心。

先看历史的真实。《宋史·太祖纪》里第一句话是：“太祖启运立极英武睿文神德圣功至明大孝皇帝，讳匡胤，姓赵氏，涿郡人也。”自“启运”至“大孝”十六个字，是赵匡胤死后很多年，由北宋第三代皇帝真宗赵恒于大中祥符元年（1008）加给太祖的谥号。当时正值真宗东封泰山，做这件功德事在情理之中。《宋史·真宗纪》二说：“（大中祥符元年）八月己丑，上太祖尊谥曰启运立极英武圣文神德玄功大孝皇帝，太宗曰至仁应道神功圣德文武大明广孝皇帝。”可能有人会问：“再往后的皇帝还能给太祖上尊谥吗?”当然可以，但这件事也有游戏规则，不能没完没了。按照当时的制度，谥号最多十六个字，让真宗一下子把“资源”用完了，所以其后历代皇帝也就没法再加，只能在个别词语上稍作调整了。您已经发现，这十六字的谥号里，绝对没有“武德”二字，可见施耐庵这样称呼赵匡胤，属于无根之说。我猜想他是记起唐朝开国皇帝高祖李渊和“武德”有关了吧?

李渊建国后使用的第一个年号叫“武德”。（也是唯一一个年号）这个年号一直用了九年，直到他儿子李世民即位，才改为“贞观”。李渊一辈子的确和“武德”息息相关：他崇尚武功，笃信枪杆子里面出政权，所以他很得意地把自己的第一个年号定为“武德”，是极易理解的。当然，历史总是有太多的巧合：李渊攻入京城后，刚刚被“任命”为小皇帝的代王杨侑忙不迭地封李渊为唐王（617），“以武德殿为丞相府”。（《新唐书·高祖纪》）原来这武德殿是隋朝的旧殿，送给李渊当办公厅用了。李渊既得天意于武德殿，又很符合他崇尚武德的心思，所以即位后，就把“武德”当成了新朝的年号。

为什么说“武德”乖违了赵匡胤的本心呢？赵匡胤的前半生都是在战火中度过的，他深知战争给民族和国家带来了多么深重的灾难，所以从骨子里非常厌恶战争，希望建立一个文治的、没有战火和流血的、人民能够安居乐业的新王朝。按他当时的兵权实力，足够发动兵变夺取政权，但他采用了最温和的政权更迭方式。“陈桥兵变”可以说是中国历史上死人最少的一次政权更换，一天之内夺取政权，只杀了一个誓死忠于后周的大将韩通，其余大小百官，该干什么还干什么，甚至连前朝宰相都没更换，古今中外有几个帝王具有如此大气度？他把后周小皇帝柴宗训请到天青寺居住，封了个郑王，这就是《水浒传》所说的“陈桥让位”。他曾下旨特别强调柴氏宗族的人一个都不许杀，这也是诸多史书里明确记载的。北宋建国后，他很快昭示天下，大宋朝将是一个崇尚文治、爱惜民命的崭新王朝。这样的一位皇帝，怎么可能用“武德”作为谥号呢？他不但是个地地道道的“文皇帝”，而且奠定了宋朝三百多年的文治根基——谁也找不出比宋朝杀人更少的朝代。所以说，把赵匡胤说成“武德皇帝”，就歪曲了宋王朝的基本属性。宋朝的皇帝有的有为，有的昏庸，有的懦弱，甚至有的惧内，但您找不出一个是拿杀人当乐子过瘾的。即便是宋徽宗，也不是个本质凶残暴戾的人，他的致命弱点是太贪玩儿，无暇顾及朝廷政事，才让那群混账大臣把他卖到东北五国城遭罪去的。如果他不当皇帝，一定是位杰出再杰出的大腕儿文学家和艺术家。

2. “狄青夜夺昆仑关”是咋回事

第八十二回写宋江等人接受了朝廷招安，宋徽宗排宴庆贺，有一大段韵语描绘当时情景。其中写到教坊司搬演杂剧的两句说：“玄宗梦游广寒殿，狄青夜夺昆仑关。”玄宗梦游广寒殿是演绎唐玄宗做梦游月宫的故事。据唐人郑綮（qǐ）《开天传信记》载，一天玄宗坐朝，手指头在腹部反复地按压。高力士看在眼里，十分惊怪，问他是否病痛。玄宗答道：“朕没有什么病痛，只因昨天夜里做梦游于广寒宫，月中仙子为朕吹奏仙乐，寥亮清越，美妙绝伦，非人间所得闻。临行时，众仙子又合奏诸乐，音调凄楚动人。回来后朕用玉笛追记其曲，尽得之于心中。坐朝之际恐有遗忘，所以怀揣一支玉笛而来。刚才揉弄腹部，是在用手指上下按寻呢。”高力士再拜庆贺。其后此曲被玄宗命名为《紫云回》。兹不赘述。

狄青夜夺昆仑关，是发生在北宋仁宗在位时的一次真实战役。狄青称得上是宋朝名臣，也是个十分传奇的悲剧人物。此人字汉臣，汾州西河（今山西汾阳）人。从军后，因善于骑射，由禁军骑军御马直选为散员直，相当于今天卫戍区的一个骑兵连长。仁宗宝元初年（1038），西夏国主元昊反叛宋朝，发动对宋战争。朝廷拣择卫士赴边关御敌，狄青以殿廷侍卫担任了延州（今陕西延安）指使，前后四年，参加过二十五次战斗，身中八箭。此人作战十分勇猛，安远一战时，他的伤情十分严重，但一听到夏人来犯，立刻挺身参战，披头散发，戴着一副铜兽面具冲入敌军，无人敢当其锋。他曾得到当时名臣尹洙、韩琦、范仲淹等人的厚待和点拨，譬如范仲淹就告诫他说：“作为将军而不知古今胜败之事，最终不过是一介匹夫。”并将一部《左传》送给他阅读。狄青从此折节读书，通晓了秦、汉以来将帅用兵之法，从此名声更大，官至秦州刺史、泾原路副都总管、经略招讨副使。不久又以彰化军节度使知延州，擢为枢密副使，成为副相级的高官。

仁宗皇祐二年（1050），广源州（今越南北部广渊）蛮夷侬智高造反，迅速攻陷了邕州（今广西南宁），进围广州，岭外骤然大乱。朝廷派出的数支军队，一时都无力破贼，仁宗以此为忧。狄青上表请行，次日入对，慷慨激昂地对仁宗说："臣起于行伍，非战伐无以报国。望陛下拨付蕃落骑兵数百，外加部分禁军，臣定可将侬贼的首级致之阙下！"仁宗"壮其言"，任命他为经制广南盗贼的总帅，在垂拱殿为他置酒送行。当时侬智高的军队受到宋军打击，已经退回了邕州。狄青率领大军在宾州（今广西宾阳）扎下大营。昆仑关就在宾州的西南不远，是与邕州交界的一个险要关隘。当时宋朝已有好几位将军死于敌手，宋军士气十分低落，狄青率大军来到广南后，极大地振奋了宋军士气，不少将军都争相杀贼立功。但宋朝军队历来团结作战的意识比较差，各自为战的风气却很盛，虽然屡屡因此战败（在对西夏的战斗中，因此而败的战例就有数起），但积习日久，很难在短时间内得到扭转。狄青深知此弊，所以尚未到达宾州的路上就发下严令："没有我狄青的命令，任何人不准动一兵一卒，违令者，杀无赦！"与此同时，广南西路兵马钤（qián）辖陈曙私自率领帐下八千步卒偷袭昆仑关，被侬智高守军击溃，逃回大营。狄青到宾州的第一件事就是召集所有将校，总结陈曙失败的原因说："令之不齐，兵所以败。"随后厉声喝叫，将钤辖陈曙、殿直袁用等三十名广西军官推出辕门，斩首示众。此时帅府的气氛是"相顾愕眙（yí），诸将股栗"。

这件事儿办完，宋军仍无出兵迹象，狄青让将士们大吃大喝，一连十来天，给侬智高形成宋军不敢攻关的错觉。就在这时，狄青整顿士伍，趁夜攻打昆仑关，将士尽力，一举而下。当时前锋将军孙节与贼兵搏斗，牺牲在关口之下。狄青为激励士气，亲自挥动白旗指挥，命左、右两翼绕山过关，使侬智高守军首尾失顾，大败而向邕州方向逃窜。宋军乘胜追击五十里，斩杀贼军数千人，俘虏五百多人，侬智高的军师黄师宓、亲属侬建中、侬智中等，都在这场战斗中被宋军俘获。侬智高见大势已去，纵火焚烧了邕州城，逃向大理国。狄青继续追杀，天将明时，攻进了邕州城。至此，嚣张数年之久的侬智高之乱被彻底平定。两年后，邕州知州萧注募敢死之士到大理国追杀侬智高，而侬智高已被大理人所杀，于是函首京师。

狄青回朝后，仁宗嘉赏其功，拜他为枢密使，并在京师敦教坊赐给他第宅一所。狄青任枢密副使、枢密使的数年里，几乎没消停过，不断受到大臣们的猜疑和忌恨。李焘《长编》卷一七二载狄青任枢密副使时，御史中丞王举正就提出武人执政。“本朝所无，恐四方轻朝廷”。左司谏贾黯也说：自宋朝建国以来，武臣有忠勋者不可胜数，“然未有起兵伍，登帷幄者”。随后列举出狄青不可担任枢密副使的四条理由：四裔闻之，有轻中国心，不可一也；小人无知，闻风倾动，翕（xī）然向之，撼摇人心，不可二也；不守祖宗成规，而自比五季衰乱之政，不可三也；狄青虽有才勇，未闻有破敌之功，失驾御之术，乖劝赏之法，不可四也。监察御史韩贽也提出类似意见，仁宗均没有采纳。狄青大破昆仑关，平定侬智高回朝担任枢密使，更使某些大臣如骨鲠在喉。至和三年（1056），翰林学士欧阳修上了一道《论狄青札子》，力劝仁宗将狄青放到外任，不能再让他担任枢密使：“以臣愚见，如青所为，尚未得古之名将一二。……臣谓青不得已而为人所喜，亦将不得已而为人所祸者矣。为青计者，宜自退避事权，以止浮议，而青本武人，不知进退。近日以来，讹言益甚，或言其身应图谶（chèn），或言其宅有火光，道路传说以为常谈矣，而惟陛下犹未闻也。且唐之朱泚，本非反者，仓卒之际，为军士所迫尔。大抵小人不能成事而能为患者多矣，泚虽自取族灭，然为德宗之患，亦岂小哉？……伏望圣慈深思远虑，戒前世祸乱之迹，制于未萌，密访大臣，早决宸断，罢青机务，与一外藩，以此观青去就之际，心迹如何，徐察流言，可以临事制变。”原文很长，限于篇幅，这里仅录寥寥数语，足以见欧阳修言辞之狠戾。一是说狄青的功劳比起前代武将，连十分之一二都不到，不值得如此褒奖；二是说狄青原本是个武夫，不懂得大臣进退之体。近来外间关于他的传言很多，有的说他家的狗长出犄角，有的说狄青上应反星，还有的说他家出现奇异的怪光等等，都是不祥之兆。三是举例说唐朝的朱泚原本也没想造反，怎奈下属逼迫，不得不反。朱泚虽然被剿灭，朝廷因此付出的代价也非常惨重。为防患于未然，必须尽快让狄青调离枢密使之位，让他到外地当个知州去。您看，欧阳修竟然拿唐朝叛贼朱泚与狄青放在同一平台上进行比对，还不够狠吗？难怪清朝人魏禧《魏叔子文集》卷十三《书欧阳文忠论狄青札子后》遗憾地说："公恶非其类，故言之狠戾如此。噫，斯言也，则甚矣！"《宋史·狄青传》说，不久，京师发大水，狄青避水，将家搬到了大相国寺，"行止殿上，人情颇疑，乃罢青为同中书门下平章事，出判陈州。明年二月，疽（jū）发髭，卒。帝发哀，赠中书令，谥武襄。"对狄青既惧且恨的大臣们终于找到了罢免他的借口：你狄青在皇上面前晃来晃去究竟什么意思？是不是想对皇上不利？万般委屈的狄大元帅无奈到陈州（今河南淮阳）当了知州，刚转过年来，下巴上长了个毒疮，死了！不过仁宗还是给他赠官，并加了谥号。到了熙宁元年（1068），神宗"慨然思之"，命取狄青画像入禁廷，并亲自写了一篇热情洋溢的祭文来祭奠他，总算还了他一世英名。施耐庵又让教坊艺人搬演一出《狄青夜夺昆仑关》的杂剧，也算是对这位无辜武将最好的纪念和告慰了。狄青能指挥千军万马杀西夏敌寇，能杀广南侬智高，而文人仅用一支笔和一张嘴，却能杀死狄青，正所谓"人言可畏"！

还有个历史迷案，也与"狄青夜夺昆仑关"有直接关系，这里顺便为读者揭晓。上面提到的那个不遵军法私自袭击昆仑关的广西兵马钤辖陈曙，被狄青杀死后不久，宾州人便在州治西边为他建了一座崇仪侯庙（《舆地纪胜》卷一一五），岁时祭奠。人们为什么对陈曙怀有如此深的感情呢？一是陈曙在当地威望极高（陈曙当时还兼任着宾州知州），二是人们认为陈曙遭奸臣陷害，是被狄青错杀的良将。后来吕诲为陈曙写的墓志铭，透露了事情的原委：陈曙与广南西路转运使孙抗有矛盾，狄青的军令发到孙抗手中，这家伙竟然隐瞒起来，并催促陈曙立即袭击昆仑关（他的想法是：陈曙如果得胜，功劳既不是狄青的也不是陈曙的，而是他的；如果失利，罪责是陈曙的，他可以借狄青的刀把陈曙杀掉——小人行事，率皆如此阴险狡猾毒辣）。陈曙情知此战凶多吉少，迫于无奈才出兵攻打昆仑关。兵败后，孙抗果然把所有责任都推到了陈曙身上（《长编》卷一七四）。这些内情当时很多人都心知肚明，可惜没有澄清事实的渠道。老百姓可不管那一套，战事结束后，州人自愿相约为陈曙立庙祭祀，让他的冤魂稍得安息。四十多年后，大学士苏轼被贬到广东惠州，他表弟程之邵担任广西转运判官，通过程之邵，苏轼又认识了广西兵马钤辖曹辅。绍圣二年（1095），苏轼给曹辅的信中说："居闲偶念一事，非吾子方（曹辅的字）莫可告者。故崇仪陈侯，忠勇绝世，死非其罪。庙食西路，威灵肃然，愿公与程之邵议之。或同一陈乞载祀典，使此侯英魄，少伸眉于地中。如何如何？然慎勿令人知不肖有言也。陈侯有一子在高邮，白首，颇有立，知之。"（本人所撰《苏轼文集编年笺注》卷五十八，巴蜀书社2011年10月版）意思是说他到了广南，一直惦记着一件事，没人可说，只能对曹辅讲。已故广西兵马钤辖陈曙的忠诚和勇敢，举世无双，却冤死于奸臣的陷害，虽然陈曙死后受到了广西人民的香火祭祀，总觉得还很不够。请曹钤辖与邵转运商议一下，能否联名给朝廷打个报告，将陈曙的祭祀载入朝廷祀典（全国法定的祭祀），享受全国人民的祭奠，这样才能使陈曙的英魂在九泉之下得到安慰。但千万不要说这个主意是苏某出的。陈曙有个儿子，已经是白头老者，现在他老家高邮军（今江苏高邮。陈曙是高邮人）居住，很有建树。这件事最终虽然没办成，但后人对陈曙的纪念，包括苏轼这样的大腕级人物对他由衷的怀念，反映出宋朝文武官员内部倾轧的严重程度。糟糕的是，在倾轧中，获利的总是小人，受害的总是君子。

3. 宋朝哪儿来的“武英殿”

《水浒传》里涉及到的宫殿名不少，在说“武英殿”之前，将书中出现的大内宫殿稍作梳理。

第一回里说到“嘉祐三年三月三日五更三点，天子（仁宗）驾坐紫宸殿，受百官朝贺”；第七十二回写柴进来到东京东华门，观看内廷，韵语有“正阳门径通黄道，长朝殿端拱紫垣”一句；其下又有一段文字说：“柴进去到内里，但过禁门，为有服色，无人阻当。直到紫宸殿，转过文德殿，殿门各有金锁锁着，不能勾进去。且转过凝晖殿，从殿边转将入去，到一个偏殿，牌上金书‘睿思殿’三字，此是官家看书之处。”第八十二回写徽宗与太尉宿元景“在披香殿上”闲论。这些殿，有的实有，有的则出自作者的杜撰。

“紫宸殿”在北宋是实际存在的。《宋史·地理志》一说：“正南门内正殿曰大庆。……大庆殿北有紫宸殿，旧名崇德，明道元年改，视朝之前殿也。”这里清清楚楚地说明，紫宸殿在大内南门正对的大庆殿北面，是皇帝视朝的前殿。也就是说，北宋的皇帝视朝的前殿，在正南门宣德门稍后的第二重殿，属于标准的“正殿”。但请您注意，这里所谓的“视朝之前殿”，并非指文武大臣上朝奏事的前殿，而是指朝廷有喜庆之事举行庆贺大典时，天子所御的正殿。赵升《朝野类要》卷一说：“贺祥瑞、胜捷、上寿赐宴，则紫宸殿。”正是这个意思。神宗元丰改制以后，制度上稍有变化。叶梦得《石林燕语》卷二说，元丰官制改革以后，“始诏侍从官而上，日朝垂拱，谓之‘常参官’；百司朝官以上，每五日一朝紫宸，为‘六参官’；在京朝官以上，朔望一朝紫宸，为‘朔参官’。遂为定制。”意思是说元丰五年以后，在京侍从以上官员每日上朝改到垂拱殿进行，紫宸殿则改为五日一起居、启奏重要事务以及京朝官每月初一、十五朝见皇帝的例行礼仪活动场所。

“长朝殿”属于作者杜撰之殿名，北宋实无此殿。

“文德殿”在北宋也是实际存在的。《宋史·地理志》一说：“正衙殿曰文德。宋初曰文明，雍熙元年（984）改今名。”此殿也在南门内，是皇帝随时接待大臣议事的宫殿。《朝野类要》说：“如常朝，则文德殿。”什么叫“常朝”呢？宋人庞元英《文昌杂录》卷三解释说：“两省官文武百官，日赴文德殿，东西相向对立，宰臣一员押班，闻传不坐，则再拜而退，谓之常朝。”意思是说中书、门下两省主要官员，以及在朝的文武百官每天早朝即入此殿。这种早朝，有点像今天上班报到点名、奏报例行常规事务。白居易《长恨歌》所谓“从此君王不早朝”，就是指这类朝见。早朝期间，所有大臣由一名当班宰臣负责整顿秩序，带领官员们入殿，以及掌握上奏次第和节奏等事。《宋史·地理志》又说：“明道元年（1032）八月，修文德殿成。是夜，禁中火，延燔崇德、长春、滋福、会庆、延庆、崇徽、天和、承明八殿，命宰相吕夷简为修葺大内使，枢密副使杨崇勋副之。”意思是说文德殿年久失修，所以朝廷决定对它进行整修。刚刚修好的当夜，大内失火，不但把文德殿烧了，还殃及到相邻的八座宫殿，于是命宰相吕夷简牵头重修。可见此殿的“利用率”是相当高的。

“凝晖殿”属于作者杜撰之殿名，北宋实无此殿，不赘述。

“睿思殿”在北宋也是实际存在的。《宋史·地理志》一说：“睿思殿，（神宗熙宁）八年（1075）建。”施耐庵说此殿是皇帝读书之所，倒是颇合逻辑。惟其合于逻辑，所以柴进能进入此殿，反倒不合逻辑了。为什么呢？上述诸殿有个共同的特点：都属于外殿，即大臣们可以来往的去处，而睿思殿则属于内殿，与外殿性质全然不同，属于皇帝寻常休息的地方，与后宫相接，是相对私密之处。《朝野类要》卷一说：“又有内殿，如万岁、复古、迩英、蕊珠、凝华、福宁、睿思殿。”一般说来，这种地方只能是宦官或后宫人等才能进入，大臣和禁卫士卒是不能随便进进出出的。即便柴进已经换上了禁卒的衣服，守门的宦官也决不可能放他进去。况且施耐庵将此殿称为“偏殿”，也是没来由的。“偏殿”是相对外殿区的正殿而言，至于内殿，就无所谓正殿偏殿了。

“披香殿”也属于作者杜撰之殿名，北宋实无此殿。

下面该说“武英殿”了。第八十三回写宋江等接受招安，来到汴京。宿太尉宿元景见报，入内廷向徽宗报告。次日，“引宋江于武英殿朝见”。首先必须澄清的是：宋朝是绝对没有“武英殿”的，此殿名的出现最早始于明朝，而且这个殿名只在今天的南京和北京使用过，连元朝的大都都没有过此殿，更不可能出现在北宋汴京。明太祖洪武十年（1378），大内的修建基本完成，其重要殿、门见于《明史·舆服志》四：“左顺门之东曰文华殿，右顺门之西曰武英殿。文华殿东南曰东华门，武英殿西南曰西华门。”朱元璋有鉴于前朝统治的成败，取消三省（洪武十三年正式取消），只保留六部，唐、宋以来传统的中书舍人、翰林学士也不再置。这并不等于明王朝不需要学士，恰恰相反，朱元璋扩展了学士的范围和数量，使之成为皇朝统治的更重要角色。这些角色后来被称为“内阁大学士”，俗称为“阁老”。《明史·职官志》一说：中极殿大学士、建极殿大学士、文华殿大学士、武英殿大学士、文渊阁大学士、东阁大学士（均为正五品官），“掌献替可否，奉陈规诲。……凡上之达下，曰诏，曰诰，曰制，曰册文，曰谕，曰书，曰符，曰令，曰檄，皆起草进画，以下之诸司。下之达上，曰题，曰奏，曰表，曰讲章，曰书状，曰文册，曰揭帖，曰制对，曰露布，曰译，皆审署申覆而修画焉，平允乃行之。……修实录、史志诸书，则充总裁官。春、秋上丁释奠先师，则摄行祭事。会试充考试官，殿试充读卷官。进士题名，则大学士一人撰文。……以其授餐大内，常侍天子殿阁之下，避宰相之名，又名内阁。”也就是说，这些“阁老”凡朝廷大事无所不掌，他们既囊括了唐、宋时期中书舍人、翰林学士的职责，又将宋朝宰相才能兼任的修史之职也揽入怀中；原来礼部选取进士之权，如今也落到阁老们手中了。某种意义上讲，明朝的“阁学士”，实际上相当于前朝的宰相，但因为人员较多，所以更接近于“集体宰相制”。再加上明朝的宦官很有实权，客观上也分散了“阁老”们很多权力。

明朝诸阁修建及任官的起源，竟然是仿宋朝之制。《明史·职官志》一说：洪武十五年（1382），朱元璋仿照宋制，“置华盖殿、武英殿、文渊阁、东阁诸大学士。又置文华殿大学士，以辅导太子”。根据明朝初期任用官员的倾向性，可知最初诸阁所掌职事也是各有侧重的：华盖殿大学士偏重于制定国家礼制，武英殿大学士偏重于修史，文渊阁大学士偏重于制策起草，东阁大学士偏重于整理国家多存的典籍，文华殿大学士偏重于教导太子。但武英殿作为诸殿阁之一，其后来的重要性不言而喻。《明史》里任武英殿大学士而“入参机务”者比比皆是，故不再举例。

4. 何为“尚衣”

《水浒传》第一回的开篇是一首诗，这也是章回体小说最常用的模式。诗中有两句说：“绛帻（zé）鸡人报晓筹，尚衣方进翠云裘。”两句都不太好懂。先解释第一句：“绛帻”就是绛紫色的头巾。“绛帻鸡人”就是头戴绛巾的“鸡人”之官。《周礼》中专门有个官名叫“鸡人”，掌管在朝廷举行祭祀活动时，呼唤百官不可误时。“凡国之大宾客、会同、军旅、丧纪，亦如之”。细想此官的职责，很像公鸡拂晓时打鸣儿，所以叫他们“鸡人”，真是太形象了。秦、汉以后，在宫廷掌管更漏的小业务官，民间依旧统称为“鸡人”。按照上句的大意揣测，“尚衣方进翠云裘”，说的就是管皇帝穿衣起居的官及时把翠云裘呈递给皇帝。对不对呢？理论上说完全正确。既然说到这里，我们索性把这个“官”的来龙去脉解说清楚。

“尚衣”真算是个“源远流长”的名词了。《文献通考·职官考》六说：“汉初有尚冠、尚衣、尚食、尚浴、尚席、尚书，谓之‘六尚’。战国时已有尚衣、尚冠之属矣。”古汉语“尚”有主管的意思，故“六尚”可以理解为六个方面的“主管”。从上面所引文字可以看出，汉代初年的“六尚”，实际上是负责宫廷供奉，特别是为皇帝起居行止服务的六个主管：尚冠负责冠带等事；尚衣负责衣服（包括朝服、礼服、常服）等事。依此类推，尚食管饮食，尚浴管洗浴，尚席管坐卧之具，尚书管书写笔砚之具。汉代以后中央各“部委”里很有实权的“尚书”，就是从“六尚”中的尚书演变而来的。春秋战国时期虽然还没有皇帝（那时只有天子和诸侯），但那些大国的君主早就摆起了派头儿，一切都得有人精心伺候了。不过那时的“尚冠”、“尚衣”属那个部门管，就不大清楚了。秦、汉以后，这些官归少府监统一管理；后汉时则归到内廷宦官手中。三国以及两晋、南北朝，“六尚”都归殿中监（有时又叫殿中省）管辖。“六尚”这个总名历代没有太多的改变，但其内容则时有变更，变化最大的是后汉时把“尚书”分出去，成为丞相府里的高级办事员。于是“六尚”另加了一个“尚药”。隋朝的“六尚”，则为尚食、尚药、尚衣、尚舍、尚乘、尚辇。

以上“六尚”不管职位多低，还都是由士子担任的。从隋朝开始，后宫里也设“六尚”。《隋书·礼仪志》六提到“中宫六尚”穿“色赤而微玄”的缬（zōu）衣，没有具体言及中宫六尚的具体职责，且这“六尚”也不是同时设立，文帝、炀帝时又各有增减。《新唐书·百官志》二讲得比较仔细，说“六尚”分别为“尚宫”二人，正五品（六尚均为正五品女官）。“总司记、司言、司簿、司闱。凡六尚事物出纳文籍，皆涖其印署”。“尚仪”二人，掌礼仪起居，总司籍、司乐、司宾、司赞。“尚服”二人，掌供服用采章之数，总司宝、司衣、司饰、司仗。“尚食”二人，掌供膳羞。总司膳、司酝、司药、司饎（chì）。凡进食必须先尝。“尚寝”二人，掌燕见进御之次叙，总司设、司舆、司苑、司灯。“尚功”二人，掌女功之事，总司制、司珍、司彩、司计（以上二十四司，分别归“六尚”直接管理）。这种制度，成为宋朝后宫“六尚”的主要依据，甚至连官名、官品、编制、所属分支机构二十四司都一遵其旧，没有太多改变。其详细情况，可以参考《宋会要辑稿·后妃》的记载。现在回到《水浒传》来说，既然是“尚衣”给皇帝送来了翠云裘，显然是指后宫“六尚”的尚衣，而不是指“尚衣局”里制作衣服的人。

5. 说“五更三点，天子驾坐紫宸殿”

第一回“诗曰”之后的正文，开篇即言：“话说大宋仁宗天子在位，嘉祐三年三月三日五更三点，天子驾坐紫宸殿，受百官朝贺。”这几句话里有两个问题需要解说。

第一个问题是，古代官员上朝，真的早在“五更三点”吗？我们现在上班，最早也在早上八点啊，古人为什么那么早就上班呢？您知道，上午八点也好十点也好，这都是近代西方文化传入我国后才开始施行的，不是咱们的传统。咱们老祖宗记时，一直都使用“十二辰”，即子时（夜 23 点至次早 1 点）、丑时（1 点至 3 点）、寅时（3 点至 5 点）、卯时（5 点至 7 点）、辰时（7 点至 9 点）、巳时（9 点至 11 点）、午时（11 点至 13 点）、未时（13 点至 15 点）、申时（15 点至 17 点）、酉时（17 点至 19 点）、戌时（19 点至 21 点）、亥时（21 点至 23 点）。那么“五更”又是指啥时候呢？古代传统，自晚 7 点起敲第一通鼓，目的是提醒人们：再有不到一更的时间，城门即将关闭，城里即将戒严，请各位注意安排诸事。所以“更”又叫“鼓”，或者合称为“更鼓”，就是这个道理。第一次敲鼓叫“一鼓”、“一更”、“初鼓”、“初更”，又叫“初夜”、“甲夜”。依次类推，二更（二鼓、乙夜）即晚上 9 点到 11 点，此时城门关闭，城内戒严，巡夜士卒开始“清夜”；三更（三鼓、丙夜）即晚上 11 点至次日凌晨 1 点。为啥人们把深夜叫做“三更半夜”或“半夜三更”呢？因为三更天时刚好是“半夜”的分界；四更（四鼓、丁夜）指凌晨 1 点至 3 点；五更（五鼓、戊夜）指 3 点至 5 点。这个时候天还没大亮（尤其是冬季），所以大臣们赶着上朝都要“起五更”，这是规矩。而且这规矩一直到清朝都没有改变。明朝的高启有一首《早至阙下候朝》诗说：“驺吏忽传丞相至，火城如昼晓寒销。”意思是护卫宰相上朝的卫士们火把一大片，就像一座燃烧着的火城。您瞧这排场够大了吧？唐朝的白居易写过一首《长恨歌》，说唐明皇被杨贵妃迷得啥心思都没有了。“春宵苦短日高起，从此君王不早朝”。夜里没命折腾累得大半死，五更天哪能起得来呀？一觉睡到大天亮，可不就赶不上早朝了吗。古人又把每一更次分为五个时段，叫“点”。宋程大昌《演繁露·更点》解释说：“点者，则以下漏滴水为名，每一更又分为五点也。……五夜又分二十五点，每点又击点以记。”每一更次按现在一百二十分钟计，每点相当于现在的二十四分钟。《元史·兵志》四中说：“其夜禁之法，一更三点，钟声绝，禁人行；五更三点，钟声动，听人行。”意思是说晚上 8 点 10 分左右敲一更第三点的时候，城里便开始禁止行人往来了。清晨 4 点 10 分左右敲五更第三点的时候解除宵禁，人们即可自由活动了。施耐庵说“五更三点”仁宗听朝是有根据的。杜甫《至日遣兴寄北省旧阁老两院故人》诗之一：“去岁兹辰捧御床，五更三点入鹓行。”可以为证。为什么古人的作息时间跟现在如此不同呢？您别忘了，那时候没有电灯照明，人们只能充分利用日光，所以那时候的人必须早起早睡，否则灯油和蜡烛用不起呀。为了适应“自然规律”，人们一天只吃两顿饭，即“朝（zhāo）食”（上午饭）和“晡（bū）食”，（下午饭）晚饭就免了吧。

第二点要说的是，说仁宗驾坐于紫宸大殿，接受百官朝贺和汇报，具体情况又是如何。古时候天子上朝分为“外朝”、“内朝”和“燕朝”三种情况。笼统地说，“外朝”是百官汇报具体事务，或者天子有专业问题召见业务官进行询问的地方。比如汉朝的司马迁《报仁安书》里就说到他是个无足重轻的小业务官，仅能“陪外廷末议”，就是这个意思。这种形式的“上朝”，后来随着朝廷陆续设置“博士”、“郎官”、“大夫”（都是方方面面的专家）在大内值班，失去了意义，所以隋唐以后就不常有了。叶梦得《石林燕语》卷二说：古代天子有三朝：外朝、内朝、燕朝。“外朝在王宫库门外，有非常之事，以询万民于宫中。内朝在路门外，燕朝在路门内。盖内朝以见群臣，或谓之路朝；燕朝以听政，犹今之奏事，或谓之燕寝”。叶梦得说的是“老话儿”——先秦到汉朝是那样，宋朝的名称和规矩都做了改动。《宋史·礼志·宾礼》一《常朝仪》说：“唐以宣政为前殿，谓之‘正衙’，即古之内朝也。以紫宸为便殿，谓之‘入阁’，即古之燕朝也。而外又有含元殿，含元非正、至大朝会不御。正衙则日见，群臣百官皆在，谓之常参，其后此礼渐废。后唐明宗始诏群臣每五日一随宰相入见，谓之‘起居’，宋因其制。皇帝日御垂拱殿。文武官日赴文德殿正衙曰‘常参’，宰相一人押班。其朝朔望亦于此殿。五日起居，则于崇德殿或长春殿，中书、门下为班首。长春即垂拱也。至元丰中官制行，始诏侍从官而上，日朝垂拱，谓之‘常参官’。百司朝官以上，每五日一朝紫宸，为‘六参官’。在京朝官以上，朔、望一朝紫宸，为‘朔参官’、‘望参官’，遂为定制。”这段话说了以下几层意思：一、古代的“内朝”，到了唐朝改为“正衙”，在宣政殿进行；燕朝改为“入阁”，在紫宸殿进行。二、正衙在唐朝是每天都有的，这就是我们在古装电影电视剧里见到的“上朝”场面，不过总这么上朝官员们太累，而且独立办公的时间势必被大量挤占，所以没多久就取消了。到了五代后唐明宗李亶（dǎn）在位期间（926—934），正式确定为五天一个“常朝”（即上古的内朝、唐代的正衙），地点在崇德殿或长春殿（后改为垂拱殿）。三、神宗元丰改制以后出现了三种模式，基本上又回到唐朝模式：第一是侍从官以上每天到文德殿朝见天子，这些官叫做“常参官”，这种朝见称为“常朝”；第二是各具体职事衙门的主要在京官员，仍保留后唐以来五日一次的朝见，地点改在紫宸殿。这些官员叫“六参官”，即每个月六次上朝奏事的官员。第三是其余在京的朝官以上官员，每月初一、十五各一次上朝奏事，一个月两次，所以叫“朔参官”、“望参官”。这些官员奏事地点也在紫宸殿。按照宋朝赵升《朝野类要》卷二的说法，宋朝的“侍从”官只包括翰林学士、给事中和六部尚书及侍郎。北宋前期又没有实际任职的六部官员，所以这些侍从，其实只剩翰林学士和给事中了。不过您可别误会，《宋史》里说的是“侍从而上”，也就是侍从官以及比侍从官高的官员，这就包括了宰相、副相、枢密使、枢密副使、三司使以及军队系统的顶级高官，也就是朝廷中的核心成员。宋人庞元英《文昌杂录》卷三说：“两省官、文武百官，日赴文德殿，东、西相向对立，宰臣一员押班，闻传不坐，则再拜而退，谓之常朝。”指的就是这种“常朝”。这种朝拜可以理解成朝廷中的头头脑脑儿每天早晨给皇帝问安或者报到，是一种礼节式的朝拜，一般不会持续很长时间，所以《水浒传》说仁宗是“受百官朝贺”，讲得很准确。且常朝来见的重臣们即使有话要说，也只是递上奏本或提出问题先备个案而已，真正讨论或解决问题，还得等到五天一次的“入阁”。

施耐庵所说的“驾坐紫宸殿”显然不对，因为这样的常朝唐朝在宣政殿进行，宋朝前期在文德殿进行，都和“紫宸殿”没关系。施耐庵大概没在这方面进行考察，随便用了个殿名，这倒也算不得大问题，这里稍作解释，以防有读者较真儿。

五日一次的朝见，确切地说应该叫“起居”。《新五代史·李琪传》说：“明宗初即位，乃诏群臣五日一随宰相入见内殿，谓之‘起居’。”赵升《朝野类要》卷一也说：“本朝殿名最多。如常朝，则文德殿；五日一次起居，则垂拱殿。”其实施耐庵的总体叙述还是很有条理的。他写宋仁宗在这次“常朝”上得知“京师瘟疫盛行”后十分着急，“复会百官，众皆计议”。这里要表现的，显然就是五日一次的“起居”了。接着“向那班部中，有一大臣越班启奏。天子看时，乃是参知政事范仲淹。拜罢起居，奏曰”云云。这段话用语完全正确，尤其是“起居”二字，准确地表明了这次朝见的性质。如果我们给他稍作补充的话，说成“于垂拱殿复会百官，众皆计议”，那就更天衣无缝了。

6. “小苏学士”究竟是谁

第二回中说高俅在临淮州住了几年，来到京城金梁桥下开生药铺的董将士家，董将士不想收留他，于是把他转荐到了“小苏学士”处。“小苏学士”只留高俅在府中住了一夜，又把他介绍给了驸马都尉王晋卿。这位“小苏学士”究竟是何人，怎么会有这么大的面子，把一个卑微小吏推荐给当朝的驸马爷？

清朝程穆衡《水浒传注略》（《水浒传资料汇编》，百花文艺出版社1981年8月版）给出了一个解释说：“此小苏学士，当指苏利涉。”这种注解真能“吓死宝宝”矣！《宋史·宦者·苏利涉传》说他字公济。“英宗为皇子，利涉给事东宫。及即位，迁东头供奉官，欲以为颖王府都监，力辞，干当御药院，迁供备库使。”神宗即位后，苏利涉历官内侍押班、副都知。“仙韶院火，营救甚力，赐袭衣、金带。卒，年六十四”。据李焘《长编》卷二八〇载，仙韶院失火在熙宁十年（1077）的正月戊辰，此时神宗还活得结实着呢，苏利涉就死了，哪里能等到哲宗朝里高俅来求他呀。再说苏利涉是个宦官，与士子担任的“学士”官风马牛不相及；历朝历代，哪有让宦官担任学士的？不知道程氏凭哪一条断定“小苏学士”是苏利涉。

实际上“小苏学士”只是施耐庵的笔下之误，此人应该是鼎鼎大名的“大苏学士”，也就是人人熟知的苏轼。南宋王明清《挥麈（zhǔ）后录》卷七对高俅的发迹言之较详，书中说：“高俅者，本东坡先生小史，笔札颇工。东坡自翰苑出帅中山，留以予曾文肃，文肃以史令已多，辞之，东坡以属王晋卿。”意思是说高俅原本是苏轼府中的小书史，字儿写得很好。哲宗元祐八年（1093），苏轼受到新党的排挤，从翰林学士的位置上贬为中山府（今河北定州）知府。为了不耽误高俅的前途，苏轼出京赴任前找到同年进士曾布（文肃是曾布的谥号），请他收留高俅以供驱使。曾布感到为难，说府里现有的小史已经很多，实在容纳不下了。于是苏轼便将高俅转托给了驸马都尉王诜（shēn，晋卿是王诜的字）。苏轼和王诜都是书画爱好者和鉴赏者，故而交往甚早，私人关系也十分融洽，现存的苏轼诗文集里，无数次提到此人。

高俅在王驸马府中一住就是七年，直到哲宗元符三年（1100），才因一个偶然的机会认识了端王赵佶。事有凑巧，一个月后哲宗驾崩，端王（即后来的徽宗）即皇帝位，此后高俅便走了红运。受到徽宗的“不次迁拜”，遍历三衙者二十年，领殿前司职事。自从绍圣初年新党反扑掌握了朝廷大权后，“元祐党人”及其家属受到了残酷的迫害，不少遭贬的官员都死在岭南没有回来。苏轼也一贬再贬，好在他命大，居然熬到徽宗即位后的大赦，从海南岛回到常州才去世。《挥麈后录》又说高俅“不忘苏氏，每其子弟入都，则给养问恤甚勤”。也就是说，高俅深知没有苏轼，就没有他后来的飞黄腾达，用现在的话说，高俅发迹的“第一桶金”是苏轼给他的。尽管苏轼遭贬高俅无力救他，但对苏轼的孩子们，他还是百般照顾，给钱给物。或许正因为高俅积了这点儿阴德，靖康之变时，其他奸臣如童贯、梁师成等人都没得好死，唯有高俅得以寿终正寝（宋人徐梦莘《三朝北盟会编》卷八十一载高俅死于靖康元年末，封为简国公）。据《皇宋通鉴长编纪事本末》卷一三一载，太学生陈东等人请求朝廷诛杀“六贼”，这六个大奸贼是蔡京、王黼（fǔ）、童贯、梁师成、李邦彦、朱勔（miǎn），并不包括高俅在内。也就是说，高俅虽然算不上好人，但也没做太多的坏事，没有太大的民愤（如《宋史全文》卷十八上篇载给事中胡安国上奏说：三衙分掌亲军，虽崇宁间，旧规犹在。及至高俅得用，军政废弛，遂以陵夷）。看来高俅的罪过在于没有把三衙的禁军管理好，而不像其他大奸巨蠹那样祸国殃民。《水浒传》里那些高俅的恶行，大多都是施耐庵编造出来的。我这里犯不上为高俅说好话，仅仅是揭示些史实供读者一笑而已。

宋朝人以及后人习惯称苏洵为“老苏”，苏轼为“大苏”，苏辙为“小苏”。施耐庵把“大苏”误写为“小苏”，这一“大”一“小”的颠倒，令很多读者不知道究竟是何人了。他如果直接写成“苏学士”或“苏东坡”，不但用不着我在这里费笔墨，也不至于引出什么“苏利涉”来瞎掺和了。

7. 什么叫“铺马”

第一回写太尉洪信奉朝廷之命南下江西龙虎山，“带了数十人，上了铺马，一行部从，离了东京”。第一百二十回又说卢俊义奉旨回朝，离了庐州，“一齐上了铺马来京”。

“铺马”就是驿站备的马。也就是古时候驿站用来传递文书、迎送公差的坐骑。“驿站”是官方称谓，“铺”则是民间的称谓，其实指的都是驿站。是驿站就一定得有马，所以您看“驿”字就是用“马”作偏旁的，很形象。驿站又是行人休息之处，所以一定得有卧具，也就是床铺，所以把驿站叫“铺”，也很得要领。

宋朝的邮传已经很发达，沈括《梦溪笔谈·官政》说：“驿传旧有三等，曰步递、马递、急脚递。急脚递最遽（jù），日行四百里，唯军兴则用之。”这里所说的“步递”、“马递”、“急脚递”，都是指负责传递邮件的驿站及其“工作人员”，当时民间就称驿站为“马铺”或“马递铺”。可能是因为这种现象太司空见惯，所以宋朝的文献里对此几乎没有记载。《元史》里倒是说得很清楚。《元史·兵志》四《站赤》说：“站赤者，驿传之译名也。盖以通达边情，布宣号令。古人所谓置邮而传命，未有重于此者焉。凡站，陆则以马以牛，或以驴，或以车，而水则以舟。其给驿传玺书，谓之‘铺马圣旨’。……其官有驿令，有提领。……四方往来之使，止则有馆舍，顿则有供帐，饥渴则有饮食，而梯航毕达，海宇会同，元之天下，视前代所以为极盛也。”这么多马从哪儿来呢？《元史·兵志》又说：“站户贫富不等，每户限四顷，除免税石外，以供铺马祗应。”也就是说，驿站户免除赋税，但需要养马或养牛，以供公家使用。实际上宋朝的驿站制度也已相当完备，不仅仅限于传递文书、迎送公差，大凡我们今天所说的邮寄之物，当时皆可通过驿站进行传递。苏轼贬在黄州时，给他堂兄苏不疑写信说：“久不奉状，无便故也。递中又恐浮沉。”意思是说很久没给你写信，一是贬官的身份不方便，二是担心通过递铺邮信被他们给弄丢弄坏。又说为已故堂兄写的奠文“递中曾用皮角”，意思是用皮角包裹奠文交给马递铺投递，就不怕水湿日晒了（本人所撰《苏轼文集编年笺注》卷六十）。顺便说一句：“铺马”这个概念虽然早就有了，但这个称谓，却是元朝才有的，宋朝文献里没有出现过这个名词。也就是说，施耐庵是把元朝的称谓用在写宋朝故事的书里了。

8.“白虎节堂”怎么讲

第七回写高俅陷害林冲，故意命人邀他带着宝刀到殿帅府相见。林冲带着刀来到堂前，两个吏人自进堂去，却再也不见出来召唤他。林冲心里起疑，探头入帘看时，只见檐前扁额上有四个青字，写道“白虎节堂”。林冲猛省道：“这节堂是商议军机大事处，如何敢无故辄入？”急忙回身，只听得有脚步声，原来是高太尉出来了。

高俅担任的是殿帅府太尉，书中早有交代。这个“白虎节堂”就是殿帅府商议军机大事的所在，这些意义都不隐晦，只是商议军机大事的厅堂为什么称为“白虎节堂”呢？

先说“白虎”。古代天文学中有四象、二十八宿的概念，四象分别以动物的形象命名，称为东宫苍龙，南宫朱雀，西宫白虎，北宫玄武。四象又各自有其象征意义。如东宫苍龙象征天子明堂，因为心宿、房宿皆在此宫。《史记·天官书》说：“心为明堂。”司马贞索隐引《春秋说题辞》说：“房、心为明堂，天王布政之宫。”说得再清楚不过。南宫朱雀（《史记·天官书》作“硃鸟”），象征群臣拱卫。《史记·天官书》说，三垣之太微垣在南方，而“太微，三光之廷”。司马贞索隐说：“太微，天帝南宫也。三光，日、月、五星也。”司马迁又说：“（太微垣）匡卫十二星，藩臣：西，将；东，相；南四星，执法；中，端门；门左右，掖门。门内六星，诸侯。”张守节正义说：“太微宫垣十星，在翼、轸地，天子之宫庭，五帝之坐，十二诸侯之府也。其外藩，九卿也。南藩中二星间为端门。次东第一星为左执法，廷尉之象；第二星为上相；第三星为次相；第四星为次将；第五星为上将。端门西第一星为右执法，御史大夫之象也；第二星为上将；第三星为次将；第四星为次相；第五星为上相。其东垣北左执法、上相两星间名曰左掖门；上相两星间名曰东华门；上相、次相、上将、次将间名曰太阳门。其西垣右执法、上将间名曰右掖门；上将间名曰西华门；次将、次相间名曰中华门；次相两星间名曰太阴门。各依其名，是其职也。”后来历代帝王皇城的各门取名，往往都参考这些象征意义。北宫玄武象征宗庙祭祀。《史记·天官书》说，以虚、危二宿在北方，而“虚为哭泣之事”。又营室十星在北方玄武，而“营室为清庙，曰离宫、阁道”。西宫白虎（《史记·天官书》称为“咸池”）则象征兵事（外患），古人称为“主兵象”。《史记·天官书》说，因昴、毕、参三宿在西，而“昴曰髦头，胡星也，为白衣会。毕曰罕车，为边兵，主弋猎。……参为白虎。……其东有大星曰狼”。张守节正义说：“毕八星，曰罕车，为边兵，主弋猎。其大星曰天高，一曰边将，主四夷之尉也。星明大，天下安，远夷入贡；失色，边乱。毕动，兵起。”又说：“狼为野将，主侵掠。”

这些天文概念现在看起来，属于不折不扣的迷信，但在漫长的封建社会里，上自帝王下至黎庶，都深信不疑，并以此指导大小人事。上面所说的“狼”星，就是古代文人们经常提到的“天狼”。苏轼《江城子·密州出猎》词“会挽雕弓如满月，西北望，射天狼”，就是本着这个说法写的。您可以发现，西宫白虎所说的“兵事”，几乎全是指外国、“远夷”而言，也就是今天所说的外敌入侵。而宋朝的禁军，主要是用于对付外敌的，因为内忧还有大量的厢军和乡兵可用。由此看来，殿帅府以“白虎”为名，是再传神不过的。

既然如此，称殿帅府为“白虎堂”不就行了吗？为什么还要加个“节”字呢？这是因为，古代天子调动军队，元帅、大将都要有符节。《战国策·秦策》三：“剖符于天下，征敌伐国。”鲍彪注解说：“符，信也，谓军符。汉制以竹，长六寸，分而相合。……《汉文纪》云：‘郡国守相为铜虎符、竹使符。’《索隐》云：‘《汉旧仪》，铜虎符发兵，竹使符出入征发。’”意思是说“符”就是兵符，汉代用竹制成，长六寸，必须有两个部分完全符合，才是真的。“节”最初也是指符信。是古代使臣所持的凭证。这种制度起源很早。《周礼·地官·掌节》就有“货贿用玺节，道路用旌节”的记载。清人孙诒让正义引《后汉书·光武纪》李贤注说：“节，所以为信也。以竹为之，柄长八尺，以旄牛尾为其毦，三重。”秦、汉以降，军事长官的“节”改为旌幢（chuáng）之形，故又称为“旌节”。至此，所谓“符”变成了具体的符信，而“节”则逐渐成为将帅张扬于外的标志物。魏晋南北朝时期，由于战事瞬息万变，朝廷经常派出特使出外指挥军队，这些人被称为“使持节”。如《三国志·魏志·杜畿传》说：“太祖以（杜）畿为司空司直，迁护羌校尉，使持节，领西平太守。”意思是说杜畿实任的军职为“护羌校尉”，文职为“西平郡太守”。无事时处置民政，有警时可以动用军队，不必再向朝廷请示，因为他已经被朝廷授予

“使持节”的特权了。如果在他所辖范围内有其他官员或武人不服从其指挥，他还可以不经请示，对不服从命令者进行处罚，直至处死。这种制度最大限度地保证了最高统治者意志的贯彻执行而不受干扰。“使持节”是这类官员的统称，按照他们等级品第的不同，还可以细分为三等，第一等叫“使持节”，第二等叫“持节”，第三等叫“假节”。“假”就是“暂借”的意思，有点儿像今天的“低职高聘”。

这种制度直接影响到唐朝的官制，也就是说，唐朝的“节度使”、“刺史”，就脱胎于此制。举例来说，唐朝权德舆给刘昌写的神道碑，全称是《唐故四镇北庭行军兼泾原等州节度支度营田等使开府仪同三司检校尚书右仆射使持节泾原诸军事泾州刺史兼御史大夫上柱国南川郡王赠司空刘公神道碑铭》。排除赠官、兼官、爵、勋、阶等元素之外，刘昌的实际官职是“使持节泾原诸军事、泾州刺史”。再简化一下，就是“泾州刺史”。但由于他有“使持节”的特命，于是有了处置军事、调动军队的权力，这正是唐朝州官“刺史”与宋朝州官“知州”的最本质区别：唐朝为军、政合一的地方长官，而宋朝则仅为民政长官。至于唐朝的“节度使”，官称本身已经含有“持节”的主要成分，所以是天经地义的使持节，不用再冠以“使持节”了。

从上面的叙述可以明显看出，地方官员只有持“节”才有兵权，反过来说，有兵权的人才可以拥有朝廷所赐的“旌节”，于是“节”自然成了指挥军队的标志物——兵权。其实“节堂”一词很早就有了。不过最初指的是节度使收藏旌节的厅堂。《新唐书·百官志》四下篇说：“（节度使）罢秩则交厅，以节度使印自随，留观察使、营田等印，以郎官主之。锁节楼、节堂，以节院使主之，祭奠以时。”宋人戴埴《鼠璞·旗纛（dào）将军》中也说：“本朝有六纛，旌节，门旗二，受赐藏之公宇私室，号节堂。”《水浒传》借用收藏具体旌节的“节堂”来表示商议军机大事、措置军事行动、任免军事官员的堂，也没什么不妥。

9. 仙音院、教坊司是啥部门

第二回写驸马都尉王晋卿做寿，韵语说“仙音院竞奏新声，教坊司频逞妙艺”。从上下文意揣测，“仙音院”和“教坊司”都和音乐舞蹈有关。这没错，但再具体一些的情况，有些朋友就未必清楚了。

先说“仙音院”。这是古代教习乐舞以备帝王及大臣们欣赏的“艺术”部门，遗憾的是，宋朝还真没有这么个部门，它是元朝建立之前，元世祖忽必烈于中统元年（1260 年，宋理宗景定五年）设立的掌管乐工的机构。《元史·世祖本纪》一说：中统元年十二月己巳，忽必烈来到燕京（今北京），始制祭享太庙的祭器和法服，同时“立仙音院，复改为玉宸院，括乐工”。意思是说中统元年年底设立仙音院后不久，又改称“玉宸院”。按这种说法，“仙音院”这个称呼在元朝也仅仅存在了不到一个月。仙音院虽然改了名，但这个称呼真是很好听，所以流传了下来。元杂剧白朴《梧桐雨》第二折：“嘱付你仙音院莫怠慢，道与你教坊司要迭办。”马致远《汉宫秋》第四折：“猛听得仙音院凤管鸣，更说甚《箫韶》九成。”都用了这个雅称。施耐庵受到杂剧作家的影响，才把“仙音院”用到了《水浒传》里。白朴、马致远这么用一点儿问题都没有，施耐庵这么用，就违反了文化史的真实，他把元朝存在的部门用到了北宋很不合适，咱总不能说张作霖和曹锟曾经用 QQ 信箱联系过吧。

再来说“教坊司”。毫无疑问，这个部门肯定也属于“艺术”部门，遗憾的是，宋朝还是没有这么个部门，此司也是元朝才出现的。与“仙音院”不同的是：“教坊”机构早在唐朝就有了。《汉语大词典》解释“教坊”说：“古时管理宫廷音乐的官署。专管雅乐以外的音乐、舞蹈、百戏的教习、排练、演出等事务。唐武德后在禁中设内教坊，其官隶属太常。武则天改称为‘云韶府’。神龙年间恢复旧称。玄宗开元二年置内教坊于蓬莱宫侧，洛阳、长安又各设左、右教坊二所，以中官为教坊使，从此不隶属太常。宋、元两代亦有教坊；明代教坊司隶属礼部。至清雍正时始废。”按照这段话的解说，“教坊”在唐高祖武德年间以前就有了，只不过到了武德年间把它设在“禁中”而已。其实不然。马端临《文献通考·乐考》中说：“教坊自唐武德（618—626）以来，置署在禁门内。”很明显，“教坊”是唐高祖武德年间才设立的，而且初设即在“禁门内”。至于说“教坊”专管“雅乐以外的音乐、舞蹈、百戏”，那是从唐玄宗开始的，唐高祖至玄宗期间，雅乐和俗乐都归太常寺管，没有进行细化和区分。《文献通考·乐考》又说：“旧制：雅俗之乐，皆隶太常。玄宗精晓音律，以太常礼乐之司，不应典倡优杂伎，乃更置左、右教坊，以教俗乐。命右骁卫将军范及为之使。又选乐工数百人，自教法曲于梨园，谓之‘皇帝梨园弟子’。”这段话讲得再清楚不过，换句话说，自打唐玄宗组建“梨园”亲自当上教授以后，教坊基本上就等同于梨园了。至今称戏曲界为“梨园行”，就是从这儿来的。

“教坊”其实就是“教唱歌跳舞演戏的坊子”。我们今天不是还称小工作间为“作坊”、榨油的商铺为“油坊”、卖花的店铺为“花坊”吗？“教坊”得名也是如此。一直到宋朝，教坊还叫教坊，没什么变化。按照《汉语大词典》“宋、元两代亦有教坊；明代教坊司隶属礼部”的说法，元朝的教坊也还叫教坊，明朝才叫“教坊司”，隶属礼部管辖。这又错了。元朝统治者很重视中原文化，他们入主中原后，对中原文化极感兴趣，陆续建立了很多“司”，诸如织染人匠提举司、异样纹绣提举司、纱罗提举司、玛瑙提举司、金银器盒提举司、玉局提举司等等（《元史·百官志》四）。一言以蔽之，凡原来中原精巧之事，他们统统设局、司统一管理，音乐、舞蹈、戏曲更是元朝统治者钟意的好玩意儿，所以把原本带野气的“教坊”规范化，正式改成了“教坊司”。《元史·世祖纪》四载：“（至元十一年十一月壬寅）增选乐工八百人，隶教坊司。”至元十一年为公元 1274 年，也就是忽必烈建国的第四个年头。这是“教坊司”一词在中国历史上最早的记载。这样我们就不难理解了：施耐庵既然用这个术语，不可能明朝才出现。遗憾的是，施耐庵还是把元朝的概念用到宋朝，稍微超前了点儿。

10. “立帝号曰徽宗”的说法正确吗

第二回里有这么一段话：“哲宗皇帝晏驾，无有太子。文武百官商议，册立端王为天子，立帝号曰徽宗，便是玉清教主微妙道君皇帝。”关于“玉清教主微妙道君皇帝”的始末姑且不说。文武百官商量商量就能立一个皇帝，显然也纯属“戏说”，无须驳论。这里单说百官册立端王赵佶为天子，还给他立了个“帝号”叫“徽宗”，也是大错特错，这是个十分“严肃”的文化史问题，有必要稍加解释和廓清。

皇帝这辈子实在是忙活得很：尤其是唐朝以来，当了皇帝要建“年号”或是改“年号”；在位时大臣们要给他上“尊号”（尊号又称为“徽号”）；驾崩了要加“谥号”；建立宗庙还得有“庙号”。这些“号”的应用范畴各有不同，我们姑且以宋仁宗为例。《宋史·仁宗纪》载，乾兴元年（1022）二月，真宗崩，仁宗即位，将下一年的年号由“乾兴”改为“天圣”，就是说 1023 年改为“天圣元年”，“乾兴”那个年号不再使用了。按照当朝礼制，天圣二年（1024）十一月，要举行祭天大典。典礼之后，“百官上尊号曰圣文睿武仁明孝德皇帝”。明道二年（1033）的二月祭太庙，“百官上尊号曰睿圣文武体天法道仁明孝德皇帝”。您不难发现，这次上的“尊号”由九年前的八个字增加为十二个字。尊号与谥号不同，它没有字数限制，想怎么加就怎么加，还可以减。当年七月，因为很多州郡闹蝗灾旱灾，仁宗决定“去尊号‘睿圣文武’四字，以告天地宗庙”。这是仁宗表示谦逊，认为自己没把天下治好，不配群臣所上的尊号，才去掉了四个字。到了景祐二年（1035），群臣再加尊号为“景祐体天法道钦文聪武圣神孝德皇帝”，变成十四个字。嘉祐八年（1063）仁宗驾崩，群臣定谥号为“神文圣武明孝皇帝”，同时定庙号为“仁宗”。看到最后这两句，您是否察觉出“册立端王为天子，立帝号曰徽宗”的说法有大问题了？“徽宗”这两个字，赵佶活着的时候是不可能看到和听到的，必须得他死了以后，大臣们才商量着给他定“庙号”为徽宗，哪有刚即位先定庙号的？那赵佶还不得活活气死？

细心的读者会发现：人家施耐庵没说“徽宗”是庙号，只说立了“帝号”呀。于是我们还得说说什么叫“帝号”。这个词最先出自秦始皇嬴政之口，他认为自己是开天辟地第一位征服诸侯统一四海的“帝”（诸侯只能称王），所以对大臣们说：“今名号不更，无以称成功，传后世。其议帝号。”（《史记·秦始皇本纪》）于是群臣才议出个“始皇帝”，这三个字就叫“帝号”。以后的皇帝都不再是始皇帝了，帝号指什么而言呢？明确地说，嬴政之后的“帝号”，统统是指“皇帝”二字，一丁点儿别的成分都不能增加。具体到赵佶，他的“帝号”就是“皇帝”二字。也就是说，哲宗驾崩之前，赵佶不是皇帝，当然没有帝号；哲宗死了，赵佶当皇帝了，于是有了帝号。实际上“徽宗”是赵佶的“庙号”，而且是个倒了大霉迟到的庙号——一般皇帝驾崩，很快就得定下庙号，因为很快就要建庙嘛。徽宗是个被金人俘虏的皇帝，死后两年半才得到庙号。《宋史·徽宗纪》说他：“绍兴五年（1135）四月甲子，崩于五国城，年五十有四。七年（1137）九月甲子，凶问至江南，遥上尊谥曰圣文仁德显孝皇帝，庙号徽宗。”够清楚了吧？

“帝号”的应用范围不宽，因为皇帝本身就是帝号，用不着单独去称呼。它的用场主要体现在：一、原来是皇帝，现在把他的皇帝之号撤去。

比如赵匡胤夺取了后周政权，“迁恭帝及符后于西宫，易其帝号曰郑王”——小皇帝柴宗训被削去皇帝之号，改封为“郑王”了。二、原来不是皇帝，因某种特殊原因追尊为皇帝，于是被追尊者也就有了帝号。如赵匡胤当了皇帝，追尊他的高祖赵朓（tiǎo）为“僖祖皇帝”，曾祖赵珽（tǐng）为“顺祖皇帝”，祖父赵敬为“翼祖皇帝”，父亲赵弘殷为“宣祖皇帝”。这样，赵朓、赵珽、赵敬、赵弘殷就都有了“帝号”。实际上我们熟悉的一些历史人物如曹操、司马懿、五代时期的李克用等，在世的时候都没有真正坐过皇帝的龙床，清一色都是他们的子孙当了皇帝后追尊为皇帝的，于是曹操成了“魏武帝”，司马懿成了“晋宣帝”，李克用成了“唐武帝”。

皇帝、皇后的各种“号”必须弄清楚，否则就会弄出笑话来。施耐庵让赵佶刚即位就当“徽宗”很不应该，当今类似的情况更是俯拾皆是。前几年有部叫得很响的清宫戏叫《孝庄秘史》，孝庄皇后还活蹦乱跳着呢，斯琴高娃老师便张口闭口我“孝庄”长我“孝庄”短。这不是斯琴高娃老师的错儿，而是由于编剧者缺乏历史常识，不懂帝、后那套严格礼制弄出的笑话。

11. 高俅为何骂王进“贼配军”

第二回里，高俅大骂八十万禁军教头王进：“贼配军！你既害病，如何来得？”“贼”字不必说，一看就知道是骂人的词儿，“配军”是啥意思呢？《汉语大词典》解释说：配军就是被判流刑发配到边远地区的军卒。这种说法是明、清时期的概念，与宋朝的“配军”含义有很大差距，其差距主要表现在宋朝的“配军”并不一定要到边远地区去充军，只强调配往某州县充当差役。“贼配军”又可以说成“配军贼”。南宋洪迈《夷坚支志·东流道人》载：“少年中两人最不堪，且又恃众，交口肆骂，至云：‘定是个配军贼。’”我们看其他小说或戏曲时，往往还有“发配充军”的说法，如凌蒙初《初刻拍案惊奇》卷二《姚滴珠避羞惹羞·郑月娥将错就错》说：“姚乙定了卫所，发去充军。”也就是说，姚乙成了“配军”。

“配军”这个词历史并不久远，就是从宋朝才有的。太祖赵匡胤建国后，确立了文治的基本国策。也就是说，在宋朝，当兵不是件光彩事，实在走投无路或是犯了事儿的恶徒才去当兵。这种导向使宋朝人都不愿意当兵，于是兵源就成了问题，所以宋朝征兵带有很大的强迫性，有时甚至乘人之危或不惜采取欺骗手段扩充兵源。比如仁宗时名臣富弼知青州（今山东青州）时，正赶上河北闹水灾，大批流民进入青州。富弼大力救荒，“活五十余万人，募为兵者万计”。（《宋史·富弼传》）您想，如果不是因为闹灾，这万把人肯主动去当兵吗？另一位知名宰相韩琦早年在西北时，因戍兵不足，征集丁壮为民兵，当时许诺不隶入军籍，但后来朝廷还是将这些人“涅面”，征为正式军人。司马光非常愤怒，上书称这是对百姓的欺骗。英宗即位后，朝廷又欲故伎重演，司马光上奏说：“往者常籍之为民兵，遂涅之为官军，父母妻子莫不环顾以泣也。臣愿以一身救数万之命。”（宋神宗《两朝顾命定策元勋之碑》）

说到这儿，您是否觉得“配军”就是被发配的军人呢？还不全是。宋朝的军队分为几个系统，最牛的当然是禁军，其次还有厢兵和乡兵。厢兵中有一种专门从事修筑城濠的军人，叫做“壮城”。《宋史·兵志》三说：“壮城专治城隍，不给他役，别为一军。”这类军人劳动强度极大，给养却很差。高俅所说的“配军”，十有七八是当“壮城”，甚至是被老“壮城”们驱使奴役的苦役。其余一小部分打通关节，会得到一定程度的“优待”，比如林冲，也是典型的“配军”，但他干的活儿是看守大军草料场。这类军人，实际上带有明显的被惩罚色彩，除了管理机制与军队相同，其他方面则与劳改犯没什么两样。您想，一个犯了事儿的流徒，可能让他去当禁军，享受优厚的待遇吗？这就是我上面为什么说“配军”在宋朝和明、清有很大区别的原因。明白了宋朝的“配军”干什么，才能理解：宋朝的“配军”未必发配“边远地区”，也不一定是从事“戍守”。比如宋真宗大中祥符八年（1015）曾颁布过一部《遣使诸路拣配军移放》诏书，命使臣们“乘传分往京东西、江淮、两浙、广南东西路、荆湖南北、福建路，与转运使副、提点刑狱官、逐处长吏，取今年六月一日赦前杂犯配军人，拣选移逮近江淮浙南州军本城收管。内老病不堪充役者，即给公凭，放令逐便”。（《宋大诏令集》卷二一五）您看，这道圣旨虽然把配军叫做“军人”，但这些军人都是“充役”的。大意是说：朝廷命使臣分别前往京东、京西、江东、江西、淮南、两浙、广东、广西、湖南、湖北、福建路，与该路转运使、提点刑狱、知州知府共同审核，将当年六月一日大赦以前犯有各种罪行的“配军人”，选一部分移送江淮浙南等处。其中年老或有病不能继续充当劳役的，可以将其释放，任其自便。从这道圣旨中可以看出，这些“配军”所在地，恰恰都是内地路分，而不是边远地区，这和林则徐发配新疆伊犁充军的性质显然不同。还拿林冲来说，发配沧州（今河北沧州），也算不上“边远地区”吧？《宋大诏令集》卷二一六还有一道仁宗嘉祐四年（1059）颁布的《袷（xiá）享赦后拣贷杂犯刺面配军》诏书说：“言念无良之人，向缘不师于教，故隶之军以苦其形体，移之乡以劳其心志。使知罪戾，以图改为。”意思是说你们这些配军缺乏道德，不尊师教，所以将你们编入军籍，让你们形体劳苦；转移到他乡，让你们内心折磨。目的是使你们知错知罪，痛改前非。这里也没强调配军必须到边远州郡，只说让他们做苦役。如果我们再形象点儿打比方，宋朝的“贼配军”，就相当于今天说的“臭劳改犯”。

12. 李师师和赵元奴

第七十二回写宋江排定一百单八将的座次之后，一心想得到朝廷招安，来到东京寻找机会。进入“红灯区”后问一位茶博士：“前面角妓是谁家?”茶博士回答说：“这是东京上厅行首，唤做李师师。间壁便是赵元奴家。”同一回里又写宋江出了李师师家门，对柴进说：“今上两个表子，一个李师师，一个赵元奴。虽然见了李师师，何不再去赵元奴家走一遭?”可惜赵元奴生病在床，没能接待宋江。

李师师在北宋末年是实有其人的，而且根据不同文献记载，此女是红遍京城的大腕儿级妓女，也肯定假不了。据明朝无名氏写的《李师师外传》，她父亲名叫王寅（这就不知道真假了），是汴京的一个匠人，师师的母亲刚把她生下来就去世了。谁知这孩子生下来不会哭，王寅抱她到宝光寺舍身入佛，以求保佑。刚到寺中，孩子便哭得上气不接下气。王寅觉得这孩子有佛性，于是为她取名叫“师师”。（当时和尚被人称为“老师”）后来王寅犯了大罪被判处死刑，有个开妓院的老鸨子李妈妈听说后，主动把师师收养下来，光阴荏苒，小师师出落成了一个绝色美女，吹拉弹唱，曼舞轻歌，汴京城里没人能望其项背。《东京梦华录》卷五《京瓦伎艺》说：“崇、观（即徽宗崇宁、大观两个年号，1102—1110）以来，主张小唱：李师师、徐婆惜、封宜奴、孙三四等，诚其角者。”“角”的意思是出类拔萃，可见李师师不仅实有其人，而且是位明星大腕级的歌妓。当时是“豫大丰亨”的享乐时代，据说徽宗嫌后宫佳丽没了味道，闻知李师师是京城名妓，渴望一沾芳泽。他先命宦官张迪带了“内府紫茸二匹、霞氎(dié)二端、瑟瑟珠二颗、白金廿镒”为申意之礼，捱到黄昏，自己换上民服，前往镇安坊去会李师师。其后他经常光顾李师师的醉杏楼，自从大观三年（1109）直到宣和年间，送给李师师的宝物无数，先是送来“金勒马嘶芳草地，玉楼人醉杏花天”的名画，又是“藕丝灯、暖雪灯、芳苡（yǐ）灯、火凤衔珠灯各十盏，鸬鹚（lúcí）杯、琥珀杯、琉璃盏、镂金偏提各十事，月团、凤团、蒙顶等茶百斤，黄、白金各千两，端溪砚、凤咮（zhòu）砚、李廷珪墨、玉管宣毫笔、剡（shàn）溪绫纹纸”，此时的李师师，堪称“史上最牛妓女”了。宣和末年，金兵攻破汴京城，为了凑足赔偿金人索要的金银财货，李师师被籍没家产充公，随后逃到江南，后来不知所终。宋人张邦基《墨庄漫录》卷八说她流落于浙中，仍靠卖唱维持生活，只是“憔悴无复向来之态矣”。也有说他流落到湖南一带的，宋人刘子翚（huī）写的《汴京记事》之二十说：“辇毂繁华事可伤，师师垂老过湖湘。缕衣檀板无颜色，一曲当时动帝王。”（《屏山集》卷十八）不论是逃到浙中还是湖湘，此时的李师师应该将近四十岁了。到了南方，凭着昔日风流勉强混口饭吃，直到颜色褪尽，死在民间，是可信的。至于《李师师外传》说她面对金人宁死不屈，自杀而死，则完全是出于明人的杜撰。

赵元奴也实有其人。《墨庄漫录》卷八说：“靖康中，李生（师师）与同辈赵元奴，及筑毬吹笛袁绹（táo）、武震辈例籍其家。”意思是说靖康之变，李师师和同是当红妓女的赵元奴，踢球、吹笛的大腕袁绹、武震等都被官府抄没资产充公。有名有姓，凿凿无疑。关于这件事，宋人徐梦莘《三朝北盟会编》卷三十有更确切的记载：“（靖康元年正月十五日）奉圣旨，仰聂山、何栗（等人）：赵元奴、李师师、王仲端曾经祇应倡优之家，并箫管袁绹、武震、史彦、蒋翊五人，筑毬郭老娘诸人，家财籍没。”这里把赵元奴放在李师师之前，起码说明当时赵元奴的名气不在李师师之下。《水浒传》里说徽宗占了李师师、赵元奴两个妓女，具有很高的可信度——《三朝北盟会编》既将她和李师师都称为“祇应倡优之家”，说明她二位都曾伺候过皇家。至于怎么个“祇应”法儿，正规史书当然不便细说，您自己去体会吧。李师师逃往江南有据可查，赵元奴被抄没家产后，史书中就再也找不到记载，下落不明了。《三朝北盟会编》卷七十七又载，靖康二年正月二十五日（李师师、赵元奴等抄没后十天），“金人来索妓女千人、蔡京、童贯、王黼、梁师成等家歌舞宫女数百人，杂剧、说话、弄影戏、小说、嘌（piāo）唱、弄傀儡、打筋斗、弹筝琶瑟吹笙等艺人一百五十余家，令开封府押赴军前”。此时李师师已经逃跑，肯定不在被押赴之列。兵荒马乱之中，赵元奴是不是也在“妓女千人”之内，被金人掠到北国，那就不得而知了。

13. 宣德楼

还是第七十二回，写宋江来到李师师处，偏巧碰上宋徽宗驾到。徽宗对李师师说：“寡人今日幸上清宫方回，教太子在宣德楼赐万民御酒，令御弟在千步廊买市。”他自己抽空儿逛妓院来了。

宣德楼是汴京非常重要的一个城楼，即宣德门上的城楼。汴京皇城有好几个门，宣德门是皇城正南的中央之门，它的东边是左掖门，西边是右掖门。正面相对一条线的是内城的朱雀门、外城的南薰门（汴京有内城和外城两道城墙。内城墙是后周之前的老城墙，因城内窄狭拥挤，周世宗柴荣命韩通、赵匡胤等扩建出一道新城墙，称为外城）。出了南薰门，就算出城了。古代帝王原本有坐北向南的礼制，称为“北扉南面”，所以南城正门上的宣德楼，就成了朝廷最重要的“宣德”之地。不过这个门最初不叫宣德。《宋史·地理志》一说：“南三门：中曰乾元。宋初，依梁、晋之旧，名曰明德，太平兴国三年改丹凤，大中祥符八年改正阳，明道二年改宣德。雍熙元年改今名。”意思是说此门早在后梁、后晋时就有了，当时叫明德门。宋朝建国后没改名，仍叫明德门。太宗太平兴国三年（978），改名为丹凤门；真宗大中祥符八年（1015），改名为正阳门；仁宗明道二年（1033），改名为宣德门；雍熙元年（984），改名为乾元门。这段话有点儿乱，因为雍熙在大中祥符之前，所以《宋史·地理志》正确的叙述应该是“南三门：中曰宣德。宋初依梁、晋之旧，名曰明德，太平兴国三年改丹凤，雍熙元年改乾元，大中祥符八年改正阳，明道二年改今名”才对，因为此门自仁宗时直到北宋灭亡，都叫宣德门。

此门之重要，从宋朝初年就体现出来了。《长编》卷二建隆二年（961）正月元宵节时，太祖赵匡胤“御明德门观灯”。同书卷四乾德元年（963）十一月甲子，赵匡胤“御明德门。大赦，改元”。同书卷六乾德三年（965）五月，后蜀孟昶（chǎng）被押解到汴京，赵匡胤等就是在明德门受降的。同书卷十二开宝六年（973）的五月，南汉伪皇帝刘鋹（chǎng）及其臣僚被押解到汴京，赵匡胤又在此门受降。同书卷十七开宝九年（976）正月，南唐国主李煜等被押解到汴京，赵匡胤还是在此门上举行受降仪。足见此门象征的是煌煌大朝的无比威严和天子与民同乐的宽仁厚德。

到了徽宗时期，宣德门以及宣德楼依旧是天子“与民休戚”的所在。《东京梦华录》卷一说，宣德楼的正门正对着的是皇宫里的大庆殿。从宣德楼一直往南去，约宽二百余步。“两边乃御廊，旧许市人买卖于其间，自政和间官司禁止，各安立黑漆杈子，路心又安朱漆杈子两行，中心御道，不得人马行往，行人皆在廊下朱杈子之外。杈子里有砖石甃（zhòu）砌御沟水两道，宣和间尽植莲荷，近岸植桃李梨杏，杂花相间，春、夏之间，望之如绣。”意思是说宣德楼往南的御街（包括正街两侧的“御廊”宽约二百多步〔“御廊”类似于今天大马路两边的慢横道〕），古代一步大约相当于今天的一米半，您想这条大道是何等气派。该书卷六记述汴京元宵节时的景象说：“开封府绞缚山棚，立木正对宣德楼，游人已集御街两廊下。奇术异能，歌舞百戏，鳞鳞相切，乐声嘈杂十余里。”这歌舞百戏，包括击丸蹴踘的，踏索上竿的，张九哥的吞铁剑，温大头、小曹的杂剧，尹常卖的讲《五代史》，杨文秀的鼓笛。还有猴呈百戏，鱼跳刀门，使唤蜂蝶，追呼蝼蚁；卖药的、算卦的，“奇巧百端，日新耳目”。灯山金碧相射，锦绣交辉。山上画的都是神仙故事。彩山左右，用彩绸扎成的文殊、普贤两位菩萨，“各于手指出水五道，其手摇动”。从灯山到宣德门楼的大街，长约百余丈，用荆棘围绕，谓之“棘盆”，内设两杆长竿，各高数十丈，纸糊的百戏人物悬挂在竿上，风动时宛如飞仙。宣德楼上，用黄锦围出御座，供皇帝“与民同乐”时用。当时那排场，颇显太平盛世的气象。宋江他们到汴京时，应该就是这般景象。

俗话说“盛极则衰”，宣和时的“盛世”，不过是表象而已。没过几年，金人的铁蹄踏破汴京，宣德楼再也没有昔日的辉煌了。《皇宋通鉴长编纪事本末》卷一四九载钦宗被金人强逼出京“议事”，汴京百姓“自宣德楼至南薰门，立泥雪中，以候驾回”。

14. 小　祥

第三十二回写矮脚虎王英贪图女色，将清风寨知寨刘高的妻子掠上山来。刚巧宋江在此山中，询问女子因何到此。女子回答说：“为因母亲弃世，今得小祥，特来坟前化纸。”

“小祥”是古代丧礼范畴的概念，指的是父母去世一周年的祭奠礼仪。这个概念由来已久。《仪礼·士虞礼》说：“朞（jī）而小祥。”郑玄注解说：“小祥，祭名。祥，吉也。”朞是“周年”的意思。古人很重视服丧，规定了服丧期间的很多禁忌，比如《礼记·间传》说：“父母之丧，既虞卒哭，疏食水饮，不食菜果。朞而小祥，食菜果。”意思是说父母去世一年之内，只能吃最简单的饭食，不准吃蔬菜和水果。一年祭之后，才可以吃蔬菜和水果。

所以称之为“小祥”，是因为古人为父母服丧，还有“大祥”，指父母死后两周年的祭奠礼仪。《左传·成公三年》说：“三年丧毕，宣公神主新入庙。”孔颖达疏解说：“宣公以其十八年冬十月薨，至二年十月而大祥。”大祥明明是两周年之祭，《左传》正文为什么要说“三年丧毕”呢？班固《白虎通义·丧服篇》有这样的解释：“三年之丧何二十五月？以为古民质，痛于死者，不封不树，丧期无数，亡之则除。后代圣人，因天地万物有终始，而为之制，以期（朞）断之。父至尊，母至亲，故为加隆，以尽孝子之恩。恩爱至深，加之则倍，故再期二十五月也。礼有取于三，故谓之三年，缘其渐三年之气也。故《春秋传》曰：‘三年之丧，其实二十五月’也。”大致意思是说，上古的人十分质朴，更看重内心的哀痛和思念，所以为父母服丧没有刻板的时间限定。后代圣人制定了具体的服丧时限，因为父亲是最尊崇的人，母亲是最亲近的人，所以为他们服丧要格外隆重。在一年的基础上再加一倍，所以是二十五个月。按照古礼“服丧不超过三年”的原则，所以称之为“三年之丧”，是因为两周年之后已经进入第三个年头的缘故。这段话似乎还没有讲得太清楚，我们打个比方吧：假定某人之父死于甲子年六月二十日，那么“小祥”日则在乙丑年六月二十日，自六月二十一日起进入“大祥”。至丙寅年六月二十日大祥结束，但并不等于整个丧期全部结束，还有一个“延续期”，古人称为“禫”（dàn）。禫的期限是两个月，所以丧期完全结束，不是在两周年的日子，而是两周年再加两个月。古人有“虚”的概念，比如人生下来就算一岁，一周岁时则称为“两岁”，祥、禫同样存在这样的问题，也就是说，两周年概念上已“渐”入第三年了，所以称为“三年”。以上两个原因，所以称大丧之期为“三年”而不是两年。按照古礼的约定，父母之丧周年祭奠仪式后的第二天，可以吃蔬菜和水果之类，父母之丧两周年祭奠仪式后的第二天，可以饮酒吃肉，也可以欣赏音乐歌舞——所有饮食起居的禁忌全部解除。婚嫁也是如此，《礼记·内则》说：“（女子）十有五年而笄，二十而嫁；有故，二十三年而嫁。”意思是说女孩子十五岁举行及笄礼，二十岁出嫁（古代女子及笄礼后即可出嫁。这里是举例而言），但如果遇到父母亡故的倒霉事，就需要二十二岁半才能出嫁。原因很简单：要为父母服丧三年。《仪礼·丧服》“父卒则为母”句下贾公彦还专门举例说：“假令女年二十，二月嫁娶之月，将嫁，正月而遭父丧，并后年正月为十三月小祥，又至后年正月大祥。女年二十二，欲以二月将嫁，又遭母丧，至后年正月十三月大祥，女年二十三将嫁。此是父服将除，遭母丧，犹不得为申三年。”他的意思是说，如果女子在待嫁期间连遭父母之丧，那就要叠加计算，需要过两个三年丧期之后的二十四岁才能出嫁，因此而等成“大龄女青年”，那是命里注定，谁也没办法改变。

“禫”是特指除去丧服的祭奠仪式。《仪礼·士虞礼》说：“中月而禫。”郑玄注解说：“中，犹间也；禫，祭名也，与大祥间一月。自丧至此，凡二十七月。”意思是禫祭在大祥后的第三个月。大祥结束虽然在饮食、婚嫁上解除了禁忌，但丧服还没有最终除去，所以人们一般都要等到禫祭之后再彻底“从吉”。以上所说的“二十五个月”、“二十七个月”，我们可以理解为“二十四个月零一天”、“二十六个月零一天”——零一天也算是进入下个月了嘛。

顺便啰嗦一句：清风寨知寨刘高的夫人出寨祭奠其实是“不懂礼”的表现。《白虎通义·丧服》说：“妇人不出境吊者，妇人无外事，防淫泆也。……有三年丧，君与夫人俱往。礼，妻为父母服，夫亦当服。”意思是说女人是不能单独外出为父母吊祭的。女人不可以单独出外行事，没别的，主要是为了防止奸淫之类的丑事发生。根据是《礼记·杂记》里的一句话：“妇人越疆而吊，非礼也。”您瞧，这位刘高没陪着夫人外出，果然碰上“淫泆”之事了吧。这刘高也是个不懂礼数的家伙，他怎么可以让如花似玉的少夫人独自出那么远的门儿呢？

15. “衙内”之称起于何时

“衙内”是大家比较熟悉的一个称呼。第七回调戏林冲妻子的那个坏小子是“高太尉螟蛉之子高衙内”，也就是高俅过继到自己膝下的儿子。第五十一回的回目叫《插翅虎枷打白秀英·美髯公误失小衙内》，写沧州知州有个四岁的“小衙内”，七月十五盂兰盆节朱仝带他外出玩耍时，意外将小衙内给弄丢了。从这两个例子可以看出，所谓“衙内”，指的就是官员的儿子。这种称呼在宋代以后的文学作品中十分常见，如元杂剧《陈州粜米》中写朝廷命人到陈州粜米，刘衙内上场道：“花花太岁为第一，浪子丧门世无对。闻着名儿脑也疼，则我是有权有势刘衙内。小官刘衙内是也。我是那权豪势要之家，累代簪缨之子。打死人不要偿命，如同房檐上揭一个瓦。”后来范仲淹等官员议论委派何人粜米时，刘衙内举荐了两个人，一个是他女婿杨金吾，另一个是他儿子小衙内刘得中。小衙内上场一段道白说：“俺是刘衙内的孩儿，叫做刘得中。……俺两个全仗俺父亲的虎威，拿粗挟细，揣歪捏怪，帮闲钻懒，放刁撒泼，那一个不知我的名儿。”这就更有意思了：刘衙内本身已是高官子弟，称为“衙内”，他儿子刘得中是刘衙内的衙内，可谓是“父子衙内”。

“衙内”这个词最初出现，并不特指官员的儿子，它原本是个官名。“衙”字最早写作“牙”，指的是天子或将帅外出时所用的大旗，因旗杆上饰有象牙，故称为“牙旗”。《文选》张衡《东京赋》：“戈矛若林，牙旗缤纷。”薛综注解说：“兵书曰：牙旗者，将军之旌。谓古者天子出，建大牙旗，竿上以象牙饰之，故云牙旗。”将帅的大旗叫“牙旗”，将帅的住所自然可以称为“牙”了。《晋书·张重华传》说张重华命谢艾为中坚将军带兵出师，“夜有二枭鸣于牙中”。这个“牙”字表示的就是军帐。可见“牙”这个字自古以来就和元帅、将军结下了不解之缘。“牙”既然可以表示帅府，那么帅府里的大小将官，自然就称为“牙将”，牙将当中的贴身亲近者，则冠以“牙内”之名，也就顺理成章了。到了五代十国时期，藩镇林立，到处都是军府帅帐，于是这些军阀便将自己贴身的亲卫官称为“牙内都指挥使”、“牙内指挥使”、“牙内都虞候”等等。后来“牙”字演变成“衙”，于是“牙内”也就随之成了“衙内”。“衙”字最早只表示天子所居之处。《新唐书·仪卫志》上讲得明明白白：“唐制：天子居曰‘衙’，行曰‘驾’。”这个字“降级下放”表示军府，是中晚唐时的事了。唐人封演的《封氏闻见记·公牙》说：“近俗尚武，是以通呼公府为‘公牙’，府门为‘牙门’。字称讹变，转而为‘衙’也。”不过直到五代十国时期，“牙”、“衙”还在混用。《新五代史·唐臣·安重诲传》说潞王李从珂在外检阅军马时，“其牙内指挥使杨彦温闭城以叛”。同书《周德威传》说周德威“以功迁衙内指挥使”。“牙”、“衙”混用的情况大约在北宋时渐趋统一，且“衙”字的意义范畴也在逐渐地扩大，举凡事务性的官府，都可以称为“衙门”，军府反倒很少再叫“牙”或“衙”了。看来战事平息，连“牙门”都能“军转民”。宋人孔平仲《珩璜新论》卷四说：“或以‘衙’为廨舍（地方官的办公衙舍），早晚声鼓，谓之‘衙鼓’，报牌谓之‘衙牌’，儿子谓之‘衙内’。”官员的儿子为什么可以转称“衙内”？是因为五代十国时期的“牙内指挥使”、“牙内都虞候”等角色大多由将帅的儿子担任，所以“牙内”初称时，就和官员的儿子关系密切。后来“牙内”、“衙内”军转民，“衙内”自然而然就套用在文官儿子的头上了。

16. 上清宫兴衰记

第七十二回写宋徽宗来到李师师家，说道："寡人今日幸上清宫方回，教太子在宣德楼赐万民御酒，令御弟在千步廊买市。"

北宋有没有一座"上清宫"？回答是："有。"施耐庵这么讲对不对？回答是："完全没问题，但不是十分准确。"这是为什么呢？因为"上清宫"的确在北宋历史上出现过，而且此宫还属于相当重要的道教宫观。可惜的是，后来被一把大火烧毁了，时隔数年在此基址上重修的宫观，已经不再叫"上清宫"了。

宋朝是个崇尚道教的朝代，建国之初，太祖就没有"毁道"的打算。到了真宗朝，尊崇道教达到了第一个高峰；徽宗时期，则达到了无以复加的地步。徽宗本人宁可把皇帝宝座让给他儿子赵桓，自己也得保留"道君"的大名头儿。

上清宫的修建始于太宗端拱元年（988），成于至道元年（995）正月，前后历时六七年之久。全部落成后，总计屋室一千二百四十二间，规模甚大。此宫位于朝阳门内道之北（《长编》卷三十七作"昭阳门"，误），即开封外城东门朝阳门以北、含辉门以南。按说一千多间屋室，是无须六七年建设的，只因太宗将这个计划讲给臣下听，并信誓旦旦地表示不用国库的钱，只用朝廷与商贾贸易所得修建时，新任参知政事王沔立刻反对，奏道："土木之工，必有劳费，不免取百姓脂膏尔。"（《长编》卷三十七）其他一些官员也纷纷上书劝谏，太宗只得下诏停建。宋朝的皇帝大都比较民主，很少独断专行，稍大点儿的事都要和大臣们商议，如果大臣反对，皇帝也必须尊重他们的意见。不过皇帝毕竟是皇帝，即使一时听从了臣下的劝谏，事后只要有合适的机会，总要找补回来，把自己的心愿完成。这就是上清宫之所以拖延数年之久的原因。

太宗为什么要修建这座宫观呢？按他自己的说法，是“朕在藩时，太祖特钟友爱，赏赉不可胜纪，因悉贸易，以作此宫，为百姓请福”。解读一下，意思是说朕在当晋王的时候，太祖对朕格外关爱，赏赐之物不可计数。朕想用这些赏赐之物与商贾进行贸易，用所得的钱财修建这座宫观，托太祖福荫，为天下百姓祈福。然而这只是拿得出来的理由，太宗真正的心思，是想通过修建这座宫观来平衡他内心的煎熬，减轻他对太祖过于沉重的负罪感。众所周知，太祖赵匡胤死后，太宗先杀死了他的长子赵德昭，时隔不久，太祖次子赵德芳也“不得其死”。（死得蹊跷，不明不白）太祖只有这么两个儿子，都死在他的手里，他才坐稳了皇帝的宝座。客观地说，太宗不是个十恶不赦的杀人狂，他所以要那样做，完全是出于保住皇帝宝座的需要，不得已将可能威胁他皇位的人加以剪除（后来连他弟弟赵廷美也除掉了）。当这些“危险分子”一一剪除，龙床坐稳之后，他的内心便开始了无休无止的煎熬。那些不可告人的阴谋和残忍，他不可能对任何人倾吐，只能憋在心里，默默地向神明忏悔，所以他晚年时，写了很多敬佛的诗歌，其内容十分曲折隐晦，实际上是在向佛祖祈愿。修建这座上清宫，则是进一步向道教天帝神明忏悔和祈愿，希望佛祖、上天能原谅他所做的一切恶业。大臣们哪里能洞察他的内心？故而出于不愿劳民伤财的良好愿望，阻止太宗修建此宫。不修此宫，太宗内心的煎熬就无法开释，这也是他在临终前两年一定要把此宫修成的决心所在。至道元年正月，上清宫成，太宗亲笔题写了“上清宫”三字，算是把压抑已久的自谴稍稍宣泄出来。两年后太宗辞世，他儿子赵恒即位，是为真宗。这一朝里，大凡国家有灾异之事，皇帝都要亲临两处为国祈祥，一是大相国寺，二是上清宫。

仁宗庆历三年（1043）十一月初二，上清宫大火，把一千多间房屋烧成了一片瓦砾。仁宗是个非常重视孝道的皇帝，因为上清宫中供奉着他父皇的御容，故而打算重新修复。时任监察御史里行（见习监察御史）的包拯听说后，立刻上了一道《请不修上清宫》的奏本，坚决反对重修此宫。他力劝仁宗“固宜励精治道，谨修人事，以答天变可也”。还拿出了更加有力的理由说：“况天下多事，调发旁午，帑藏未实，边鄙未宁，岂可先不急之务，重无名之率哉?”（《包孝肃奏议》卷八）意思是当今国家与西夏战争连年，百姓困乏，岂可把有限的钱财花在这种不急之务上？老包是个鬼都害怕的铁面御史，又说得在情在理，于是仁宗下诏，将上清宫故基交给军队修建禁军营地——上清宫到此就没了。第二年二月，朝廷又把原属上清宫的部分田园、邸店划拨给了国子监，以倡教育（《长编》卷一四六）。实际情况是，不论是禁军营地也好，赐给国子监的田园邸店也好，都没把上清宫原址的地用完，剩余之处依旧是瓦砾堆积，无人收拾。

就这样到了神宗元丰二年（1079），一个名叫王太初的野道士相中了上清宫基址，便住在那里到处募捐，扬言要重修上清宫，收储前代圣王祥瑞，同时以符箓之术为人治病，还为宫中一些人医好了病。此事感动了神宗，正式下诏，将上清宫原址的二十顷地赐给王太初，并将原先所赐的师号“灵慧大师”加赐为“灵慧冲寂大师”，打算命他主持重修上清宫，还预先将“上清宫”改名为“上清储祥宫”。（《长编》卷三〇三）但因其后宋朝在对夏战争中连连失败，军费浩大，想修建这么大的宫观，还是捉襟见肘，力不从心，于是此事一拖再拖。直到哲宗元祐三年（1088）年底，朝廷才勉强卖了度僧牒六十六道、紫衣师号二十三道，所得钱财赐给上清储祥宫充修造之费（《长编》卷四二〇）。元祐六年（1091）六月，上清储祥宫终于修成，太皇太后高氏命苏轼撰写碑文，于是苏轼写下了著名的《上清储祥宫碑》。碑中记载此宫重修本末说：“元丰二年二月，神宗皇帝始命道士王太初居宫之故地，以法箓符水为民禳禬，民趋归之，稍以其力修复祠宇。诏用日者言，以宫之所在为国家子孙地，乃赐名上清储祥宫。……宫未成者十八而太初卒。太皇太后闻之，喟然叹曰：‘民不可劳也，兵不可役也，大司徒钱不可发也，而先帝之意不可以不成。’乃敕禁中供奉之物务从约损，斥卖珠玉以巨万计，凡所谓以天下养者，悉归之储祥，积会所赐，为钱一万七千六百二十八万，而宫乃成。……凡七百余间。”从此时起一直到靖康之变，此宫正式名称均为“上清储祥宫”，仍为祈祥之所。所以《水浒传》里的“上清宫”，如果称之为“上清储祥宫”，就更准确了。当然，民间叫惯了“上清宫”（如《东京梦华录》里仍叫“上清宫”），施耐庵“从众”也称之为“上清宫”，是完全可以的，我只是借此题目，将“上清宫”的来龙去脉讲给读者，并没有鸡蛋里挑骨头的意思。

17. 啥叫“足钱”

第十三回写青面兽杨志为梁中书押解生辰纲到汴梁，路过黄泥冈，因天气太热，众人都不想再走。这时一个挑着白酒的汉子（白胜）走上冈来，众人问他：“多少钱一桶？”汉子答道：“五贯足钱。”众人寻思：“我们又热又渴，何不买些吃？也解暑气。”于是开始凑钱买酒。

宋朝的铜钱，小单位为“文”，即后来民间俗称的“大子儿”；大单位为“缗（mín）”或“贯”。其实缗就是贯，都是指把一千个大子儿穿成一串，不过叫法儿不同而已。这汉子所谓“五贯足钱”，也就是“五贯钱”，等于五千文钱。这种顺理成章的解释对不对呢？看起来无懈可击，实际上却犯了经验主义的错误。具体来说，“五贯足钱”的确等于五千文钱，但“五贯钱”却要比“五贯足钱”少得多，否则汉子何必要特地强调“足”呢？既然有“足”，就肯定有“不足”。可以这样讲：从南北朝时期开始一直到宋朝，陆续出现了“足钱”、“足陌”、“长钱”和“省钱”、“省陌”、“短钱”等名目。我们以一百文为单位，来给这些说法下个简单的定义：所谓“足钱”，就是实打实的一百文钱，一个子儿都不少；所谓“短钱”、

"省陌"，就是指不足一百文钱而充当一百文来使用。造成这种畸形状况的原因是什么呢？

《隋书·食货志》载："梁初，唯京师及三吴、荆、郢、江、湘、梁、益用钱。其余州郡，则杂以谷帛交易。交、广之域，全以金银为货。武帝乃铸钱，肉好周郭，文曰'五铢'，重如其文。而又别铸，除其肉、郭，谓之'女钱'。二品并行。……及大同已后，所在铁钱，遂如丘山，物价腾贵。交易者以车载钱，不复计数，而唯论贯。商旅奸诈，因之以求利，自破岭以东，八十为百，名曰'东钱'。江、郢已上，七十为百，名曰'西钱'。京师以九十为百，名曰'长钱'。中大同元年，天子乃诏通用足陌。诏下而人不从，钱陌益少。至于末年，遂以三十五为百云。"尽管这段话有些拗口，但是不得不引，否则就无法说明非"足钱"形成的根源所在。这段话的意思是说：南朝梁建国初，只在京城金陵（今江苏南京）以及江浙、湖北湖南、江西四川一带用钱币进行交易，其余地区还保持以物易物的原始交易形态，交州（今越南北部）、广州等岭南地区，须以金或银作为通行货币。梁武帝萧衍对此进行改革，开始铸造"五铢钱"，内孔周边、外沿周边都有凸起的轮廓。（铜钱的内孔叫"好"，实体叫"肉"。这是从古代"璧"的称呼借用过来的。清人黄生《义府·钱制》云："肉谓质，好谓孔，周郭谓边道也。"）另铸一种外沿没有凸起的，叫"女钱"，这两种钱币当时通用，其他钱币均不准在市场上流通。但奸诈之人因铁贱且容易获得，于是大肆私铸铁钱，屡禁不止。大同年间（535—546），出现了堆积如山的铁钱，物价也随之暴涨，交易者往往用车拉着钱进行贸易。这期间奸诈的商贾们利用钱币的混乱乘机牟利，造成了货币流转的极大混乱。人们不再信任铁钱，于是铜钱就成了硬通货，但因铁钱多而铜钱少，于是便出现了八十文当一百文用（破岭以东）的"东钱"、七十文当一百文用（江西湖北）的"西钱"，和九十文当一百文用的"长钱"。到了中大同元年（546），朝廷下令交易过程中必须实打实，一是一二是二，不准借机坑人，可惜没人理睬。到梁朝末年，甚至出现了以三十五钱当一百钱使的情况。

也许有人会问：他给你八十钱硬充一百钱使，你不卖给他不就完了？没关系呀，你不卖他卖，你不要他要哇，反正价值一百文钱的东西我只给你八十文，你看着办。也许还有人问：凭什么公然不讲道理？我告诉您：凭的就是铜钱值钱，铁钱或者铜掺铁的钱不值钱，没人愿意要。这样说您该明白了吧？于是实际交易活动中就出现了几种不同的概念：是“足钱”还是“省陌”，您得先跟我说清楚。所以那汉子明明白白告诉杨志手下说：我开的价码儿是五千大子儿一桶，您千万别拿“省陌”来糊弄我。

北宋时期，依然存在“足陌”和“省陌”两个不同概念。“足陌”即十足之钱，“省陌”则是当时朝廷明文规定的折价钱，怎么讲呢？由于“足钱”和“短钱”的历史已经十分久远，宋朝想将其彻底杜绝，几乎是不可能的。但宋朝毕竟是个大一统的国家，一些合情合理的制度，基本上还能贯彻施行，所以宋太宗太平兴国年间发布了一条政令，规定每七十七钱当一百钱用（洪迈《容斋三笔·省钱百陌》）。由于这条政令是通过中书省布告天下的，所以称之为“省陌”。有人认为“省”就是短缺之意，也不无道理。这种制度一直施行到徽宗宣和年间，没有太大的变化。《东京梦华录》卷三说：“都市钱陌，官用七十七，街市通用七十五，鱼肉菜七十二陌，金银七十四，珠珍、雇婢妮、买虫蚁六十八，文字五十六陌。行市各有短长使用。”意思是不同用钱对象的“折扣价”不相等，官府价是七十七文当一百，市肆上一般交易是七十五当一百等等。按照《东京梦华录》里记载的宣和年间物价水平，相对还是比较平稳合理的。比如租赁车马在城内或附近办事，一趟（大约一天）价格是一百文（卷四《杂赁》），“（小酒店）煎鱼、鸭子、炒鸡兔、煎燠肉、梅汁、血羹、粉羹之类，每份不过十五钱。”（卷一《饮食果子》）白日鼠白胜每桶酒要价五贯足钱公道不公道呢？我们无法得知他的桶到底有多大，如果每桶装二十斤，每斤合二百五十文，真够黑的，太宰人了。不过啥东西都有个“随行就市”，宋朝也是“市场经济”嘛。

18. "太原府指挥使司"的说法不正确

第三回写鲁达打死镇关西逃到雁门县时，见很多人拥在十字路口观看官府张贴的榜文。众人读道："代州雁门县依奉太原府指挥使司，该准渭州文字，捕捉打死郑屠犯人鲁达。"

"指挥使司"按说应该是个"司"，也就是衙门或部门的意思。宋朝的确有指挥使，是属于禁军中的武官。《宋史·兵志》一载："禁军将校，则有殿前司都指挥使、副都指挥使、都虞候各一人；诸班有都虞候、指挥使、都知、副都知、押班；御龙诸直有四直都虞候，本直各有都虞候、指挥使、副指挥使、都头、副都头、十将、将虞候；马步军有捧日、天武左右四厢都指挥使，捧日、天武左右各有都指挥使，每军有都指挥使、都虞候，每指挥有指挥使、副指挥使。"这段话大意是说禁军中的殿前司、下属各个班、直、厢分别有与之级别相应的"指挥使"。可以这么说：宋朝的指挥使多如牛毛，但是绝对没有"指挥使司"。按照施耐庵的说法，这个"司"应该是开府办公的，而宋朝的指挥使各自隶属于本军，哪有他们开府的份儿？

究其原因，是施耐庵把元朝的官称套用在宋朝了。元朝的基本政治体制和宋朝大同小异：全国最高的政务部门是中书省，大致上相当于今天的国务院。以下分为若干个行台省，简称"行省"（即今"省"的雏形。今天的"省"，即元朝"行台省"的略称），行省下有路，有府、州、县；枢密院掌全国军务，下设都指挥使司、指挥使司、镇抚所、千户所。无论是政务还是军务的地方最高首长，均称为"达鲁花赤"（蒙古语，汉语义为"总管"）。其都指挥使司、指挥使司则是最高军事机构下设在各地的军事分支。打个不太准确的比方：中书省下面的各级区划相当于今天的省、地区、市、县；枢密院下面是各级设置相当于今天的军区、军分区、武装部。

这么说读者还难以领会具体的意义，我们举《元史·百官志》二中的一个例子掰扯掰扯，就大致清楚了。以“阿速卫亲军都指挥使司”为例：《元史》说此官“秩正三品，掌宿卫城禁，兼营潮河、苏沽两川屯田，供给军储。至元九年，初立阿速拔都达鲁花赤，置属官。二十三年，遂名为阿速之军。至大二年，改立右阿速卫亲军都指挥使司，置达鲁花赤三员、都指挥使三员、副都指挥使二员、佥事二员。四年，省达鲁花赤三员。后定置达鲁花赤一员，正三品；都指挥使三员，正三品；副都指挥使二员，从三品；佥事二员，正四品”。简单梳理一下，大意是说“阿速（今新疆阿克苏）卫亲军都指挥使司”的最高首长级别为正三品。元世祖至元九年（1272），朝廷首次委派都达鲁花赤，并设置了相应的僚属。至元二十三年（1286），名之为“阿速之军”。元武宗至大二年（1309），改此军名为“右阿速卫亲军都指挥使司”，使之真正成为“军府”：开府受理、处置辖区内所有军务，设置达鲁花赤三员、都指挥使三员、副都指挥使二员、佥事二员。至大四年（1311），不再设达鲁花赤，此司的顶头上司便成了都指挥使。后来重新设立达鲁花赤，定编一员，官正三品；都指挥使三员，官正三品；副都指挥使二员，官从三品；佥事二员，官正四品。

如果您觉得元朝的事儿离您太远，很难彻底弄清这些官员之间的关系，起码您能感受到一点：所谓“都指挥使司”或“指挥使司”，都是元朝的玩意儿，甚至是元朝中期以后才兴起的玩意儿。既然如此，施耐庵所说的“太原府指挥使司”肯定是元朝的官衙名称，是无可怀疑的。

有喜欢寻根究底的朋友可能会问：既然说“太原府指挥使司”是元朝才有的，那么北宋的太原军府应该叫什么？北宋的河东路（辖今山西省大部地区）帅司的确设在太原府，施耐庵书里提到的代州、雁门县，也的确属太原军府管辖，但宋朝实行军政一体化领导，到太原去当一把手的人，全称叫做“河东路经略安抚使、知并州、兼并代都部署”。（在一定时期内这样称呼。因为不同时期官称也有所变动，不同的官员所加的兼官也各自不同）所以当时出榜通缉鲁达的衙门，应该改为“河东路经略安抚使司”，就没有任何问题了。

19. “十恶大罪”指什么罪

第二十二回写宋江杀了阎婆惜后，投奔沧州柴进。柴进对他说：“兄长放心。遮莫做下十恶大罪，既到敝庄，但不用忧心。”很多人都知道“十恶不赦”这个成语，但细说究竟是哪“十恶”，恐怕一时还讲不清楚。

“十恶”是古代刑法中规定的十种恶性犯罪，这个概念起于南北朝时期。唐长孙无忌《唐律疏议·名例一·十恶》条说：“周、齐虽具十条之名，而无十恶之目。”意思是说“十恶”在北周、北齐时就被列入了法典严惩的条目之中，但那时的法典中没有详细而具体的缕述。最早明确“十恶”条目的是隋朝。《隋书·刑法志》说：“置十恶之条，多采后齐之制，而颇有损益。一曰谋反，二曰谋大逆，三曰谋叛，四曰恶逆，五曰不道，六曰大不敬，七曰不孝，八曰不睦，九曰不义，十曰内乱。”有犯以上十项罪恶者，永不在赦免之列。长孙无忌《唐律疏议》说：唐朝建国，依照隋制，置“十恶”诸科，不做任何改动。宋朝建国后，太祖赵匡胤十分重视人命，建隆四年（963），命判大理寺窦仪领衔，召集熟知法典的大理少卿苏晓、大理正奚屿、刑部大理法官陈光乂（yì）、冯叔向等人，据前朝法典制定新朝的法典（窦仪《进刑统表》）。当年七月编成，己卯日，“判大理寺事窦仪等上《重定刑统》三十卷，编敕四卷。诏刊板模印颁天下。”（《长编》卷四）这部法典一直用到宋朝灭亡，基本上没有大的改动。

这部书也专门设置了“十恶”一科，名目依旧按照隋、唐所定，只是对这“十恶”作了更明晰的界定，如下文：

一曰谋反。注云：“谓谋危社稷。”即今所谓颠覆国家罪。这种罪行即使在今天，也是不可容忍的。

二曰谋大逆。注云：“谓谋毁宗庙、山陵及宫阙。”意谓阴谋毁坏帝王的宗庙、陵墓和宫城。在封建时代，帝王的宗庙是无比神圣不可以丝毫冒犯的。帝王的陵墓也是绝不允许任何人稍加破坏的。古代攻破敌国，开掘其祖宗陵墓，是对敌国最极端的羞辱行为。比如金人攻破汴京之后，即将葬在河南巩县的北宋诸帝陵墓大肆掘毁。

三曰谋反。注云：“谓谋背国从伪。”指背叛国家，投降敌国，并为敌国出力而戕害本国君臣的罪行。

四曰恶逆。注云：“谓殴及谋杀祖父母、父母，杀伯叔父母、姑、兄、姊、外祖父母、夫、夫之祖父母、父母者。”这一条主要从人伦着眼，谓连前辈亲人都忍心殴杀，其情决不可恕。

五曰不道。注云：“谓杀一家非死罪三人，及支（肢）解人、造蓄蛊毒厌魅。”意思是连杀一家三口以上、将人杀死并大卸八块、制造妖惑之物坑害他人的罪行。“不道”，即缺少做人起码的良知，手段十分残忍和阴毒的罪行。比如今天的“幻药”之类，即属于“造蓄蛊毒厌魅”范围，在唐、宋，被列于重点惩治之列。

六曰大不恭。注云：“谓盗大祀神御之物、乘舆服御物，盗及伪造御宝，和合御药误不如本方，及封题误。若造御膳，误犯食禁，御幸舟船误不牢固，指斥乘舆情理切害，及对悍制使而无人臣之礼。”此条都是针对臣民对皇帝造成伤害而言，如盗取太庙祭神之物、盗取皇帝所用之物、盗取或私铸帝王印信、误配药剂致伤及帝王、将药剂的说明文字写错致伤及帝王、御厨误做犯帝王忌的饭菜而伤及帝王、船只不牢致伤及帝王、恶意谩骂诋毁帝王、恶意抵制帝王圣命拒不施行等。

七曰不孝。注云：“谓告言诅詈（lì）祖父母、父母，及祖父母、父母在，别籍异财，若供养有阙，居父母丧身自嫁娶，若作乐、释服从吉，闻祖父母、父母丧匿不举哀，诈称祖父母、父母死。”此条专对祖父母、父母而制定，谓恶毒詈骂祖父母和父母、祖父母及父母在世而拒不赡养、父母丧期内（三年）男娶女嫁，或在丧期内自行脱去丧服听音乐戏曲如同无丧事、明知祖父母或父母去世而不办丧事、祖父母或父母尚在世而谎称已经去世等。

八曰不睦。注云：“谓谋杀及卖缌（sī）麻以上亲，殴告夫及大功以上尊长、小功尊属。”意指谋杀和拐卖未出五服（缌麻为五服最轻一服，即指凡未出五服的所有亲属）的亲属、殴打诬告丈夫及大功以上亲属（大功也是丧服五服之一。堂兄弟、未婚堂姊妹、已婚姑、姊妹、侄女及众孙、众子妇、侄妇等，均服大功。已婚女为伯父、叔父、兄弟、侄、未婚姑、姊妹、侄女等服丧，也服大功。见《仪礼·丧服》）、小功中位尊的亲属（小功指本宗中的曾祖父母、伯叔祖父母、堂伯叔祖父母，未嫁祖姑、堂姑，已嫁堂姊妹，兄弟之妻，从堂兄弟及未嫁从堂姊妹；外亲为外祖父母、母舅、母姨等。亦见《仪礼·丧服》）。

九曰不义。注云：“谓杀本属府主、刺史、县令、见受业师，吏卒杀本部五品以上官长，及闻夫丧匿不举哀，若作乐释服从吉及改嫁。”意谓属下官吏杀死直接上司知府知州县令及正在授业的老师、士卒杀死上司五品以上武官、女子丈夫死去而不办丧事自行脱去丧服听音乐戏曲如同无丧事，以及在丈夫丧期内自行改嫁。

十曰内乱。注云：“谓奸小功以上亲、父祖妾，及与和者。”指与小功以上亲属及父或祖父的妾等人通奸等罪行。

通过以上简单解释可以发现，所谓“十恶”，主要是指人伦范畴的罪恶。古人认为，人如果连人伦都不遵守，那就干脆不配做人了。“人伦”具体包括哪些内容呢?《孟子·滕文公》上说：“（人伦）父子有亲，君臣有义，夫妇有别，长幼有序，朋友有信。”您可以对照窦仪所列的“十恶”，大都没超出这个范围。

20. 宋江不是“平南都总管”

第九十回写朝廷欲征讨方腊，宋江被朝廷授予“平南都总管，征讨方腊正先锋”，卢俊义为副都总管、副先锋。宋江的确参加过征讨方腊的战役，但他当时的职位离“平南都总管”差得太远了。

关于宋江横行河朔的事，不少学者都进行过考证。我认为《宋史·侯蒙传》里的一段话最为可信。传中说：“宋江寇京东，蒙上书言：‘（宋）江以三十六人横行齐、魏，官军数万，无敢抗者，其才必过人。今青溪盗起，不若赦江，使讨方腊以自赎。’帝曰：‘蒙居外不忘君，忠臣也。’命知东平府，未赴而卒。”据本人编撰的《宋代郡守通考》，徽宗政和七年（1117）十月，侯蒙自中书侍郎罢官知亳州，直到宣和三年（1121）二月上书言宋江事，没几天就病死了。此时方腊刚刚起事，侯蒙出了这么个一箭双雕的主意，难怪受到徽宗的赞赏。《十朝纲要》卷十八有两段记载，一段说宣和三年二月庚辰，“宋江犯淮阳军，又犯京东、河北路，入楚州界。知州张叔夜招抚之，江出降”。另一段说同年六月辛丑，“辛兴宗、宋江破贼（方腊）上苑洞，姚平仲破贼石峡口。贼将吕师囊弃石城遁走，擒其伪太宰吕助等”。从时间上看，侯蒙宣和三年二月献策，张叔夜随后招抚宋江归降，宋江等人旋即跟随大军南征方腊。至当年六月，南征大军已经取得了很大胜利。也就是说，从宋江起事至侯蒙献策、张叔夜招降、南征方腊，时间十分紧凑，仅仅局限在几个月之内。这个时间还可以从《续资治通鉴长编拾补》中得到印证。该书卷四十三的注文说：“（宣和）三年四月戊子，童贯与王禀等分兵四围，包帮源洞，而王涣统领马公直并裨将赵明、赵许、宋江次洞后。”这句话很重要，首先说明宋江的确受了招安，并参加了剿灭方腊的战役，其次说明宋江在征讨方腊的战役中，仅仅是大军之一的马公直王涣手下一员副将。这次战斗，《皇宋通鉴长编纪事本末》卷一四一是这样说的：“上副御笔四围生擒之策。刘镇将中军，杨可世将后军，王涣统领马公直并禆将赵明、赵许、宋江，既次洞后，而门岭崖壁，峭坂险径，贼辄数万据之。刘镇等率劲兵从间道掩击，夺门岭，斩贼六百余级。是日平旦入洞后，且战且进，鸣镝纵火，焚其庐舍。禀等自洞前望燎烟而进，禀领中军，辛兴宗领前军，杨惟忠领后军，总禆（pí）将王渊、黄迪、刘光弼等与刘镇合围夹攻之。贼二十余万众腹背抗拒，转战至晚，凶徒糜烂，流血丹地。火其庐万间。王禀以奇兵斩贼五千四十六级，刘镇等兵斩贼五千七百八十余级，生擒四百九十七人，胁从老稚数万计，并释之。而未得伪酋方腊。翌日，搜山。庚寅，王禀、辛兴宗、杨惟忠生擒方腊于帮源山东北隅石涧中。”该书同卷载，此次征讨方腊，统帅为童贯，副统帅为殿前副都指挥使刘延庆；其下有步军都虞候王禀、中军大将刘镇、后军大将杨可世、马军大将王涣等，如果我们也给宋江“排座次”的话，最高只能算第三层次的一个偏将。用现在的话说，大致相当于全军中的一个纵队的纵队长，真正的“平南都总管”是童贯，“征讨方腊正先锋”则是殿前副都指挥使刘延庆。这次讨伐，宋朝共出兵数十万人，前后剿灭方腊义军也不下二十万。当然，小说是可以虚构的，但最好不要太离谱儿。比如在《杨家将演义》里，北宋只要一打仗，挂帅的总是杨家人，诺大一个宋朝，只靠杨家几个寡妇苦苦撑着，怎么也不能令人信服吧？《水浒传》也是一样，震动半个宋朝的方腊起义，靠宋江等一百多人就能摆平，是不是太玄乎了点儿？

21. 宋朝的待漏院

第五十四回写宋江等人大破高唐州，杀了高俅的弟弟、高唐州知州高廉，大为恼怒。“次日五更，在待漏院中，专等景阳钟响，百官各具公服，直临丹墀（chí），伺候朝见”。“待漏院”是个什么去处呢？说白了，其实就是百官上朝之前临时休息的一所庭院。

古代的官员上朝很早，一般五鼓就要到宫门之前等候了，这个程序叫“早朝”。五鼓大致相当于今天的晨夜三点到五点之间，也就是说，需要上朝的官员，最晚清晨四点多就必须到宫门前候着了。这么早就“上班”，对于今天的人们来说，几乎不可想象，但在古代，人们歇息得很早，所以适当地起早也就很正常了。尽管如此，起早儿毕竟不是什么舒服事儿，不得已罢了。唐朝李商隐有一首《为有》诗说：“为有云屏无限娇，凤城寒尽怕春宵。无端嫁得金龟婿，辜负香衾事早朝。”写的就是少妇对丈夫起早上朝不能与她尽享晨欢的遗憾。您可以想象，少妇一觉儿醒来时，他的“金龟婿”早已到了皇城根儿，准备伺候皇上，顾不上娇妻了。

待漏院制度始于唐宪宗时。李肇《唐国史补》卷中说：“旧百官早朝，必立马于望仙建福门外，宰相于光宅车坊，以避风雨。元和初，始制待漏院。”宋人李上交《近事会元·待漏院》进一步说：“唐宪宗元和二年（807）六月，始置百官待漏院于建福门外。”这也算是一种“人性化”的进步吧。要知道唐玄宗自打有了杨贵妃，“从此君王不早朝”的时候，还没有待漏院遮风避雨，百官还都“立马于望仙建福门外”干等着呢。

宋朝将这一制度继承下来。太宗朝里，名臣王禹偁（chēng）就写过一篇《待漏院记》，其中几句说：“朝廷自国初因旧制，设宰臣待漏院于丹凤门之右，示勤政也。至若北阙向曙，东方未明，相君启行，煌煌火城，相君至止，哕（huì）哕銮声。金门未辟，玉漏犹滴，彻盖下车，余焉以息。待漏之际，相君岂有思乎？其或兆民未安，思所泰之；四夷未附，思所来之；兵革未息，何以弭之；田畴多芜，何以辟之；贤人在野，我将进之；佞臣立朝，我将斥之。……棘寺小吏王某为文，请志院壁，用规于执政者。”王禹偁专门写文章提醒当朝宰相务必一心勤政，并将这些箴言写在待漏院的墙壁上，使宰相每天在这里等候上朝时都能看见。那时候的士风很正，士子们都把礼义廉耻放在最重的位置，只知尽心许国，不知其他。从中可以看出，待漏院是从北宋初年就有的，而且分为宰相待漏处和百官待漏处。宋人朱彧（yù）《萍洲可谈》卷一详细谈到了百官待漏的情形，他说官员们“辨色始入，前此集禁门外”。意思是天色微曙，百官已经来到皇城前。接着又说：宰相以下，每人都用白纸糊个灯笼，安上长柄，张挂在马头前，并将自己的官位书写在灯笼上。四鼓时，旧城诸门已经开启，都下人称“四更时，朝马动，朝士至”，以烛笼相围绕聚首，谓之“火城”。宰执最后至，至则火城灯笼全部熄灭。大臣自从官及亲王、驸马，皆有位次，在皇城外仗舍，谓之“待漏院”，不与庶官同处。王禹偁那篇文章中的“待漏院”，是专为宰辅大臣们的“高级待漏院”写的。“庶官”们则另有“一般待漏院”供他们休息。《水浒传》第七十八回写到百官等待早朝时还有一段话是这样讲的：“次日五更三点，都在侍班阁子里相聚。朝鼓响时，各依品从，分列丹墀。”再次强调了“五更三点”就要上朝。句中“侍班阁子”的“侍”字无疑是“待”字之误，所谓“待班阁子”，就是待漏院。

起得太早，精神肯定萎靡不振，所以百官到了待漏院，都还要打个盹儿休息休息。叶梦得《避暑录话》卷下记载着一个故事说，哲宗绍圣年间（1094—1098），户部尚书吴居厚很喜欢谈论杜甫诗，只要有人，他就会喋喋不休。还有个中书舍人叫叶涛，字致远。“待漏院每从官晨集，多未厌于睡，往往即坐倚壁假寐，不得交谈。惟吴（居厚）至，则强与论杜诗不已，人以为苦，（叶涛）致远辄迁坐于门外檐次。一日忽大雨飘洒，同列呼之不至，问其故，曰：‘怕老杜诗’。”您瞧瞧，一个人被别人讨厌到这种地步，也真是太自我了。似此之类的人还不止一位。宋蔡絛《铁围山丛谈》卷四载，有个开封府尹很能干，学问却不咋地。“约五鼓，与侍从同坐待漏院舍。忽语众曰：‘夜来不能寐，偶读《孟子》一卷，好甜。’张台卿内相闻，随答曰：‘必非《孟子》，此定《唐书》尔。’一座为哄。”这位府尹也是个不识趣的，人家都在抓紧时间打瞌睡，他非要卖弄自己读书，于是遭人奚落（《唐书》的“唐”字与“糖”谐音，故张台卿说他读的是“糖书”。只有“糖”才“好甜”嘛）。

丁谓《丁晋公谈录》里记载南唐投降过来的大才子徐铉，“每睹待漏院前灯火人物，卖肝夹粉粥，来往喧杂，即皱眉，恶之曰：‘真同寨下耳。’”可见当时待漏院前的大街上并没有什么“戒严”措施（社会和谐了，就用不着那一套），小商小贩儿们起个大早，趁机从这些大官兜儿里赚几文钱，也是件很开心的事。

百官待漏的制度到南宋仍然没变。王明清《挥麈三录》卷三载：“（南宋高宗）绍兴初，梁仲谟汝嘉尹临安。五鼓，往待漏院，从官皆在焉。有据胡床而假寐者，旁观笑之。又一人云：‘近见一交椅，样甚佳，颇便于此。’仲谟请之，其说云：‘用木为荷叶，且以一柄插于靠背之后，可以仰首而寝。’……今达宦者皆用之，盖始于此。”意思是说临安府尹梁汝嘉五更来到待漏院，见有官员靠着胡床（类似今之折叠椅，也就是古书里所说的“交椅”）打盹儿。又一位说：“最近见到一把交椅很别致，用木料制成一个类似半张荷叶的小靠枕，将靠枕插在交椅后背的顶部，就可以枕在上面仰面休息，更加舒服。”其实这个“荷叶”，与今天理发店里理发椅上部可以插进拔出的弧形小靠枕理念完全相同，可见南宋时就有了这个“小发明”。王明清的意思是说后来士大夫坐的交椅大都有靠枕，就是来源于此。有意思吧？

22. 此“太尉”非彼“太尉”

第一回里的回目叫《张天师祈禳瘟疫·洪太尉误走妖魔》，说仁宗嘉祐三年（1058）三月三日五更三点，天子驾坐紫宸殿，受百官朝贺。参知政事范仲淹出奏，称为了禳除瘟疫，请朝廷宣召张天师星夜临朝，在京师禁院内修设罗天大醮。于是仁宗钦差“内外提点殿前太尉”洪信为天使，前往江西信州龙虎山，请张天师张真人星夜临朝。这里先说个小插曲：范仲淹确实当过几天参知政事，不过那是在庆历三年（1043），施耐庵把范仲淹的参知政事推后了十五年。更糟的是，范仲淹皇祐四年（1052）五月甲子已经死在徐州，施耐庵把去世六年的范仲淹生生给拽回来，让他接着当参知政事。这种驴唇不对马嘴的情节在古典小说中并不少见，然而出现在《水浒传》里，还是让人深感遗憾。

抛开这件事，单说仁宗委派的天使洪信，官为“内外提点殿前太尉”。（《水浒传》均简称为“洪太尉”）翻遍宋朝文献，绝对没有这么个官名，我想作者想要表述的是：此人官居“太尉”，而且是掌管京师内外一切禁军的最高军事长官。因为“洪信”这个人本身是作者虚构的，故而此人究竟当过什么官便无从查找了。上面说到的“掌管京师内外一切禁军的最高军事长官”，宋朝初年倒是有的，比如赵匡胤，即位前就是这样的角色，只是当时只称为“殿前都点检”，没那么多的零碎儿，更没有缀上“太尉”这样的官称。

“太尉”这个官称最早起于秦、汉，当时朝廷中最高的三个领导，一个是丞相，主管全国政务；第二个是太尉，主管全国军务；第三个是御史大夫，主管百官监察。杜佑《通典·职官考》中说：“秦兼天下，建皇帝之号，立百官之职，不师古。始罢侯置守，太尉主五兵，丞相总百揆。又置御史大夫，以贰于相。”讲得很清楚。后来历代，“太尉”多为加给老臣的荣誉称号，属于“三公”之一。比如隋朝，“置太尉、司徒、司空，以为三公，参议国之大事”。（《文献通考·职官考》）是正儿八经“坐而论道”的老臣，而不是开府办公的职事官。宋朝承唐制，以太师、太傅、太保为三师，太尉、司徒、司空为三公，均作为宰相或亲王的加官。举例来说，北宋中前期，只有开国宰相赵普、仁宗名相富弼、文彦博授予过“太尉”，其余人等想在有生之年得到这样的荣誉职，基本没戏。洪信这个“太尉”，理论上只能是著名宰相所加的荣誉职，不可能是有具体职事的官，道理很简单：仁宗时期根本就没有掌管军事的“太尉”。所以洪信这个“太尉”，属于完全不能成立的杜撰。如果书里称洪信为“国防部长”，您是不是觉得十分可笑？然而当时称洪信为“太尉”，和称他为“国防部长”并没有本质上的区别。

第二回写王晋卿也是“太尉”：“人都唤他做小王都太尉。……这太尉乃是哲宗皇帝妹夫，神宗皇帝的驸马。”王晋卿名叫王诜，晋卿是他的字，宋朝确实有这么个人。但据《宋史·外戚传》载，此人最高官至“留后”，离“太尉”还差几十个档次呢。大文豪苏轼与王晋卿是铁哥们儿，给他写过很多信，从来没称他为“太尉”，宋朝更没有什么“都太尉”的称谓，不知施耐庵从哪儿搬弄来的。

还是在第二回，写赵佶当了皇帝，“没半年之间，直抬举高俅做到殿帅府太尉职事”。又出现一个“太尉”。您还别说，高俅这个“太尉”还真让施耐庵说对了一大半儿。为什么说只对了一大半呢？因为哲宗死后半年，北宋还没有设置手握军权的“太尉”。《宋史·徽宗纪》三明确地说：“（政和七年正月）庚子，以殿前都指挥使高俅为太尉。”请您注意：徽宗即位在元符三年（1100），政和七年则是1117年，差着十七年呢。王明清《挥麈后录》卷六载高俅发迹经过时，说他“数年间建节，循至使相，遍历三衙者二十年，领殿前司职事，自俅始也”。也就是说，高俅得到徽宗赏识后，先得“建节”，（即授予某节度使号）然后才能“遍历三衙”。（先后在殿前司、侍卫亲军马军司、侍卫亲军步军司担任掌领禁军的武职）结合《宋史·徽宗纪》里那句话，其实高俅真正混到“太尉”，是政和七年的事了。宋江起义发生在宣和三年（政和年号之后是宣和年号），此时高俅已经是太尉不假，但不能提前十几年就让他干禁军总帅兼太尉。

现在可以总结一下了：洪信那个时期没有设掌管军务的“太尉”，故而此“太尉”非高俅所任之“太尉”。就算高俅政和七年混上了“太尉”，也仅仅是个荣誉职而并非实职，他的实职是“殿前都指挥使”，“太尉”仅仅是在殿前都指挥使高俅的脑袋上再加一顶“使相”的光环。请您记住一句话：汉朝以后再也没有“专职太尉”，古书里所说的所有“太尉”，都是实职之外增加的荣誉职。

还有个问题顺便在这里辨说几句。上文说王晋卿是“哲宗皇帝妹夫，神宗皇帝的驸马”，施耐庵把三个人的辈分儿给弄乱了。按他的说法，王晋卿的夫人应该是神宗的女儿。其实不然，王晋卿的夫人实际上是神宗皇帝的同胞妹妹。《宋史·公主传》明确记载，神宗的父亲英宗一共有四个女儿：“魏国大长公主（王晋卿之妻），帝第二女，母曰宣仁圣烈皇后。”就是说王诜的夫人和神宗都是英宗高皇后（宣仁圣烈皇后）生的，是一母同胞。公主不是“哲宗皇帝妹夫”，而是他的姑妈。这句话应该改称王晋卿是“哲宗皇帝的姑父，神宗皇帝的舅哥”才对。哲宗和徽宗是亲兄弟，王晋卿对于徽宗来说，也是位姑父。前提已错，所以下面随之而错，说“小王都太尉庆诞生辰，分付府中安排筵宴，专请小舅端王”自然也不对了。正确的说法是：“专请外甥端王。”

23. “参知政事”是什么官

第一回刚开篇写仁宗上朝，“宰相赵哲、参政文彦博出班”奏事。此后又写“参知政事范仲淹”接着“越班启奏”。先说明两点，第一点：“参政”是“参知政事”的简称。也就是说，书里写文彦博、范仲淹在“嘉祐三年（1058）三月三日”时都担任参知政事之职。范仲淹的事儿上面已经辨析过了，文彦博此时是不是参知政事呢？查查《宋史·宰辅表》，又错了。文彦博的确当过参知政事，但时间在庆历七年（1047）三月至庆历八年（1048）闰正月，此后人家就荣升宰相，而且是“监修国史”的首相了。嘉祐三年时文彦博在干什么呢？《宋史·宰辅表》说，这一年文彦博当的还是正宰相。当年六月丙午罢相，到河南府（今河南洛阳）当一把手去了。嘉祐三年时真正在位的两位参知政事，一个叫曾公亮，另一个叫王尧臣。第二点：施耐庵前头说“参政文彦博出班奏”，后头说范仲淹“越班启奏”，说明在施耐庵心目中，“参政”比“参知政事”高出一头，要不然为什么文彦博上奏就属于正常，范仲淹上奏却属于“越班”呢？所谓“越班”，就是超越班行，也就是小官僭越大官，相当于今言“越级”或“越位”。施耐庵对宋朝官制不甚了了，我们也就不再说什么了，还是回到本题，说说“参知政事”这个官吧。

“参知政事”究竟是个什么官呢？简单地说，就是副宰相。瞿蜕园先生有本著作叫《历代官制简释》，书中这样讲道：“宋初，于同平章事之下设参知政事，以分宰相赵普之权，其后遂为定制。与枢密使、副使、知枢密院、同知枢密院并称执政官，与宰相合称宰执。虽阶次不同，实际也是宰相的副职。简称参政。辽、金、元多沿用此名。”这种说法不错，可惜还没找到正根儿。“参知政事”这个官称早在唐朝就相当普遍了，但我给它取名叫“临时居位的宰相”。为什么这样讲呢？因为唐朝“在编”宰相规定由尚书仆射、中书令、门下侍中（即三省的最高长官）担任。您知道，帝王最怕宰相不听他的话，跟他对着干。试想，如果皇帝想做一件事，三个（或四个）宰相有一多半投反对票，他窝心不窝心？所以皇帝想出个办法，命他最信任的人“参知政事”——虽然名义上不是宰相，但赋予他投票决策权，皇帝的心思不就不再受宰相们的制约了吗？《新唐书·百官志》一说：“自太宗时，杜淹以吏部尚书参议朝政，魏徵以秘书监参预朝政，其后或曰‘参议得失’、‘参知政事’之类，其名非一，皆宰相职也。”再看看《唐书》里有没有出现过“参知政事”呢？好家伙，还不少呢。太宗贞观十三年（639）十一月，尚书左丞刘洎为黄门侍郎，参知政事；高宗永徽六年（655），中书舍人李义府为中书侍郎，参知政事；高宗显庆元年（656），兵部尚书任雅相、度支尚书卢承庆参知政事等等。很明显，这些“参知政事”的确都是由尚书左丞、中书舍人、兵部尚书等临时参与国家最高级政事议论和决策的，不属于定编定岗的那一类。宋朝的“参知政事”，则是“定编定岗”的、天经地义的副宰相，这是唐、宋两代此官最根本的不同。

《宋史·职官志》一说：“参知政事，掌副宰相，毗大政，参庶务。乾德二年置。不押班，不知印，不升政事堂。……至道元年，诏宰相与参知政事轮班知印，同升政事堂，押敕齐衔。元丰新官制，废参知政事，置门下、中书二侍郎，尚书左、右丞，以代其任。”这段话说明两个问题：第一，参知政事是名正言顺的副宰相，用不着战战兢兢地担心朝廷不定啥时候把自己撂回原来的低职去；第二，此官最初没有太多的实权，甚至连政事堂都不能随便进，用现在的俗话说，纯属听宰相吆喝的。但从太宗晚年起，此官逐渐掌握实权，可以堂而皇之地走进政事堂，与宰相面对面议论处置朝廷大事了。这种情况一直延续到神宗元丰四年（1081）改革官制，才告结束。这样说来，《历代职官简释》说赵匡胤为了分宰相赵普的权力才设此官，是很值得商榷的。《宋史·赵普传》说：“（赵普）既拜相，上视如左右手，事无大小，悉咨决焉。是日，普兼监修国史。命薛居正、吕余庆参知政事以副之，不宣制，班在宰相后，不知印，不预奏事，不押班，但奉行制书而已。”两个“但奉行制书”的人，怎么去分赵普的实权呢？当然，越往后，参知政事的权力就越大，甚至敢和宰相真鼻子真脸地大吵大闹。范仲淹主要活动在仁宗一朝，那时的参知政事，说话已经相当管用了。

24. “小黄门”是些什么人

第二回写高俅到端王府送礼，院公告诉他：“殿下在庭心里和小黄门踢气球。”第八十一回写徽宗到名妓李师师那里去，“引着一个小黄门，扮作白衣秀士，从地道中径到李师师家后门来”。小黄门究竟是些什么人呢？在《水浒传》里，我们可以用最简单的一个词来回答，就是小宦官。

宦官是个通称，是东方文化的特产，而且起源甚早。司马迁《报任安书》里就提到，士子们耻与此类人为伍，“所从来远矣”。宦官受到人们普遍的轻贱，其实并不是他们的错，而是灭绝人性的宦官制度铸成的大错，这一点不在这里多说，只说这类人在称呼上的“演变史”。

见诸文献的宦官，最早称为“寺人”。《左传》里提到的就有齐国的寺人貂（僖公二年）、晋国的寺人披（僖公五年）、寺人勃鞮（僖公二十五年）、寺人孟张（成公十七年）、宋国的寺人惠墙伊戾（襄公二十六年）、寺人柳（昭公六年）等，可见那时候宦者已经很多。这些“寺人”在当时是俗称及通称，除此之外，各级寺人还有正规的官称。《通典·职官》九说：“天文有宦者四星，在帝座之西。周官有宫正、宫伯（主王宫，为宦官首长）、宫人（掌王之六寝）、内宰（六宫女眷的礼仪教师）、阍人（守王宫的宦官）、寺人（管理王宫所有女眷）。”战国时期的宦官一般都称为“宦者”。著名的赵国丞相蔺相如，出使秦国之前就是宦者令缪贤的门客，也就是说，当时赵国的缪贤是宫中宦者的总头目。秦朝这类人也统称为“宦者”。《史记·吕不韦列传》说吕不韦为了讨太后高兴，为舍人嫪毐（lào'ǎi）施行了假宫刑送进后宫，充当宦者，与太后淫乐。嫪毐由此得势，“家僮数千人，诸客求宦为嫪毐舍人千余人”。到了汉朝，又统称为“中人”。《汉书·百官公卿表》上说：“将行，秦官，（汉）景帝中六年更名大长秋，或用中人，或用士人。”颜师古注解说：“中人，奄（阉）人也。”这个称呼蛮有特色：男子阉割后既不是女人，又不是真正意义上的男人，可不就成为“中性人”了吗。此后历代，或称宦官，或称内臣，或称内官，或称阉官。直到明朝设十二监、四司、八局，合称为“二十四衙”，每监设掌印太监一人，这批奇特不完整的男人才被广泛地称为“太监”。后来大家对“太监”这个词听习惯了，于是很多人把明朝以前的阉人也统称为“太监”。比如冯梦龙《古今小说》第三十一卷《闹阴司司马貌断狱》说汉高祖刘邦征边去了，“吕后素性淫乱，问太监道：‘汉家臣子，谁人美貌？’太监奏道：‘只有陈平美貌。’”第三十六卷《宋四公大闹禁魂张》说晋朝石崇、王恺斗富，王恺的姐姐王皇后“召掌内库的太监，内库中借他镇库之宝，乃是一株大珊瑚树，长三尺八寸”。《警世通言》第六卷《俞仲举题诗遇上皇》写“孝宗天子差太监到德寿宫问安”，把汉朝、晋朝、宋朝的宦者都叫成“太监”，大概是想让读者读起来省力吧。

把这类人的概况介绍完，再来说“小黄门”。其实“黄门”原本和宦官没有什么瓜葛，只因后汉时设置“黄门令”、“中黄门”、“小黄门”等官负责赞导内事，应对顾问，尤其是后汉安帝永初元年（107），和熹邓太后以女主称制，不直接与公卿大臣接触，而用阉官常侍、小黄门。从此以后，阉官权任尤重，飞扬跋扈，任意残害士大夫，直至酿成汉末大乱。黄门其实就是皇宫的门。《通典·职官》三说：“凡禁门黄闼，故号黄门。”

黄门官从秦朝就有，不过从那时起直到东汉后期，有时用士子担任侍郎，有时用宦者担任侍郎，但都称为“黄门官”。后汉安帝以后，宦官俨然成了朝廷的主宰，因此“黄门”便成了权力的象征，然而在士大夫看来，“黄门”同时也成了宦官的代称。也就是从这时起，“黄门”才逐渐和士大夫脱钩儿，而成为宦官的另一称谓，进而成为“不耻于人类”的轻蔑称谓。比如晋代名士嵇康的《与山巨源绝交书》就说：“岂可见黄门而称贞哉?”意思是说有谁见了宦官还夸赞他是贞节之士呢？李周翰在这句话下注解说：“黄门，阉人也。”一副鄙夷的口气。北宋开国皇帝赵匡胤明令他的部下攻城略地时不准滥杀无辜之人，大将王全斌攻破成都，因杀蜀兵过多，竟被贬到随州（今湖北随县）去了。但大将潘美攻破广州后，杀死大量的宦官，却“不算杀人”，足见正常士大夫乃至皇帝，对这些家伙是何等的蔑视。这类人心理上都很变态，阴暗恶毒而具有极其强烈的复仇心，所以中国历史上由宦官引起的朝政大乱不在少数。北宋末年的童贯就是个大宦官，硬是把北宋江山给玩儿丢了一大半。明朝最高统治者本身心理就阴暗，谁也信不过，只剩下这些“不耻于人类”的身边人可以信任了。没想到这些太监一朝大权在握，把满腔的仇恨都撒在士大夫身上了！在明朝当官，真是最悲哀的选择。

25. 宋朝的枢密院

第二回说高俅遭际徽宗，有一天，徽宗对高俅说：朕很想抬举你，但朝廷制度，必须要有边功，才能得到升迁。“先教枢密院与你入名，只是做随驾迁转的人”。第十二回写杨志“央人来枢密院打点，理会本等的勾当，将出那担儿内金银财物，买上告下，再要补殿司府制使职役。把许多东西都使尽了，方才得申文书，引去见殿帅高太尉。”这里提到的枢密院是个什么部门呢？这还要从唐朝末年说起。

唐朝自安禄山之乱，朝廷对地方节镇的控制显得越来越力不从心，很多机密诏命，往往是朝廷与节镇“单线联系”，于是负责这个使命的人便应运而生，最初就叫“枢密使”。据《文献通考·职官考》十二载，枢密使最早出现在唐代宗永泰年间（765—766），是由宦官充当的。这倒好理解，宦官是皇帝的贴身近侍，理论上是皇帝最亲信的人嘛。因为当时是个临时性差遣，所以刚设枢密使的时候，没有像样的办公地点，仅仅在大内腾出三间屋，供他们放置文书。中国历史上第一位枢密使叫董廷秀。宪宗元和以后，刘光琦、梁守谦、王守澄、杨复恭、西门季元都干过这份差事。官场上就是如此：虽然都是些宦官，也不甘心永久当狗腿子，所以到了唐朝末年，枢密使胆子越来越大，甚至想侵夺宰相的权了。当时有不少故事，限于篇幅，不在这里多说。

五代后梁朱全忠笼络到一个非常能干又对他非常忠诚的士子，名叫敬翔，没建国前，此人一直追随朱全忠担任宣武军节度掌书记。开平元年（907），后梁建国，朱全忠立马儿命敬翔当了崇政使（当时朱全忠改枢密院为崇政院，相当于后来的枢密院），参赞军事。于是敬翔成了中国历史上第一位以士大夫身份担任枢密使的人。五代是个官制很灵活的时代，尤其是在军政方面，很需要专门的智囊随时与皇帝保持沟通。这时候的枢密院早已不再是临时性机构，而成为朝廷正式设立的军政部门，枢密使也成为朝廷正式编制的高级官员。这种制度一直保持到后唐同光元年（923），也就是李存勖（xù）建立后唐的第一年，他把崇政院改回枢密院，任命宰相郭崇韬兼任枢密使，另设专职枢密使一人，“权侔宰相矣”。（《文献通考·职官考》十二）其后枢密院设枢密使、枢密副使。其间偶尔由宰相兼任，偶尔废枢密院几年，但基本上保持了连续性。到了后周柴荣显德六年（959），范质、王溥都担任参知枢密院事（这两个人后来入宋，任宰相）。

宋朝建立后，在官制方面没有动大手术，基本上沿袭了唐末五代的制度，枢密院当然也就完完整整地保留下来，并明确该院主持全国军事。《宋史·职官志》二说："宋初循唐、五代之制，置枢密院，与中书对持文武二柄，号为'二府'。"您看厉害不厉害？由于这种制度的确立，所以宋朝人心目中的"宰辅大臣"，实际上就是中书省和枢密院的几个头头儿。赵匡胤是个很有肚量的大政治家，他建立宋朝，居然敢把全国军、政一把手都交给前朝老臣，以示自己赤心为天下苍生，没有一丁点儿私心。要知道，宋朝建国的那一年，他只有三十三岁！据《宋史·宰辅表》一载，后周宰相兼枢密使范质、王溥、魏仁浦三人依然为宰相兼参知枢密院事——朕如此信任你们，你们还有什么话说？当然，赵匡胤也必须塞进个铁哥们儿赵普担任枢密副使。没几年，赵普又取代了三位枢密使，成为当时唯一的枢密使。他升任宰相后，赵匡胤的亲信李崇矩、曹彬、李处耘、沈伦等，都曾担任过枢密使或副使。

枢密院里的官很怪：他们参赞军事，却可以不是军人：唐末的宦官自不必说，五代敬翔、郭崇韬、范质、王溥、魏仁浦也都不是武人，入宋后的赵普更是个文弱书生。这说明那个时期，帝王们都已清醒地认识到：枢密院不是豢养爪牙的，而是贮存大脑的——武人有勇力的大有人在，有大脑的却不多。聪明透顶的赵匡胤深谙制人之道，所以顺水推舟，依旧沿袭文人掌管全国军事的传统，给他们极高的荣誉，使他们的地位与宰相相当。可是有一点：枢密院只有管理军队的权力，而没有调动和指挥军队的权力，调动指挥军队的大权，永远牢牢掌握在皇帝一个人手中。我们看看《宋史·职官志》的说法就全明白了：

枢密院掌军国机务、兵防、边备、戎马之政令，出纳密命，以佐邦治。凡侍卫诸班直、内外禁兵招募、阅试、迁补、屯戍、赏罚之事皆掌之。以升拣、废置揭帖兵籍。……大事则禀奏，其付授者用宣；小事则拟进，其付授者用札。先具所得旨，关门下省审覆。

也就是说，但凡大点儿的事，都得禀奏皇帝，得旨后方能施行，还得门下省审核才能最终通过。

宋神宗元丰年间，官制进行过一次重大改革，核心问题是恢复唐朝的三省六部制度。当时有人提出要废除枢密院，认为这个部门从一“出生”就很不光彩（由宦官担任）。神宗说：“祖宗不以兵柄归有司，故专命官以统之，互相维制，何可废也?”于是得以不废（《宋史·职官志》二）。徽宗政和七年（1117）二月，大宦官童贯为陕西、河东、河北三路宣抚使。为了指挥军队、调集军费等更加便利无阻，朝廷竟给他加了个“同签书枢密院事”的官，这样一来，童贯就不仅仅是外藩宣抚，还兼任枢密院的领导。这不仅违逆了太祖时定下的规矩，也为童贯任意弄权调兵乃至逃跑卖国开了无人能管的大口子。一个月后，改为“权领枢密院事”。“权”就是“临时”的意思。到了年底十二月，索性不“权”了，成为“领枢密院事”。您看这么个宦官，内有枢密院大权，外有最关键三路军权，说句毫不夸张的话，徽宗这个二百五等于把全国所有的军队领导指挥权都交给了童贯，而且直到金兵南下的靖康元年（1127），官职只升不降——大宋朝的军队落到这样的人手里，不亡才怪。

最后要为《水浒传》解释的是：徽宗打算先在枢密院给高俅谋个“随驾迁转的人”，是符合当时实际的，也就是上面所引《职官志》所说“侍卫诸班直”一类官员。到后来高俅成了“殿前司太尉”，就已脱离开枢密院系统，属于“三衙”系统的最高军事首长了（枢密院领导是“军政首长”，三衙则属于纯禁军系统的将帅）。“三衙”形式上有点儿像今天的首都卫戍区，但实际职权还要大得多，因为它还掌握着全国的禁军呢。

26. 何为“殿帅府”

第二回里说高俅得到太尉高官后，“拣选吉日良辰去殿帅府里到任。”我们先给“殿帅”限定一个框框：这个词是当时的俗称，朝廷正规称谓中，没有这么个官府。

宋代对禁军最高统领还有个称谓叫“三衙”，包括殿前司、侍卫亲军马军司、侍卫亲军步军司三个部门。其实最早时只有两衙，一个叫殿前司，一个叫侍卫亲军司。后来侍卫亲军司分成侍卫亲军马军司和侍卫亲军步军司，再加上殿前司，就成了三个各自独立的部门。欧阳修《归田录》卷一说：“旧制，侍卫亲军与殿前分为两司。自侍卫司不置马步军都指挥使，止置马军指挥使、步军指挥使以来，侍卫一司，自分为二，故与殿前司列为三衙也。”这个变化起于何时，史书中没有明确的记载，反倒有互相抵牾的情况。如宋人魏泰《东轩笔录》卷十说宋英宗最恨外戚们生活腐化，初即位时，“殿前马步军都指挥使李璋家犯销金”，即日下有司，必欲穷治。说明英宗在位时（治平元年至治平四年，1064—1067），马、步军还没有分开；而王辟之《渑水燕谈录》卷四则说：“汤守信仕真宗，为步军指挥使。”则可知真宗时期或真宗之前，马军与步军已经分为二司。这一点李焘《长编》也可以证明，该书卷九十九乾兴元年（1022，真宗本年驾崩）七月癸巳说：“国朝，殿前司捧日、天武，马军司龙卫，步军司神卫，谓之‘上四军’。”彭百川《太平治迹统类》卷三十干脆把马、步军的分置定在乾兴元年，恐怕不十分准确。至于李璋官衔为“殿前马步军都指挥使”，可能是魏泰因记忆有误而写错了，因为《宋史·外戚传》里说李璋担任的是“殿前都指挥使”，而并非“殿前马步军都指挥使”。

《水浒传》里所说的“殿帅”，恰恰就是李璋当过的这个“殿前都指挥使”，而不包括马军司、步军司两个都指挥使；所谓“殿帅府”，就是殿前都指挥使的办公衙门。在宋代三衙当中，殿前司是最为紧要的核心军事部门，是军队中的重中之重。当年赵匡胤凭什么率领数十万大军北上，又有资本在陈桥驿发动兵变？因为他就是当时的“殿帅”。他当时的规范官称是“殿前都点检”，办公的衙署在左掖门内（《长编》卷一）。自打他当了皇帝，这个官名就得避讳，别人不能再用了，所以宋朝建立的第二年，就不再除授“殿前都点检”和“殿前副都点检”。这件事明明白白地记载在《长编》卷二建隆二年（961）的闰三月初一。

殿前都点检和副都点检不再除授，禁军总得有人负责呀。这倒好办，把原来由殿前都点检指挥的“殿前都指挥使”和“副都指挥使”提升半格儿，问题就解决了。所以《宋史·职官志》六说：“殿前司，都指挥使、副都指挥使、都虞候各一人。掌殿前诸班直及步骑诸指挥之名籍，凡统制、训练、番卫、戍守、迁补、赏罚，皆总其政令。而（先）有都点检、副都点检之名，在都指挥之上，后不复置。”您如果想弄清高俅这个“太尉”究竟有多厉害，和当年的赵匡胤一比较，就完全清楚了：俩人当的竟是同一个官。

27. 八十万禁军教头

这个词最早出现在第二回，写高俅初任殿帅太尉号令众官时，惟不见“八十万禁军教头王进”。第八回写林冲被高俅陷害流配，为了不连累妻子，自愿写下休书，称：“东京八十万禁军教头林冲，为因身犯重罪，断配沧州，去后存亡不保。有妻张氏年少，情愿立此休书，任从改嫁，永无争执。”书中出现了两位“八十万禁军教头”，都被高俅害得家破人亡。但读《水浒传》的人都知道林冲是“八十万禁军教头”，王进那一段儿，不少人恐怕连记都没记住。

这个官名里有三个关键词：八十万；禁军；教头。宋朝的军队大致分为三种，一种叫禁军，形象点儿说，就是中央直属精锐部队，有点像今天的野战军。另一种叫厢军，就是地方部队，有点像今天的省军区、地市军分区这个系统。还有一种叫乡兵，地位比厢军更低，和禁军就没法儿比了。《水浒传》里县太爷派来伺候武松的人不是被叫做“土兵”吗？土兵就是乡兵的一种。有人认为是“士兵”写错了，其实这是不了解宋朝兵制造成的误解。

先简单解释“禁军”。《宋史·兵志》一说：“禁兵者，天子之卫兵也，殿前、侍卫二司总之。其最亲近扈从者，号诸班直，其次总于御前忠佐军头司、皇城司、骐骥院。余皆以守京师，备征伐。其在外者，非屯驻、屯泊，则就粮军也。太祖鉴前代之失，萃精锐于京师，虽曰增损旧制，而规模宏远矣。”这段话概括了宋朝禁军的几个方面，第一，所有禁军都直接隶属于中央，由殿帅直接掌控；第二，这些军队都是朝廷精锐部队，有皇帝扈从和京城卫士，还有在外地的，属于外出驻守。也就是说，禁军名义上都是皇帝的卫队，只不过某些军队临时外出执勤（在外地就地取食，称为“就粮”）而已。

再说“八十万”这个数目究竟准不准。宋朝禁军人数是个变动着的数字，《宋史·兵志》一载，太祖开宝年间（968—976），国家军队总共是三十七万八千人，其中禁军十九万三千，占全国军队总数的百分之五十一；太宗至道年间（995—997），军队总数为六十六万六千，其中禁军三十五万八千，占总数的百分之五十四；真宗天禧年间（1017—1021），军队总共九十一万二千，其中禁军四十三万二千，占总数的百分之四十七；仁宗庆历年间（1041—1048），军队总数一百二十五万九千，其中禁军八十二万六千，占总数的百分之六十六；英宗治平年间（1064—1067）军队总数一百一十六万二千，禁军六十六万三千，占总数的百分之五十七。神宗熙宁时对西北用兵，禁军达到五十六万八千六百八十八人；元丰再用兵，禁军总数达到六十一万二千二百四十三人。按照以上历代的比例估算，宋徽宗时期全国禁军在八十万上下，应该不算离谱儿。

那么“八十万禁军教头”是个什么官呢？实际上教头就是“教练”、“教官”。记得有人对我说过，八十万禁军教头就是八十万禁军的总教官。这是不可能的，因为这八十万军人里有马军，有步军，还有水军；有在京禁军，更多的是在外禁军，一个“总教官”，累死他也教不过来呀。所以我们只能理解成“禁军中的教官之一”，而且是禁军中的步军教官。如果拿现在的北京卫戍区来打比方，那么林冲的地位相当于卫戍区某部某项目的教员，或者某军队院校中众多教官当中的一位教官——上校军衔，正团级待遇，陆军某科目教研室主任。

28. “都头”是多大个官儿

一提到“都头”这个词，读者最先想到的就是武松。第二十三回写武松景阳冈打死老虎以后，县太爷对他格外看重，对他说：“我今日就参你在本县做个都头，如何？”武松跪谢道：“若蒙恩相抬举，小人终身受赐。”知县随即唤押司立了文案，当日便参武松做了步兵都头。从此后不管是潘金莲也好，王婆子也好，何九叔也好，都以“都头”称呼武松。其实武松当都头之前，书中早就提到过这个名词。第十三回说济州郓城县令时文彬上任后，立刻招呼属下来见：“本县尉司管下有两个都头：一个唤做步兵都头（朱仝），一个唤做马兵都头（雷横）。这马兵都头，管着二十四坐马弓手，二十个土兵；那步兵都头管着二十个使枪的头目，二十个土兵。”

郓城县和武松打虎的阳谷县平级，也就是说，武松这个“都头”，至多也就是阳谷县里“管着二十个使枪的头目，二十个土兵”这么大的“官”。为什么要在“官”字上加个引号呢？因为“都头”算不得什么“官”，连县太爷权限之内都能任命的职务，您说能算“官”吗？宋朝的县和现在的县概念相同，都头属县尉管辖，而县尉是县令的主要僚属，打个不很确切的比方，武松这个都头，大致相当于县武警支队里的一个排长。

《水浒传》里出现的“都头”大都是在县里听差的，有名有姓的除朱仝、雷横之外，还有沂水县都头李云（第四十三回）、清溪县都头钱振鹏（第一一二回）、兰溪县都头郑彪（第一一七回）。不过您可别误认为“都头”都是县里的小排长，宋朝还真有“特大”的都头呢。《宋史·职官志》载，宋朝军队从高到低各级都有“都头”，连高俅任职的殿前司里都设都头一职。举例来说，中央精锐部队殿前司骑军指挥使帐下就有“散都头”、“都头”、“副都头”，属于指挥使下面各都的主要将官。侍卫亲军步军司也是禁军王牌儿，同样在各都之下设“都头”、“副都头”。这些人相当于哪级军官呢？这就需要先把“都”字的定义搞清楚。钱大昕《十驾斋养新录》卷十五《宋金官印》一节中说：“宋军制以五百人为一营，每营设指挥使一员，其下为五都，每都马军设军使一员，副兵马使一员，步军设都头一员，副都头一员。”也就是说，宋朝的军队以五百人为一个独立编制，这个编制的最高领导叫“指挥使”。每营又分五“都”，那么每“都”就是一百人。步军每都里设都头一员、副都头一员。他的说法，在《皇宋通鉴长编纪事本末》卷二十一中也可以得到印证，而且不论禁军还是厢军，甚至是“强壮”，（地方征集的带有民兵性质的乡兵）率皆如此。该书记载真宗咸平三年十二月，诏河北征调“强壮”：“五百人为指挥，置指挥使。百人为都，置正副都头二人、节级四人。”这就很清楚了：在正规军队中，步军都头指挥一百名士卒，副都头协助指挥。这个规模大致相当于今天军队里一个营的兵力。比照一下，宋朝正规军中的都头，相当于今天的营长，副都头相当于副营长。上面还提到一个“散都头”是啥意思？“散”

即“散员”之意，即带有临时凑集性质的军人。《皇宋通鉴长编纪事本末》卷十四提到一个叫魏能的人，就是散员都头：“散员左班都头魏能戍边，不为众所保。上曰：‘此人材勇，朕可自保之。’”意思是说魏能的人缘儿不好，没有官员愿意保举他。宋太宗说：“朕亲自保举他。”

与宋朝同时存在的辽国和金国，也都在军队里设“都头”一职，大致与宋朝相类。其实辽、金的很多制度，都是模仿宋朝制定的，而宋朝的制度，又有不少是从唐末五代延续下来的，“都头”一职就是如此。《新唐书·兵志》载，唐末僖宗在黄巢起义时往四川逃跑，大宦官田令孜趁机募集神策新军五十四都，“诸都又领以都将，亦曰‘都头’。”没想到吧？“都头”这个在宋朝普遍使用的武官官名，竟然最先出自一个坏透顶的大宦官。不过唐朝的“都”比宋朝大，每都一千人（见《资治通鉴》卷二五六）。到了元朝，此官不再延续使用，一部《元史》里，从头到尾没有出现过这个官名。元以后有些小说里偶尔出现这个称谓，已经不再具有宋朝所有的两个意义了。譬如《警世通言》卷十一《苏知县罗衫再合》：“徐能是个贪财好色的都头。”只在说明徐能是出了名的贪财好色之徒。《醒世恒言》卷三十四《一文钱小隙造奇冤》说孙大娘对儿子特别护短，“又兼性暴，能言快语，是个揽事的女都头”。就更与领兵武人的概念八竿子打不着了。

29. “保正”是官名吗

第十四回中说晁天王晁盖是东溪村的“保正”。“保正”是个什么官儿呢？其实“保正”就相当于我们比较熟悉的“保长”，算不得什么官，也绝对不在“官籍”，它只是宋朝基层维持治安的群众组织头目而已。说到

"保长"，没人不知道，可如果问这个名称起于何时，可能就有人回答不出了。这里可以明确地告诉您，这个概念起于北宋神宗时期的王安石变法。

一般人都容易把"变法"理解为经济改革，对王安石变法，大家熟知的也是"青苗法"。其实王安石变法决不仅仅局限在经济领域，他变革了科举制度，同时也对地方军事组织形式进行了大刀阔斧的改革，最有代表性的就是"保甲法"。这部新法施行于神宗熙宁三年（1070）十二月。《长编》卷二一八说，本月乙丑，中书省上呈了司农寺拟定的"畿县保甲条制"，即保甲法。此法在组织形式上规定："凡十家为一保，选主户有材干心力者一人为保长；五十家为一大保，选主户最有心力及物产最高者一人为大保长；十大保为一都保，仍选主户有行止、材勇为众所伏者二人为都、副保正。"在职责上则规定："每一大保逐夜轮差五人，于保分内往来巡警，遇有贼盗，画时声鼓，报大保长以下，同保人户实时救应追捕；如贼入别保，递相击鼓，应接袭逐。……同保内有犯强窃盗、杀人、谋杀、放火、强奸、略人、传习妖教、造畜蛊毒，知而不告，论如《伍保律》。"这段话不难懂，意思是说朝廷用"保甲"的形式把所有民众都调动起来，十户组成一保，选其中一人为保长；五保为一大保，选一人为大保长；十大保为一都保，选一人为都保正，一人为副都保正。每一大保每夜轮五个保丁执勤，在所辖范围内巡逻执勤。如遇有盗窃、杀人、谋杀、放火、强奸、劫夺人口、传播邪教、制造藏匿毒药等物，一句话，凡有危害社会治安的种种犯罪行为，必须击鼓报警，并报大保长组织追捕，有隐匿不报者，按《伍保律》追究其责任。这部新法最早在京畿大县开封、祥符两县做"试点"，随后推广到全国。这就是我国历史上"保甲"制度的起源。

关于这部法令，神宗赵顼与王安石还曾有过一番争论。由于保甲法最初施行时存在一些弊端，比如此法规定每户两丁抽一集中训练，所需锣鼓、弓箭等均由各户自行置办，官府只负责派军官按时集训等等，客观上加重了农民的负担，"役之过苦"，甚至妨害农事，所以神宗认为，还不如改回募兵制度。王安石回答说："臣以为募兵与民兵无异，顾所用将帅如何尔。将帅非难求，但人主能察见群臣情伪，善驾御之，则人材出而为用，而不患无将帅；有将帅，则不患民兵不为用矣。”后来的实践证明，王安石的理论是站得住脚的。由于这种制度对防范和治理地方治安起到了极好的作用，所以宋朝以后的历朝历代，施行了一千年之久。新中国成立后，“民兵”这个词没人感到陌生，其实这个词也早在北宋中期就有了，它最初的意义，即指各“保”中的保丁。

现在回过头来说晁盖，他是东溪村的“保正”，我们基本上可以判定，这个村大约有几百户人家，应该算个“大村儿”。

30. 宋朝的“教授”

第十四回吴用出场，被称为“教授”。吴用该算哪一级“教授”呢？第十五回吴用自己做出了解释：“如今在一个大财主家做门馆。”用现在的话说，吴用其实只是个混饭吃的“私塾先生”，离真正意义上的“教授”还差很远呢。宋朝的确有“教授”这个官称，而且根据教授们供职单位的不同，还要冠上“某某教授”的具体名称。

按说“教授”就是教书先生，那么国子监里的教书先生岂不是最高级的教授？此话不假，但恰恰国子监里的“特级教授”不叫“教授”，元丰改制之前，这些人的正式官称为“国子监直讲”、“国子监讲书”、“国子监说书”，原则上设置八名，各专一经（经指经书，即《周易》、《尚书》、《诗经》、《周礼》等）。元丰改制后，改称为“太学博士”，每一经设两名博士——干的是教授的活儿，可就是不叫“教授”这个名儿。不过当时国家武学中的教官倒称为“教授”。《宋史·职官志》五说，仁宗庆历三年（1043）武学成立之初，一个叫阮逸的人成为有宋以来第一位“武学教授”。不过好景不长，当年八月，武学便被取消了，阮逸这个“武学教授”，凳子还没坐热乎就改任他职了。元丰改制以后，武学教授也随着国子监的规矩，改称“武学博士”了。

要说宋朝最早的“教授”，当属皇侄、皇孙教授、诸王宫大小学教授以及诸王府教授。《长编》卷三十七说：太宗至道元年（995）正月，“始命司门员外郎开封孙蠙为皇侄、皇孙教授”。起因是太宗认为这些皇亲应该受教育，不能光享乐不学习，故而下旨设立此职，专一教导皇亲子弟。“诸王宫大小学教授”是个总称，具体在哪一宫任职，就称为“某宫教授”。比如《长编》卷一九三就提到判大宗正事赵允弼奏请，以“潭王宫教授”周孟阳等编修宗正寺档案。则“潭王宫教授”就是周梦阳的正式官名。同书卷一三五说赵师民担任“国子监直讲，兼润、冀二王宫教授”，就是说赵师民一共干了三个不同的教授：国子监里的教授、润王府教授、冀王府教授。可见那时候的教授只要有本事，也是可以兼职的。王府教授是没有定员的，可以根据需要随时增减。《宋史·职官志》二说：“凡诸宫皆有教授，初无定员。是年，英宗以宗室自率府副率已上八百余人，奉朝请者四百余人，而教官才六员，乃诏增置教授官：凡皇族年三十已上者百一十三人，置讲书四员；年二十以上者百十三人，置讲书四员；年十五已上者三百九人，增置教授五员；年十四已下者，别置小学教授十二员。”

宋仁宗时，曾两度在州郡乃至大县里建立州学和县学。《宋史·职官志》七中提到：“景祐四年（1037），诏藩镇始立学，他州勿听（在大藩重镇建立学校，一般州郡暂时不建学校）。庆历四年（1044），诏诸路州、军、监各令立学（全国范围内中级政区统统建立学校），学者二百人以上，许更置县学（能招来二百生员以上的大县，也可校理学校）。自是，州郡无不有学。始置教授，以经术行义训导诸生。”这么多“教授”从哪儿来呢？《长编》卷一四七庆历四年三月说：“州若县皆立学，本道使者选属部官为教授，三年而代；选于吏员不足，取于乡里宿学有道业者，三年无私谴，以名闻。”可见北宋中前期，州县教授还不是朝廷命官。其后朝廷官员数量逐渐增多，州县教授便由朝廷委派，成了有官籍的命官。我们熟悉的一些宋朝名流，不少都干过这个差事，比如苏轼的弟弟苏辙，就当过陈州（今河南淮阳）州学教授；曾巩的弟弟曾肇，当过郑州州学教授，词学大家周邦彦，当过庐州（今安徽合肥）州学教授等。

至于吴用被称为“教授”，只是个谀称，不必当真才是。

31.“推司”是什么部门

第十二回写杨志卖刀，一怒之下杀死了东京泼皮牛二，替京城百姓除了一害，所以天汉州桥下众人纷纷敛些盘缠，凑些银两，给他送饭，又替他上下打点。“推司也觑他是个首身的好汉”，所以三推六问，只判了个斗殴杀伤，误伤人命。“推司禀过府尹，将杨志带出厅前，除了长枷，断了二十脊杖”，发配到大名府。从行文看，“推司”肯定是负责刑事审判的部门。可您如果想详细了解这个部门，查遍官修史书，怎么也找不到这么个部门。其实这里所说的“推司”，就是宋朝“推官厅”的俗称。

我们看宋朝包公戏时，审理案件的只有包公一个人，两旁站着的是王朝、马汉、张龙、赵虎——五个人物，偌大的开封府分分钟儿搞定，那是绝对不可能的，要不咋说那是“戏”呢。您想，当年的汴京虽然不敢和今天的北京相提并论，毕竟也是东方第一大城市，所以开封府里设置的部门和官吏多着呢。单是司法部门的主要负责人，就有推官二人、判官二人；司录参军一人；功曹、仓曹、户曹、兵曹、法曹、士曹参军各一人；左右军巡使二人、左右军巡判官二人；左右厢公事干当官四人。《宋史·职官志》六说：“判官、推官四人，日视推鞫，分事以治，而佐其长。……左右军巡使、判官各二人，分掌京城争斗及推鞫之事。左右厢公事干当官四人，掌检覆推问，凡斗讼事，轻者听论决。……令佐、训练、征榷、监临、巡警之官，知府事者率统隶焉。分案六，置吏六百。”您看，开封府里，负责侦破、审理、判决、抓捕等各方面事务的在册人员，就有六百人之多。这六百人统统归开封府尹直接或间接管辖。

杨志杀人这事儿应该归那个部门负责呢？您仔细琢磨上面那段话就会明白：人命关天的大案要案，只能由推官司和判官司负责，其他部门负不起这么大的责任。所以这里所谓的“推司”，显然指的是推官厅。就这一点来说，施耐庵把握得相当准确，唯一欠缺一点的是，杨志一案从审理到判决，须经推官司和判官司两个部门才能最终敲定（初审的定论，如果判死罪，还得上报中央有关部门）。因为推官厅的职责是审理，判官厅的职责才是判决。这就如同今天的公检法系统，公安局是负责侦破的，检察院是负责审理的，法院是负责判决的道理一样。开封府推官和判官听起来好像与“吏”没什么区别，实际情况却完全不是如此，这些人职位之高，绝对会超乎您的想象。在宋朝，这两个职位不但必须由朝廷命官担任，而且因为事关人命，又是京都辇下，所以担任此职的官员，往往都要经过极其慎重的简选或名臣的保举推荐方可就职。我曾经编撰过《开封府推官判官年表》（巴蜀书社已出版过的《宋代职官通考》中没有收录，现为稿本），这里不可能给读者拿来一览无余，但可以挑选几个后来当了宰相、虽没入相但为当世名流的推、判官“档案”稍加展示，您就能感受到对于这些官员，朝廷的选拔是多么的慎重：号称“大事不糊涂”的吕端在太宗末年，当了数年开封府判官，当判官前为右谏议大夫（《宋史》本传）；后来当了宰相的陈尧佐，于真宗咸平年间任开封府推官，咸平四年（1001）因言事切直，贬为潮州通判（《长编》卷四十九）；后来入相的庞籍（司马光父亲司马池的朋友），仁宗景祐元年（1033），自开封府判官出任广南东路转运使（《长编》卷一一五）；后来入相的韩琦，景祐初年，自开封府推官迁为度支判官（《韩魏公家传》卷一）；后来入相的梁适（《水浒传》中梁中书的祖父），康定元年（1040），自开封府推官调任知谏院（《华阳集》卷五十八《梁庄肃公适墓志铭》)；后来入相的富弼，与梁适同时升为同官(《宋史》本传)；后来入相的司马光，嘉祐三年（1058)，自开封府推官升知谏院（《司马文正公年谱》)；名臣苏轼，神宗熙宁四年（1071)，自开封府推官贬为杭州通判（《长编》卷二百二十)。就列这么几个人，您就能体会到，施耐庵轻轻带过的“推司”官员，都是些什么量级的人物了——他们绝非戏曲里戳着木棍在堂上吆喝“威武肃静”的王朝、马汉之流。

32.“提辖”是什么官儿

第三回的回目叫《史大郎夜走华阴县·鲁提辖拳打镇关西》，这位“鲁提辖”就是鲁达，后改名为鲁智深的人。文中鲁达自称“洒家是经略府提辖，姓鲁”。下面还有一段话，说镇关西被他打死后，老小邻人都到州衙告状。府尹接状看罢，说道：“鲁达系是经略府提辖。”不敢擅自捕捉，于是来到经略府，向经略相公禀道：“府中提辖鲁达，无故用拳打死市上郑屠。不曾禀过相公，不敢擅自捉拿凶身。”经略相公回府尹道：“鲁达这人，原是我父亲老经略处军官。为因俺这里无人帮护，拨他来做个提辖。既然犯了人命罪过，你可拿他依法度取问。如若供招明白，拟罪已定，也须教我父亲知道，方可断决。”

在讲说“提辖”之前，先把种（chóng）家的关系稍作梳理，以便读者对“老种”、“小种”两位相公有个真切的了解。本回里鲁达对郑屠说：“洒家始投老种经略相公，做到关西五路廉访使，也不枉了叫做镇关西。”第五回又自称是“延安府老种经略相公帐前提辖官”。第三回说“俺这渭州，却是小种经略相公镇守”，又说郑屠“投托着俺小种经略相公门下，做个肉铺户”。这几个例子已大致表明了“老种”、“小种”和鲁达之间的关系：老种相公种师道是延安府经略安抚使，小种相公是渭州经略安抚使；鲁达原在延安府（今陕西延安）做提辖，后被派到渭州（今甘肃平凉），在小种经略相公帐下做提辖。其实本文开篇所引的那段文字中有三处是错误的：第一，渭州经略司主管对渭州知州说："鲁达这人，原是我父亲老经略处军官。"按此说法，渭州经略小种相公成了老种相公种师道的儿子，真实的情况是：小种相公种师中是老种相公种师道的弟弟，没留神被施耐庵搞错了一辈儿，把哥哥误当成父亲了。《宋史·种师道传》说靖康元年金人犯阙时，"帝日遣使趣师道战，师道欲俟其弟秦凤经略使师中至，奏言过春分乃可击"。可见二人为兄弟而非父子。第二，即便当时种师中任渭州经略使，也应该兼任渭州知州才对，这与唐朝节度使例兼所在州刺史的制度完全相同。也就是说，渭州只能有一位最高长官，就是经略安抚使兼本州知州，而不可能判然分为两府，分设经略使和知州两名官员。因此，府尹不敢擅自捕捉鲁达，特地来到经略府告知经略使种师中，从根本上就不可能存在。第三，宣和二三年间至五六年间，老种相公种师道先后在渭州、环州（今甘肃环县）任知州，他一辈子并没有当过延安府经略安抚使（正规的名称是鄜延路经略安抚使）。而宣和二年至四年间，小种相公种师中则在邠州（今陕西彬县）任知州，他也从没在渭州当过经略安抚使。当然，第三点属于比较精细的宋朝历史，没有理由对作者求全责备，如此杜撰，是完全说得过去的。而第一、第二点出现的纰漏，则是完全可以避免的。

再来说"提辖"。第四十九回写到解珍、解宝兄弟被押进登州死牢，孙新欲搭救二人时，孙新说道："我的亲哥哥见做本州兵马提辖。"这是《水浒传》里出现的第二位担任"提辖"的人，可供我们对本书中的"提辖"有个大概的揣度。可以看出，对于"提辖"，作者只知道属于武官，却没弄清它究竟应该归属于那个系统：是属于经略安抚使司呢，还是属于州府长官的治下（写鲁达时归在经略司，写孙立时则归到州府去了）？

"提辖"这个官名的确只在宋朝出现，两部《唐书》里绝无此称，《明史》以下也绝无此称，即使《元史》里出现过几处，也都是在说元人与宋朝的“提辖”如何交战，而不是说元朝也有这么个官。其实广义的“提辖”就是“主管”的意思。宋朝的主管之称主要有三种：“提点”（如提点某路刑狱公事）、“提举”（如提举某路常平茶盐公事）和“提辖”。宋朝除了“专业提辖”（即专项业务主管），如榷货务都茶场提辖、杂买务杂卖场提辖、文思院提辖、左藏东西库提辖等之外，就都属于军事方面的“提辖”了（《长编》里出现的“提辖”，绝大多数都属于此类提辖）。《宋史·职官志》七说，徽宗崇宁中（1102－1106），“复置提举兵马、提辖兵甲，皆守臣兼之。掌按练军旅，督捕盗贼，以清境内。”这段话说明三方面问题，第一，“提辖”是徽宗崇宁年间才设置的官名，徽宗以前连宋朝都没有“提辖”。《长编》卷二八五记录了件有趣的事，说神宗熙宁十年（1077）十月庚寅，“龙图阁直学士、新知荆南、提举本路兵马巡检等事吴中复言：先臣名‘举’，乞改为‘提辖’。中书拟从其请，上批：‘朝廷官称避守臣私讳，于义未安，宜不行。’乃已”。意思是说吴中复受命担任荆南府知府、兼提举本路兵马巡检。因为吴中复的父亲名叫“吴举”，与“提举本路兵马巡检等事”官称中的“举”字犯了讳，希望朝廷成全他的孝心，将“提举本路兵马巡检等事”改为“提辖本路兵马巡检等事”。神宗认为这样做不妥，没有同意改官名。这也可以证明“提辖”、“提举”是一码事，无非称呼不同，都是“总管”之意。第二，崇宁年间设此官时，规定“提辖兵甲”一职必须由所在州经略使或知州兼任，而不另派官员充任。第三，“提辖”只是一个省称，全称则是“提辖某路兵甲公事”或“提辖某州兵甲公事”。按照《宋史·职官志》的框定，鲁达和孙立都没有资格也没有可能担任“提辖”：鲁达连那个州的知州都不是，提辖谁去？孙立虽然身在登州，但并不是知州，也不存在提辖谁的问题。如果孙立真是位提辖，那他首先应该是登州知州，才有资格兼任“提辖登州兵甲等事”。所以《水浒传》里所有的“提辖”，在真实的历史中都是不成立的。

33. “梁中书”到底当的啥官

第十五回写众好汉智取生辰纲，首次提到一个人物，乃“北京大名府梁中书”。此人还是蔡京的女婿。此后他的出现就很频繁了，但《水浒传》中自始至终没有说此人叫什么名字，显见得“中书”是个官称。如同今天见到某官，不直呼其名，而叫他“王部长”、“张局长”意思相同。“北京大名府梁中书”的意思就是：当今北京大名府知府、中书官梁某。

“中书”不是指中书省吗？不错。这就说明，此人应该当过中书省的官，并由中书省大员外任大名府知府，这未必是降职，一来中书省里也有各级官员，二来北宋大名府知府级别很高，相当于副相，不是一般人当得了的。不过要知道梁中书究竟是谁，历史上是不是真有个“梁中书”，才能搞清他是什么“中书”。

《大宋宣和遗事》元集有段话说：“宣和二年（1120）五月，有北京留守梁师宝将十万贯金珠、珍宝、奇巧段物，差县尉马安国一行人，担奔至京师，赶六月初一日为蔡太师上寿。”《大宋宣和遗事》也是小说，所说之事不能全信，但全书很多故事都说得有鼻子有眼儿，核之史书，十有五六都是真的。这段话里的北京留守（即大名府知府的别称）姓梁，我认为可信，但双名师宝，则我可以肯定地说宋朝绝无此人。本人编著的《宋河北河东大郡守臣易替考》所载宣和二年大名府知府共有三位，一是梁子美，一是林摅（shū），一是邓洵仁。据《宋会要辑稿·职官》六九之三〇载，宣和二年二月九日，宁远军节度使、知大名府兼北京留守司公事、大名府路安抚使梁子美为开府仪同三司、提举西京崇福宫。就是说梁子美宣和二年二月初就离开大名府知府的官位了，接他任的是林摅，是从扬州知州调过来的。《宋史》卷三五一本传说他知扬州，徙大名府。加观文殿学士，拜庆远军节度使，言者复论罢之。这与《宋会要辑稿·职官》六九之六的记载相抵牾：《宋会要辑稿》说：“宣和二年八月二十六日，庆远军节度使、知东平府林摅罢节度使，授正奉大夫，提举亳州明道宫。”意即林摅从扬州调任的不是大名府，而是东平府（今山东东平）。如果真是这样，那么梁子美二月可能并没有离开大名府任，因为他要离任，得新官到任交接后才能脱身，所以我认为很有可能林摅得到了大名府知府的圣旨，但还没来得及到任，就被人弹劾罢官了（宋朝官员从得到任命到真正到任需要走很长时间，途中耽搁几个月是常有的事）。这样，梁子美就必须再等下一个任命。接下来便是邓洵仁了。《宋会要辑稿·职官》四一之九五载，宣和二年十一月九日，大名府路安抚使邓洵仁已经言事。说明梁子美最多宣和二年十一月就离开大名府了。然而就这么一个阴差阳错，这位梁子美恰恰符合了《大宋宣和遗事》所说梁知府宣和二年五月还在大名府任的说法。如果此说成立，那么宣和二年大名府的知府就是梁子美，而不可能是“梁师宝”——北宋历史上根本就没有梁师宝这么个人。《大宋宣和遗事》里的“梁师宝”或是作者记误，或是作者避讳其真实姓名而编造出来的人名。

真是巧了，《宋史》卷二八五《梁适传》后附有《梁子美传》，说梁子美是前朝名臣梁适的孙子，曾担任提举湖南常平、湖南提刑、京西转运副使、成都路转运副使、河北都转运使。“北珠出女真，子美市于契丹，契丹嗜其利，虐女真捕海东青以求珠。两国之祸盖基于此，子美用是致位光显”。据本人编撰的《宋代路分长官通考》，梁子美任河北都转运使在崇宁二年（1103）至大观元年（1107），此后本传一直到宣和四年（1122）罢为“开府仪同三司、提举嵩山崇福宫”这段时间的履历是空白，究竟怎么个“致位光显”呢？《宋史·宰辅表》三给我们提供了权威资料：大观元年三月丁酉，梁子美自尚书右丞迁尚书左丞。六月乙未，梁子美加中书侍郎。同书同卷又说：大观二年八月丙申，梁子美自中书侍郎，以资政殿大学士、正奉大夫出知郓州。这几句话至关重要，我们终于找到了梁子美关于“中书”的可靠记载，更可以断定：《大宋宣和遗事》、《水浒传》里所谓的“梁中书”，毫无疑问就是梁子美。

《宋史·宰辅表》里提到的“尚书右丞”、“尚书左丞”都是神宗元丰改制后的副相，而“中书侍郎”则是尚书、中书、门下三省交叉任职的产物：请注意，《宰辅表》说的是梁子美自尚书左丞“加”中书侍郎，并没有说“改任中书侍郎”，也就是说，此时的梁子美仍旧是尚书左丞，在这个基础上又添加了一个中书侍郎的官职。尚书左丞是尚书省里的官，中书侍郎是中书省里的官。当时朝廷统共设三省，梁子美已经拥有了尚书省的最高副职和中书省的最高副职，而中书省的地位又比尚书省高半格儿，所以梁子美的实际官职，已相当于当朝第一副宰相。这也是他后来罢官时为什么要“自中书侍郎，以资政殿大学士、正奉大夫出知郓州”，而不说“自尚书左丞，以资政殿大学士、正奉大夫出知郓州”的根本原因，也是《水浒传》为什么要称他为“梁中书”而不称他为“梁尚书”或“梁左丞”的原因。在这个人物身上，施耐庵把握得实在是太准确了。

顺便再说句题外的话，如果我说梁子美这个坏家伙和苏辙是亲家，您肯信吗？宋朝官员们的姻亲关系非常复杂，不同党派之间结亲是常有的事。《太平治迹统类》卷二十四说：苏辙贬到循州（今广东龙川）安置时，“本路提点刑狱梁子美既与苏辙系亲姻之家，不申明回避，并其余监司失觉察，各罚金三十斤”。意思是说广东提刑梁子美与苏辙是亲家，不主动提出回避，犯了为官之讳，罚他三十斤黄铜。这记载该不会假吧？

34. 宋朝的“提刑官”

第六十二回写梁中书捉拿到卢俊义，押在大牢。“占了他家私，谋了他老婆”的卢府管家李固一心想让卢俊义赶快死掉，故而向狱卒蔡福行贿，请求蔡福替他结果了卢俊义性命。蔡福笑道：“如今把五十两金子与我，结果了他性命。日后提刑官下马，我吃不的这等官司。”这里的“提刑官”究竟是啥官呢?“提刑官下马”又该怎么理解?

宋朝州郡之上还有一级叫“路”的区划，各路设立安抚使、转运使、提点刑狱和提举常平四个“司”，分别负责军事、漕运、刑狱、常平仓储四个方面的事务。“提刑”即“提点某路刑狱公事”的简称。宋朝的路里最早设置的是安抚使司和转运使司，提点刑狱司是太宗晚年才提到议事日程上来的。宋朝是个很看重生命权的仁政朝代，当时全国虽然已从战争状态走向和平，但唐末五代以来形成的草菅人命之风，在一些地方官脑子里并没有根除，州郡中常有不该判死刑的人被葫芦提判了死罪。太宗为了忠实履行太祖仁爱之政，尽可能不错杀无辜，决定在全国各路设立提点刑狱官。关于此官的职权范围，《宋史·职官志》七说：“提点刑狱公事，掌察所部之狱讼而平其曲直，所至审问囚徒，详复案牍，禁系淹延而不决，盗窃逋窜而不获，皆劾以闻，及举刺官吏之事。”这个官有时候只派文臣担任，有时候一路之内会同时派文、武两员提刑。由于此官是宋朝首创，所以在北宋前期，也是一波三折，经常调整。龚延明《宋代官制辞典》第485页“路提点刑狱公事”条大致缕述了此司的废置情况。据《宋代官制辞典》第485、486两页所述，可以列文臣提刑的简表如下，供读者参考：

太宗淳化二年（991）五月至淳化四年（993）十月置司。

真宗景德四年（1007）七月至仁宗天圣六年（1028）正月置司。

仁宗明道二年（1033）十二月至宋亡置司。

也就是说，此司在宋朝建国三十余年后始设，中间淳化五年（994）至景德三年（1006）的十二年、天圣七年（1029）至明道元年（1032）的五年没有提刑司之外，其余两百多年里，都有这个路司存在。

提点刑狱官的设立，是宋朝施行仁政的有力说明。宋朝判处一个人犯死刑，除朝廷对州郡官谆谆教导不准“失入死罪”（由于办案人员的疏忽、失误或出于报复而误置犯人于死刑）外，还要派路分大员“提点刑狱公事”随时随地地进行复审。即便如此，也不能说提刑签字画押就可以对人犯执行死刑了，还须报审刑院审核，审刑院签字后报大理寺，大理寺签字后报宰相，宰相认为确凿无误，再逐级下达死刑命令，其间有一个部门找出疑点，就可以发回重审。提点刑狱官起到的作用，就是在中央和地方之间增加一道确保不误杀人命的保险闸。

由于提点刑狱属于路分官员，负责一路之内所有州郡大案要案的复查和审核，再报朝廷相关部门核准。为了确保所辖各州郡不出差错，他需要“行部”——不停地到所辖州郡去检查工作。所谓“提刑官下马”，就是指该路提刑官行部到某一州郡后，重点核查该处重大案件的真伪虚实。施耐庵这句话讲得相当准确，而前几年的电视剧《大宋提刑官》，则让提刑宋慈深入到县里甚至事发现场去亲自“破案”，是很失实的。提刑官的核心职责是“复谳（yàn）”，即对现有审定的重大案件进行复核，而不是侦查员的角色。这里蔡福的意思是说，他现在把卢俊义办了，总有一天大名府路提点刑狱大人要来查核犯人的真正死因，绝不可能对一个人犯不明不白死在狱中不加过问。到那时候我怎么解释？怎么交代？一旦被提刑大人查出破绽，我蔡福的小命儿不就没了？要你那五十两金子还有啥用？蔡福是在官府牢狱里混的主儿，自然对此事的利害十分清楚，难得施耐庵对宋朝提刑的职责理解如此精准，很能表现当时蔡福的内心矛盾。

35. “虞候”是哪一级的军官

“虞候”这个官最早出现在第七回，说太尉府里的陆虞候陆谦，原本与林冲私交不错。又说他家就在高俅府第隔壁，想来官儿不算小，否则也不可能与当朝太尉做邻居呀。第十六回又出现了这个官，说大名府梁中书命军人杨志押送生辰纲，又特地派“奶公谢都管并两个虞候”与他同去。杨志一听就火儿了，对梁中书说：“此十担礼物都在小人身上，和他众人，都由杨志，要早行便早行，要晚行便晚行，要住便住，要歇便歇，亦依杨志提调。如今又叫老都管并虞候和小人去，他是夫人行的人，又是太师府门下奶公，倘或路上与小人憋拗起来，杨志如何敢和他争执得?”这里所说的“虞候”，显然无法与太尉府里的陆虞候相提并论。第四十五回再次出现此官，说拚命三郎石秀正对杨雄说他老婆与和尚通奸的事，“只见四五个虞候叫杨雄道：‘那里不寻节级？知府相公在花园里坐地，教寻节级来和我们使棒。快走，快走！’”杨雄是蓟州一个节级官，这些“虞候”肯定也是蓟州的虞候，而且成群结伙来寻杨雄去“使棒”，说明官儿肯定大不了。第五十回又说知府来到祝家庄，“来到厅上，居中坐了。侧首坐着孔目，下面一个押番，几个虞候，阶下尽是许多节级、牢子。”这句话里的“虞候”竟然排在“押番”的后面，实在是马尾巴穿豆腐——提不起来了：押番仅仅是比士卒高一点儿的角色，充其量相当于今天军队里的小班长。

细心的读者肯定看出了门道儿：“虞候”不是个有固定级别、固定职事的官名。事实的确如此。我们索性从这个名称的根儿上说起吧。“虞候”最早出现在春秋时期。《左传·昭公二十年》说：“薮之薪蒸，虞候守之。”

孔颖达疏解说："《周礼》：山泽之官，皆名为虞。水希曰薮，则薮是少水之泽，立官使之候望，故以虞候为名也。"（经常有人把这个官写成"虞侯"，大概是觉得既然是官嘛，就应该与诸侯的"侯"有关系。看完上面这几句话您就明白，"虞候"是不应该写成"虞侯"的）意思是说周代凡是管理山泽物产的官都叫"虞"。设"虞人"使他们守护候望，防止盗贼，后来就他们叫"虞候"了。候望山泽的官叫"虞"，军队里候望敌情的人，是否也可以叫"虞"呢？没问题。高承《事物纪原·舆驾羽卫·虞候》条说："春秋时，晋有候正，主斥候。又有原候、候奄，则虞候之名盖因此。"这段话说的，就是军队里主管侦查敌情的官叫"虞候"，而且始于春秋时的晋国。其后的汉魏六朝，没见有此官。而北方的西魏，开始在军队里设此官。到了隋朝，"虞候"成了正式的东宫禁卫官，负责侦察和巡逻等事。杜佑《通典·职官》十二说："隋有左、右虞候，各置开府一人，掌斥候，伺奸非。……炀帝改开府为左、右虞候，并置副率二人。"这是"虞候"在寂寞了数百年后再次成为半军事性质的官员。唐朝则正式在军队里设"虞候"，但只在京城羽林军中设置。《通典·职官》十二又说："大唐为左、右虞候率府，职拟左右金吾。……掌斥候道路，先驱后殿，伺察奸非。"属于朝廷仪卫官。晚唐五代时期，一切旧规矩都乱了，此时的"虞候"一下子变得牛气冲天，成为侍卫亲军中的高级军官。如后梁太祖朱全忠的儿子朱友珪，"乾化元年（911），充诸军都虞候。二年，弑太祖篡位。"（加"都"字表示统管）您瞧厉害不厉害？由唐入梁的赵犨，唐末时官"马步都虞候"；还有个叫胡规的，先任"宣武军都虞候"，因功勋卓著，升为河中府都虞候。

宋朝的"虞候"也还很牛。殿前司、侍卫亲军马军司、步军司三衙中都设"都虞候"，地位仅次于都指挥使和副都指挥使。此外又有各级虞候。《宋史·职官志》六说："殿前司，都指挥使、副都指挥使、都虞候各一人。掌殿前诸班直，及步骑诸指挥之名籍。凡统制、训练、番卫、戍守、迁补、赏罚，皆总其政令。……都指挥使以节度使为之。而副都指挥使、都虞候以刺史以上充。”打个不确切的比方，此时的“都虞候”，大致相当于禁军中的参谋长。依次类推，马军都指挥使司里的虞候，相当于马军参谋长；步军都指挥使司里的虞候，相当于步兵参谋长。以下各级军队中还都设都虞候或虞候。《宋史·职官志》六又说：“（步军）诸班有都虞候指挥使、都军使、都知、副都知、押班。御龙诸直，有四直都虞候，本直各有虞候、指挥使、副指挥使、都头、副都头、十将、将虞候。骑军、步军，有捧日、天武左右四厢都指挥使，捧日、天武左右厢各有都指挥使。每军有都指挥使、都虞候，每指挥有指挥使、副指挥使，每都有军使、副兵马使、十将、将虞候、承局、押官，各以其职隶于殿前司。”原来各级军队里都有“虞候”。最高的“虞候”已经说过了，那么最低的“虞候”呢，可以低到连长甚至排长这一级。还拿刚才打是那个比方说，最高级别的“虞候”相当于参谋长，以下的“虞候”分别可以称为三军参谋总长、海军参谋长、陆军参谋长、集团军参谋长、军参谋长、师参谋长、旅参谋长、团部参谋、营部参谋、连部参谋，直至相当于参谋的副排长。至于蓟州虞候、登州虞候之类，其实已不是真正意义上的“虞候”，只是因为管点州县公差，别人胡乱用“虞候”往他们脸上贴点儿金，大家面子上都好看罢了，这与称富豪为“郎中”没有太大的差别。

36. “一郡宰臣官”说法欠妥

第八回写高俅陷害林冲，命属下将林冲押解到开封府，交给滕府尹推问。施耐庵在这里写了几句韵语说：“提辖官能掌机密，客帐司专管牌单。吏兵沉重，节级严威。执藤条祇候立阶前，持大杖离班分左右。……虽然一郡宰臣官，果是四方民父母。”作者显然是把开封府尹当成了“一郡宰臣官”。这种说法大欠妥当。

“宰”这个名称出现很早，《周礼》六官的第一官即“天官冢宰”，相当于后世的宰相，这恰恰也是后来“一人之下万人之上”那个人称为“宰相”的起源。《周礼》中还有不少“宰”，如大宰、小宰、宰夫、内宰、里宰等。那时的“宰”实际上就是指某些事务的总管。春秋时期，替卿大夫管理采邑的人也叫“宰”。秦始皇建立秦朝后，这个词在官方文书中就不多见了，除了政府最高长官称为“宰臣”、“宰辅”外，没有其他用场。民间用“宰”字专指县令，如李商隐有一首诗，题目叫《所居永乐县久旱，县宰祈祷得雨，因赋诗》；杜荀鹤《再经胡城县》诗：“去岁曾经此县城，县民无口不冤声。今来县宰加朱绂，便是生灵血染成。”这是为什么呢？因为春秋时期卿大夫的采邑不过百里，大致相当于后来的一个县大小，所以县叫“县邑”或单称“邑”，管理一县的行政长官也就自然而然地“遗传”了“宰”这个称谓叫做“县宰”。必须说明的是，不论是官方文书还是诗词歌赋，乃至于民间俗语，绝没有把州郡长官叫做“宰”的情况出现（州郡长官可以叫“牧”、“守”、“侯”、“尹”等）。施耐庵把开封府称为“郡”已经很不合适，自汉以来，京城或称为“京兆”，或称为“天府”，怎么可以把都城降格为“郡”呢？又说开封府尹是“一郡宰臣”，就更加牛头不对马嘴了。我这样说看起来像是在吹毛求疵，实则关乎文化史的正误，是不能过于马虎的。这些问题对于文艺创作者来说，是考验其文化积淀浅深的一把尺子。演少林棍僧在玉米地里打斗、让七品芝麻官卖红薯之类，严格说都属于文化误导（玉米是明朝才传入中土的，红薯是明末清初从吕宋传入中土的）。似此之类，如果改成少林棍僧在高粱地里打斗、让七品芝麻官辞官回家卖芋头，就没什么问题了。

顺便说几句题外的趣话：施耐庵说此时开封府尹姓滕，肯定是杜撰。本人曾写过一本《北宋京师及东西路大郡守臣考》，收集编排了北宋时期一百多位开封府首长，姓滕的只有滕甫一人，还是在神宗熙宁初年知过开封府。宣和年间的开封府尹主要有三个人，一个叫盛章，宣和初年任；另一个叫王革，代盛章继续任开封府尹。中间还有个叫王鼎的干过几天，不久又把交椅还给了王革。在这个位置上，王革一直干到宣和六年（1124）。所以宋江起义的宣和二、三年间，开封府尹必是王革无疑。遗憾的是，盛章、王革留下来的相关资料极少，除了记载他们任官日期外，几乎没有其他描述，更别说传记了。比较有价值的资料是《宋史全文》卷十八上篇宋高宗对辅臣们说的一句话："宣和间开封尹盛章、王革，可谓惨刻。"盛章靠花石纲起家，王革也是靠在京师大兴土木站稳的脚跟，俩人没一个是好东西。

37. 宋朝的"孔目"官

"孔目"这个官在《水浒传》里出现频率很高，如第八回说到高俅的太尉府里有个孔目官名叫孙定，为人鲠直好善，一心想周全林冲。第二十回说济州孔目"差人赍一纸公文，行下所属郓城县，教守御本境，防备梁山泊贼人"。第三十回说武松刺配途经孟州（今河南孟州），州中张都监欲害武松，"押司、孔目上下都使用了钱"。又说孟州的叶孔目是"西厅孔目心如水，海内清廉播德言"。第四十回说江州"蔡九知府升厅，便唤当案孔目来分付"。第四十四回还有个蓟州孔目裴宣，"原是本府六案孔目出身，极好刀笔。为人忠直聪明，分毫不肯苟且，本处人都称他'铁面孔目'"。此人后来上了梁山，绰号依旧叫"铁面孔目"。以上这些书证可以看出这么几点：第一，宋朝的"孔目"上起殿帅府，下到州郡都有设置；第二，孔目是有办公地点的官；第三，孔目是"分案"办事的，也就是说他们处理事务是"分片包干"，州郡里的"孔目"共有"六案"。

"孔目"这个官历史不长，是唐朝才有的。《资治通鉴·唐玄宗天宝十载》说安禄山有轻中国之心。他手下的孔目官严庄、掌书记高尚因此劝他作乱。南宋胡三省注解说："孔目官，衙前吏职也。唐世始有此名，言凡使司之事，一孔一目，皆须经由其手也。"按照胡三省的说法，那时的"孔目"，相当于军府中的参谋、干事之类，还没有很明确的分工，有点儿像我们常说的"狗头军师"。查查《新唐书·职官志》，书中说集贤殿书院里设孔目官一人，左右神策军中各设孔目官二人。可以证明此官始设于唐，是没有任何问题的，但当时还不普遍，属于临时委任、差派的智囊或管理人员。到了五代时期，孔目官就很多了，文官有三司孔目，武臣帐下也都有了孔目官。背叛后汉自立为后周皇帝的那个郭威，就曾担任过孔目官。《旧五代史·汉纪·高祖纪》说："（天福十二年四月己未）以蕃汉兵马都孔目官郭威为权枢密使、检校司徒。"这个孔目官好生了得，"蕃汉兵马都孔目官"相当于国家军队及盟邦军队的总参谋长，所以升为武宰相枢密使，也是顺理成章的事。

宋朝是个崇尚文治的朝代，办事机构很多，需要的办事人员当然也不能少。建国不久，便在众多部门里设置"孔目"。《宋史·职官志》里说，早期中书省设五房，第一房就是孔目房，以下依次是吏房、户房、兵礼房和刑房。这时的"孔目房"大致相当于今天的某部门办公厅。主管全国经济工作的三司，其户部、盐铁、度支三大部门也各设"孔目"一员；秘书省里也有了孔目官。南宋时临安府下设都孔目官、副孔目官、节度孔目官、观察孔目官各一名，大致相当于今天北京市政府办公厅主任、副主任、分管主任等，体现了一个王朝越来越冗杂的职官设置。

"六案"又是什么意思呢？北宋神宗元丰年间改革官制后，基本恢复了隋唐时的三省六部制，于是下面的州、县，也仿照尚书省六部，分成吏案、户案、礼案、兵案、刑案、工案六个办事机构。所以"当案孔目"就是分案对号入座的那个孔目，那么"六案孔目"，则是六个分案孔目的总管，即孔目官们的"大组长"。结合上面胡三省的注解，这个官的性质就能大致弄明白了："孔目"就是各级各类的办公室主管：上级官员的意图需要通过这些人按照不同项目下传，下面很多具体事物需要这些人分别处置并上达。您把这个定义还原到《水浒传》所有“孔目”身上，全都适用。

有趣的是，郑振铎先生在《插图本中国文学史》第四十六章里说：“在元代，孔目原是可以左右官府的。”其实何止是在元代，哪朝哪代不是如此？要知道，州县里的“孔目”，大都属于“吏”而不属于“官”（宋朝“官”的档案在吏部，“吏”只是“官”临时聘用的办事人员，没有官籍，说炒鱿鱼立马儿就可以炒掉，无须上报朝廷批准）。我曾经听一位朋友对我说：“我们学校真怪，不是校长管处长，而是处长管校长。”其实这一点儿也不奇怪，自古以来，大臣管皇上的事还多着呢。说得浅显点儿，这和我们小时候玩的“小拇指压大拇指”游戏道理全同。民间俗谚说的“阎王好见，小鬼难缠”、“不怕官，就怕管”，也都是这番哲理——“阎王”们是要前途的，“小鬼”们则是捞实惠的。同理，“孔目”们是操作具体事儿的，长官则是把握全局的，长官大拇指能摁住孔目不假，孔目们把小尾巴一翘，也够长官喝一壶的，这大概就叫“制衡”吧。中国从古至今是个权力至上的国度，谁都想让自己的权力范围越大越舒坦，于是“孔目”左右官府就是再正常不过的事了。唐朝的安禄山受他手下的孔目左右，宋朝的铁面包公当开封府尹的时候，敢翻脸不认皇亲国戚，却被孔目们折腾得够呛。只不过人们热爱包公，只说他怎么“青天”，不说他作难的那些事儿罢了。

38. 宋朝的州官能叫“州尹”吗

第十一回写林冲杀死陆虞候、富安之后，沧州“州尹大惊”，连忙派人画影图形，出三千贯赏钱捉拿林冲。

宋朝的中级行政区划有府、州、军、监四个名称，一把手的规范官名通常称为“知府”、“知州”、“知军”、“知监”。把宋朝的知州称为“州尹”，颇显不伦不类。《汉语大词典》解释“尹”字时说：“古代官名。多为主管之官。……如：京兆尹、河南尹、州尹、县尹等。”这样解释的根据不知从何而来。上古时称侯国行政主管为“尹”是对的，两《汉书》里不乏“尹国”的说法。自从隋朝将全国州郡统统并称为“郡”、唐朝将全国州郡统称为“州”，“尹”的使用频率便少多了。瞿蜕园《历代职官简释》“少尹”条说：“唐制：州之升为府者，其刺史称府尹，下设少尹二人。……府尹从三品，少尹从四品。”讲得既准确又简明扼要。综观有唐一代，确乎如此。两《唐书》里不少处都提到“河南尹”、“京兆尹”、“太原尹”、“凤翔尹”。《新唐书·百官志》四下篇明确说：“西都（长安）、东都（洛阳）、北都（太原）、凤翔、成都、河中、江陵、兴元、兴德府尹各一人，从三品。”但绝没有一个叫某州“州尹”的，更不可能有什么“县尹”。宋朝汲取唐朝武人专政最终亡国的教训，改州刺史为文臣“知州事”。“知”就是“过问”的意思，就是说，这些州郡长官，只许他们过问州郡政务和民事，不让他们掌握军队。所以宋朝的州里，既没有实职的刺史，也没有实职的“尹”（除极个别宗室或勋臣特授荣誉职外）。

当然，在宋朝最初的若干年里，还延续唐朝“州之升为府者”，其主管称府尹的规矩，这主要表现在开封府上面。然而太祖一朝，担任开封府尹的是后来的太宗赵光义。赵光义当了皇帝后，继任开封府最高长官的官员不敢“僭越”，也就是不敢再称“府尹”，干脆也叫“知开封府”了。从本人撰著的《北宋京师及东西路大郡守臣考》所收开封府长官情况看，便可以一目了然：皇亲赵廷美、赵元僖、襄王赵元侃三人主管开封府时，都称“开封府尹”，其余大都称为“知开封府”，甚至“权知开封府”。（“权”即临时担任之义）直到北宋徽宗崇宁三年（1104）五月，忘乎所以的奸臣们才“罢开封权知府，置牧、尹、少尹”。（《续资治通鉴》卷八十九）府的长官尚且如此，诸州的长官怎么可能使用“尹”这个称谓呢？诸州长官尚且不可称“尹”，县令、知县之类小官更不可能称为“尹”了。

以上所说，是按照宋朝以及宋朝以后历代官方称谓而言。余庭璧《事物异名》卷上载知府俗称为“大尹”，知县俗称也可以为“大尹”，但却没有单称“州尹”、“县尹”的记载。可见“大尹”在明、清时期，已经成为州县“主管”的代称。也就是说，施耐庵在小说里可以称“沧州大尹”，但不能单称为“州尹”。至于《汉语大词典》的解释，则是完全不准确的。

39. 通判是什么官

第三十九回写宋江被押解到江州，江州对岸有个无为军，城里住着个“在闲通判”，名叫黄文炳。“在闲”相当于今天说的“赋闲在家”，指黄文炳原来当过通判，如今赋闲住在无为军，等待官缺。

“通判”这个官是宋朝才出现的，要弄清它的来龙去脉，还得从宋初说起。赵匡胤建国后，对官吏的监控相当严厉，为了监视州郡长官的一举一动，他定下一个制度：往每个州郡里派一个或两个“通判”。他当时这样做的用意有二，一是监察地方官是否有叛逆苗头，二是监察地方官是否廉洁。“判”是管理的意思，“通”是通盘的意思，也就是说，通判是州郡中“通盘管理”人、财、物各项事务的总管，甚至包括知州在内，他都有权监管。实际上通判并不直接掌管具体事务，他只是个主管监察的官。通判的级别比知州要低得多，却是个无所不管的角色，知州想办的事，大都要与通判商议才能施行，您想知州心里啥滋味儿？所以宋朝的知州、通判闹意见顶牛儿的情况很多，这也直接导致了工作效率的低下。但从大处着眼，通判的设立，还是利大于弊，最大的好处是加强了州郡一级的监察职能。一个王朝的统治，如果监察上面出了问题，再好的政令也等于零。

通判最早设立于太祖建隆四年，也就是乾德元年（963）。《宋史·职官志》七中说：“宋初惩五代藩镇之弊，乾德初，下湖南，始置诸州通判，命刑部郎中贾玭（pín）等充。建隆四年，诏知府公事并须长吏、通判签议连书，方许行下。时大郡置二员。余置一员。州不及万户不置。武臣知州，小郡亦特置焉。……职掌倅（cuì）贰郡政，凡兵民、钱谷、户口、赋役、狱讼听断之事，可否裁决，与守臣通签书施行。所部官有善否及职事修废，得刺举以闻。”这段话包括了五层意思，第一，“通判”是从北宋建国不久一直到南宋灭亡都设置的，中间没有过停废；第二，“通判”是由朝廷直接委派，而不是由知州聘任的，属于正儿八经的朝廷命官；第三，“通判”的设置根据州郡的具体情况区别对待：大郡可以设两个通判，一般州郡设一名通判，十万户以下的州、军、监一般不设通判，但如果需要，随时可以增设通判；第四，州府当中所有重要文书，必须有知州和通判联合签署方能生效，仅有知州一人签名的文书无效。第五，“通判”除监察知州之外，还有权监察一州之内所有官员，包括州郡属官及县里的官员。其监察材料，可以不通过知州、知府乃至路分长官直接送达朝廷。这个特权对知州、知府及其下属的威慑力，是可想而知的。

40. “右正言”和陈瓘

第九十七回的回目为《陈瓘谏官升安抚·琼英处女做先锋》。琼英当先锋的事，属于作者为增强作品可读性进行的合理虚构，不作评论。陈瓘（guàn）由谏官升为安抚，看起来颇为可信，好像是真的。以下文字就从陈瓘说起。

很巧，《宋史》中的确有篇《陈瓘传》。此人字莹中，南剑州沙县（今福建沙县）人，进士出身。历任秘书省校书郎、沧州通判、卫州知州。“徽宗即位，召为右正言，迁左司谏”。因极力弹劾奸臣蔡卞、章惇（dūn）、安惇、邢恕的恶行，得罪了不少人。遭贬数年后回到朝廷，担任了右司员外郎兼权给事中。不幸又得罪了宰相曾布，罢为泰州知州，后又流放到袁州（今江西宜春）、廉州（今广西合浦）、郴州（今湖南郴州）。在此期间，他儿子陈正汇在杭州给朝廷打报告说蔡京有不轨之心。这下子麻烦惹大了，陈正汇被流放海岛，陈瓘也再次受到牵连，安置在通州（今江苏南通），又转往台州（今浙江台州）安置。朝廷得知他写过一部《尊尧集》，下旨将该书取来审查。该书主要是批评哲宗绍圣年间的史官完全按照王安石的《日录》编写神宗一朝国史，决不可信。为了逼他交出此书，朝廷专门安排了一个名叫石悈（jiè）的酷吏担任台州知州，没日没夜地折磨他，陈瓘总是义正词严，据理力争，石悈因无能被罢官。这事儿发生在徽宗政和二年（1112）。据《嘉定赤城志》卷九的太守题名记记载，石悈政和元年十二月三十日到台州任，次年二月十五日便被召回。从政和五年（1115）以后，陈瓘闲居于江州（今江西九江）、南康（今江西星子）、楚州（今江苏淮安）。宣和六年（1124）死在楚州，终年六十五岁。

这个被我简化了的传记说明几个问题，第一，陈瓘的确写过《尊尧集》，也的确当过右正言，受过奸臣的残酷迫害；第二，宣和二年陈瓘正在台州遭受知州石悈的百般摧辱，不可能去监督河北兵马，挂帅北征。更不可能“于原官上加升枢密院同知”，统领御营军马二万，前往宋江军中督战。当然也就不可能有第一百回中所说“陈瓘宋江同奏捷”之事，以及其后到淮南征讨王庆的事。这些杜撰姑且不论，单说陈瓘所任的“右正言”。

先说陈瓘担任右正言的时间。结合上面简述的本传，又据本人撰著的《宋代京朝官通考》引《宋会要辑稿·职官》六七之三一载，元符三年（1100）九月十七日，朝廷下诏称：右司谏（他的本传中为左司谏）陈瓘上疏言皇太后事失实，贬添差监扬州粮料院，随后改知无为军。徽宗即位在元符三年（1100）的正月，当年二月开始听政。也就是说，陈瓘担任右正言最早在元符三年的二月份。其后调任左司谏，至当年九月，连左司谏都丢了。由此可知，陈瓘在右正言任上最多不过半年时间，哪里能捱到宣和年间？差着二十年呢。

再说说右正言是个什么官。《水浒传》第九十七回称之为“谏官”，非常正确，甚至包括左司谏也都属于谏官。众所周知，任何朝代都必须有谏官，没有这类官，等于朝廷失去了耳目和镜子。连最残暴的秦朝都设谏议大夫，而且多达数十人，其他朝代可想而知。远的不再说，拿唐朝来看，谏官也不少。据杜佑《通典·职官》三载，唐朝建国便置谏议大夫一官，隶属中书省。玄宗开元年间，以谏议大夫属门下省，定编四人，掌侍从规谏。其后门下、中书两省均置此官，分为左、右。原注说：“至德元年（756）九月制：谏议大夫论事，自今以后，不须令宰相先知。乾元二年（759）四月，两省谏官十日一上封事，直论得失，无假文言，冀成殿最，用存沮劝。……贞元四年（786）五月，分为左、右，各四员，其右谏议隶中书省。”此外还有散骑常侍，分为左、右，左散骑常侍属门下省，右散骑常侍属中书省。另有拾遗、补阙两官，也分为左、右。

宋朝是在五代乱象中脱胎出来的，初期的官制还显得不甚整齐，往往带有临时差遣的性质。比如唐朝的谏议大夫、散骑常侍等官，在宋朝即使有所除授，也不掌谏议的实际职事，只是个名义。真正掌管谏诤的是“谏院”，到这里来上班的，才算得上真正的谏官。宋朝统治者为什么要这么做呢？为什么不按前朝已有的“规矩”来呢？因为这样做有它天然的灵活性：朝廷信任谁，就让谁到这个部门来，不信任了，立马儿跟他“拜拜”，不像定编定员定任期那么死板——原来猫腻在这里，是朝廷本身不想死守规矩。仁宗庆历初年，权相吕夷简、佞臣夏竦先后罢官，朝廷召杜衍、章得象、晏殊、贾昌朝、范仲淹、富弼、韩琦等同时执政，欧阳修、余靖、王素、蔡襄并为谏官。山东徂徕狂士石介大喜贺道：“此盛事也，歌颂吾职，其可已乎？”于是挥笔写了一首《庆历圣德诗》大加赞美。可见谏官在北宋前期之重要，几乎与宰辅大臣相酹。据本人编著的《宋代京朝官通考》收录，北宋前期担任过谏官的，有不少人我们至今还比较熟悉，如后来任宰相的富弼、韩琦、司马光，铁面包拯，吕端的孙子吕诲，范仲淹的儿子范纯仁，嘉祐八年的状元许将，北宋头号大奸臣吕惠卿等，都曾担任过此职。

宋神宗元丰四年至五年（1181－1182），北宋进行了一次大规模的官制改革，核心问题是在可能的条件下恢复唐代的三省六部制。因为北宋实行的官制太杂乱太零碎，又是“官”又是“职”又是“差遣”，灵活倒是很灵活，执行起来往往彼此抵牾。经过这次改制，不少原来临时设置的部门进行了“规范化处理”，谏官就属于“被规范”的部门。元丰五年，原来的谏院被撤销，取而代之的是在中书省、门下省分别设散骑常侍、谏议大夫、司谏、正言。《宋史·职官志》一说，门下省设左散骑常侍、左谏议大夫、左司谏、左正言，“同掌规谏讽谕”；中书省设右散骑常侍一人，右司谏、右正言各一人。《宋史·职官志》里表述得十分简明清晰：“右散骑常侍、右谏议大夫、右司谏、右正言，（职责）与门下省同，但左属门下，右属中书，皆附两省班籍，通谓之两省官。”这样我们就清楚了：陈瓘那个“右正言”，是中书省里的谏职，所以他有资格弹劾百官。改为“左司谏”以后，职责没变，只是隶属关系改到门下省去了。

41. 宋徽宗能自称“寡人”吗

第七十二回写宋江造访名妓李师师，刚巧赶上徽宗到来。李师师接驾后，徽宗对她说：“寡人今日幸上清宫方回，教太子在宣德楼赐万民御酒，令御弟在千步廊买市。约下杨太尉，久等不至。寡人自来。爱卿近前，与朕攀话。”这段话里出现了两个自称，一称为“寡人”，一称为“朕”。我们不妨先给它定个调子，然后再讲道理：徽宗称“朕”是完全正确的，自称“寡人”，则是自己作践自己了。

“朕”这个字作为第一人称代词，早期未必一定要用在天子、皇帝身上，一般人也可自称为“朕”。如屈原《离骚》，开篇自我介绍时说：“帝高阳之苗裔兮，朕皇考曰伯庸。”意思是说我父亲名叫伯庸。屈原只是个三闾大夫，自称为“朕”，并不存在“犯上”的问题。秦始皇建立封建大帝国后，“朕”这个称呼就被他一人独享，不准臣下再乱用了。此后历代相沿，成为天经地义的规矩，没有人会因此触怒皇帝。所以说徽宗自称为“朕”是对的，这是个根本用不着讨论的问题。

“寡人”就不一样了。我想先举几个古书中的例子请读者体会：《左传·隐公三年》：“宋穆公疾，召大司马孔父而属殇公焉，曰：‘先君舍与夷而立寡人，寡人弗敢忘。’”《左传·僖公四年》写齐桓公南伐楚国，楚国派使者前往交涉：“楚子使与师言曰：‘君处北海，寡人处南海，唯是风马牛不相及也。’”这是楚国使者代楚成王所说的话。管仲则代齐桓公回答楚使说：“尔贡苞茅不入，王祭不共，无以缩酒，寡人是征。昭王南征而不复，寡人是问。”《孟子·梁惠王》上：“梁惠王曰：‘寡人之于国也，尽心焉耳矣。’”《韩非子·十过》篇：“秦穆公召群臣而谋曰：‘昔者晋献公与寡人交，诸侯莫弗闻。’”王充《论衡·制虚》篇：“（宋景公）曰：‘民死，寡人将谁为也？’”这几例中自称“寡人”的分别是宋穆公、楚成王、齐桓公、梁惠王、秦穆公、宋景公。他们的身份，清一色都是天子分封的诸侯国国君。先秦时期，“普天之下莫非王土”的唯一一人是“天子”，天子分封的守土之王为“诸侯”，“王”是这类人的通称，具体到某国国君，还要细分为公、侯、伯、子、男五等爵位。也就是说，统治天下的人要么称“天子”，要么称“帝”；而诸侯则自称为“寡人”——寡人是二级统治者，天子、帝才是最高级的统治者。这种关系类似于近现代的国家主席和各省省长，您说差别大不大？所以说让徽宗自称为“寡人”，无异于自己作践自己，他是当朝天子，九五之尊，施耐庵平白无故给人家降为诸侯身份，若是让徽宗知道了，还不得气昏过去。

“寡人”相当于分封或分裂状态下的“王”，这个基本属性从来就没变过。与“寡人”用法相同的称呼还有“不谷”和“孤”。有个成语叫“称孤道寡”，就是打这儿而来的。比如《左传·僖公四年》写齐桓公伐楚时对楚国使者屈完说：“岂不谷是为？先君之好是继。与不谷同好，如何？”翻译一下就是：“本王来到这里，难道是为了本王的个人利益吗？（不是的）而是为了继承和发扬两国先王的友好关系。（你们楚国）与本王重续友好关系，怎么样？”这里两处“不谷”，用法与“寡人”完全相同。《左传·僖公三十三年》写秦穆公没听蹇（jiǎn）叔的建议，结果秦军大败，于是痛哭道：“孤违蹇叔，以辱二三子，孤之罪也。不替孟明，孤之过也，大夫何罪？”翻译一下，意思是：“本王没能听从蹇叔的劝谏，使你们几人受到了败军的羞辱，这完全是本王的罪过。不追究孟明视败军的罪责，是因为本王有过在先，作为大夫的孟明视有什么罪过？”这里的三处“孤”都是秦穆公自称，用法与“寡人”也完全相同。《三国志·蜀书·先主传》里写曹操攻打东吴，孙权请刘备援救。刘备派使者告诉刘璋说：“孙氏与孤，本为唇齿。”这里刘备自称为“孤”，很有自知之明，因为他心里很清楚，他还不是天子的角色，充其量算个“王”，所以自称为“孤”。

“寡人”、“不谷”、“孤”三个特殊词语，都是诸侯王身份的人所用的“谦称”。为什么这么说呢？您看，“寡人”就是“寡德之人”的缩写；“不谷”就是“不生五谷之国的王”的简化；“孤”就是“寡助之王”的代名词，都在谦称自己不是合格胜任的王。在古代，不论是分封时代的天子还是封建时代的皇帝，都是至高无上的主宰，他用不着谦虚，需要表示谦虚的，正是这些侯王，这就是侯王谦称为“寡人”等的原因所在。施耐庵不了解这些老规矩，所以将徽宗降格，自称为“寡人”了。

42. 大名府里还须再设“知州”吗

第六十三回写拚命三郎石秀和卢俊义在大名府里被官军擒住，于是“梁中书唤本州新任王太守，当厅发落”。很显然，这位新任的王太守，指的是新到任的大名府知州。这样表述自相矛盾，表现出作者对宋朝地方官制没有明晰的认知：大名府如果是“府”，就应该说成是“知府”而不是“知州”；如果此人身份确定为“知州”，又在大名府梁中书的治下，那么他知的究竟是哪个州？这位身份模糊的“王知州”也够倒霉的，上任没几天，在第六十六回里，便被“刘唐、杨雄两条水火棍齐下，打得脑浆迸流，眼珠突出，死于街前”。甚至梁山好汉还“杀王太守一家老小”。可怜的是，此人到死都没弄清他究竟担任的是什么官。开个玩笑，朝廷如果要为他举行追悼会，悼词里怎么称呼他呀？称他为“大名府知州王某某”？大宋朝实在没这么个官呀。

北宋时期，除东京开封府外，还有三个“陪都”，分别是南京应天府

（今河南商丘）、西京河南府（今河南洛阳）和北京大名府（今河北大名）。陪都也是“都”，所以三个陪都的一把手任命，也都比照东京开封府最高首长的级别，也就是说，这四个地方的行政长官，要大大高于其他州府。这一点不难理解，今天的北京、天津、重庆、上海市长的级别，显然大大高于石家庄、成都、南京市长，更不是保定、常州等地级市市长所能比的。宋朝三大陪都的最高首长，和今天北京、天津等直辖市最高首长的模式大致相类，只是称谓上有区别而已。为了强调和突出其陪都特色，宋朝陪都最高首长的官称一般都由两部分组成。比如欧阳修在仁宗皇祐二年（1050）七月任“南京”应天府最高长官时，官称是“知应天府兼南京留守司事。”（《欧阳文忠公年谱》）同样的官，在《宋史·欧阳修传》里则表述为“徙扬州、颍州。复学士，留守南京”。只强调了“留守南京”，“知应天府”的职务连提都没提，这是为什么呢？因为朝廷任命他为知“南京留守司事”时，已经涵盖“知应天府”在内了。回过头来再看这位梁中书离任时朝廷给他的官称。《宋会要辑稿·职官》六九之三〇：“（宣和）二年二月九日，制以宁远军节度使、知大名府兼北京留守司公事、大名府路安抚使梁子美为开府仪同三司、提举西京崇福宫。”这里的“宁远军节度使”是梁子美的节度使号，“知大名府”即大名府知府，“北京留守司公事”是陪都特有的、标志其掌管大名府内一切事务的官称，“大名府路安抚使”则是路级军事长官的官称，表示河北所有州郡的军事调配和管理都归他一人掌管。这样一罗列就很清楚了：梁子美在任期间，大名府本府军政、民政、财政、刑狱、监察等事务统归他掌管，留守司所有事务也归他掌管，河北四路所有州郡的军队也归他掌管。您说，那位来路不明的“王知州”让梁中书怎么安排？说白了，其实如果大名府可以称为“州”的话，梁中书就已经是此地的“知州”了。再来个“王知州”，岂不是叠床架屋了？

本回中还有一个细节，可以反映出作者误将“留守司”和“州衙”当成两个办公地点了——有两个办公地点，当然就会有两个首长。“梁中书回马，再到留守司前，只见解珍、解宝手拈钢叉，在那里东撞西撞。急待回州衙，不敢近前。王太守却好过来”。您瞧，前面说梁中书回“留守司”不得，后面才说“回州衙”，而从“州衙”里出来的是“王知州”，当然就错大发了。揣度施耐庵犯此疏误的根源，应该是把元朝的地方官制误用到写宋朝故事的《水浒传》里了。元朝贵族入主中原后，地方官制十分繁杂，几乎把中原前朝政权的制度全都继承过来了：中央最高政务机构叫“中书省”，其下高级政区叫“行省”。接下来就乱套了。《元史·地理志》说：“唐以前，以郡领县而已，元则有路、府、州、县四等。大率以路领州、领县，而腹里或有以路领府、府领州、州领县者，其府与州又有不隶路而直隶省者。”意思是说元朝地方政区的划分，是行省之下有路、府、州、县，但又不是“省领路、路领府、府领州、州领县”那么简单，而是“省下领路、领府、领州”；“路下领府、领州、领县”；“府下领州、领县”；“州下领县”等不同模式的领属关系。这么说读者一定会感到头晕，还是以例解之才能明白。比如江浙行省直辖的同级区划，既领“杭州路”（今浙江杭州），又领“松江府”（今上海松江），还领“江阴州”（今江苏江阴）。真定路（今河北正定），既领中山府（今河北定州），又领赵州（今河北赵县），还领赞皇（今河北赞皇）等县。南阳府（今河南南阳）既领邓州（今河南邓州），又领新野县（今河南新野）。您看乱不乱？既然“府”下可以领州，所以施耐庵很自然地凭着经验和想象，认为大名府下也应该有个“知州”才对。殊不知已经习惯了元朝区划的施耐庵，不明白宋朝自是宋朝，元朝自是元朝，二者全然不同。

43. 宋朝不设御史大夫

第七十四回写燕青和黑旋风李逵大闹泰安州，徽宗派兵征讨，御史大夫崔靖出班禀奏说："差一员大臣，直到梁山泊好言抚谕，招安来降。"

施耐庵的本意是想让一位御史台长官出面，劝说朝廷招安宋江等人。遗憾的是，宋朝从来就没有设置过御史大夫。说起这个官儿，起源还真是很早。《汉书·百官公卿表》载，御史大夫是"秦官"，也就是说，中国历史上第一个封建王朝秦朝建立伊始，就设置了御史大夫。西汉时期，御史大夫跃为"三公"之一：丞相为朝廷最高政务长官，太尉为最高军事长官，御史大夫则是最高监察长官，三位高官均直接对天子负责，不存在谁管谁的问题，而且都是相当于宰相级别的高官，只是分工不同而已。杜佑《通典·职官》一中对此有明确的界定："汉置丞相，尝置相国，或左、右丞相，寻复旧。成帝改御史大夫为司空，与大司马、丞相，是为三公，皆宰相也。"虽然汉成帝时将"御史大夫"改名为"司空"，仍相当于宰相。这个改动初时虽然不显山不露水，暗地里却在发生着悄然的变化，到了后汉，皇帝嫌三公位太高权太重，故而将丞相的部分权力转移到尚书台，又将御史大夫的权力分解到御史台。此后"三公"手中实际权力逐渐缩减，慢慢地变成了"坐而论道"的角色，用个成语来说，可以称为"釜底抽薪"——转移出来的这部分权力的掌握者，皇帝可以直接控制，这就在很大程度上减少了皇帝受重臣钳制的尴尬。自后汉始，朝廷中出现了一个职事部门叫"御史台"，还有几个别称，一名"兰台"。《汉书·百官公卿表》说，御史大夫之下有御史中丞，"在殿中兰台，掌图籍秘书，外督部刺史"。所以御史台独立出来之后沿袭这个名称。一名"乌台"。《通典·职官》六中说，汉成帝时，御史府中种植了很多柏树，经常有野乌数千栖宿其上，晨去暮来，号为“朝夕乌”，所以称之为“乌台”。北宋苏轼因写诗遇祸，因案情重大，被定为“御案”，由御史台官员审理（即不再经大理寺、刑部、审刑院等部门，御史台定案报皇帝同意即可施行），史称“乌台诗案”，就是这个原因。一名“宪台”，是因为这个部门乃掌管刑宪的部门。《通典·职官》五引谢灵运《晋书》说：“汉尚书为中台，御史为宪台，谒者为外台，是谓三台。”还有一个名称叫“南台”，起于南北朝时期的梁和后魏、北齐。北齐王高澄任命崔暹（xiān）为御史中尉，宋游道为尚书左丞，对二人说道：“卿一人处南台，一人处北省，当使天下肃然。”高澄原本是就御史台和尚书省的方位随意说的，但因出于帝王之口，遂成典故。总之从后汉一直到南北朝这段历史中，已经极少再提到“御史大夫”这个官名，因为御史台里的最高长官已改由“御史中丞”来担任，用不着再设“大夫”了。只有南朝梁建国以后，恢复了“御史大夫”之名，不过只实行了不到一年（梁武帝萧衍天监元年，即502年），又改回“御史中丞”。瞿蜕园《历代职官简释》说：“直至隋代，始复‘大夫’之名。然隋代之御史大夫，仍是御史中丞之改名。”说得非常精准。《隋书·百官志》上篇连“御史大夫”的官名都没有提到，所提还是“御史中丞”。

到了唐朝武则天时，先是把御史台改名为“肃政台”，又一分为二，分别为“左肃政台”和“右肃政台”，各置御史大夫、御史中丞一人。不久又改回“御史台”之名，称为左、右御史台。睿宗即位后，结束了武后的倒行逆施，合二台为一台，设御史大夫一人、御史中丞一人、侍御史四人、殿中侍御史六人、监察御史十人。我们看唐朝书的时候，会感到“御史大夫”满天飞，有时候会同时出现好几个甚至几十个御史大夫，您别太认真，那不是真的，只是朝廷为笼络官员所设的“兼官”罢了。越到晚唐，“兼御史大夫”的人就越多，这就如同今天，当行政干部的人，非得弄个博士、教授之类的头衔往脑袋上套，仿佛他真有了博士、教授的水平一样。其实那只是学术方面的名号，跟你当行政官员优劣完全不搭界。

宋朝没有一个官员属于实职的御史大夫，仍唐之旧，仅作为兼官而已。《宋史·职官志》九说："兼官四：御史大夫、侍御史、殿中侍御史、监察御史。"况且神宗元丰改制以后，连兼官都取消了。也就是说，《水浒传》那个时代里，连"兼御史大夫"、"检校御史大夫"之类的假御史大夫都没有了。《宋史·职官志》四说："御史大夫，宋初不除正员，止为加官。检校官带宪衔，有至检校御史大夫者。元丰官制行，亦并除去。"这个朝代里真正在御史台供职的，一把手台长为御史中丞，以下为侍御史一人（副台长）、殿中侍御史二人、监察御史六人。关于宋朝何人何时曾担任过御史中丞，我编撰的《宋代京朝官通考》已列成年表，读者比较熟悉的宋朝名人，如西昆领袖刘筠、大词人晏殊、铁面包拯、倔老头司马光、苏轼胞弟苏辙、李清照的公公赵挺之、靖康大奸臣王黼、杀死岳飞的奸臣万俟卨（mòqíxiè）等，都曾当过御史台首长。只是绝没有一个叫"崔靖"的——这是玩笑话。

元朝把唐、宋制度一股脑儿接收过来，乱七八糟十分可笑：御史台里既设御史大夫，又设御史中丞。更奇怪的是，元朝的御史大夫设两员，御史中丞也设两员。这就如同今天，一个部里设了两个正部长，谁听谁的呀？此外，行省里也有御史台，行台省里的台官叫"行省御史大夫"、"行省御史中丞"。《历代职官简释》说"金、元则虚存其名"，则是完全不符合实际情况的。正因为元朝的御史大夫很扎眼，而且行省里还有"省级"御史大夫，所以施耐庵才误把元朝的制度套用到宋朝。如果元朝根本没有这样的官，或者真的"虚存其名"，施耐庵反倒要仔细看看《宋史》，不至于轻易地张冠李戴了。

44. "进奏院"是个什么部门

还是在第七十四回，燕青和李逵大闹泰安州，泰安州将此事详细地申奏东京，"进奏院中，又有收得各处州县申奏表文，皆为宋江等反乱，骚扰地方"。当日早朝，"进奏院卿出班奏曰：'臣院中收得各处州县累次表文，皆为宋江等部领贼寇，公然直进府州，劫掠库藏，抢掳仓廒，杀害军民，贪厌无足。所到之处，无人可敌。若不早为剿捕，日后必成大患。'"

从《水浒传》使用"进奏院"这个名称可以看出，作者对宋朝官制是留意过的，因为这个部门主要在宋朝存在。唐朝后期虽然也有过"上都进奏院"的机构，但那时只是地方藩镇及州郡派遣到京师投递、承转朝廷与地方公文的临时机构，类似今天的外地"驻京办事处"。宋朝初年，其架构依然如唐朝，直到太宗时期，才将此项事务的次第进行了厘正。《文献通考·职官》十四说：太平兴国六年（981），简选合格的进奏官员李楚等一百五十人，充当正式进奏官。并命供奉官张文璨"提辖诸道进奏院"，职责是"掌受诏敕及诸司符牒，辨其州、府、军、监，以颁下之，并受天下章奏、案牍、状牒，以奏御及分授诸司"。《长编》卷二十三也提到了这个变革，不过时间是在太平兴国七年十月己卯："（李楚等一百五十人）每人掌二州或三州军监事，其不中选者为私名副知，去知后之名。置都进奏院于大内侧近。"比《文献通考》晚了一年。梳理一下，意思是说太平兴国六年（或七年），朝廷立下规矩，地方进奏官须遵守进奏规则。朝廷内专门设立进奏院，并任命了宋朝第一位进奏院主管官（后称"监进奏院"），名叫张文璨。职责是领受朝廷及其他政府部门的各项政令和批文，分别不同的州、府、军、监，对号传达下去，同时接受州、府、军、监递上来的各类文书，并根据不同类别，转呈给相关部门。也就是说，“进奏院”起的是联系地方政府和中央政府信息畅通上呈下达的纽带作用，它本身没有处置权，说得再直白一点儿，大致跟朝廷的“机要处”（包括收发室）差不多，“监进奏院”官其实就是“机要处处长兼收发室室长”，手下有一批具体分拣归类办事跑腿儿的办事员。这样譬喻有点儿不太尊重进奏院，但实际性质的确如此。很多时候重要的进奏文书，进奏院根本无权拆看，必须按照进奏者的要求直接送达相关部门。如《长编》卷四十八真宗咸平四年（1001）二月“诏：应外州官吏奏民间利病，实封者，进奏院实时进入，不得拆封”。这样做是为了防止进奏院的吏人在其中做手脚，或因不重视而弃置不递，反映的是真宗重视民瘼的态度。北宋中期有个大案，牵扯到了很多高官命运的骤变，连宰相杜衍都被扯了进去并最终罢官，叫作“进奏院祠神案”。事情的经过是这样的：宋朝各部门有“祠神”之习，理论上是由本部门官吏凑钱祠神饮宴。当时监进奏院官苏舜钦等人将院里一些故纸卖了些钱（宋朝就有废品收购站了），并用这些钱充当祠神饮宴的费用，与会的十几个人都是当时名流。事情传到御史中丞王拱辰耳朵里，于是命属下鱼周询、刘元瑜等上奏苏舜钦等盗用公钱、召妓佐酒、作诗犯上等罪名。事下开封府究治，致使所有与会者一个不剩全部遭贬，苏舜钦贬得最重，干脆除名为民。苏舜钦是宰相杜衍的女婿，又是范仲淹举荐做官的，王拱辰等人对苏舜钦抓住不放，是项庄舞剑意在沛公。尽管当时名臣韩琦等加以阻止，并向仁宗说明王拱辰之流的阴谋，仁宗最终还是没有采纳。不久杜衍等人纷纷离开朝廷，轰轰烈烈的庆历改革就此夭折。事后王拱辰十分得意地说：“吾一举网尽矣！”足见保守派的用心在于扳倒杜衍等改革派力量。

在赞赏施耐庵的同时，还不得不指出他叙述上的小疏忽，也就是说，“监进奏院”属于很小的官，根本没资格上朝奏事。进奏院里既没有“卿”，朝堂上也没有他站立的“班”。《宋史·职官志》一中说：“凡章奏至，则具事目上门下省。若案牍及申禀文书，则分纳诸官司。”意思是说进奏院的职责仅仅是将章奏贴上标签，交到门下省；如果涉及案牍和申告文书，则分别交给相关部门。这样的官，怎么可能登上朝堂大殿呢？如果一定要说清“监进奏院”属于哪一级官员，不妨用宋人赵升《朝野类要》卷二的两句话：“六院：登闻检院、登闻鼓院、官告院、都进奏院、诸军司粮料院、两审计司，皆储材擢用之地。凡作县有声等官多除此。”意思是说当县令表现上佳者，可以酌情提拔到以上六院任职。您想，如果连县处级官员都有上朝的资格，那朝堂得建多大呀？

45. 宋辽时期有“总兵”吗

第八十四回写梁山好汉攻打辽国蓟州。“辽国郎主差御弟耶律得重守把，部领四个孩儿，长子宗云，次子宗电，三子宗雷，四子宗霖。手下十数员战将，一个总兵大将，唤做宝密圣，一个副总兵，唤做天山勇，守住着蓟州城池”。

首先要澄清的是：这段话里出现的“总兵”、“副总兵”两个武官名，是明朝才有的，宋、辽、金乃至元朝，都没有这么个官称。即便是在明代，它也不是个具体而明确的官名，仅仅是个临时性的军事统帅称号，与后来的“某地前线总指挥”、“某次战役总指挥”、“某地驻军司令”之类差不多。作者不了解宋、辽、金时期的军制，误将他熟悉的明朝军制套用到宋、辽来了。《明史·职官志》五说：“总兵官、副总兵、参将、游击将军、守备、把总，无品级，无定员。总镇一方者为镇守，独镇一路者为分守，各守一城一堡者为守备，与主将同守一城者为协守。”意思是说以上这些武人本身并没有官品和职级，总镇一地的称为“镇守某地总兵”，独镇一路的称为“协守某地副总兵”，分守某地的称为“分守某地参将”，其余隶属于该总兵的还有游击将军、守备、把总等名号。这些武官大多是明朝历代皇帝在位期间陆续增设的，并非设于同时。还用《明史·职官志》五的书证为例来说明："镇守蓟州总兵官一人，旧设。……驻三屯营。"意思是说"镇守蓟州总兵官一员"从明朝建国伊始就设置了。总兵官的军府所在地为"三屯营"。以上是"总兵"设置情况。其下又说："协守副总兵三人。"注解称："东路副总兵，隆庆二年添设，驻建昌营，管理燕河营、台头营、石门寨、山海关四路。中路副总兵，万历四年改设，驻三屯营，带管马兰峪、松棚峪、喜峰口、太平寨四路。西路副总兵，隆庆三年添设，驻石匣营，管理墙子岭、曹家寨、古北口、石塘岭四路。"意思是说"镇守蓟州总兵官"手下有三位协守副总兵，分管三片儿地区：东路副总兵添设于明穆宗隆庆二年（1568），驻扎地在建昌营，管理燕河营、台头营、石门寨、山海关四路；中路副总兵添设于明神宗万历四年（1576），驻扎地在三屯营，管理马兰峪、松棚峪、喜峰口、太平寨四路；西路副总兵添设于明穆宗隆庆三年（1569），驻扎地在石匣营，管理墙子岭、曹家寨、古北口、石塘岭四路。以上是"副总兵"设置情况。其下又说："分守参将十一人。"注解称："曰通州参将，曰山海关参将，曰石门寨参将，曰燕河营参将，曰石塘岭参将，曰台头营参将，曰太平寨参将，曰马兰峪参将，曰墙子岭参将，曰古北口参将，曰喜峰口参将。"以上是"参将"的设置情况。请您注意："参将"已经不属于"总兵"级人物，只是总属于"总兵"、直属于"副总兵"的中级武官。其下接着说："游击将军六人，统领南兵游击将军三人，领班游击将军七人。"意思是说在"参将"之下，再设各类游击将军十六人，其中直称"游击将军"的六人，统领南兵的"游击将军"三人，领班的"游击将军"七人。这些低级军官直接隶属于各自所在系统的"参将"。再往下，还有坐营官、守备、把总、提调官等数十人，都属于更低级武官，直属所隶游击将军指挥调遣。

看过上面的文字您可能会联想到：这个系统是不是相当于"蓟州独立军区"的编制呢？的确如此。"镇守蓟州总兵"直接向朝廷负责，下辖三路副总兵各一人、分守参将十一人、游击将军十六人、坐营官、守备、把总、提调官等数十人。如果拿现在的军制打比方，“镇守蓟州总兵”就是蓟州独立军区司令，三位副总兵就是副司令兼东、中、西三军分区司令，十一位分守参将就是十一个驻地团的团长，十六位游击将军大致相当于营级，其下的坐营官、守备、把总、提调官均属连、排等低级武官，各负一方面责任而已。

《明史·职官志》五又说：“明初，虽参将、游击、把总，亦多有充以勋戚都督等官，至后则杳然矣。”意思是说明朝初年，这些军人的地位都很尊显，越到后来就越芜杂，什么阿猫阿狗的都能弄个参将、把总干干，与明初情况完全不同了。造成这种情况的原因很多，一是“军区”、“军分区”的盲目扩展和增设，二是风气的腐败。看来无论哪个朝代，无论其制度设计得多么完备，最终都难逃“无可奈何花落去”的消亡命运。因为制度是人设立的，人同样也可以把好的制度蛀成空壳。

46. 宋朝的“路”

第三十八回写宋江被解到江州，遇见江州两院押牢节级神行太保戴宗。“那时故宋时，金陵一路节级都称呼‘家长’，湖南一路节级都称呼做‘院长’”云云。

这段话里出现了“路”这么个区划概念，说明作者对宋朝的政区有一定的了解，但从这两句话里能感觉出，作者对宋朝的“路”理解不够准确，甚至说得不伦不类，因为宋朝绝没有什么“金陵路”，虽有“湖南路”，却又与江州毫无瓜葛。再则宋朝的“路”里只设提点刑狱司，而提点刑狱官又不属于“路”里的最高首长，他只是在某州郡办公的“使者”，所以宋朝的“路”并不直辖牢狱——所有牢狱都必须设在有行政长官的地方，即府州军监、县里。元朝的“路”属于与宋朝州、府相同的行政区划，所以施耐庵无疑又是把元朝的制度搬到宋朝来用了。

宋朝的“路”看起来与汉朝的“刺史部”、唐朝的“道”相似，实际内容却差别很大，性质也完全不同：汉朝的“刺史部”属于监察区划，唐朝的“道”属于行政加军事而更重在军事的军政区划，元朝的“行省”属于纯粹的行政区划，宋朝的“路”则是个“四不像”，这从宋朝路分中官员的设置即可明显地感觉到：“路”里设经略安抚使、转运使、提点刑狱、提举常平，甚至还有提举茶马、提点坑冶、提举弓箭手、提举籴便、提举学事等官（这些部司不是同时设置的，而是根据需要，从北宋初到北宋末陆续设置的）。以上路分官员之间没有任何统属关系，更不分上下级，而是各自负责一摊子事儿，分别对朝廷负责，不该你管的事儿不能多插手。如果说唐朝的节度使是地地道道的“一元化”领导模式，宋朝路中设立诸司，则是最典型的“分权而治”。

关于“路”的设置，《长编》卷四十二至道三年（997）是这样说的：国初罢节镇统支郡，以转运使领诸路事，其分合未有定制。京西分为两路；河北既分南路，又分东、西路；陕西分为陕西河北、西南两路，又为陕府西北路；淮南分为西路；江南分为东、西路；荆湖两路，或通置一使；两浙或为东北路，其西南路实兼福建；剑南初曰西川，后分峡路，西川又分东、西路，寻并之。是岁，始定为十五路：一曰京东路，二曰京西路，三曰河北路，四曰河东路，五曰陕西路，六曰淮南路，七曰江南路，八曰荆湖南路，九曰荆湖北路，十曰两浙路，十一曰福建路，十二曰西川路，十三曰峡路，十四曰广南东路，十五曰广南西路。

这就是著名的宋初十五路。至道三年是宋真宗即位的第一年，大宋朝的管理终于进入了“规范化管理”的阶段。

《宋史·地理志》一载，到了仁宗天圣年间（1023－1032），析原来的十五路为十八路。神宗元丰年间（1078－1085），再析为二十三路。徽宗崇宁四年（1105），又添“京畿路”（后取消），大观元年（1107），再设黔南路，四年后取消。宣和四年（1122），又增燕山府路、云中府路（属于虚设）。此时天下共计二十六路。这二十六路的具体情况如下表：

京东东路（治今山东青州）	京东西路（治今山东兖州）
京西南路（治今湖北襄阳）	京西北路（治今河南洛阳）
河北东路（治今河北大名）	河北西路（治今河北正定）
永兴军路（治今陕西安）	秦凤路（治今陕西凤翔）
河东路（治今山西太原）	淮南东路（治今江苏扬州）
淮南西路（治今安徽凤台）	两浙东路（治今浙江绍兴）
两浙西路（治今浙江杭州）	江南东路（治今江苏南京）
江南西路（治今江西南昌）	荆湖南路（治今湖南长沙）
荆湖北路（治今湖北江陵）	成都府路（治今四川成都）
梓州路（治今四川三台）	利州路（治今陕西汉中）
夔州路（治今重庆奉节）	福建路（治今福建福州）
广南东路（治今广东广州）	广南西路（治今广西桂林）
燕山府路（虚治今北京市）	云中府路（虚治今山西大同）

由上面的简表可以看出，北宋没有“金陵路”，“湖南路”即“荆湖南路”，主要州郡都在今天湖南省境内，而戴宗所在的江州，治所在今江西九江，当时属于江南东路，其首府就在江宁府（今江苏南京，施耐庵所说的金陵）。由此可见，施耐庵这段话的叙述，基本上都是错的。做为小说完全可以不深究，但请读者不要把它当成真实的历史。

47. “郎主”辨

“郎主”这个称谓在《水浒传》里出现过多次，都是指辽国国主。如第八十三回写宋江等人征辽，“辽国郎主闻知说是梁山泊宋江这伙好汉，领兵杀至檀州，围了城子，特差这两个皇侄，前来救应。一个唤做耶律国珍，一个唤做国宝”。

将辽国皇帝称为“郎主”，实际上是一种误解。《汉语大词典》“郎主”条解释说：“历史上北方少数民族称君主。”下面引南宋范成大《题张戡蕃马射猎图》诗：“阴山碛中射生虏，马逐箭飞如脱兔。猖狂若到杀胡林，郎主犹耙（bā）何况汝。”又引元王实甫《丽春堂》杂剧第一折说：“老夫完颜女真人氏，小字乐善。老夫幼年跟随郎主，南征北讨，东荡西除。”最后也引了《水浒传》第八十三回这个例子。由于《词典》编写者缺乏深入细致的考证，故而造成了扩大化的错误解释。实际情况是：在现有文献中，除了《水浒传》里称辽国皇帝为“郎主”外，其他书里绝无此称。这足以说明，《水浒传》作者写书时过于随意，《汉语大词典》则属于以讹传讹。人民文学出版社出版的百回本《水浒传》（2005年1月第8次印刷本）注解说：“历史上北方少数民族称其君主为郎主。”属于以讹传讹再传讹。

为什么辽国皇帝不能称“郎主”，而只有金国国主才能称“郎主”呢？我们还是要以史实为根本依据。在现存史料文献中，凡出现“郎主”一词者，均是指金人，而绝没有一处可以用指辽人或其他北方少数民族君主。徐梦莘《三朝北盟会编》卷一八二说到废伪齐刘豫时，金人下令：“废齐以前离背郎主被虏逃走人等，若见在本乡，并与亲眷团聚之人，其郎主更不许识认。”这里的“郎主”是指金国做为奴隶主的角色。同书卷二三一高宗绍兴三十一年（1161），有“先是，六月二十九日，郎主驾在汝州界”一句，原注云：“郎主，谓完颜亮。”其余数处，无不以金酋为“郎主”。《宋史全文》卷二十三上篇说到金主完颜亮南侵时，诸将欲叛，“有总管方戴者曰：‘杀郎主，却与南宋通和归乡，则生矣。’”又说：“（完颜）亮醉卧未起，怀忠问宿直将军乐嘉努曰：‘郎主夜来有何圣旨？’”托名辛弃疾《南渡录》中，有“郎主召见四太子于江南，今日便令车马前去。”又写到“绿衣人”周忠对宋帝说他原本是宋朝臣民，当年官为延安钤辖。元符年间，与西夏作战，为西夏所俘，不得已投降了西夏。宣和年间，西夏主派他带兵为契丹作战，又被大金俘虏，投降了金人。“今为云州总管。郎主命臣受奚国节度”。同书二十三日纪事载，二帝进入怀州地界后，金将泽利对两位皇后无礼，又时常辱骂徽宗和钦宗。当晚，徽宗亲眼看到帝泽利杀人，大为惊聚惧。泽利又训斥徽宗说：“可安稳到京，莫得生事，若不是郎主要活底，你死不多时矣。”又《窃愤录》中说到押解徽、钦二帝的阿计替对徽宗说：“先是，南朝肃王女为郎主妻，因妒忌，已杀之。又以荆王女为妃，生一男一女，今已立为皇后，因在宫中与郎主共弈棋，言语犯之，郎主厉声曰：‘休道我敢杀赵妃，也敢杀赵后。’后泣下而起，衣冠待罪。金主怒不已，送入外罗院，即宫掖间囚所也。”这里“郎主”、“金主”同时使用，可见金国国主即是“郎主”。同书又说：“上皇（徽宗）崩，时年五十四，遗言欲归葬内地，郎主不许。”

以上所引诸例完全可以证明，金国主俗称为“郎主”，而且很多都出现在对话的语境中，陈述句式里使用不多。这是因为在陈述句式中，史官已按照其实际名称加以陈述，这是写史书的规矩。至于为什么金主称“郎主”而辽国皇帝不能称“郎主”，我的理解是：辽国是一个历史悠久的“国家”，它建国的时日比北宋还早，且建国不久，便模仿中原政权建立了完善的帝制，皇帝是至高无上的国家主宰。金国则不然，它的崛起过于迅速，短短几年，便从部落酋长制过渡到帝制，过渡之迅速，连他们的最高酋长都没能很快反应过来，还依然按照旧制称“郎主”（诸郎君之主）。而这段时间，又恰恰是与北宋战和交往最频繁的时期——其国子侄及臣僚尚对其主称“郎主”，宋朝人自然随之而称。再加上金人与宋人打交道之初，宋人就对他们怀有鄙夷之心，不情愿将金称为“国”，对于其主，自然也懒怠称“皇帝”。

在《水浒传》作者心目中，辽国和金国都是“北酋”，根底就不正，属于“一丘之貉”。既然称金酋为“郎主”，辽国皇帝很自然也可以同理而推。这种意识在《水浒传》第八十三回里表现得十分明显，韵语称：“大辽闰位非天命，累纵狼狐寇北疆。”所谓“闰位”，就是非正统，就是蛮夷，就不配称皇帝。正是由于作者有历史观上的偏见，造成了他把堂堂大辽的皇帝也称为“郎主”。我认为这一点必须辨明，也同时纠正《汉语大词典》编纂者的轻率。其实王实甫对“郎主”的理解是准确的。他说“完颜女真”，正是金国皇室姓氏，而与辽国无关。至于范成大那首诗里出现的“郎主”，很显然也是指金酋而言，因为范成大是南宋人，那时辽国早就亡了，能说出来的北方大敌，惟“金”而已。

48. “十节度”辨

第七十八回《十节度议取梁山泊·宋公明一败高太尉》说高俅要剿灭梁山义军，于是蔡京“发十道札付文书，仰各各部领所属精兵一万，前赴济州取齐，听候调用。十个节度使非同小可，每人领军一万，克期并进。那十路军马：河南河北节度使王焕、上党太原节度使徐京、京北弘农节度使王文德、颖（当作“颍”）州汝南节度使梅展、中山安平节度使张开、江夏零陵节度使杨温、云中雁门节度使韩存保、陇西汉阳节度使李从吉、琅琊彭城节度使项元镇、清河天水节度使荆忠”。又说这十位节度使旧日都是绿林出身，精锐勇猛。“当日中书省定了程限，发十道公文，要这十路军马如期都到济州”。先说明一点：宋朝决定调兵之权在宰辅集议，具体调兵之权在枢密院，绝不可能从“中书省”下发这样的文书，中书省是全国最高政务部门，无权调动军队。

节度使是唐朝产生的武官官称。唐代初年，管理地方军民之政的官员称为“都督”，玄宗开元年间，在沿边、沿海军事要地设置了朔方、河东、幽州、河西、陇右、剑南、碛西、岭南八个节度使。安史之乱后，内地也纷纷效法，于是节度使渐多，中唐以后更是节度林立。这些军阀各霸一方，占地为王，是中央之下最高的地方军政头目，当时又称作“节镇”、“藩镇”。所谓“五代十国”，其实都是这些军阀大鱼吃小鱼后建立的政权。宋太祖赵匡胤建国后，有鉴于唐朝灭于藩镇的惨痛教训，所有地方官均改由文臣担任，这就是为什么唐朝地方官称节度使、刺史，而宋朝地方官称提点（提举）某某司、知州知府的根本原因。这样一讲读者便能明白：宋朝不可能再出现手握兵权的节度使和刺史了，《水浒传》作者所谓的“握兵十节度”，完全不可能出现在宋朝。

赵匡胤是个很有统治头脑的帝王，他并没有把唐五代以来的节度使完全废除，而是以十分巧妙的方式，将这些称号保留下来，并让得到这些称号的人依旧享有极高的荣誉。他是怎么保留“节度使”同时又不让他们握有兵权的呢？简单说就是“架空”之术。他把“节度使”的称号授给宗室以及名望甚高的朝廷勋臣，让他们在心理上得到充分的满足：他的功勋、他的威望，乃至他的待遇，都和唐朝节度使一般无二，唯独没有实际的握兵之权。这种制度在宋朝叫做授“节钺”。通常情况下，名臣可以享受“节钺”待遇，偶尔也有授两“节钺”甚至三“节钺”的情况，那就必得对国家做出十分杰出的贡献。如《宋史·仁宗纪》载西夏入侵后，“奉宁军节度使、知永兴军夏竦兼泾原、秦凤路安抚使，振武军节度使、知延州范雍兼鄜（fū）延、环庆路安抚使”。这两句话应该如何理解呢？先说夏竦，他的实际官职是“知永兴军兼泾原、秦凤路安抚使”。再说得具体些，就是担任京兆府的知府（治所在今陕西西安），同时兼任泾原、秦凤两路的经略安抚使。那个“奉宁军节度使”，仅仅是朝廷授予他的节度称号，没有任何实际的职权，甚至自唐历经五代十国直到北宋，根本就没出现过“奉宁军”这么个节度名称，自然也就不可能有治所了。我们可以理解为：只要加了“节度”，甭管它是新编造的还是原来就有的，总之官员要的是“节度使”三个字，而不是“奉宁军”三个字。再说范雍，他的实际官职是“知延州，兼鄜延、环庆路安抚使”。再说得具体些，就是担任延州知州（当时还没改为延安府，治所在今陕西延安），同时兼任鄜延、环庆两路的经略安抚使。那个“振武军节度使”也只是个节度称号，没有任何实际的职权。为什么要给二人加上“奉宁军节度使”和“振武军节度使”呢？当时战事方兴，为了加重二人的军事威权，故而授之以节钺——就这么简单。在宋朝，被授以节钺的人，都可以称为重臣或名臣了。但这并不等于被授予节钺才有兵权，也不等于有了兵权才授予节钺，用现在的话说，二者完全是“两张皮”。又如神宗初年，当了三朝宰相的韩琦在处理完英宗山陵之后，坚决要求退居乡郡。神宗不得已应允了他的请求。“初，除公镇安、武胜两军节度使。公以两镇之命，本朝以来未尝有此除授，力辞不敢当。上面谕之曰：‘朕再三思之，礼数大段殊异。侍中必不肯当，惟此两镇，可稍示殊礼，朕秤量得甚得中也，切不须辞。’”此时韩琦既非帅臣，也非朝臣，仅仅是相州（韩琦老家，在今河南安阳）一个普通知州而已，打个比方，大致相当于今天的河南安阳市市长。神宗为了彰显他毕生的功勋，特授予他镇安军、武胜军两个节度使号。韩琦不敢当，说自从宋朝建国到如今，如此授节度者连一例都没有过，请求神宗免去其中一个节度名号。所以说，宋朝的“节度使”与唐朝的“节度使”完全不是同一个概念。《水浒传》作者不清楚两朝节度的根本区别，误以为宋朝的节度使与唐朝的节度使没区别，所以让他们带一万兵马参加剿灭宋江的战斗，实在是错得离谱了。

再说说这“十节度”的名称。就算唐、宋都有带兵打仗的节度使，也绝不是这样的称呼。其一，王焕为“河南河北节度使”，是根本不可能的。

您想，黄河以南加上黄河以北两片区域得多大呀？半个中国都有了吧？唐朝时黄河以北就有三四个节度，黄河以南就更多了。所以这完全属于作者缺乏常识的想当然。再者，徐京为“上党太原节度使”，自唐朝以来，河东一道的首长都开府在太原，上党（今山西长治）历来属河东道管辖，所以这个节度名也不可能存在。即使存在，也该把“太原”置于“上党”之前，称为“太原上党节度使”，怎么可以把老二放在老大前头呢？其三，王文德任“京北弘农节度使”，也让人感到一头雾水。首先，“弘农”是汉朝郡名（今河南灵宝），宋朝绝无用它的可能；其次，“京北”本身就说不通：以开封为京，“弘农”在“京西”，以长安为京，“弘农”在“京东”。三处都在今天笔直一条陇海线上，只存在东西两向，不存在南北两向。梅展任“颖（颍）州汝南节度使”，勉强靠谱儿。颍州在今安徽阜阳，与汝南接境。只是宋朝没有“汝南郡”，也没有“汝南县”，当时此地为蔡州，在今河南汝南县。张开任“中山安平节度使”，中山即中山府，治所在今河北定州，宣和年间改成了中山府。唐朝时此节度称为“义武军节度”。“安平”则不知所云。杨温任“江夏零陵节度使”，这两个地名也是汉魏时期的名称，江夏在今湖北武汉，零陵在今湖南常德，作者也够狠心的，从那么老远调兵攻打梁山泊，不怕“劳师袭远”吗？韩存保任“云中雁门节度使”，这就更加荒谬了，当时“云中”（今山西大同）尚在辽国境内，怎么可能“跨国维和”呢？李从吉任“陇西汉阳节度使”，这里“陇西”、“汉阳”也是汉朝郡名，陇西在今甘肃境内，汉阳在今湖北境内，俩地方咋捏也捏不到一起。项元镇任“琅玡彭城节度使”，这两个地名也是用汉朝郡名，琅玡在今山东临沂，彭城在今江苏徐州，勉强能靠在一道。荆忠任“清河天水节度使”，同样情况，两地都是汉朝郡名、清河在今河北清河，天水在今甘肃天水，也属于十六竿子都打不着的俩地方。其实不必细细考证，一眼看去就知道这“十节度”从里到外都无法讲通。这种说法很容易给读者形成误导，其实作者完全可以在《宋史·地理志》的范围内杜撰，何必要把汉、唐概念搬过来呢？

49. “都省”辨

第五十九回写鲁智深来到华州，欲袭击太守，不料被太守识破，将其拿到厅前，“押下死囚牢里去。一面申闻都省，乞请明降”。粗看上去没什么不好理解，不就是先把鲁智深打入死牢，将其犯罪材料上报，等候批复吗？只是上报材料的“都省”，不知道究竟是个什么部门。

“都省”一词出现较早，汉代称尚书台、唐朝称尚书省为都省。宋高承《事物纪原·都省》说：“汉以仆射总理六尚书，谓之‘都省’，至唐垂拱中，改尚书省曰都省，是则‘都省’之号，始自汉也。”这应该是对“都省”最权威的解释。宋朝前期，尚书省名存实亡，但朝廷为了撑门面、承旧制，名义上还存在个“尚书都省”。虽说是个空架子，任职官员的级别却很高，称为“判尚书都省”。《宋会要辑稿·职官》四之一说：“尚书都省，旧制，尚书令、左右仆射、丞、左右司郎中、员外郎主都省事。国朝以诸司三品以上官或学士一员权判，凡尚书诸司，悉他官主判，其事务至少者，但中书批状送印领，判都省总领省事，及集议、定谥、祠祭、受誓戒，在京文武官封赠、注甲，发付选人、出雪投状，二十四司吏员迁补、纳检校官、兑省礼钱，有议事注甲白状、库收造礼钱公廨杂事。凡八案二十四司，每季轮掌。”这段话太专业，读者不容易弄清楚，我们删繁就简略作解释，意思是说宋朝以前的旧官制，尚书令、尚书左右仆射等高官主管都省（即尚书省）事务。宋朝前期的尚书省是空架子，所以朝廷派个三品以上的官或翰林学士临时主持“尚书都省”事务，而原来该省所管的一切实际事务，都由别的官去掌管操持。都省的事务仅仅局限在议定谥号、祭祀安排以及在京文武官员的封赠、注册等闲杂之事。直到神宗元丰四年（1081）官制改革，恢复了三省六部制度，“尚书都省”才被取消，于是“判尚书都省”也随之被取消。就是说，北宋神宗元丰之后，就没有“都省”这么个部门了。既然如此，华州太守呈报鲁智深的材料，就不可能递到“尚书都省”了。更何况尚书都省即便存在，也绝不可能受理鲁智深这类匪人的案件。

不呈递“尚书都省”，还有没有其他的“都省”呢？查《汉语大词典》“都省”条，给出如下解释：“（都省）都察院。《水浒传》第五九回：‘（贺太守）把鲁智深拷打了一回，教取面大枷来钉了，押下死囚牢里去。一面申闻都省，乞请明降如何。’参见‘都堂’。”再查“都堂”条，给出的解释有二，一是尚书省；二是“明代称都察院长官都御史、副都御史、佥都御史。又派遣到外省的总督、巡抚都带有都察院御史衔，亦称都堂”。按照前后两处解释，《水浒传》里的“都省”应该是指都察院才合情理，可是都察院是明朝才有的，宋朝的贺太守怎么就先用上了呢？况且据《明史·职官志》载，都察院的大员掌理的都是地方官员有没有违法乱纪，对鲁智深这样的小民草寇之事也不可能受理。按现在的司法理念，鲁智深的案件，属于刑事案件，而重大刑事案件的上报在宋朝是有一定程序的：州府审理结案，须上报本路提点刑狱司，由提刑大人签字画押，再上报尚书刑部审核、大理寺复核，最后由宰相签署死刑令。

看到这里您可能清楚了：施耐庵所说的“都省”，其实没有大错，只不过没按程序办事，迈过提刑司直接递到刑部去了，但按照传统说法，刑部既然属于尚书省，将尚书刑部称为“都省”，还是讲得通的——起码是“都省”里的一个部门嘛。真正解释错的是《汉语大词典》，把宋朝根本没有的“都察院”给当成“都省”了。

50. 宋朝没有“临淮州”和“高唐州”

第二回讲到高俅不务正业，被他父亲告到开封府，挨了四十闷棍。“高俅无计奈何，只得来淮西临淮州投奔一个开赌坊的闲汉柳大郎，名唤柳世权”。一住就是三年。终于盼到哲宗南郊大赦，才从“临淮州”回到了汴京。

作者在“临淮州”前头还特地标明，此州属于“淮西”。淮西是宋朝“淮南西路”的简称，路分治所在今安徽淮南市西边的凤台县。可要是想在这一路里找到“临淮州”，那算是白费劲了，因为“临淮”属于淮南东路，治所在今江苏的盱眙（xūyí）。为什么我只说“临淮”而不说“临淮州”呢？原因很简单：大宋朝三百多年，根本就没出现过“临淮州”这么个行政区划。盱眙在宋朝称为“泗州”，紧临淮河，再往东便是洪泽湖了。可能有人会问：你怎么能断定《水浒传》里的“临淮州”就是泗州呢？咱们看两本宋朝地理书就明白了。《宋史·地理志》四《淮南路》说：“泗州，上，临淮郡。建隆二年，废徐城县。乾德元年，以楚州之盱眙、濠州之招信来属。”意思是说泗州属于上等州郡，它的郡名叫“临淮郡”。太祖建隆二年（961）时，将原有的徐城县废了。乾德元年（963）时，把原属于楚州的盱眙县、属于濠州的招信县划归泗州管辖。还有一本官修的地理书叫《元丰九域志》，也说“泗州，临淮郡，军事。治盱眙县。”“郡名叫临淮郡”是什么意思呢？这还得从“州”和“郡”的属性说起。西汉时，州只是个监察区域名，后汉魏晋南北朝时，皇帝为了更牢固地把握军队，在朝廷派出去的“州刺史”身上再加兵权，于是逐渐形成了唐朝所有“州”的刺史既是行政领导，又是军事领导，最终酿成了军阀割据，进入五代十国时期。其实早在唐明皇开元后期，李隆基就觉出大事不妙，于是天宝初年，将全国所有的“州”统统改成了“郡”，目的就是想削减州刺史的兵权，因为从秦始皇建国，郡就是纯粹的行政区划，郡的最高长官叫太守。可惜为时已晚。十七年后，大唐所有的“郡”又都改回原来的“州”。宋朝汲取了唐朝灭亡的教训，尽管很多中级政区还沿袭唐朝叫“州”，但朝廷在某州的下面一定要特别注明该州的郡名叫什么，以示这个政区应该理解为秦、汉以来的“郡”，而不再是唐朝的刺史州。所以宋朝的州郡长官都没有兵权。

《水浒传》的作者不了解这个演变，满脑子还是唐朝“天下三百州”的印象，所以误把“临淮郡”说成了“临淮州”。其实他还不如直接说成“泗州”，反倒没错儿。与此相类的情况，书里还有个“高唐州”，第五十二回的回目就叫《柴进失陷高唐州》。宋朝根本没有这么个“州，”只有个高唐县，北宋属河北东路大名府管辖，在今山东高唐县（聊城到德州之间）。施耐庵为啥把一个县说成一个州呢？原来他又误把元朝的行政区划当成宋朝区划了。打开《中国历史地图集》，元朝中书省所辖地域内真有一个“高唐州”，治所也在山东高唐，临清大码头以东。施老可真够糊弄咱们的。

51. “东京开封府汴梁宣武军”该怎么理解

第二回里，还是说高俅：“且说东京开封府汴梁宣武军，一个浮浪破落户子弟，姓高，排行第二。”咱先不管高俅排行第几，单说这“东京开封府汴梁宣武军”，就够绕嘴够啰嗦的了。“东京”好理解，北宋赵匡胤建立宋朝，把首都放在今天河南开封，因为此地在汉、唐都城长安以东，自然可以称为东京。况且开封称“东京”还不是从宋朝才开始的。唐朝末年天下大乱，安徽砀山人朱全忠废掉唐帝自立为帝，就把自己的老巢开封改为“东都”了。您注意：唐朝原本有个“东都”，不过那是指今天的河南洛阳，是相对于西京长安而言的，与开封称为“东都”完全是两码事儿。也就是说，中国历史上第一个把开封叫“东都”的人，是五代后梁开国皇帝朱全忠。这里还有个细节需要说明：当时的开封称为“东都”，是官方最准确的表述语言。实则“东都”就是“东京”，新、旧《五代史》中后梁部分大量称都城为“东京”即可证明。但也有不同的说法，认为“东都”和“东京”还不能完全等同起来。顾炎武《历代宅京记》卷十六说：“梁以汴州为开封府，建为东都。……晋天福三年，升为东京。汉、周因之。”他强调开封这地方后梁时仅称“东都”而不称“东京”，后晋石敬瑭天福三年（938），才“升格”为“东京”的，其后的后汉、后周乃至北宋沿袭不变。我把两种说法都摆列在这里，无论读者尊从官方还是尊从民俗，其实都是不错的。

“开封府”的称呼也始于朱全忠。《旧五代史·梁本纪》说朱全忠于梁开平元年（907）四月戊辰即位当皇帝时，“升汴州为开封府，建名东都。其东都改为西都（将原唐朝的东都洛阳改为后梁的西都）”。很清楚，唐朝的开封只称“汴州”，新、旧《唐书》几百万字，连一个“开封府”都没出现过。朱全忠把唐朝的汴州改为“开封府”，是因东都所在地原本叫“开封”县。开封县是啥时候有的呢？马端临《文献通考·舆地考》中说，“开封”这个地名始于南北朝时的后魏，当时后魏在这片地方设立了两个郡，一个叫开封（在今开封市南六十里），一个叫陈留（在今开封市）。到了北齐，把开封郡并入了陈留郡。此后开封这个地名直到隋朝才重新出现，不过降格为县，属荥阳郡（今河南郑州荥阳）。唐朝仍保留了开封县，属汴州，并把汴州的治所定在了开封县。开封县成了汴州的州治，便抓住了得以发展的“历史机遇”，它后来的繁荣，也就顺理成章了。朱全忠既在这里定都，原来的“开封县”升格为“开封府”，也是理所当然的了。

“汴梁”这个称呼完全属于民间的俗称。不论新、旧《唐书》还是新、旧《五代史》，以及《宋史》、《资治通鉴》、《通典》、《文献通考》，都没有这么个地名出现。《续资治通鉴长编》里只出现过一次，还是大臣的奏本中使用的俗称。既然如此，这个至今我们还不陌生的地名又是怎么来的呢？说来话就长了：您还记得《孟子》里有一篇叫《梁惠王》吧？那位惠王就是梁国的国君。其实这么说还不够精准，确切地说，应该是“魏国的国君”。当年韩、赵、魏三家分晋，魏国把都城建在“大梁”，久而久之，魏国也就俗称为“梁”国，于是乎“魏惠王”也就叫成“梁惠王”了。后来不少人称开封为“大梁”，也是源于三家分晋。到了南北朝的东魏，在这里设了个“梁州”。要说当时提这个动议的人真是没文化：他只记得此地曾经叫“大梁”，自作聪明地改成了“梁州”，却忘了《尚书·禹贡》篇的古九州里早就有“梁州”了：“华阳黑水惟梁州”嘛。况且三国后期曹魏灭蜀，就在今陕西汉中设立过梁州，西晋、北魏、西魏一直沿袭不变。所以到了北周，终于把开封这个“梁州”改成了汴州。汴州之得名，主要是因为有条汴渠从城中流过。从此以后，“汴州”才渐渐叫开了，到了唐朝还叫汴州。您看，此地古称“大梁”，向后又称“汴州”，玩个文字游戏重新拆装组合，不就成为“汴梁”了吗？

最后说说“宣武军”。唐中期以后，朝廷对军阀的控制越来越力不从心，所以内地陆续出现了很多节度使。唐朝的节度使名字都很好听，比如设在徐州的叫“武宁军节度”，设在邓州的叫“武胜军节度”，设在大名府的叫“天平军节度”，宣武军节度也是唐朝林立的节度之一，不过它最初设在宋州（今河南商丘）。《新唐书·地理志》二中说：“汴州陈留郡，雄。武德四年，以郑州之浚仪、开封，滑州之封丘置。”原注说：“有宣武军，建中二年置于宋州。兴元元年徙屯。”意思是说唐高祖武德四年（621），划郑州的浚仪、开封二县和滑州的封丘县设置了汴州。朝廷于唐德宗建中二年（781），设宣武军节度于宋州，又于兴元元年（784），将宣武军节镇移到了汴州。从此以后，宣武军节度帅司一直在汴州，直到朱全忠建立后梁为止。

您可能想不到，那个写“锄禾日当午，汗滴禾下土”的李绅，还当过宣武节度使呢。《旧唐书·文宗纪》下篇说：“（开成元年六月）癸亥，以河南尹李绅检校礼部尚书、汴州刺史，充宣武军节度使。”全忠授宣武军节度使在唐僖宗的乾符三年（876）。不少人认为朱全忠当了皇帝，定都开封府，原来那个“宣武军节度使”不值钱了，宣武军节度也就没了。您可别小看这个土匪出身的皇帝，也很有怀旧情结呢。他干了那么多年的宣武军节度使，而且是从宣武军节度使任上夺得天下，怎么可能说丢就丢了呢？《旧五代史·太祖纪》四说：“（开平三年五月己丑）升宋州为宣武军节镇，仍以亳、辉、颍为属郡。”您瞧，人家把宣武军节度又挪回商丘去了。《水浒传》作者把东京、开封府、汴梁和宣武军放在同一个平台上罗列，虽属文字游戏，还是蛮有意思的。

52. 北宋的“南京”在哪儿

第二回写鲁智深在酒店见到金翠莲父女，问道：“你两个是那里人家？为甚么啼哭？”金翠莲回答说：“奴家是东京人氏，因同父母来渭州（今甘肃平凉）投奔亲眷，不想搬移南京去了。”第十三回里晁盖回答雷横的话说：“（外甥）四五岁时随家姐夫和家姐上南京去住。”有读者一看到“南京”，马上想到的是今天江苏省省会。这是不对的。《水浒传》里提到的“南京”，都是指今天河南的商丘，和今天的南京市没有任何关系。

商丘在今天已经不算大城市，但在五代十国到北宋这段时期，则是除东京开封和西京洛阳之外的全国第三大都市。为什么这座城市在五代和北宋时期如此重要呢？这还得从宋太祖赵匡胤当归德军节度使说起。赵匡胤本是后周皇帝柴荣的大将，柴荣临终前，任命他当了殿前都点检。柴荣死后，七岁的儿子柴宗训即位，而真正掌握权力的，是朝中几位老臣。柴荣于显德六年（959）六月驾崩，七月，小皇帝柴宗训就下了一道圣旨，命赵匡胤“领归德节度使”。归德军节度衙门设在宋州，就是今天的商丘。赵匡胤当时担任着殿前都点检，又加领归德节度使，表面上看是增加了一份荣誉，却意味着他必须用一定的时间到商丘去打点军务。聪明透顶的赵匡胤预感到了某种不祥，他认为很可能是顾命老臣范质等对他产生了疑忌，想分散他的权力，所以不到半年的时间，便发动了陈桥政变。

古人很讲究“龙潜”，赵匡胤以归德节度使起家，商丘当然就成了“龙潜之地”，也就是大宋朝的发祥宝地。真宗景德三年（1006）二月，因赵匡胤曾受群臣尊号为“应天广运仁圣文武至德皇帝”，将原本还叫“宋州”的龙潜宝地改名为应天府。此时距宋朝建国已经过去四十六年。到了大中祥符七年（1014）正月，真宗封泰山、祠后土、祭老子祠都忙活完了，决定将应天府再次升格，建为“南京”。既然叫“京”，规格就得和东京开封府相“匹配”。于是真宗下旨修建一座“归德殿”，做为新南京的主殿，接着规划京城和宫城。《宋史·地理志》一载，新建的宫城周长二里零三百一十六步，京城周长十五里零四十步。他还命大臣为城门取了名字：东二门分别叫延和、昭仁；西二门分别叫顺成、回銮；南边一门叫崇礼门；北一门叫静安门。也就是说，商丘从960年起叫宋州，1006年改叫应天府，1014年改叫南京。此后的日子里，“南京”和“应天府”是可以混叫的，如同“东京”和“开封府”可以混称道理相同。这就是宋朝“南京”的由来始末。《水浒传》的故事发生在徽宗宣和年间，这时“南京”已被宋朝人叫了一百多年了。

可能有人会问：一个国家只能有一个首都才对呀，怎么会有两个呢？宋朝的“京”还不止两个，还有西京洛阳，当时又叫河南府、北京大名，当时又叫大名府，一共四个“京”呢。除东京开封府外，其他三京都叫做“陪都”，也就是给京师做陪伴的都城。这种制度早在唐朝就有了，唐朝前期有两都，即西都长安和东都洛阳，甚至唐初的科举考试都分别在两京同时举行。其后因李渊起家于晋，遂增太原为北都。安禄山反叛后，唐明皇逃到成都，所以成都也曾一度被称为南都。和宋朝同时的辽、金也都不止一京，即使到了明朝，还是两京制，明成祖朱棣将都城迁到北京后，称原来的都城金陵为南京，于是江苏南京这个名称才使用至今。清朝的科举也是在北京和南京两地举行，只不过不再把南京定格为“京”，其科场称为“江宁府学”罢了。

53. 从“酸枣门”说汴京城门

第七回写鲁智深在东京看菜园子，“酸枣门外三二十个泼皮破落户中间，有两个为头的，一个叫做过街老鼠张三，一个叫做青草蛇李四”，想算计他，不料被他打服了。

酸枣门是汴京外城北三门中中门的俗称。说起汴京城的修筑，还得回到赵匡胤没当皇帝的五代后周时期。后周显德三年（956），皇帝柴荣为了疏散城里人口，也为了防御外敌，于是下旨在原来的城墙外再筑一道城墙，将原汴京城扩大了数倍，但内城的城墙并没有拆除，因此北宋一百多年的皇城，一直保留着内城与外城两道城墙。

自古有“都城十二门”的说法，而汴京内城却只有十个门。这是因为最初修筑汴州城时，它只是宣武节度使所在地，还不是都城，当然不能“僭越”。内城十门分别是：南三门中门朱雀、西门崇明、东门保康；北三门中门景龙、西门天波、东门安远；东二门南门丽景、北门望春；西二门南门宜秋、北门阊阖。外城则是按照十二门的古制设计的，因为此时柴荣的身份是皇帝，当然不能还保持十个门的节度衙门规模。南三门中门南薰、东门宣化、西门安上；北四门中门通天、东门景阳、次东门永泰、西门安肃；东二门南门朝阳、北门含辉；西三门中门开远、南门顺天、北门金耀。

细心的读者可能已经发现：你说的内城门和外城门里怎么都没有“酸枣门”呢？原来汴京城门不少都有“小名儿”。为了看起来明晰，咱们不妨列个简表：先看内城十门：

南三门：中门朱雀（无别称）　西门崇明（无别称）　东门保康（无别称）

北三门：中门景龙（酸枣门）　西门天波（金水门）　东门安远（封丘门）

东二门：南门丽景（宋门）　北门望春（曹门）

西二门：南门宜秋（郑门）　北门阊阖（梁门）

再看外城十二门：

南三门：中门南薰（无别称）　东门宣化（陈州门）　西门安上（戴楼门）

北四门：中门通天（酸枣门）　东门景阳（陈桥门）　次东门永泰（封丘门）　西门安肃（卫州门）

东二门：南门朝阳（宋门）　北门含辉（曹门）

西三门：中门开远（万胜门）　南门顺天（郑门）　北门金耀（固子门）

细心的读者又会发现：内、外城门的“小名儿”有好几个是重复的。的确，比如内北中门景龙和外北中门通天都叫“酸枣门”；内东南门丽景和外东南门朝阳都叫“宋门”；内北东门安远和外北次东门永泰都叫“封丘门”；内东北门望春和外东北门含辉都叫“曹门”；内西南门宜秋和外西南门顺天都叫“郑门”等等。这究竟是为什么呢？还要说说这些“小名儿”是怎么来的。说起来也很简单：出了北中门径直往前走是酸枣县（今河南延津县西），所以俗称酸枣门；出了东南门往前则是通往宋州（今河南商丘）的官道，所以俗称宋门。同样道理，封丘门通封丘（今河南封丘），曹门通曹州（今山东曹县），郑门通郑州（今河南郑州）等等。因为这些门，内城门和外城门都是正对着的，行走的方向没有任何改变，所以保留相同的“小名儿”，对居民来说是很方便的。不过有一点咱还得说清楚：说宋朝事儿的古书里提到某某门，如果没有强调是“内城某门”，那就是指外城门了。比如鲁智深“工作”的“酸枣门”外，说的就是外酸枣门外无疑。出了外酸枣门，就是“郊区”了。

54. “沙门岛”是啥地方

“沙门岛”这个地名在《水浒传》里出现过多次，第十七回梁山好汉智取生辰纲后，蔡京派人到济州责命知州十日内捉拿凶犯，否则就请知州“去沙门岛走一遭”。第六十二回又说到董超、薛霸要押解卢俊义到沙门岛。沙门岛究竟是个什么去处呢？

此岛在北宋登州（今山东蓬莱）北的大海中，是庙岛列岛中靠陆地最近的一个小岛。北宋时期，死刑犯并不多，很多罪犯都被处以流放之刑，沙门岛、海门岛（在今江苏南通及上海崇明岛之间）便成为长江以北收管流刑犯人的两个小岛，其中以流放沙门岛者居多。

沙门岛从什么时候开始收管囚犯的呢？北宋李上交《近事会元》卷五载，此制始于五代后汉时期。书中说：后汉隐帝乾祐三年（950）正月，永兴军节度副使安友规不能防守，致赵思绾奔冲，流放登州沙门岛。安友规成了历史上第一位被流放沙门岛的官员。《旧五代史·汉隐帝纪》下载：其后不久的四月丁丑，尚食奉御王绍隐坐匿军营女口，也被除名流放沙门岛，与安友规作伴儿去了。到了后周，流放沙门岛的人逐渐多起来，如郭威广顺三年（953）八月，内衣库使齐藏珍因修河不尽职致河水泛溢，除名、流配沙门岛。又如世宗柴荣显德二年（955）十月，右谏议大夫李知损妄贡章疏，斥责贵近大臣，配流沙门岛。甚至北宋开国大将韩令坤的父亲许州行军司马韩伦，也曾实实在在地尝过这个苦头，罪行是“掊敛”，也就是今天所说的搜刮民财。

这个制度被宋朝继承下来，于是北宋初期一些贪污受贿的官员，一经查实，都被送到这个岛上服刑。那时候对贪渎的处罚是相当严厉的，按现在人民币计算，贪污受贿上万元者，基本上就得到沙门岛去待上几年了。《水浒传》里为什么多次提到此地呢？难道流放岭南不比到沙门岛更加荒远吗？如果单从远近来看，当然岭南更远些，但岭南除了海南岛以外，还都与内地相通，管理起来不那么方便，而沙门岛则是孤处于大海中的小岛，到了那里就别想逃出去。况且那地方可不是什么“旅游圣地”，是要做苦役的，夏天热冬天冷，那滋味儿不用多想就令人不寒而栗了。宋人周煇《清波杂志》卷二有段话说：“旧制，沙门岛黥卒溢额，则取一人投于海，殊失朝廷宽宥之意。马默知登州，建白乞后溢额，选年深至配所不作过者，移本州牢城，以广好生之德。神宗深然之，著为定制。”意思是说沙门岛的容留量也是有限度的，“超编”一人，就得取另一犯人扔进大海。马默任登州知州时，认为这种做法过于残忍，于是给神宗建议，以后“超编”，则甄选一个来岛时间较长、改造态度积极者移送登州本土牢城拘押，不再扔进大海。神宗采纳了马默的建议，并写入律令。您想，那是多么恐怖的地方，谁听了心里不发颤啊。

55. 宋朝有“东潞州”吗

第十四回里，好汉刘唐向晁盖介绍说他“祖贯东潞州人氏”。第二十九回施恩对武松说，此地新来了一个张团练，是“从东潞州来”，还带了个蒋门神到此。宋朝行政区划中有“潞州”，治所在今山西长治，但从没见过“东潞州”这个地名。清人程穆衡《水浒传注略》解释说：“宋之西潞州，今山西之潞城县；东潞州，今之张家湾潞河驿。”这个解释十分可笑，首先，宋朝只有潞州而没有东潞州、西潞州，且潞州治所也不在潞城县。其次，堂堂一个州郡，竟然解释为“张家湾潞河驿”，完全不合于宋朝地理区划的基本规则。

如此说来，“东潞州”难道是施耐庵杜撰出的地名不成？事实是：《中国古今地名大辞典》中没有“东潞州”；《元史》、《金史》、《辽史》三书中也没见到这么个州名。《辽史·地理志》四中有一句说：“三河县，本汉临朐（qú）县地，唐开元四年析潞州置。”这里所说的“三河县”，指的是今天河北北部、北京以东燕郊地区的三河县，似乎有了点儿眉目，然而再查《旧唐书·地理志》，唐朝除了山西长治那个潞州之外，并没有第二个“潞州”，“析潞州置”的“州”是个错字，应该是“潞县”才对。三河原本倒是称做“潞县”。《旧唐书·吴少诚传》说：“吴少诚，幽州潞县人。”《旧唐书·地理志》二说到幽州大都督府时提到：唐高祖武德元年（618）时，幽州领蓟、良乡、潞、涿、固安、雍奴、安次、昌平等八县。武德二年，“又分潞县置玄州，领一县，隶总管”。意思是说武德二年时，朝廷在潞县设置了一个州级政区叫“玄州”，只领潞县一个县，隶属于幽州大都督府管辖。这“玄州”和“潞县”的办公地点都在潞县，也就是今天的河北省三河。按照这个思路，施耐庵所说的“东潞州”，很可能就是指三河县所在的“潞县”。这个县在潞州（长治）以东，称之为“东潞州”，倒也勉强可以敷衍。如果不是此地，那就是施耐庵杜撰无疑了。

在《水浒传》里，类似的地名还有一些，甚至有的地名完全不知所云。如第四十九回说铁叫子乐和“祖贯茅州人氏”，第五十五回说轰天雷凌振“祖贯燕陵人也”。茅州、燕陵都不是宋朝的地名，甚至连俗称都不是，不知作者为何要无端杜撰这样的“新鲜”地名。其实写小说处理地名是最省事、最不容易产生错误的，只要随便找一个当朝确实存在过的州县就万事大吉。细节真实了，谁还会去认真核查乐和、凌振究竟是哪里人呢？

56. “万岁山”是什么山

第十二回一开始便是林冲与杨志交手。杨志对林冲说：他本是杨老令公的裔孙，曾应过武举，官至殿司制使。“道君因盖万岁山”，差他到太湖边搬运花石纲。不想来到黄河，遭风打翻了船，失陷了花石纲，不能回京赴任，逃去他处避难。“道君”就是宋徽宗，他盖的“万岁山”是什么山呢？这事儿说来有趣。

据王明清《挥麈后录》卷二载，徽宗初即位，没有子嗣，茅山道士刘混康献言说：“京城东北隅地协堪舆，倘形势加以少高，当有多男之祥。”徽宗对此深信不疑，即命在汴京东北隅“为数仞冈阜”（汴京原本是没有山的，难怪《水浒传》说万岁山是“盖”起来的），其后果然接连生子。这个“瑞应”不但成了后来大肆扩建万岁山的重要原因，更成为徽宗一朝笃信道教的重要原因。当然，这只是个由头儿，由“数仞冈阜”扩建为万岁山，与徽宗喜好园林艺术有更直接的关系。《挥麈后录》也说：“后宫占熊（生子）不绝。上甚以为喜，繇（由）是崇信道教，土木之工兴矣。一时佞幸，因而逢迎，遂竭国力而经营之，是为艮岳。”

关于万岁山的兴修，《皇宋通鉴长编纪事本末》卷一二八《万岁山》有详尽的记载。从中可以看出，“万岁山”这个名称，当时只是个临时称呼的名字，因为这座皇家园林的修建并不是一开始就有全面详细的规划图，而是“走一步说一步”逐渐修建成的。书中引蔡絛《宫室苑囿》篇说：“命工部侍郎孟揆鸠土功，梁师成主作役，筑土山，以象余杭之凤凰山，雄于诸苑。”政和五年（1115）九月甲辰，提举翰林书艺局御前制造所上奏说：“契勘修万岁，合用山石万数浩大。”您看，当时这份报告是由“提举翰林书艺局御前制造所”呈递上去的，显然已和生不生皇子没关系了。当时的山名没最后定，所以这份报告还只称“万岁”，且因为徽宗要求像余杭的凤凰山，所以此山初步建成时，命其名为“凤凰山”。据《宫室苑囿》篇说：“后神霄降，其诗有‘艮岳排空霄’，因改名为‘艮岳’。及南山成，又易名为‘寿岳’。”更名“寿岳”是宣和六年（1124）九月的事，此前一直叫“艮岳”，民间仍俗称为“万岁山”。

这座人工“盖”起来的万岁山雄壮到什么程度呢？宣和四年（1122）最终告竣时，徽宗亲自写了一篇《艮岳记》，详细记录了此山的所有“景点”。因为全文篇幅太长，这里不可能全录，只把这些“景点”的名字罗列一下，便可见其端倪了。《挥麈后录》记载，其间有介亭、极目亭、圌（chuí）山亭、跨云亭、半山亭、萧森亭、麓云亭、清赋亭、散绮亭、清斯亭、炼丹亭、璇波亭、小隐亭、飞岑亭、草圣亭、书隐亭、高阳亭、噰（yōng）噰亭、忘归亭、八仙馆、环山馆、芸馆、书馆、萧闲馆、漱琼轩、书林轩、云岫轩、梅池、雁池、砚池、林华苑、绛霄楼、倚翠楼、奎文楼、巢凤阁、竹岗、梅岗、万松岭、蟠桃岭、梅岭、三秀堂、萼绿华堂、岩春堂、蹑云台、玉霄洞、清虚洞天、和容厅、泉石厅、挥云亭、泛雪厅、虚妙斋、寿山、杏岫、景龙江、鉴湖、桃溪、回溪、滴滴岩、榴花岩、枇杷岩、日观岩、雨花岩、芦渚、梅渚、榠查（míngzhā）谷、秋香谷、松谷、长春谷、桐径、松径、百花径、合欢径、竹径、雪香径、海棠屏、百花屏、蜡梅屏、飞来峰、留云石、宿雾石、辛夷坞、橙坞、海棠川、仙李园、紫石壁、椒崖、濯龙峡、不老泉、柳岸、栈路、药寮、太素庵、祈真磴（dèng）、踯躅岿（zhízhúkuī）、山庄、西庄、东西关、敷春门。这座历时二十年修建的超大型皇家园林，如果按照当时大略记载为之复原的话，决不亚于清朝的圆明园。现在不是大力提倡旅游经济吗？有眼光的投资家们，不妨将资金投给开封，将万岁山恢复原貌，不仅可以有经济上的巨大收益，还可以警示今天的人们，朝政腐败到极点，再壮观的园林也照样会毁灭于侵略者之手。

57. 花石纲

“花石纲”是接着上一节的一个相关概念，也出现在第十二回，出自杨志之口。艮岳的修建既然需要大量的园林材料，当然要从山清水秀的江南地区采择运输。简单说，为修建艮岳而运送花木奇石的纲运，就叫花石纲。

先说说什么叫“纲”。这个术语最早起于唐朝，指成批运输货物的组织单位而言。《新唐书·食货志》三说刘晏担任江淮发运的时候，将运粮的船只编成船队，“每船受千斛，十船为纲，每纲三百人，篙工五十”。后来的“纲”不仅仅局限于运粮船，一般货物运输，只要是具有一定的规模，都可称为“纲”。如《旧五代史·周书·太祖纪》四就有“（郭）彦钦乃奏野鸡族掠夺纲商”的记载。此事发生在西北，所以这里的“纲”显然不是指船运。《水浒传》里晁盖等人智取生辰纲的“纲”，也是泛指成规模运输的财货而言。

再说“花石纲”。这个词语最初起于徽宗政和年间。据宋张淏《艮岳记》（《古今说海》卷一一八引录）载，崇宁、大观间，海内乂（yì）安，朝廷无事，故而徽宗留意于山水园囿之事，遂命宦官梁师成为总负责人，在京城东南方原有冈阜的基础上筑山。当时有个叫朱勔（miǎn）瞅准了机会，先在浙中采集了很多珍奇的花木竹石上贡，自称为“花石纲”。朱勔是个什么人呢？《宋史·朱勔传》说：此人是苏州人。一个偶然的机会，他结识了时在杭州的蔡京，并为蔡京修建佛寺如期提供了大量材木。蔡京认为此人很有才干，回京时把他带进了汴京，并介绍给了大宦官童贯。为了讨好徽宗，蔡京让朱勔到江南采集一些珍奇花木献给徽宗，于是朱勔献上三株黄杨木，得到了徽宗的嘉许。有了这个前奏曲，其后的“花石纲”自然是非朱勔莫属了。不久徽宗决定修建艮岳时，在苏州设置了一个“应奉局”，专一负责花石纲事务，由朱勔总管。《皇宋通鉴长编纪事本末》卷一二八《花石纲》中说，重和元年（1118）五月癸卯，御笔：“太湖及长塘湖石，令朱勔取发，余人不许争占。如违，以违御笔论。”您看，这个害人精多么得徽宗的宠信。《艮岳记》说：当时所费，动以亿万计。调派百姓，搜岩剔薮，斫山辇石，“虽江湖不测之渊，力不可致者，百计以出之，至名曰‘神运’。舟楫相继，日夜不绝”。“大率灵璧太湖诸石、二浙奇竹异花、登莱文石、湖湘文竹、四川佳果异木之属，皆越海度江，凿城郭而至。……凡六载而始成，亦呼为‘万岁山’。奇花美木，珍禽异兽，莫不毕集”。当时耗费的人力物力，是可想而知的。《宋史·朱勔传》载，朱勔得到一块巨大的太湖石，以巨舰运载，役夫多达数千人。所经过的州县，遇水门拆水门、遇桥梁拆桥梁，甚至把城墙都敢凿开。此石运抵汴京之后，徽宗大笔一挥，赐名为“神运昭功石”。爆发于睦州（今浙江建德）的方腊起义，直接的导火索就是这个劳民伤财的花石纲。宋人方勺《青溪寇轨》描绘当时景况云：“宣和二年十月，睦州青溪县堨（è）村居人方腊托左道以惑众。……（童贯）引吴人朱勔进花石媚上，上心既侈，岁加增焉。舳舻（zhúlú）相衔于淮汴，号‘花石纲’。至截诸道粮饷，纲旁罗商舟，揭所贡暴其上。篙师柁工，倚势贪横，凌轹（lì）州县，道路以目。其尤重者，漕河弗能运，则取道于海，每遇风涛，则人船皆没，枉死无算。江南数十郡，深山幽谷，搜剔殆遍。或有奇石在江湖不测之渊，百计取之，必得乃止，程限惨刻，无间寒暑。士庶之家，一石一木，稍堪玩者，即领健卒直入其家，用黄帕（pà）覆之，指为御物，又不即取，因使护视，微不谨，则重谴随之，及启行，必发屋彻墙以出。由是人有一物小异，共指为不祥，惟恐芟（shān）夷之不速。民预是役者，多鬻田宅子女以供其须，思乱者益众。”这是最典型的“官逼民反”。方腊起事后，徽宗有所省悟，一度压缩了花石纲的数量，然而不久便旧病复发，一直持续到艮岳最终建成。其实“花石纲”岂止是导致了方腊起义，一两年后的金兵南侵，也是看准了宋朝腐败无能的本质，才敢贸然动武。任何一个王朝，如果任凭贪腐横行，不把民生放在首位，“覆舟”是迟一天早一天的事。

58. “沧州横海郡”说法不正确

《水浒传》里出现“横海郡”有数处，如第二十二回写宋江杀了阎婆惜，被朱仝解救。朱仝问他且到何处躲避，宋江答道：“有三个安身之处：一是沧州横海郡小旋风柴进庄上。”第二十三回题目索性就叫《横海郡柴进留宾·景阳冈武松打虎》。按照施耐庵的说法，沧州就是横海郡。这种表述方式是错误的。要弄清这个概念，还得从唐朝说起。

唐朝中央政府之下有节度使，节度使以下有刺史，刺史以下有县令，大致相当于今天的三级政区制度。其中节度使所辖区域有点儿类似于高级政区，刺史所治的州为中级政区。然而节度使也是有治地的，他们肯定要把节度衙门设在某州州治所在地，这就会与刺史形成重叠。打比方说，河东道节度使治所在并州（今山西太原），辖有朔州（今山西朔州）、代州（今山西代县）、忻州（今山西忻州）等二十几个州。朔州由朔州刺史管理，代州由代州刺史管理，那么并州是不是应该再派并州刺史来管理呢？唐朝的制度是：节度使所在州不再派刺史，而是由节度使兼任，这就形成了河东节度使兼并州刺史的模式。唐代中后期，节度使所辖区域越来越小，节度使则越来越多，形成了一个个子承父业的所谓“藩镇”，有时一个节度使只辖两三个州。比如宣武军节度使，辖汴州（今河南开封）、宋州（今河南商丘）和亳州（今安徽亳州），节度使衙门设在汴州，则宣武军节度使就自然要兼任汴州刺史（《唐方镇年表》）了。不过宋州刺史和亳州刺史必须服从汴州刺史的管辖和调遣。隋朝的中级政区都叫“郡”，唐朝玄宗天宝年间，也曾把三百多州统统改成了“郡”。这样，一个政区治地就同时具有了两个或三个不同侧重的名称。还拿宣武军为例，它的节度军府名称叫“宣武军”，它的州名叫“汴州”，它的郡名叫“陈留郡”。宋州由于不属于节度使所在州，故只有州名宋州和郡名睢阳郡；亳州情况相同，只有州名亳州和郡名谯郡。这种制度历经五代一直到北宋，没有太多的改变，只是宋朝把节度使、刺史的军权夺掉，但每个州形式上还保留着二至三个不同侧重的称呼。所以说这二至三个名称侧重点不同，是因为“某某军节度”强调的是方面大员的高度权威，有点儿像春秋时期的诸侯；“某州刺史”强调的是朝廷对该州所实行的监察（汉武帝初设十三部刺史，即后来刺史的雏形，本来是监察官而不是行政官或军事官）；而“某某郡太守”强调的是纯行政民事管理。为啥州、县一把手叫做“亲民官”或“父母官”呢？道理就在这上面。这么一摆列，读者便明白这三者（或二者）之间的名称是不能混同的了。再看《水浒传》里提到的“沧州”，属于节度使所在州，故而其节度名为“横海军节度”，州名“沧州”，郡名“景城郡”。北宋沿袭了唐五代制度，《元丰九域志》、《宋史·地理志》均载沧州的节度名为“横海军节度”，郡名“景城郡”。施耐庵不清楚以上三者之间的关系和区别，粗略了解唐、宋的州除了州名还有郡名（客观地说，这已经很不容易了），所以把沧州称为“横海郡”，当然也就不正确了。书中所有“沧州横海郡”的写法，如果要求准确无误，要么改为“沧州景城郡”，要么改成“沧州横海军”都可以，唯独不能叫“沧州横海郡”。

59.“东昌府”与“寇州”辨

第五十四回写梁山好汉攻破高唐州后，惊动了临郡。“东昌、寇州两处，已知高唐州杀了高廉，失陷了城池，只得写表，差人申奏朝廷”。首先我们可以定下调子：北宋时绝没有东昌府，也没有寇州。这两个州府又是怎么出现在《水浒传》里的呢？

先说“东昌府”。北宋历代皇帝将原有的一些州都提升为府，比如双枪将董平担任兵马都监的“东平府”（第六十九回），就是从郓州升格的。这个州在现在的山东东平，也是梁中书的老家。再如岳飞的老家“彰德府”，则是从相州提升起来的。但直到金兵攻破开封府，也没见有什么“东昌府”。看看《元史》才晓得，施耐庵又把元朝的“东昌路”改头换面搬到宋朝来用了，真要命。元朝东昌路的治所在今山东聊城，北与高唐州、南与东平路（北宋东平府）接壤。此地在北宋时叫做博州。《宋史·地理志》二说：“博州，上，博平郡，防御。”意思是说博州属于上等州郡，郡名叫博平，属于防御州（宋朝的州郡按其军事地位分为节度州、防御州、刺史州、团练州四等）。下面又说博州领四个县，分别是聊城县（博州州治所在县）、高唐县、堂邑县和博平县。绝对没有说到此州改名为东昌府的事。《元史·地理志》一则说：“东昌路，下。唐博州。宋隶河北东路。金隶大名府。元初隶东平路。至元四年，析为博州路总管府。十三年，改东昌路，仍置总管府。”意思是说元朝的东昌路属于下等路州，唐朝时叫博州，北宋仍叫博州，隶属于河北东路。金朝时还叫博州，隶属于大名府。元朝初年还叫博州，隶属于东平路。元世祖忽必烈至元四年（1267），从东平路中分离出来，单独设置了博州路总管府。至元十三年（1276），改名为东昌路，置东昌路总管府。您看："东昌"这个名称在中国历史上最早出现于元朝至元十三年，施耐庵却让梁山好汉早在徽宗宣和三年（1121）就提前"享用"了，比"东昌"的实际年龄提前了一百五十五年。其实施耐庵完全可以沿用"博州"旧名，就不会把读者弄得一头雾水了。

"寇州"更麻烦些。不但宋朝没有寇州，连元朝都没有这么个州。找来找去，原来"寇"是个错别字，正确的写法应该是"冠州"。不过这个州也是元朝的州而不是宋朝的州。《元史·地理志》一说："冠州，本冠氏县，唐因隋旧，置毛州，后州废，县属魏州。宋、金并属大名府。元初属东平路。至元六年，升冠州，直隶省。"意思是说冠州就是前朝的冠氏县，唐朝把隋朝的冠氏县改为毛州，不久废掉毛州，复为冠氏县。宋、金两代仍叫冠氏县，隶属于大名府。元朝初年仍叫冠氏县，改隶属东平路。世祖至元六年（1269），提升为冠州，与东平路平级，直属中书省管辖。

为什么我们敢肯定《水浒传》里的"寇州"就是元朝的"冠州"呢？这个地方在今河北省冠县，正东与（元代）东昌路接境，西南方不远就是大名府，西北恰恰是"高唐州"，故而可定，"寇"必是"冠"字之讹无疑。但我怀疑这个错误未必是施耐庵造成的，很可能是后人印书时不留神把"冠"印成"寇"的。这个问题处理起来要比"东昌府"难一些，因为东昌府毕竟是州府这一级的区划，说这里有太守、兵马都监都合逻辑；东昌府原本是宋朝的一个县，哪来的太守和都监呢？如果按照北宋的实际情况，在这里供职的只有冠氏县令和"县大队"大队长没羽箭张清而已——我们还是别替施耐庵抹了，越抹越黑，说不清了。

60. “凌州高唐界”该怎么讲

第七十三回写燕青、李逵从东京回梁山泊，误以为宋江劫夺了刘太公的女儿。事情原委弄清后，宋江命李逵出山去缉拿真凶，拿不到真凶就要砍下李逵的脑袋。李逵和燕青“寻了两日，直到凌州高唐界内，又无消息”。

这两句话让人看得懵懵懂懂，因为此前的第五十二回的回目叫《李逵打死殷天锡·柴进失陷高唐州》，第五十四回《入云龙斗法破高廉·黑旋风探穴救柴进》写到高唐州太守高廉被梁山好汉杀死后有两句韵语称：“可怜五马诸侯贵，化作南柯梦里人。”把高廉称为“五马诸侯”，显然认可高唐州属于州郡级行政区划，因为“五马”是汉朝人对太守的代称，如果属于县级区划，是断断不可称为“五马”。到了第七十三回里，怎么突然又成了“凌州”所属的高唐县了呢？很显然，作者原本就不清楚“高唐州”在宋朝本不存在，于是继续杜撰，错误也就越来越多，连他自己也弄不清高唐州应该是独立州郡还是“凌州”所辖的县了。

首先必须厘清一个概念：宋朝根本就没有“凌州”这么个州郡。查找元朝的地理书方知，元朝有个“陵州”，治所在今山东德州，但这个“陵州”仅仅是河间路属下的一个县，叫“陵州县”。北宋时有德州，属大名府所在的河北东路，但与元朝的“陵州”又不是一码事儿，北宋德州在今山东的陵县，与元朝的陵州相距还有几十里路，也就是说，元朝的“陵州”在宋朝时叫做“将陵县”。

宋朝的高唐叫“高唐县”，到了元朝，升为“高唐州”，属于独立的、与元朝的“路”（相当于宋朝的州府）并行的中级行政区划。但元朝的高唐州只辖高唐（今山东高唐）、夏津（今山东夏津）、武城（今山东武城）三个县，不但不辖陵州（今山东德州）或为陵州所辖，甚至连接壤邻县都不是，何谈“凌州高唐界”呢？更何况陵州距梁山泊有两三百里，中间隔着高唐、博州（今山东聊城）、阳谷（今山东阳谷）等数个州县，又绝不是从东京汴梁回梁山泊所经之地。李逵动辄到那么老远，不说他有没有这个脚力，就算他日行百里，就不怕官军捉拿他吗？施耐庵在地理知识方面的确匮乏，所以一说到州县区划，往往捉襟见肘。

61. 无为军在江州对面吗

第三十九回写宋江在浔阳楼上题下反诗。作者把笔锋转到官场，说道：“这江州对岸，另有个城子，唤做无为军，却是个野去处。城中有个在闲通判，姓黄，双名文炳。……闻知这蔡九知府是当朝蔡太师儿子，每每来浸润他，时常过江来请访知府，指望他引荐出职，再欲做官。也是宋江命运合当受苦，撞了这个对头。当日这黄文炳在私家闲坐，无可消遣，带了两个仆人，买了些时新礼物，自家一只快船渡过江来，径去府里探望蔡九知府。”

江州在宋朝是实有其州的，治所在今江西的九江，北岸濒临长江。按照上面那些叙述，“无为军”应该就在九江对面北岸不远处，而且是个荒野去处。第四十一回写梁山好汉烧了无为军，“江州城里望见无为军火起，蒸天价红”。无为军起火，江州城里竟然能看见“蒸天价红”，这又与事实大相径庭了。宋朝的确有个州级行政区划叫“无为军”，但此军绝不在江州对岸，而在今天安徽的无为县。无为县距九江有多远呢？按照地图上标明的比例尺估算，至少在四百里开外，且两个州军中间隔着铜陵（今安徽铜陵）、池州（今安徽贵池）、舒州的安庆（今安徽安庆）、东流（今安徽东至县东流镇）、彭泽（今江西彭泽）、湖口（今江西湖口）等六七个州县，从无为军到江州完全不可能像施耐庵说的那么轻巧，划只小船就到对岸的江州了。

宋朝的无为军是与江州平级的政区，属淮南西路。《元丰九域志》卷五《淮南路》说："同下州，无为军。太平兴国三年，以庐州巢县无为镇建军。治无为县。"讲得清清楚楚。其实施耐庵只要不说得如此有鼻子有眼，胡乱杜撰一个村镇名，让已经不在岗的黄通判存存身，就啥毛病也不会有了，为啥非要掂出自己并不熟悉的"无为军"说事儿呢？

62. 檀州的救兵能从雄、霸二州来吗

第八十三回写宋江等接受朝廷招安之后，受到蔡京、高俅等人排挤，于是天子命他们前去征讨大辽。宋江率兵深入辽境，攻打檀州。檀州乃是"辽国紧要隘口。有条水路，港汊最深，唤做潞水，团团绕着（檀州）城池。这潞水直通渭河，须用战船征进"。宋江等人杀奔檀州，檀州守将洞仙侍郎"一面写表申奏郎主，一面关报邻近蓟州、霸州、涿州、雄州救应，一面调兵出城迎敌"。

这段话写得热热闹闹，很是好看。只是其中矛盾百出，有些历史常识的人，都会觉出问题多多。先不说宣和四年宋、辽之间没有过这场战役，就算有，也不可能是这么个打法儿。

檀州是五代后晋石敬瑭出卖国土献给辽国的"燕云十六州"之一，在今北京市密云县，属辽国南京道管辖。读者如果熟悉今天的北京地理，都知道密云在北京的北部，是"燕云十六州"山前八州最靠北部的州郡，所

以稍有地理常识的人，便知宋江大军不可能第一站先去攻打檀州，因为大军要到达檀州城下，必须经过辽国的涿州（今河北涿州）、南京道首府析津府（今北京城区）、顺州（今北京顺义）。宋江不可能坐飞机空降到檀州城下，只要是步行，就无法越过上述州郡而抵达檀州。

作者又说潞水团团绕着檀州城池，此又不知从何而来。辽时析津府的确有个潞县，治所在今北京通州政府所在地，即原来的通县。流经通县的也的确有一条潞水，只是此水与檀州八竿子打不着。潞水今天叫温榆河，是自北京昌平居庸关，东南经通县、河北香河、天津武清汇入永定河的一条河流，距檀州最近之处也有一百里左右。宋代檀州的确有河环绕州城，而且不止一条，城西的一条叫做白屿河（今名白河），城西的一条叫做潮里河（今名潮河）。两河分别绕檀州却不交汇，又分别在怀柔、顺义之间汇入七渡河。施耐庵只知其一知其二，葫芦提将潮河、白河当成了潞水。又说潞水直通渭河，这“渭河”就更不知所云，无法辨识，干脆就别瞎费工夫辨识了。

错得更加一塌糊涂的是说洞仙侍郎关报邻近蓟州、霸州、涿州、雄州赶紧前来搭救。按施耐庵的逻辑，能到檀州搭救洞仙侍郎的一定是辽国人，也就是说，蓟州、霸州、涿州、雄州应该是辽国的州郡。事实究竟如何呢？我们先给这四个州郡来个简单的定位：蓟州在今天津蓟县，霸州在今河北霸州，涿州上面已说过，雄州在今河北的雄县。从今天的地图上可以看出，檀州“临近”的州郡莫过于顺州、蓟州和析津府，这位洞仙侍郎怎么可能迈过顺州和析津府，隔山探火去向更南面的州郡求救兵呢？这本身就违反了起码的军事常识，用今天的地理区划作比，等于是密云出了事，不向顺义求救，也不向北京求救，反而向河北涿州、雄县、霸州求救，那不是黄瓜菜都凉了？此仅为其一。更有甚者，雄州、霸州都是大宋朝的州郡，是大宋朝神圣不可分割的一部分，在施耐庵的笔下，怎么突然成了大辽的领地？雄、霸二州在后周时曾属于辽国，但后周皇帝柴荣北征契丹，最大的收获就是收复了这两个地方。后周时期，雄州叫瓦桥关，霸州叫益津关，此外还有一个淤口关，当时合称为“三关”。京剧中有一出演杨六郎的戏叫《三关排宴》，指的就是这三个地方。柴荣收复三关后，建瓦桥关为雄州，益津关为霸州，时在显德六年（959）的四月辛丑和癸卯。小说不是不可以戏说和杜撰，但戏说到敌我不分，把宋朝的地界儿说成辽国的地界儿，恐怕不大合适。

63. “武胜军”与“盖天军”

第一一九回写宋江等人征方腊回朝，一百单八将只剩下了二十七员，正将十人分别授予武节将军、诸州统制。其中吴用授“武胜军承宣使”，阮小七授“盖天军都统制”。

先来说说“军”。宋朝的州郡分为若干等级，户口众多或军事意义重要的州郡，都有“军额”，即军府的名号。这个制度来源于唐朝。唐代地方军政最高首长依本州郡的级别分别称为节度使、刺史。节度使一般都要辖两三个乃至四五个州郡，如同一个州郡辖四五个县性质相类。也就是说，唐朝的刺史要直接对节度使负责。宋朝建国，赵匡胤夺去了个节度使、刺史的兵权，改以文臣“知州事”，这就是唐朝州郡官员称“节度使”、“刺史”，而宋朝州郡官员称“知州”的来由。但宋朝的州郡依旧保留了军事色彩，这一方面是为了提醒百姓：虽然文臣掌理州郡，但不能忘记大宋朝的州郡还是“军州”，还有军事力量在；另一方面也便于区别所在州郡官员的高下。宋朝的州郡分为四等，分别是团练州、防御州、军事州和节度州。前三者仅仅表示该州郡的军事等级，节度州则高于前三者，其官员的任命可比照唐朝的节度使。所谓“军额”，就是指“某某军节度”这个名号而言。一个原本的团练州、防御州、军事州一旦被赐予“军额”，它的地位就升到了高一级州郡的行列。以京东东路为例，该路所辖济南府（今山东济南），青（今山东青州）、密（今山东诸城）、沂（今山东临沂）、登（今山东蓬莱）、莱（今山东莱州）、潍（今山东潍坊）、淄（今山东淄博）七州和淮阳军（今江苏邳州南）一军。其中青州军额为镇海军节度，密州本为防御州，太祖开宝五年（972），升为安化军节度。后又降为防御州。济南府（原齐州）军额为兴德军节度。沂州、登州、莱州为防御州，没有军额。潍州为团练州，淄州为军事州，也都没有军额。从以上州郡的等级，即可看出北宋时京东东路军事、经济等重点的布局。

团练、防御、军事州升为节度州并获得“军额”，需要有充分的理由和条件。《宋史·地理志》一说：“拱州，保庆军节度。本开封府襄邑县。崇宁四年建为州，赐军额，为东辅。”意思是说拱州原本只是开封府的襄邑县，后因建“四辅”拱卫京师，所以将拱州建为州级政区，同时赐军额为“保庆军节度”。李攸《宋朝事实》卷十八说：“湟州（今青海乐都），大观三年，赐向德军额。”也是因为此地是新收复的州郡，地理位置相当重要，才赐军额为“向德军节度”的。

弄清了“军额”的概念，《水浒传》中的“武胜军”与“盖天军”就容易理解了。这两个术语都是指“军额”，而不是直接指州郡名称，所以第二步还要弄清“武胜军”与“盖天军”是哪两个州郡的军额。查检《宋史·地理志》可以找到：“邓州，望。南阳郡，武胜军节度。”原来吴用是被任命到邓州（今河南邓州）任武官去了。再看阮小七到哪儿去了呢？查遍所有宋朝史书，绝找不到有“盖天军”这么个军额。好在《水浒传》第四十四回锦豹子杨林的一句话，无意间透露出一点儿信息：“这个认得小弟的好汉，他原是盖天军襄阳府人氏，姓邓，名飞。”施耐庵的意思很明显，襄阳府（今湖北襄阳）的军额叫“盖天军节度”。再看宋朝史书，襄阳府的军额叫“山南东道节度”，而非“盖天军节度”。也就是说，“盖天军节度”这个军额名称，是施耐庵自己杜撰的。不管怎样，作者对于宋朝有“军额”、节度州中才设承宣使是清楚的，这就很了不起，比现在一些学者高明得多。《汉语大词典》“军额”条只解释为“军队编制的名额”，实在是牛头不对马嘴了。

64. “河北田虎”的说法不正确

第七十二回写梁山伯英雄排座次后，宋江一心洗刷耻辱，于是派柴进潜入大内睿思殿，将徽宗写在屏风上的“山东宋江，淮西王庆，河北田虎，江南方腊”四大盗贼中的“山东宋江”四个字挖去。该书写梁山好汉平定田虎起义在第九十一回，作者交代说：“且说河北田虎这厮，是威胜州沁源县一个猎户。”又说他交结恶少，占去五州五十六县。“那五州？一是威胜，即今时沁州。二是汾阳，即今时汾州。三是昭德，即今时潞安。四是晋宁，即今时平阳。五是盖州，即今时泽州。那五十六县，都是这五州管下的属县。田虎就汾阳起造宫殿，伪设文武官僚，内相外将，独霸一方，称为晋王”。

北宋的地理区划分为路、州府军监、县三级。路大致相当于今天的省，州府军监大致相当于今天的地市，县与今天县概念相同。当时的北方按照转运使司所在分为五个大路，有京东路、京西路、陕西路、河北路和河东路。陕西路治所在京兆府（今陕西西安），京东路治所在青州（今山东青州），宋江的梁山泊就属于此路；京西路治所在河南府（今河南洛阳）；河北路治所在大名府（今河北大名）；河东路治所在太原府（今山西太原）。这个区划已是按照最宽泛的意义而定的了。所以“山东宋江”应该说成“京东宋江”才对，那时候没有“山东”这个区划概念，“山东”是明朝才有的新概念。至于“河北田虎”，则应该说成“河东田虎”才对，因为河北与河东是两个并行的概念，绝无可以互通之理。按照《宋史·地理志》二的记载，河北路包括东路的大名、开德、河间三府；沧、冀、博、棣、莫、雄、霸、德、滨、恩、清十一州；德清，保顺，永静，信安，保定五军。县五十七。西路的真定、中山、信德、庆源四府；相、浚、怀、卫、洺、深、磁、祁、保九州；天威、北平、安肃、永宁、广信、顺安六军。县六十五。河东路则包括太原、隆德、平阳三府；绛、泽、代、忻、汾、辽、宪、岚、石、隰、慈、麟、府、丰十四州；庆祚、威胜、平定、岢岚、宁化、火山、保德、晋宁八军。县八十一。

对照上面的文字再看《水浒传》的叙述，就比较清晰了。施耐庵称田虎是“威胜州沁源县”猎户，则知这个“威胜州”在宋朝叫做“威胜军”。他交代威胜军即今之沁州是正确的，沁州下辖沁源县也是正确的。此地即今天山西的沁县。以下四州的表述，或多或少都不能算准确。先看“汾阳，即今时汾州”。此说错误不多，北宋时河东路即有汾州，且此州在元代、明代均称汾州，用不着说宋朝叫汾阳，今日叫汾州。“汾阳”本是汉代的一个县名，在今山西北部的忻州，与施耐庵所说的“汾州”是完全不搭界的两个概念。

再看“昭德，即今时潞安”。北宋没有“昭德州”，也没有“昭德府”，只有“昭德军节度”的军额。此地即今山西长治，宋代前期叫“潞州”，后期升为“隆德府”。《宋史·地理志》二说：“隆德府，大都督府，上党郡，昭义军节度。太平兴国初，改昭德。旧领河东路兵马钤辖，兼提举泽晋绛州、威胜军屯驻泊本城兵马巡检事。本潞州。建中靖国元年，改为军。崇宁三年，升为府，仍还昭德旧节。”不过施耐庵说此地即今之“潞安”倒是正确的。此地元朝仍称潞州，明朝改为潞安府。钱彩《说岳全传》里写到金兀术攻打“潞安州”，并说此州“有个镇守潞安节度使，姓陆名登”（第十五回）。后来的骁将“双枪陆文龙”，就是陆登之子。这种说法也存在概念性错误，正确的表述应该是“潞州”。

再看“晋宁，即今时平阳”。宋朝的晋州于政和六年（1116）升为平阳府，它的郡名叫“平阳郡”，军额叫“建雄军节度”，在今山西的临汾。

北宋也有叫“晋宁军”的地方，不过远在今山西西北部的佳县，《水浒传》说的“晋宁”，显然不是此地。细细揣摩，作者又犯了“元朝地名宋朝用”的错误，因为临汾在元朝叫“晋宁路”，相当于宋朝“晋州”、“平阳府”。

最后再看“盖州，即今时泽州”。这句话可就错大发了。整个中国历史上，叫“盖州”的政区只有一个，即今天辽宁省营口东南的盖州（原盖县）。此地原为高丽盖牟城，唐太宗贞观十九年四月，李勣攻破盖牟城，太宗在此设置盖州。宋朝不辖盖州，到了元朝，朝廷在此地设置了“盖州路”。明朝设盖州卫。总而言之，“盖州”与宋朝的泽州风马牛不相及，则是肯定的。北宋的泽州治所在今山西南部的晋城市，是个不大的州郡。

我们为作者梳理一下，他的意思是田虎占据了今天山西的长治、晋城、沁州、临汾和汾阳五地区，分布在晋中和晋东南地区，看起来片儿还真不小。但绝不至于囊括“五十六县”——河东路二十五个行政区，总共才八十一个县，其中五州怎么可能占去五十六个县呢？按《宋史·地理志》二所载，潞州有八个县，泽州有六个县，威胜军有四个县，晋州有十个县，汾州有五个县，加起来共计三十三个县，比《水浒传》所说少了二十三个。而这五个州郡、三十三个县均在河东路，所以说田虎与“河北”没有任何关系。

65. “淮西王庆”的说法很离奇

看来作者对宋朝的地理区委实很不熟悉，偏偏《水浒传》中涉及的宋朝州县又多，所以就频频出错。在描写王庆造反占据州郡时，作者犯了与“河北田虎”同样的错误。

第一〇五回中说“淮西王庆又打破了云安军及宛州，一总被他占了八座军州。那八座？乃是：南丰，荆南，山南，云安，安德，东川，宛州，西京。那八处所属州县，共八十六处。”

宋朝有“淮南”的概念不假，指的主要是今安徽、江苏大部以及湖北、河南的一小部分。早期的淮南为“淮南路”，相当于今天的一个大省，治所在今江苏扬州。神宗熙宁五年（1072），分为淮南东路和淮南西路，相当于把原“淮南省”分成了两个省。淮南东路的治所仍设在扬州，辖扬、亳（今安徽亳州）、宿（今安徽宿州）、楚（今江苏淮安）、海（今江苏连云港）、泰（今江苏泰州）、泗（今江苏盱眙）、滁（今安徽滁州）、真（今江苏仪征）、通（今江苏南通）十州、高邮（今江苏高邮）、涟水（今江苏涟水）二军。淮南西路治所设在庐州（今安徽合肥），辖庐、寿（今安徽凤台）、蕲（今湖北蕲春）、和（今安徽和县）、舒（今安徽潜山）、濠（今安徽凤阳）、光（今河南潢川）、黄（今湖北黄冈）八州，六安（今安徽六安）、无为（今安徽无为）二军。很清楚地表明，这二十几个州军的确都在淮河流域。按说“淮西”应当是“淮南西路”的简称，宋朝人都是这么称呼的。然而对照《水浒传》所言的八州，却无一例外都与“淮南西路”毫不搭界。书中第一百一十回说：“淮西乃淮渎之西，因此宋人叫宛州、南丰等处是淮西。”实在是自说自唱的无根之谈。总体来说，王庆所占的州郡，主要在北宋京西南路和荆湖北路，甚至延伸到夔州路。具体来看：

一、“云安军”在北宋实有其军，属夔州路，治所在今重庆云阳。然而《水浒传》中所说的“云安军”究竟是不是指这个地方，我看不像。因为此地地形至为险要，从东面到达此处，须逆行长江三峡，西上巫山、奉节两大重镇，依照情理，王庆如果占有了此地，必须先占领巫山、奉节等重镇，否则就必须乘飞机空降了。

二、“宛州”在北宋是绝对没有的，这是作者的杜撰。不过作者也有些根据，我猜想他应该指南阳（今河南南阳）。此地旧时称“宛”。杜佑《通典·州郡》七说：“南阳，古申国。汉置宛县。”东汉时属荆州刺史部的南郡。《三国演义》里有“宛城之战”，就发生在这里。唐代属于山南东道的邓州，宋朝属于京西南路的邓州。

三、“南丰”在宋朝实有其县，不过在江西省的东部，是大文豪曾巩的老家，与王庆活动地区相距甚远。《水浒传》说的“南丰”，百分百不会在江西。据书中的蛛丝马迹，王庆既称“楚王”，此地当在荆南府（今湖北江陵）左近。但翻遍相关地理文献，也找不到这么个州县。

四、“荆南”在宋朝是荆湖北路安抚使所在地，春秋时楚国的都城，自古以来为荆襄重镇。

五、“山南”也不是宋朝州郡的规范名称。《水浒传》第一〇五回有段描写，可以帮助我们判断作者所说的“山南”，指的是今湖北的襄阳：“宋江在宛州料理军务，过了十余日。此时已是八月初旬，暑气渐退。宋江对吴用计议道：‘如今当取那一处城池？’吴用道：‘此处南去山南军，南极湖湘，北控关洛，乃是楚蜀咽喉之会。当先取此城，以分贼势。’宋江道：‘军师所言，正合我意。’遂留花荣、林冲、宣赞、郝思文、吕方、郭盛，辅助陈安抚等，管领兵马五万，镇守宛州。陈安抚又留了圣手书生萧让。传令水军头领李俊等八员，统驾水军船只，由泌水至山南城北汉江会集。”首先，南阳距襄阳甚近，吴用献策让宋江南下襄阳，在军事上实属可行之策；其次，作者称“山南”为“山南军”，可以判定作者明白“山南”乃军事要塞；再次，吴用称山南“南极湖湘，北控关洛，乃是楚蜀咽喉之会”，最符合襄阳的地理形势；再次，“由泌水至山南城北汉江会集”，说明“山南”地在汉江岸边，这也符合襄阳的地理形势；最后是我给《水浒传》作者找到的理由：襄阳在唐朝为“山南东道”帅府所在地，大概作者把唐朝的“山南东道”自作主张地简称为“山南”了。襄阳在北宋为京西南路帅府所在地，规范的地名叫“襄州”。

六、“安德”在第一百一十回里被作者称为“安德州”。可惜的是，这个州别说在宋朝，就是在《元史·地理志》里也难觅其踪。也就是说，此州完全出于作者杜撰，无法给它定位。

七、“东川”在宋朝为梓州的节度军额，其地在今四川的三台。对照《水浒传》的路线，王庆显然不可能到达这里，然而宋朝除了这里还能和“东川”搭上点儿界，其他就再也找不到叫“东川”的州县了。

八、“西京”是北宋陪都之一，府名河南府，在今河南洛阳，北宋时为京西北路安抚使所在地。

把以上信息连缀起来，其不可信之处便一一显露出来。其一，王庆造反称王，是以“荆南府”为中心，故而“淮西王庆”当是“湖北王庆”或“荆南王庆”为确；其二，王庆所占八州，除云安军、南丰、安德、东川四处不可考知以外，其余四州一为京西北路安抚使所在地（洛阳），一为京西南路安抚使所在地（襄阳），一为荆湖北路安抚使所在地（荆南），是无论如何说不过去的。这就如同今天某贼一举占据三个省的省会，中央还蒙在鼓里，可能吗？退一万步说，宋朝各路的主要兵力（厢兵及乡兵）都掌握在安抚使手里，王庆再厉害再凶残，难道堂堂大宋朝三个省军区的部队还不够用，非要调动宋江等人前来讨贼吗？此可见作者不但不熟悉宋朝的地理区划，更不具备基本的军事常识，写得过于失真。

66. 南衙与开封府

第八回写林冲被高俅陷害，押解至开封府，定要问他死罪。开封滕知府十分无奈。孔目官孙定颇为不忿，对知府说：“这南衙开封府不是朝廷的，是高太尉家的？”他称开封府为“南衙”。

“南衙”之称，早在唐朝就有了。唐朝禁军有南衙、北衙之分，两衙的禁卫分属于诸卫，由宰相统一管辖。《新唐书·兵志》中说：“夫所谓天子禁军者，南、北衙兵也。南衙，诸卫兵是也；北衙者，禁军也。”南衙卫兵是跟随高祖李渊打天下的元老级侍卫，天下大定后，李渊将大部分亲从士卒遣归田里，余下的三万人，以渭北白渠旁百姓荒弃的田地分给之，号为“元从禁军”。北衙则是唐太宗李世民组建的一支新军，当时太宗拣择精锐士卒，组成“北衙七营”，号为“飞骑”。唐朝禁军的南、北衙，类似于汉朝的南、北军，彼此间无所统摄。叶梦得《石林燕语》卷六说：“唐制，有十二卫兵，后又有六军。十二卫兵为南衙，汉之南军也；六军为北衙，汉之北军也。”这可以说是“南衙”的第一个意义，宋朝没有延续，所以与开封府并无关系。另外，唐朝的三省也合称“南衙”，因为唐朝中书、门下、尚书三省均在皇宫之南，故称。《新唐书·高元裕传》载高元裕谏敬宗不可过分倚重宦官时说：“今西头势乃重南衙，枢密之权过宰相。”意思是当今宦官的权势大过三省，这是非常危险的。“南衙”是相对于“西头”（即宦官担任的枢密使）而言的。这个意义也与开封府无关，故不再多说。

宋朝称开封府为“南衙”，主要是由它所在的方位决定的，其次还与宋太宗当过开封府尹有直接关系。宋人何薳（wěi）《春渚纪闻》卷七有载，郭贽为布衣时，在京师皇建院与僧人对弈。“外传南衙大王至。以太宗龙潜日，尝判开封府，故有‘南衙’之称”。意思是说太宗赵光义没即位之前，曾担任开封府尹，因开封府在正阳门（参前《宣德楼》一节所述）以南，所以称太宗为“南衙大王”，于是开封府也就习称为“南衙”了。这并不是民间俗言，连太宗自己也这么称呼。宋人李攸《宋朝事实》卷十六载太宗曾对臣僚说：“大凡君人，以节俭为本，仁恕为念。朕在南衙时，亦尝留意音律，今来非朝会，未尝张乐。”意思是说朕当开封府尹的时候，也曾喜欢音乐舞蹈，如今当了皇帝，除朝会仪式之外，从没听过音乐。陆游《记太子亲王尹京故事》讲得更细致些。有人问他：“太宗以来担任京尹则称为南衙，这是为什么呢？”作者回答说：“开封府治所本在正阳门南街东。太宗为开封府尹时，就在晋王府邸视事，晋王府又在大内，在开封府治以南，故曰南衙。”不管出于怎样的解释，反正从太宗尹开封以后，凡知开封的官员都称为“南衙”。王明清《挥麈余话》卷一说到真宗即位时的情况：太宗病重之际，大宦官王继恩与参知政事李昌龄等密谋拥立太祖之孙惟吉为帝。不料机密泄漏，“吕正惠（端）时为上宰，锁继恩而迎真宗于南衙，即帝位”。这里的“南衙”，指的是当时任开封府尹的真宗赵恒。

同一回里高俅喝叫：“解去开封府，分付滕府尹好生推问，勘理明白处决。”左右人等监押林冲投开封府来。“恰好府尹坐衙未退”。这里称开封府最高长官滕某为“开封府尹”，符合历史的真实，但这个官的称谓并不是自始至终都可以叫“府尹”的。宋朝的开封府，地位与今天的北京市相当，虽然都属于地方政府，但其职级是其他州郡无法比拟的，在这地方当一把手的人，当然是皇帝最信赖的人，所以北宋前期有个不成文的规矩，开封府最高首长但凡能让宗室至亲担当，就不让外人染指。太祖赵匡胤当皇帝时，就让他弟弟赵匡义任开封府尹；太宗当皇帝时，让他弟弟赵廷美（后放罪）、儿子赵元僖（后去世）、赵元侃（后来的真宗赵恒）相继担任开封府尹。不过自真宗以后，这个传统就不再继续了，也就是说，真宗至道三年（997）三月即位之后，极少再有宗室至亲尹开封的事儿了。

这期间在官称上发生了微妙的变化：因为开封府是皇家至亲任官的府，何况太宗、真宗又都成了后来的皇帝，故而其他官员担任的虽然是同一职位，但为了避嫌，不敢在官称上与“圣上”等同，所以后来当开封府最高长官的官员，一般只称为“知开封府”或“权知开封府”，级别再低的人临时主持工作，称为“摄开封府事”，或是“权发遣开封府事”。这个传统一直持续到徽宗崇宁三年（1104），才又恢复了“府尹”之称，一直到北宋灭亡。这也显示出徽宗不遵祖宗旧制一味胡来、蔡京等奸臣目无祖宗法度的灭亡之兆。《续资治通鉴》卷八十九明确记载：崇宁三年五月戊寅，罢开封权知府，置牧、尹、少尹。其中“牧”是虚职，“尹”是正职，“少尹”是副职。此时已是宣和初年，所以滕某称“府尹”，是符合历史真实的。至于宣和三年滕某尹开封，当然属于作者的杜撰，不过这种杜撰是讲得过去的。如果您想了解北宋开封府历任首长的任免去留具体细节，可以参考我撰写的《北宋京师及东西路大郡守臣考》一书，北宋将近二百位开封知府，都按时间顺序排列在书里了。

67. 韩忠彦、郑居忠及其他

第七十九回写高俅征剿宋江等人不胜，需要再调文武人才，于是涉及到几个历史人物："原来这韩存保是韩忠彦的侄儿，忠彦乃是国老太师，朝廷官员，都有出他门下。有个门馆教授，姓郑名居忠，原是韩忠彦抬举的人，见任御史大夫。韩存保把上件事告诉他。居忠上轿，带了存保，来见尚书余深。"

韩忠彦在宋朝确有其人，是三朝元老韩琦的长子。《宋史·宰辅表》载此人于哲宗元符三年（1100）至徽宗崇宁元年（1102）的确当过宰相，可以泛称为"国老太师"。可惜他已于徽宗大观三年（1109）八月二十日死于安阳（《名臣碑传琬琰集》毕仲游《韩仪公丞相忠彦行状》），到宣和三年（1121），已经去世十三年了。郑居忠也是北宋末年不得不提的人物，因为徽宗的郑皇后，就是此人的叔伯妹妹，因此他属于"外戚"。不过他的名字叫"郑居中"，而不是"郑居忠"。《宋史·郑居中传》说他是开封人。大观元年（1107）时，曾任同知枢密院。初时巴结蔡京，蔡京能二次秉政，郑居中出力是相当多的。不过后来两个人因权力之争狗咬狗闹翻了，郑居中狠狠地告了蔡京一恶状，致使蔡京罢相，而他则升为知枢密院事（相当于枢密使）。他把蔡京挤兑走，自认为宰相之位应该归他，谁知徽宗觉出此人心术不正，没兜搭他。政和年间（1111－1118），蔡京倒行逆施，郑居中经常到徽宗面前告蔡京的黑状。此时两人一为宰相，一为枢相，郑居中又有后宫撑着腰，所以并不惧怕蔡京。

余深也是北宋末年实际存在的人物。《宋史·余深传》说他是福建福州人，进士出身。担任御史中丞期间，曾为蔡京遮掩罪责，蔡京对他十分感激，所以后来蔡京执政，一直把他当成左膀右臂，十分抬举。“（余）深谄附蔡京，结为死党。（蔡）京奸谋诡计得助多者，（余）深为首”。此人的大致履历是：大观二年（1108），以吏部尚书拜为尚书左丞（副相）。大观三年，转中书侍郎（次相）；四年，转门下侍郎（次相）。蔡京致仕，出为青州知州。政和二年（1112），蔡京复相，余深复入为门下侍郎。政和七年（1117），拜少宰（次相）。宣和元年（1119），升为太宰（首相）。因上言福建花石纲扰民，徽宗不悦，宣和二年（1120）十一月，罢官出任福州知州。宣和四年（1122）八月，提举西京嵩山崇福宫（以上据《宋史》本传、拙撰《宋福建路郡守年表》）。高宗建炎二年（1128）卒于福州。

把这几个人的仕履稍加梳理，即可知道：一、国老太师韩忠彦宣和年间已经辞世。至于韩存保，肯定是杜撰的人物。二、郑居中是否韩忠彦抬举的人，史无记载。郑居中于宣和二年至宣和五年任枢密院最高领导（枢相），而不是任“御史大夫”（宋朝没有御史大夫），因此不可能带着韩存保到尚书余深那里走门子通关系。三、余深此时恰恰不再京师，而在福州，且此人自宣和二年离开朝廷之后，再也没有回到北方，因此郑居中找的“尚书”也不可能是余深。

这里仅仅是将相关的史实略作铺陈，至于作者稍有杜撰，既不影响读者阅读，也不存在概念上的误导，所以这篇小文，权且作一则渔樵闲话，供读者一哂而已。

68. “山后九州”的说法正确吗

第八十三回《宋公明奉诏破大辽·陈桥驿滴泪斩小卒》中，施耐庵说道：“话说当年有大辽国王，起兵前来侵占山后九州边界。兵分四路而入，劫掳山东、山西，抢掠河南、河北。”接着是殿前都太尉宿元景慷慨陈词：“见今辽国兴兵十万之众，侵占山后九州所属县治，各处申达表文求救，累次调兵前去征剿交锋，如汤泼蚁。贼势浩大，所遣官军，又无良策可退，每每只是折兵损将。惟瞒陛下不奏。以臣愚见，正好差宋江等全伙良将，部领所属军将人马，直抵本境，收伏辽国之贼。”这两段话和以后所描写的宋江破辽攻打檀州、蓟州等一以贯之，说明施耐庵这里所谓的“山后九州”，指的是太行山以东、今京津地区及其附近的九个州郡。这种说法与历史真实恰好弄反了。

五代及北宋时期，北方确有“山前”、“山后”的说法。这种说法源于后晋石敬瑭为了实现皇帝梦，将“燕云十六州”割让给契丹（即辽国）。因为这十六州一半在太行山以东，一半在太行山以西，于是当时人们形象地把它们称为“山前八州”和“山后八州”。后周世宗柴荣虽然发誓收回十六州，可惜“出师未捷身先死”，没能实现这个愿望。赵匡胤当了皇帝后，也把收复燕云当作头等大事。他曾把收复南方偏国得到的钱财专门收储在封桩库里，准备收拾完偏国之后集中解决十六州问题。按他的心思，如果辽国同意归还十六州，这些钱财可以作为给他们的补偿款；如果拒不归还，朕二十匹丝绢买他契丹一颗士兵的人头，也把契丹人买光了！可惜他的宏愿未及施行，突然去世，把这个遗憾再次留给了子孙。其后宋朝与辽国很多次边界纠纷，都是由此而起，甚至北宋灭亡，也是因宋朝想联合金人共同收回十六州，没想到这些州郡从辽国手里“收回”之后，金人不但没有还给宋朝，反而连宋朝的老窝儿都给端了。

我在《一本书读懂宋朝》（中华书局 2010 年 10 月版）的《契丹咋那么牛》一节之后附了一段“相关链接”说：“燕云十六州，分为山前八州和山后八州。山前八州的行政中心在幽州（今北京市），统檀州（今北京密云）、顺州（今北京顺义）、儒州（今北京延庆）、瀛州（今河北河间）、莫州（今河北任丘）、蓟州（今天津蓟县）、涿州（今河北涿州）；山后八州的行政中心在云中府（今山西大同），统武州（今山西神池）、蔚州（今山西蔚县）、朔州（今山西朔州）、应州（今山西应县）、新州（今河北涿鹿，契丹改为奉圣州）、妫州（今河北怀来东，契丹改为可汗州）。寰州（今山西朔州东）。这些州郡划入契丹后有所调整，有的改了名，有的进行了归并。”您可以发现，在《水浒传》里，作者是把我所说的“山前八州”之檀州、顺州、蓟州等州郡当作“山后”诸州来处理的，因为宋江们与大辽作战，就是在这些被《水浒传》作者称为“山后九州”区域的地方。究竟太行山以东州郡应该称为“山前”呢，还是应该称为“山后”？

《皇宋通鉴长编纪事本末》卷一四二里有一段《事目》已经说得很清楚：“今国书内所言五代以后陷没幽、蓟等旧汉地及汉民，即是幽、蓟、涿、易、檀、顺、营、平，山后云、寰、应、朔、蔚、妫（guī）、儒、新、武，皆汉地也。”其中明确说“云、寰、应、朔、蔚、妫、儒、新、武”为“山后”八州，以云中府为行政中心。其“幽、蓟、涿、易、檀、顺、营、平”八州虽然没有明言“山前”，然与“山后八州”相对而举，其为“山前八州”，行政中心为幽州，概念不言自明。厉鹗《辽史拾遗》卷十二有“金人久住鸳鸯泊，往来白水，以图天祚。既深入山，势不能出，因攻取云中诸州，且休息，往来山后”的记载，也可证明“山后”是指云中府为中心的地区。

细心的读者可能会发现，《皇宋通鉴长编纪事本末》里的十六州与我罗列的十六州名称有些不同。的确，“十六州”最初是有具体州名和辖境的，我罗列的“十六州”，是按照《辽史·地理志》所载。但历时弥久，也在发生着变化，甚至出现了十七州、十九州等不同的说法。如《大金国志》卷二载宣和四年十一月，金派使节到北宋议割燕山地时说：“初，宋朝与金人约，但求石晋故地，初不思平、营、滦三州，乃刘仁恭以遗契丹，故不肯割。至是，赵良嗣、马扩见国主于奉圣州，主令其弟国相蒲结与计事。蒲结以往岁不遣报使，今岁遣兵失期为言，云：‘今更不论元约，特与燕京六州二十四县。’六州谓蓟、景、檀、顺、涿、易也。良嗣答以：‘两朝皆以信义为主，元约山后、山前十七州，今乃如此，信义安在？’”所以到后来，“山前”、“山后”便成为被契丹强行划走的中原政权北方两个地区的代称了。但“山前”以幽州为中心、“山后”以大同为中心，这一点是历来没有变的。

下编

宗教民俗编

1. 江西龙虎山

第一回写太尉洪信受仁宗之命前往江西信州龙虎山（在今江西贵溪县西南），宣请汉天师的后代张真人星夜赶赴京城，帮助朝廷祈禳瘟疫。这里所说的“汉天师”，指的是东汉末年道教创始人张陵。信州是宋朝江南东路的一个州，治所在今江西的上饶。贵溪在宋朝属于信州管辖。据《三国志·魏志·张鲁传》载，张鲁的祖父张陵，沛国丰县（今江苏丰县）人。学道于鹄鸣山。编造道书，诳惑百姓，跟着他学道者要出五斗米，故后世称之为“五斗米道”。张陵死后，他儿子张衡接着传道。张衡死后，其子张鲁继续传道。张陵到蜀中传道，属于“外乡人”，当地人凭什么相信他？原来他早在入蜀之前的东汉和帝年间，即在江西的云锦山炼过丹。据说丹成之时，龙虎毕现，此山也因此更名为龙虎山。还有一种说法是，丹成时左见龙右见虎，相与护佑。今天的龙虎山，即由龙山、虎山组合而成，大约就是应“左龙右虎”之说。后来张鲁与其子张富归降曹操，离开蜀中归至许昌，“五斗米道”也因此传遍天下。据《张天师谱牒》载，留在汉中的张鲁第三子张盛拒不接受曹操之封，携带“阳平”之印回到江西龙虎山，创立了龙虎正一教，尊张陵为第一代天师。从此之后，龙虎山便成为正一道教的中心。至今已经传承了六十三代，历经一千九百多年而不衰。

张盛到达龙虎山后，很快名气大噪，尤其是在晋代，信奉天师道的名流为数甚多，我们熟悉的大书法家王羲之、其子王凝之等，都是忠实信徒。有趣的是，当另一个信奉此教的孙恩起兵攻打会稽时，有人劝王凝之赶紧备战，王凝之却说：“我已经向大道请求鬼兵相助，贼必自败。”谁知孙恩打进会稽城，“鬼兵”并没有前来相助，可怜王凝之就这么被孙恩给杀了。尽管如此，其后信奉天师道的人还是越来越多。据傅勤家《中国道教史》说，天师道教主在宋朝以前都称“先生”，元朝以后，才称为“真人”、“天师”。唐玄宗天宝七载（748），张陵被封为太师，这可是三公级的人物了。这个出自帝王的、具有导向性的封赠，对天师道的发展和传播起到了极大的促进作用。到了宋朝，又赶上宋真宗和宋徽宗这么两个笃信道教的皇帝，天师道可谓如虎添翼。真宗大中祥符九年（1016），赐天师道第二十四代传人张正随为“贞静先生”，再次为天师道确立了道教的统治地位。甚至有人说：龙虎山被确立为天师道圣地，就是从张正随才开始的，此前所谓四代祖张盛即居于龙虎山，乃是出于张正随的附会（傅勤家《中国道教史》第六章）。

大观二年（1108），宋徽宗又加封张道陵为“正一静应真君”。政和七年（1117），御笔将道教分为五宗，而且排了座次，钦命“立为永式”：第一天尊之教，元始天尊为宗师；第二真人之教，太上玉晨天尊为宗师；第三神仙之教，太上老君为宗师：第四正一之教，三天法师静应真君为宗师；第五道家之教，南华真人为宗师（《皇宋通鉴长编纪事本末》卷一二七）。您能明显地感觉到，此时的正一教已被抬高到“道家之教”之上，也就是说，此教仅次于太上老君老子，而高于南华真人庄子了。

洪信受命前往龙虎山的事发生在仁宗朝，那时候的天师道传人虽然还没有像徽宗时那么崇高，但您别忘了，施耐庵写书时的印象，应该进入到徽宗朝了。到了南宋中后期，天师道再度兴盛，甚至迷倒了凶悍无比的蒙古贵族。据说宋理宗开庆元年（1259）忽必烈攻打襄阳时，曾专门派人到龙虎山拜见第三十五代天师张可大，向他询问天下大势。张可大肯定地说：二十年后，天下归一。忽必烈听了异常兴奋，其后南宋果然在德祐二年（1276）亡了国，小皇帝被陆秀夫背着跳南海时，恰恰是1279年。

假定施耐庵所述有些影儿，那么仁宗庆历年间在龙虎山的应该是第二十五代天师张乾曜。此人于天圣八年（1030）赐号为“澄素先生”，卒年不详。到了至和二年（1055），已经是他的长子张嗣宗主事，并受赐“虚白先生”之号。嘉祐在至和之后，所以如果此事发生在嘉祐三年（1058），那么洪信要请的“张天师”就应该是张嗣宗。这是几句玩笑话而已，因为连洪信都是施耐庵杜撰的，还去考证当时谁在龙虎山有啥意义。

龙虎山嗣汉天师府

龙虎山嗣汉天师府玉皇殿

2. "紫微大帝"和"北方真武"

还是在第一回里，写洪太尉奉命来到江西信州龙虎山，有段韵语说那座上清宫："右势下玉女金童，簇捧定紫微大帝。披发仗剑，北方真武踏龟蛇；趿（tā）履顶冠，南极老人伏龙虎。"上清宫是著名的道教宫观，所以这些词语，一定与道教及其传说有关。

先来说说"紫微大帝"。"紫微"本是古天文"三垣"中的紫微垣。古人将天上的恒星划分为三大区域，其核心部分分别称为太微垣、紫微垣和天市垣。宋人王应麟《小学绀珠·天道·三垣》简释说："三垣：上垣太微十星，中垣紫微十五星，下垣天市二十二星，三垣四十七星。"《晋书·天文志》上篇是这样定义的："紫宫垣十五星，其西番七，东番八，在北斗北。一曰紫微，大帝之坐也，天子之常居也，主命主度也。"如此重要的星官，道教徒当然要将它供奉起来，所以这些星官进入道教之后，便享受了"大帝"级待遇。因其在三垣之正中，又有北极星，也在紫微垣中，这分量就不一样了。古人认为天上的群星都在转动，惟独北极星是永恒不动的，于是将北极星比做天子，连孔子都认可这个譬喻，他说："为政以德，譬如北辰，居其所而众星共（拱）之。"（《论语·为政》）《晋书·天文志》上篇说："北极五星，钩陈六星，皆在紫宫中。北极，北辰最尊者也。"由于这个原因，它被请进道教列神之后，命名为"中天紫微北极太皇大帝"。中天，指在天之正中。

紫微大帝在道教列神中与玉皇大帝、天皇大帝和后土皇地祇并列为级别最高的四神，是元始天尊的"宰相"，主管日月星辰及三界雷火，能呼风唤雨，役使雷电鬼神。在北宋道士所著《无上九霄玉清大梵紫微玄都雷霆玉经》中，紫微大帝的职责已经十分明确，甚至他的属官都一一罗列出来了："北极紫微大帝，统临三界，掌握五雷。天蓬君、天猷君、翊圣君、玄武君，分司领治。天罡神、河魁神，是为召雷檄霆之司。九天流金火铃大将军，天丁力士，六丁玉女，六甲将军，是为节度雷霆之使。九天啸命风雷使者，雷令使者，火令大仙，火伯，风令，火令，风伯，四目皓翁，苍牙霹雳大仙，是为摄辖雷霆之神。"原来《西游记》里那位"天蓬将军"猪八戒，还是紫微大帝的"下属"呢。《水浒传》里的三十六天罡星，也在紫微大帝管辖之下。施耐庵在书中说"右势下玉女金童，簇捧定紫微大帝"，将紫微大帝置于上清宫内左右供奉，是很符合紫微大帝的"名分"的。道教最高的主宰是三清界的三位天尊，三清分别为玉清、上清、太清，三位天尊则是玉清大帝元始天尊、上清大帝灵宝天尊和太清大帝道德天尊。所以我在前面说过，紫微大帝是元始天尊的"宰相"，就是从这儿来的。

说完"紫微大帝"，读者或许已经揣摩出"北方真武"的所指了。古代天文中除了"三垣"之外，还有四象、二十八宿的概念。四象（表示四方之神）中有个"北方玄武"。施耐庵所说的"北方真武"，就是北方玄武七宿之神。细说起来，道教中经常提到的"真武"（如真武庙、真武观、扬州的真武镇等），是由于道教老祖儿太上老君的封号改了"名字"才造成的呢。宋朝之前，玄武就是玄武，从来不叫"真武"。到了北宋，就不能再这样叫下去了，为什么呢？宋人赵彦卫《云麓漫钞》卷九说：朱雀、玄武、青龙、白虎一直被人们奉为四方之神。真宗大中祥符年间，因为要避圣祖之讳，才将"玄武"改为"真武"，"玄冥"改为"真冥"，"玄枵"改为"真枵"，"玄戈"改为"真戈"。后来修建醴泉观时意外掘得龟蛇，道士们遂将醴泉观改名为"真武观"，并绘制了真武神像。其形貌是披头散发，穿着黑衣，手持宝剑，踏住龟蛇，侍从人等都打着黑旗（这是中国最早的真武观，玄武的形象也由龟、蛇相缠之象变成了人的形象，龟、蛇则演变为真武大元帅的两位将军）。说了半天，"圣祖"究竟是谁呀？连北方玄武之神都得避他的讳？这位“圣祖”就是太上老君（他的原形即春秋时期写《道德经》的老子），您说是不是比小小的“北方玄武”地位高多了？这老头儿后世可真够荣显的，唐高宗的时候追尊他为“太上玄元皇帝”。到了玄宗时，又加号为“大圣祖玄元皇帝”。宋真宗是个极其尊奉道教的皇帝，当然不会忘了向“大圣祖玄元皇帝”示好，于是再次上其徽号为“九天司命天尊”。这还觉得没尽心，不久再次追尊他为“圣祖天尊大帝”，所以宋人简称他为“圣祖”。因为他是“玄元皇帝”，“玄武”的“玄”字犯了“玄元皇帝”的名讳，必须改名！遗憾的是，宋朝以后，很多带“玄”字的称呼又改了回来，而“真武”却“将讳就讳”，没能再改回来。

真武大元帅的级别比“紫微大帝”低一个层次，是紫微大帝手下的一员武臣。南宋吴自牧《梦粱录》卷八载，杭州孤山上的四圣延祥观原名四圣堂。“道经云：四圣者，紫微北极大帝之四将，号曰天蓬、天猷、翊圣、真武大元帅真君”。宋高宗的母亲韦太后在金国受尽凌辱后回到杭州，特地在此堂画了“四圣”神像，朝夕供奉，十分虔诚，大概是祈求四圣保佑，千万别再沦为金人的奴隶吧。高宗绍兴年间，还将四圣像迎进了内廷，扁曰“北极四圣之殿”。啥事儿都想靠神灵保佑，南宋的帝后们真是太迂了点儿。

3. 天罡地煞

第二回开篇的韵语说：“千古幽扃一旦开，天罡（gāng）地煞出泉台。自来无事多生事，本为禳灾却惹灾。社稷从今云扰扰，兵戈到处闹垓垓。高俅奸佞虽堪恨，洪信从今酿祸胎。”一读便知道此处所说的“天罡”、“地煞”，乃大宋王朝的惹祸之胎。韵语之前作了具体的解说：“住持真人对洪太尉说道：‘太尉不知，此殿中当初是祖老天师洞玄真人传下法符，嘱付道：此殿内镇锁着三十六员天罡星，七十二座地煞星，共是一百单八个魔君在里面。上立石碑，凿着龙章凤篆天符，镇住在此。若还放他出世，必恼下方生灵。’”这段话奠定了《水浒传》写作的宗旨和基础，以下一百多回书，都是围绕这个命题展开的。直到第七十一回《忠义堂石碣受天文·梁山泊英雄排座次》，才对“天罡”、“地煞”做了最后的揭晓：以天魁星呼保义宋江、天罡星玉麒麟卢俊义为首的三十六人为三十六员天罡星，以地魁星神机军师朱武、地煞星镇三山黄信为首的七十二人为七十二座地煞星，合为一百单八将，全部是上应天星，下合人事。

天罡星、地煞星都是道教附会的星名或民间传说的星名，所以从《史记·天官书》到此后历代正史中的天文志书，都没有相关的记载。在说“天罡”、“地煞”之前，有必要先将“罡”和“煞”作一简单的解释。“罡”这个字最早出现在汉朝，而且是个“俗字”，所以许慎的《说文解字》没有收录。焦赣《易林·遯·睽》说：“南山高罡。”为什么说它是个俗字呢，因为《易林》中这个“罡”，表示的是“山冈”之义，与后来“天罡”的意义风马牛不相及，然而毕竟这个字形出现了，而且可以判断此字读音应与“冈”相同。与之前后使用这个字的是汉代出现的《参同契》，其下卷有“二月榆落，魁临于卯；八月麦生，天罡据酉”二句。其后晋代人葛洪《抱朴子内篇·杂应》篇中说：“又思作七星北斗，以魁覆其额，以罡指前。”其《地真》篇又说：“（守一诀）在北极大渊之中，前有明堂，后有绛宫；巍巍华盖，金楼穹隆；左罡右魁，激波扬空。”《遐览》篇又记道书有一部《步三罡六纪经》。

可以看出，《参同契》中的“罡”与“魁”并列而言，而且是“天罡”，则其表示罡星是没有疑问的。《抱朴子》中的“罡”，基本意义与《参同契》基本相同，唯一不同的是，《参同契》用罡星说农事，《抱朴子》用罡星说神事。据以上两书的叙述可以断定，那时的“罡星”，指的是北斗七星中的斗柄三星，是与河魁三星相对的天文概念。葛洪生活的年代，是道教最兴盛的时代，他的著作中出现“罡”星，是非常正常的，只是此时的“天罡”只有三星而已。历经南北朝、隋、唐，道教学说大为丰富，这方面的著作也堪称汗牛充栋，于是三星之“天罡”逐渐在北斗周围“扩充队伍”，并最终演变成三十六天罡星（道教属于多神宗教）。道书《上清天枢院回车毕道正法》卷上专门有一符，叫做《上清天罡神符》，作者解释说：“上清天罡神符者，治人间精邪、恶毒蛊气、鬼胎鬼炁（qì，“气”的古字）传行人道，损害人命。及诸为祆（xiān），一切邪神，在人宅舍非理执占不去。”其下又有咒语为：“三十六天罡，天中大神王。炎帝烈我血，赐我为上黄。七总太元君，为吾驱祸殃。真炁受雷火，老公伏火光。急急如上清律令敕。”这应该是“三十六天罡”最准确的数目字了。我想，《水浒传》中的三十六天罡，无非是从这些道教传说中提炼出来，敷衍成一部小说的。

有“天罡”必有“地煞”。在天与地之间，天表示尊贵，地承天而为神，是合于情理的。所以《水浒传》中的地煞星，大多出身平民，居于从属的地位。“煞”是古代传说中的凶神恶鬼，而且是无处不在。说白了，“煞”其实就是“杀”。这一点也可以从葛洪的《抱朴子内篇》得到印证，该书凡言“杀”的地方，全部使用了“煞”字。可见古代传说也好，道教理论也好，“煞”都与“杀伤”意义相通甚至相同。《水浒传》中所说的“七十二座地煞星”，在道教文献中找不到具体的记载，但可以证明“煞”是“恶煞”之义。《上安镇九垒龙神妙经》中就提到不少“煞”，如“天煞、地煞、年煞、月煞、日煞、时煞、四方诸煞，五方地祇，青龙白虎，朱雀玄武，将军太岁，黄旛豹尾，十二时神，六甲禁忌，土公土母，土府伏龙，一切恶煞”。可以看出古人心目中的“煞”，是充满天地时空之中的，“地煞”只是诸煞中的一类“煞”而已，对人的伤害甚大，因为人是生活在土地之上的，受害当然更加直接。《太上秘法镇宅灵符》中，专有一符是《厌煞星符》，形如下：

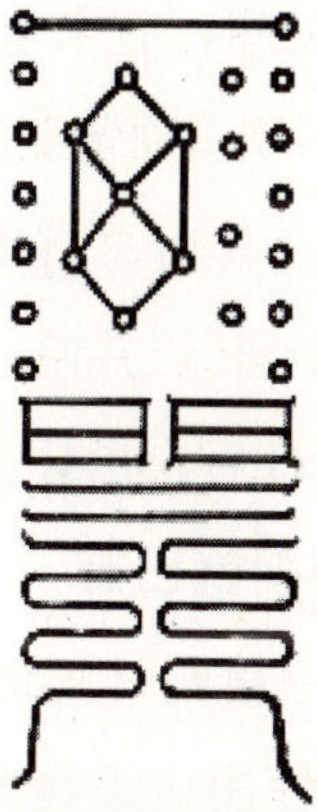

由此符可以看出，“煞”是围绕在北斗七星周围的一些杂星：上面二星一横，表示镇压之意。至于“七十二”之数，皆在于与三十六成倍、表示众多而已，并没有太多的、太具体的依据，所以读者也无须对此过于认真。

4. 天蓬元帅

“天蓬”在《水浒传》里出现的频率很高。第四回赞鲁智深“指定天宫，叫骂天蓬元帅”；第十二回比喻林冲为“东京已降天蓬帅”；第十三回写杨志、索超斗武，一个是托塔李天王，一个是“掌金阙天蓬大元帅”；第三十四回写秦明和花荣，则说：“一个是扶持社稷天蓬将，一个是整顿江山黑煞神。”在同一部书里，作者既称“天蓬”为帅，又称其为将。可知这个“官名”肯定是民间传说中的形象，故而没有固定统一的称谓。《二刻拍案惊奇》卷四十《宋公明闹元宵杂剧》结尾有“惹起黑天蓬，好事成虚哄”一句唱词，单称为“天蓬”。大概也是从《水浒传》学过来的。

即便是民间形象，也大多有些依据。“天蓬”这个词，或是从道教传说中演化来的，或是先流行于民间，后来被道教“封了官爵”。此词最早出现在《太平广记》卷三五二所引《录异记》，题目叫《巴川崔令》。文中说巴川崔县令误杀了一个健卒，其后总有鬼为祟。有一天空中有人自称“大王”，劝他“且借天蓬龛子中居”。并说：“此天蓬样极好。借上天，上传写一本，三五日即送来。”数日后，崔县令将天蓬供于舍檐上。“自此日夕常在，恒与主人语”。说明唐朝就已有了“天蓬”的形象。北宋初期张君房《云笈七签》卷一一九有一篇叫《王道珂诵天蓬咒验》，说唐僖宗幸蜀时，忽见野狐狸数头，于是静诵《天蓬咒》，狐狸害他不得。末尾说：“天蓬将军是北帝上将，制服一切鬼神，岂止诛灭狐狸小小妖怪矣。”同卷还有一篇《刘载之诵天蓬咒验》说刘载之遇见仙官，告诉他：“太帝是北斗之中紫微上宫玄卿太帝君”，“天蓬上将，即太帝之元帅也”。我们总算找到了天蓬既可称元帅又可称将军的佐证。毫无疑问，本书所说的“天蓬”，均为道教信奉的天神名。天蓬应该是有其具体形象的神名，《云笈七签》卷一二〇《范希越天蓬印祈雨验》一节中说范希越曾雕“天蓬”印以行之。意思是将天蓬雕成木版，大量印刷。“广明庚子岁（880年，唐僖宗广明元年），三月不雨”，范希越以天蓬像祈雨而得雨。此神的“级别”应该不低，《云笈七签》卷一〇三说宋太宗曾派遣内供奉官王守节、起居舍人王龟从到终南山下筑宫，三年后宫成。“中正之位列四大殿。……东庑之外，有天蓬、九曜、东斗、天地水三官四殿。西庑之外，有真武十二元神、西斗、天曹四殿”太宗题名“上清太平宫”。如果与当时官吏比对，天蓬的确应该属于元帅或上将一级。

其后的道教著作里，“天蓬”的描述便多了起来。如《道法会元》卷一七一说：“天蓬大元帅及十二元神，为嗣教外台卿，别有神局，是阴治之有司，号‘北极驱邪院’，如世之殿帅、兵府是也。其中皆是阴治主者，乃地界法官，是其任也。”《太上北极伏魔神咒杀鬼录》则说他的形象是“三头六臂，执钺斧、弓箭、剑、铎、戟、索六物，身长五十丈，黑衣，玄冠，金甲，领神兵三十六万众”。

吴承恩《西游记》里出现的“天蓬元帅”，变成了猪八戒。第八十五回八戒唱给妖精的一段唱词很有意思，他说：“巨口獠牙神力大，玉皇升我天蓬帅。掌管天河八万兵，天宫快乐多自在。只因酒醉戏宫娥，那时就把英雄卖。一嘴拱倒斗牛宫，吃了王母灵芝菜。玉皇亲打二千锤，把吾贬下三天界。教吾立志养元神，下方却又为妖怪。正在高庄喜结亲，命低撞着孙兄在。金箍棒下受他降，低头才把沙门拜。背马挑包做夯工，前生少了唐僧债。铁脚天蓬本姓猎，法名改作猪八戒。”很明显，这位“天蓬元帅”在天之时官位也着实不低，掌管着天河八万精兵呢。可怜这位威名赫赫的道教天神，也栽在了女人的石榴裙下，贬到人间，幸而被佛门收束，摇身一变又成了佛徒。

施耐庵约卒于明太祖时，基本上算是元朝人。吴承恩生于明孝宗弘治十四年（1501），卒于明神宗万历十年（1582），是纯粹的明朝人。两本书里都大量出现这个神，说明“天蓬”自唐朝开始流播，宋朝进入帝王的视野，到了元、明两朝，则成为家喻户晓的神话人物，特别是吴承恩把天蓬元帅写成了猪八戒的前身，虽然他的本意是想说明佛教高于一切，道教和巫教的一切神魔，都要皈依到佛教中来，可读者只是觉得更好玩，形象更可爱而已。

5. 和尚俗称“禅和子”起于何人

“禅和子”这个俗语在《水浒传》里出现的频率不低，第四回写鲁智深回到禅床，扑头便睡。“上下肩两个禅和子推他起来”。“上下肩”也是北方民间的俗语，即今言“左右”的人。第五十八回写鲁智深要到少华山去寻朱武、陈达等人，“只做禅和子打扮”。看到这儿您一定明白，“禅和子”就是“和尚”，只不过比和尚叫得更俗了。佛教徒一般称为僧人、老师、师傅。“和尚”是古梵语的音译。宋人庄绰《鸡肋编》卷上说：“京师僧讳‘和尚’，称曰‘大师’；尼讳‘师姑’，呼为‘女和尚’。”意思是说宋朝京城里都把僧人叫“和尚”，面对和尚时则尊称为“大师”。称和尚为“禅和子”，研究过语言的人都能感觉出，这应该是个带有调谑意味的俗词语，可以表示亲昵，也可以表示调笑，还可以表示轻蔑不尊重。

这个怪词儿是谁发明的呢？说来您未必相信。它最早出自北宋大文豪苏轼的笔下。苏轼曾写过一篇《禅戏颂》，文中写道：“已熟之肉，无复活理，投在东坡无碍羹釜中，有何不可？问天下禅和子，且道是肉是素？吃得是吃不得是？大奇大奇（此句《汉语大词典》标点为“吃得是吃不得？是大奇大奇”，误）。一碗羹，勘破天下禅和子。”（本人撰《苏轼文集编年笺注》卷二十）意思是说煮熟的肉反正不可能再活过来，给东坡吃了又有什么不可以？这一碗肉羹，足能看透天下僧人。此文是调侃和尚的，他认为和尚也是人，也想吃肉。

这个词历来用得不多，明朝人余庭璧的《事物异名》、清朝人厉荃的《事物异名录》、清朝人梁章钜的《称谓录》列举了和尚的异名几十种，居然都没有收录“禅和子”一词，殊为奇怪。不过《事物异名录》卷二十七收有“禅子”一词，与“禅和子”有些相近。我们揣测，苏轼这样说一定有些来由，很有可能“禅和子”是蜀中俗语，他随手写在文章中了。苏轼毕竟是大文豪，他的用语对后人影响很大，所以这个词语有可能在民间流传，施耐庵就把它用在小说里了。《水浒传》的影响又很大，故而凌蒙初写《初刻拍案惊奇》时又用过此词。该书卷二十八《金光洞主谈旧变·玉虚尊者悟前身》说宋朝的冯京“酷好佛典，敬重释门，时常瞑目打坐，学那禅和子的模样”。

6. 金　刚

第五回鲁智深喝醉了酒大闹五台山的场面，写得十分精彩："看了左边的金刚，喝一声道：'你这个鸟大汉，不替俺敲门，却拿着拳头吓洒家！'……拿起一根折木头，去那金刚腿上便打，簌簌的泥和颜色都脱下来。"这还不能尽兴，"调转身来，看着右边金刚，喝一声道：'你这厮张开大口，也来笑洒家。'便跳过右边台基上，把那金刚脚上打了两下，只听得一声震天价响，那尊金刚从台基上倒撞下来"。谁看到这里都会觉得好笑。不过若是真佛徒，一定会感到痛心疾首的。

"金刚"这个词几乎没人不知道，而且也都晓得它是跟着佛教传到中土的外来语。"金刚"是佛教典籍中出现频率相当高的词语，在不同的语言环境里，其意义也相差很远。"金刚"的原始意义是指金刚石，这种用法在唐玄奘的《大唐西域记》里已经使用过。后用来比喻佛的智慧和锐利。唐僧一行《大日经疏》卷十二就说："金刚，喻如来之秘密慧也。金刚无有法能破坏之者，而能破坏万物，此智能亦尔。"再引申之，则有"金刚佛子"、"金刚使者"、"金刚童子"、"金刚夜叉"，以及金刚界中所谓"三十七尊菩萨"（香、笑、舞、歌、铃、爱、喜、嬉戏、光、利、灯、锁、法、牙、花、业、锐、护等，分别称为"金刚香菩萨"、"金刚笑菩萨"等），佛教中专门有一种金刚，称为"金刚力士"，即手执金刚杵的佛祖侍从。宋代僧人元照《行宗记》卷二上篇说："金刚者，即侍从力士，手持金刚杵，因以为名。"这个"侍从力士"的意义，才是《水浒传》里使用的意义，也是绝大部分通俗文学作品中使用的意义。

释法云的《翻译名义集》卷二说："跋阇罗波腻，梁云'金刚'。"这句话告诉我们，“金刚”这个汉语词汇，是从古梵语“跋阇罗波腻”翻译过来的。《大唐西域记·缚喝国》：“伽蓝北有窣堵波，高二百余尺，金刚泥涂，众宝厕饰。”季羡林等校注云：“梵文 Vajra，音译跋折罗，即金刚石。佛教之‘金刚’常喻坚贞不坏。”“跋阇罗”与“跋折罗”仅仅是翻译时用字稍有不同而已，这一点可以肯定。但还有“波腻”没有解释呢。《翻译名义集》接着引应法师云：“跋阇罗，此云金刚；波腻，此云手。谓手执金刚杵，以立名。”这就完全清楚了，原来“跋阇罗波腻”的完整意义应该是“手持金刚杵的金刚”，正与“金刚力士”的意义相吻合。

该书接下来讲述了“金刚力士”的缘起：“昔有国王夫人，生千子。欲试当来成佛之次第，故俱留孙探得第一筹，释迦当第四筹。乃至楼至，当千筹。第二夫人生二子，一愿为梵王请千兄转法轮，次愿为密迹金刚神，护千兄教法。”这话的意思是讲：当年国王夫人生了一千个儿子，为了预测他们将来成佛的次序，便用探筹的方法，叫他们一一参加测试。俱留孙探得第一筹，最先成佛；释迦牟尼探得第四筹，第四成佛。到了楼至，探得第一千筹，最后一个成佛。这段话并没有解释“金刚力士”，但为“金刚力士”意义的澄清做了铺垫，所以该书接下来又说：国王的第二夫人只生了两个儿子，不过此时已经无筹可探，所以老大表示愿为一千个王兄转法轮，老二表示愿成为“密迹金刚神”为一千个王兄护法。《翻译名义集》接着对世间俗传进行了辩驳：“世传楼至化身，非也。乃法意王子。据《经》唯一人。今状于伽蓝之门，而为二像。夫应变无方，多亦无咎。”这段话的意思是说：世俗妄传佛寺门前护法守门的金刚是楼至的化身，是完全错误的。实际上应该是“密迹金刚神”才对（即第二夫人的第二个儿子）。根据经书之记载，佛寺门前护法守门的金刚本来只有这一个人，如今塑在佛寺门前的“金刚力士”却成了两个形象。这种流变是没有根据的，但是守护神再多一个，也没什么坏处嘛。这应该是对“金刚力士”最准确的解说。程穆衡《水浒传注略》解释此词时说：“今寺门外两金刚神，乃贤劫最后成佛者，一名青叶髻，一名娄至。……青叶髻得九百九十九筹，娄至得千筹，盖以未来佛现金刚身，降伏四魔，护持大法也。”恰恰是已经被《翻译名义集》否定了的“世俗妄传”之概念，也就不足为据了。

佛寺门前的“金刚”形象，都是怒目而视，所以有个成语叫“金刚怒目”，鲁智深打的金刚，也肯定是这般模样的。其实这个成语正确的写法应该是“金刚努目”，“努目”即“鼓起眼睛瞪着外界”的意思。这个典故出于《太平广记》卷一七四引宋人庞元英《谈薮》：“隋吏部侍郎薛道衡，尝游钟山开善寺，谓小僧曰：‘金刚何为努目？菩萨何为低眉？’小僧答曰：‘金刚努目，所以降伏四魔；菩萨低眉，所以慈悲六道。’道衡怃（wǔ）然不能对。”

7. “五道”怎么解释

第十五回里形容阮小七：“村中唤作活阎罗，世上降生真五道。”第二十四回里西门庆问王婆子：“间壁这个雌儿是谁的老小？”王婆跟他开玩笑说：“他是阎罗大王的妹子，五道将军的女儿，武大官的妻。”阎罗就是阎罗王，民间简称为“阎王”，不是啥好词儿。“五道”呢？《汉语大词典》解释说：“迷信传说中东岳的属神，掌管人的生死。《醒世恒言·闹樊楼多情周胜仙》：‘奴阳寿未绝，今被五道将军收用。……蒙五道将军可怜，给假三日。’亦省作‘五道’。《水浒传》第十五回：‘村中唤作活阎罗，世上降生真五道。’《古今小说·史弘肇龙虎君臣会》：‘转头逢五道，开眼见阎王。’”自然也不是啥好词儿，大概和“阎王”差不太多吧。

咱们不能说《汉语大词典》的解释有什么不对，只是看完之后还是感觉不得要领，所以有必要把它掰开揉碎，索性拿出精准些的答案。其实

“五道将军”不是一位“将军”，而是五位“将军”，且这五位“将军”并非都是凶神恶煞。《云笈七签》卷十《三洞经教部》说：“何谓五道？一道者，神上天为天神；二道者，神入骨肉形为人神；三道者，神入禽兽为禽兽神；四道者，神入薜荔，薜荔者，饿鬼名也；五道者，神入泥黎，泥黎者，地狱名也。”简单释义，意思是说五道之一为神道，之二为人道，之三为禽兽道，之四为饿鬼道，之五为地狱道。另一名著《道教义枢》卷七的说法与此相同。我们再展开点儿说，就是这“五道将军”，一位掌神道，一位掌人道，一位掌禽兽道，一位掌饿鬼道，还有一位是掌地狱道的。这种解释可信吗？《太平广记》卷二九七有段话恰好可以为此说作为书证。该书《睦仁茜》条说：“天帝总统六道，是为天曹。阎罗王者，如人间天子。泰山府君，如尚书令录。五道神，如诸尚书。”既是如此譬况，说明“五道神”当然不可能是一位而是多位；他们不可能只司恶事而不司好事，就顺理成章了。这样说来，“五道将军”就不能一概认为“不是好词儿”了：司神的、司人的，都是“好尚书”呀。只有司饿鬼、司地狱的，才令人惧怕呢。《太平广记》卷三六一《崔季舒》条说北齐侍中崔季舒的妻子昼寝，梦见一个神人，“身长丈余，黑体黑毛，前来逼己”。巫人对她说：“此是五道将军，入宅者不祥也。”这段话写得挺吓人，那么个形象，谁见了不害怕呀。不过细细想来，此人应该是指“五道将军”中专司饿鬼或地狱的那一位才对。也就是说。民俗中称的“五道将军”并没有囊括五位“尚书”，而是侧重于其中那位专来夺人性命的“坏尚书”。这是为什么呢？因为五道当中，司神的那位一般人就别想了，想也没用；司人的那位，你活得正正常常的，他也不会没事儿找你瞎耽误功夫；司禽兽的那位跟人世不搭界，自然也可以排除，唯独最后那两位，是来夺人性命的凶神，所以在人们心目中，所谓“五道将军”，也就成了凶神的代称。《太平广记》卷二七八《薛义》条还有个咒语，也可以证明这一点：“咒曰：‘勃疟勃疟，四山之神，使我来缚，六丁使者，五道将军，收汝精气，摄汝神魂。速去速去，免逢此人，急急如律令’。”很显然，这里“四山之神”、“六丁使者”、“五道将军”都是收人精气，摄人神魂的，自然是专指山神、六丁、五道中那几位恶神而言，都不是指全部。况且《水浒传》这两句前头还有一句“休言岳庙恶司神”，也说明此处所言“五道”，是专指“恶司”的那位神。

8. 泰山之神

第七十四回写浪子燕青到泰山与任原打擂台，作者有大段韵语道那泰山之雄：“遥观圣像，九旒冕舜目尧眉；近睹神颜，衮龙袍汤肩禹背。九天司命，芙蓉冠掩映绛绡衣；炳灵圣公，赭黄袍偏称蓝田带。……蒿里山下，判官分七十二司；白骡庙中，土神按二十四气。管火池铁面太尉，月月通灵；掌生死五道将军，年年显圣。……万民朝拜碧霞君，四远归依仁圣帝。”这里面说的都是在泰山“上班”的神。前两句中的“圣像”、“神颜”，显然指的是泰山大帝君。按照《云笈七签》卷七十九的描述，东岳太山君“领群神五千九百人，主治死生，百鬼之主帅也，血食庙祀所宗者也”。他的形象是“服青袍，戴苍碧七称之冠，佩通阳太平之印，乘青龙”。因为他的身份是“帝”，所以头戴冕旒，身穿衮龙袍，都是十分得体的。

“九天司命”之神由来已久，但其源不一。如《云笈七签》卷一称黄帝东过庐山，封山神为庐山使者，总仙官之道，相当于五岳的监司；又封潜山君为九天司命，主生死之录。《太平广记》卷二十九引《录异记》也主此说，说玄宗皇帝做了个梦，梦见一群神仙，于是找来天台山道士司马承祯询问其详。司马承祯献言说：现在名山大川供奉的神灵，都是将他们当作一方之主来供奉的。太上老君担心他们作威作福戕害百姓，分别派上界仙人对他们施行监察。五岳有真君，又有青城丈人为五岳之长。潜山的九天司命主管人的生死簿籍；庐山九天使者掌清微、禹余、大赤三天令符，这几位神仙都是五岳上司。何不各为他们建庙奉养呢？玄宗听罢，为三山五岳都立了庙。潜山在今安徽潜山，则九天司命原本就是潜山君神。

民间至今还有一种说法，说九天司命乃是灶王之神，恐怕起源很晚了。不论是潜山君神还是灶王之神，都与《水浒传》中描写的泰山之神搭不上界，所以施耐庵所说的“九天司命”，显然应该是泰山之神，但不知此神究竟何时得祀。可以肯定地说，起码在宋真宗在位之前，他已经是很尊显的神灵了。大中祥符元年（1008），真宗东封泰山，当时此神已有了“九天司命保生天尊”之号。大中祥符五年（1013），真宗又梦见泰山诸神，于是在当年闰十月，下旨封“九天司命保生天尊号曰圣祖上灵高道九天司命保生天尊大帝”。此后泰山供奉九天司命尊神，应该与当年宋真宗的大力抬举有很大的关系。

“炳灵圣公”据说是泰山神的三太子。《魏书·段承根传》说，段承根的父亲段晖师事欧阳汤，欧阳汤对他十分器重。有个小童与段晖同学，两年后小童辞归，向段借马。段晖无马，于是“戏作木马与之”。小童十分高兴地感谢段晖道：我乃太山府君之子，奉敕游学，今将欲归。烦子厚赠，无以报德。子后位至常伯，封侯。说罢，乘木马腾空而去。这段话起码说明在南北朝时期的民间传说中，泰山神是有儿子的。《太平广记》卷十五引唐薛用弱《集异记》说，唐德宗贞元初年，李纳病得十分厉害，于是朝廷派了一个押衙官到泰山为他祈祷，押衙官远远望见山上有四五个人，都穿着“碧汗衫半臂”。路上人连忙叫押衙官下车，对他说：这是泰山帝君的三郎和七郎。可见在唐代，泰山神不仅有儿子，而且还不止一个。马端临《文献通考·郊社考》二十三说：“炳灵公庙在泰山下。后唐长兴三年，诏以泰山三郎为威雄将军。”长兴三年（932）是后唐明宗李亶（dǎn）在位时用的年号，可见泰山三郎在五代时就有了将军的封号。《宋史·礼志》五载，宋真宗大中祥符年间封泰山完毕，“加号泰山为仁圣天齐王，遣职方郎中沈维宗致告。又封威雄将军为炳灵公。”托真宗的福，曾经的小小泰山三郎，如今终于跻身于“公”的行列了。这件事是千真万确的。宋人高承《事物纪原·炳灵公》引《宋朝会要》说：“（炳灵公）庙在兖州泰山下，即泰山神三郎也。后唐诏封威雄将军，大中祥符七年（1014）十月十五日，诏封威雄将军为炳灵公。”

“蒿里山”据说是泰山以南的一座小山，为死者下葬之所。弘治《泰安州志》卷一说：“阎王庙在蒿里山，廊列七十五鬼神之祠。”这里所谓“七十五鬼神之祠”，就是书中说的“七十二司”。蒿里山后来辗转相传，成了死人墓地的代称。《汉书·广陵厉王刘胥传》说：“蒿里召兮郭门阅，死不得取代庸，身自逝。”颜师古注解说：“蒿里，死人里。”就是说蒿里是埋葬死人的地方。崔豹《古今注》说：汉朝初年，齐王田横自杀，门人伤之，作歌称人死之后，魂魄归于蒿里。汉武帝时，李延年专门编成了《蒿里歌》。可见“蒿里”为死人所在的说法，起码在西汉之前就有了。“判官”是民间传说中阴曹阎王属下掌管生死簿的官。《古今小说》卷三十一《闹阴司司马貌断狱》说：“（阎王）贵居王位，有左、右判官，又有千万鬼卒、牛头、马面，帮扶者甚众。”“七十二司”则是指判官们分别断狱的衙司，他们都集中在泰山之下。我们通常说的“阴司”，其实就是七十二司的概称。有些阴司直到今天，仍然是高堂大柱，巍峨肃穆，到过泰山的人，都会在这地方逛上一周。关于“七十二司”，各书中的记载大都不甚全面，名称也各有不同，甚至究竟是“七十二”还是“七十三”、“七十五”，各家的说法也不尽相同。有人说“司”是七十二，但有的“司”里会有两位神挤在一起“联合办公”总共有七十五神。大致上民间流传较广的有：生死司、修功德司、增福延寿司、生死勾押推勘司、杀生司、放生司、斋僧道司、促寿司、长寿司、枉死司、索命司、善报司、恶报司、忠孝司、忤逆司、勾生死司、还魂司、正直司、子孙司、十五种善生司、十五种恶死司、地狱司、阴谋司、欺昧司、山神司、土地司、精怪司、魍魉司、注生贵贱司、城隍司、胎生司、卵生司、湿生司、化生司、飞禽司、畜生司、山林鬼神司、水府司、注福司、现报司、苦楚司、宿业疾病司、无主孤魂司、贼盗司、行污司、黄病司、催行司、水族司、三月长斋司、掠剩财物司、门神司、施药司、较量司、僧道司、推勘司、引路司等。

“白骡庙”是泰山封禅坛旁的一座庙，但后来已不见其踪，连《泰安州志》里都没有言及。唐郑綮（qǐ）《开天传信记》中有一段话：“上（玄宗）将登封泰山，益州进白骡至，洁朗丰润，权奇伟异。上遂亲乘之，柔习安便，不知登降之倦。告成礼毕，复乘而下，才下山坳，休息未久，而有司言白骡无疾而殪（yì）。上叹异之，谥之曰‘白骡将军’。命有司具櫘椟，叠石为墓，在封禅坛北一里余，于今在焉。”虽然已无法得知此庙的规制，但庙的缘起一定与玄宗这匹白骡子有关。且据下文“土神按二十四气”，它后来扮演的是土地之神的角色。“二十四气”就是历法中所说的“二十四节气”。

那位万民朝拜的“碧霞君”，又是什么人物呢？明人谢肇淛（zhè “浙”的异体字）《五杂俎·地部》二说：泰山在国之东方，为主“发生”之地，所以前来祷祠者甚多，于是后人傅会出“碧霞元君”之神，以诳愚俗。按照他的说法，碧霞君应该是东岳大帝君的夫人。但清朝的顾炎武等人认为此说没有根据，于是对此进行了辨析，认为“碧霞君”实则当为泰山帝君的女儿。顾炎武《日知录》卷二十五说：泰山顶碧霞元君，乃是宋真宗所封。当时人们都认为此君乃是泰山之女，但有些文人认为此说离奇，于是根据黄帝曾遣玉女到泰山的故事附会之，便成了泰山君的夫人。“不知当日所以褒封，固真以为泰山之女也”。他还说，泰山神有女儿不始于北宋，晋代张华《博物志》、干宝的《搜神记》里都有记载。“唐宋之时，但言灵应，即加封号，不如今之君子必求其人以实之也”。清朝学者张尔岐《蒿庵闲话》卷一也说：“宋真宗东封泰山还，涤手池内，一石人浮出水面，出而涤之，玉女也。命有司建祠奉之，号为圣帝之女，封天仙玉女碧霞元君。”但这件事却没有记载在《宋史·礼志》中。

9. 紫府元君与骊山老姥

第五十三回写梁山好汉在高唐州受挫，神行太保戴宗受命到蓟州二仙山来取公孙胜。戴宗来到草房前，只见房中走出一位婆婆。一段韵语说这位婆婆是“青裙素服，依稀紫府元君；布袄荆钗，仿佛骊山老姥（mǔ）”。这显然是两个比喻，而且是将婆婆比做仙人的。这两位仙人究竟指的是谁呢？

先说“紫府元君”。施耐庵写错了一个字，正确的叫法是“紫虚元君”，指的是大名鼎鼎的女仙南岳魏夫人。唐人路敬淳《大唐怀州河内县木涧魏夫人祠碑铭》说：“魏夫人者，即是晋剧阳侯任城魏阳元之女也。《本传》曰：夫人年二十四，适南（阳）刘幼彦。幼彦为修武令，善为德政，仁风惠著，时夫人随在修武之馆焉。虽魏同舍县内，常斋于别寝，季冬之月，夜半闻空中有钟鼓笳箫之声，羽旍光耀，降夫人之静室，舆辇被服，非人所闻见。有四真人告夫人曰：‘大帝敕我来教子以神真之道，注子于玉札，应为紫虚元君上真司命名山之号，封南岳夫人。后为洛阳山成真人。因为立祠，土俗号阿夫神。”（《全唐文》卷二五九）还有比这更详细的记录，见于《太平御览》卷六七八引《南岳魏夫人内传》：“夫人姓魏，讳华存，字贤安，任城人，晋司徒文康公魏舒女也。少读老庄、《春秋》三传、五经百子，事常别居一园，独立闲处，服饵胡麻。父母偪之，强适太保公掾南阳刘幼彦，畴昔之志，存而不亏。后幼彦为修武令，随之县舍，闲斋别寝，入室百日，所期仙灵。季冬月夜半，四真人来降于室：太极真人安度明、东华青童君、碧海景林真（人）、清虚真人王子登。于是夫人拜，乞长生度世。青童君曰：‘此清虚真人者，尔之师也，当受业焉。’景林真（人）曰：‘尔应为紫虚元君、上真司命，封南岳夫人也。’……夫人守静日进，在世八十三年，以晋成帝咸和九年，王君与东华青童来降，时岁在甲午。……金阙后圣君命仙伯牙叔平授夫人青琼之板，丹绿为文，位为南岳夫人，比秩仙公。”缕述一下，意思是说魏夫人名华存，字贤安，任城（今山东济宁）人，是晋朝剧阳侯魏舒的女儿，自幼喜欢读书，经常独立闲居，服食芝麻，不与俗人相接。本不欲嫁，无奈父母逼迫，勉强嫁给了南阳人刘幼彦。后刘幼彦授修武（今河南修武）县令，夫人随之赴任，独居一室。百日后的一个夜晚，她所期盼的四位仙人太极真人安度明、东华青童君、碧海景林真人、清虚真人王子登降临其室。于是夫人拜见，并请求四仙授予她长生度世之诀。碧海景林真人对她说：“你命里应该为紫虚元君、上真司命，封为南岳夫人。”夫人勤修仙道，八十三岁那年，也就是晋成帝咸和九年（334），清虚真人王子登、东华青童君再次降临，遂入仙籍。所谓“入仙籍”，就是离开人世。可见魏夫人阳寿为八十三岁，也算是位长寿婆婆了。

魏夫人在历史上实有其人，又是道教史上影响最大的一位女仙，陶弘景《真诰》、张君房《云笈七签》以及《太平广记》等很多书里，都有关于她的记载，甚至连颜真卿都为她写过《晋紫虚元君领上真司命南岳夫人魏夫人仙坛碑铭》。《真诰》里载有她的不少得仙吟唱的诗歌。她还是个书法家。元人陶宗仪《书史会要》卷一说：“魏夫人名华存，字贤安，左仆射舒之女，太保公掾南阳刘幼彦之室，光禄勋璞之母。……后修真得道，托疾尸解，位紫虚元君、南岳夫人。善书。”这和颜真卿《碑铭》所说“夫人能隶书，为王君立传”也很吻合。

再说“骊山老姥”。这位老太太的名气，堪称在魏夫人之上，民间传说中又称为“骊山老母”、“黎山老母”、“骊山母”，都是指同一个人。关于骊山老姥的记载，最详细的当属《太平广记》卷六十三引《集仙传》：“骊山姥，不知何代人也。李筌（quán）好神仙之道，常历名山，博采方术。至嵩山虎口岩石室中，得黄帝《阴符》本，绢素书，缄之甚密。题云：'大魏真君二年七月七日，道士寇谦之藏之名山，用传同好。'以糜烂，筌抄读数千遍，竟不晓其义理。因入秦，至骊山下，逢一老母，鬓髻当顶，余发半垂，弊衣扶杖，神状甚异。路旁见遗火烧树，因自言曰：'火生于木，祸发必克。'筌闻之惊，前问曰：'此黄帝《阴符》秘文，母何得而言之?'母曰：'吾受此符，已三元六周甲子矣。三元一周，计一百八十年，六周共计一千八十年矣。少年从何而知?'筌稽（qǐ）首载拜，具告得符之所，因请问玄义。使筌正立，向明视之曰：'受此符者，当须名列仙籍，骨相应仙，而后可以语至道之幽妙，启玄关之锁钥耳。不然者，反受其咎也。少年颧骨贯于生门，命轮齐于日角，血脉未减，心影不偏，性贤而好法，神勇而乐智，真吾弟子也。然四十五岁，当有大厄。'因出丹书符一通，贯于杖端，令筌跪而吞之。曰：'天地相保。'于是命坐，为说《阴符》之义。……（筌）因绝粒求道，注《阴符》，述二十四机，著《太白阴经》，述《中台志》、《阃外春秋》，以行于世。仕为荆南节度副使、仙州刺史。"同书卷十四《李筌》条引《神仙感遇传》所述略同，惟说李筌"时为李林甫所排，位不显，竟入名山访道，不知所终"。李筌"绝粒"求道的方子，记载在《云笈七签》卷七十七《骊山老母绝谷麦饭术》中："黑豆五斗、大麻子一斗五升、青州枣一斗。右件黑豆净水淘过，蒸一遍，曝干，去皮，又蒸一遍，又曝令干。麻子以水浸去皮，共枣同入甑（zèng，古代蒸饭的一种瓦器）中，蒸熟取出，去枣核。三味一处烂捣，又再蒸一遍，团为拳大，又再蒸之。从初夜至夜半，令香熟，便去火，以物密盖之，经宿，曝干，捣罗为末，任性吃，以饱为度。遇渴得吃新汲水、麻子汤、柏汤。第一服七日，三百日不饥。第二服四日，约二千日不饥。若人依法服之，故得神仙。"读者中哪位有成仙之想的，不妨试一试看，反正早有李筌老人为我们做出榜样了。

骊山老姥的身世要比魏夫人复杂神秘，甚至连她是什么朝代的人都说不清楚，于是民间附会，认为他可能就是远古时期在骊山炼石补天的女娲。宋敏求《长安志》卷十五载："白鹿观在（临潼）县西南一十五里骊山中，本骊山观。有老母殿。”这个“老母殿”，显然是为供奉骊山老母而修建的。《史记·秦本纪》载申侯言于孝王曰：“昔我先，郦山之女，为戎胥轩妻。”《汉书·律历志》说：“骊山女亦为天子，在殷、周间。”不知这位老姥是否实有其人，起码来说，骊山老姥的传说，早在秦、汉时期就已相当普遍，则是事实。

10. 白雪黄芽

第五十三回写戴宗来请公孙胜赴高唐州去破高廉，救柴进。公孙胜与戴宗同到紫虚观见师傅罗真人。有段韵语描写紫虚观说：“青梧翠竹，洞门深锁碧窗寒；白雪黄芽，石室云封丹灶暖。”前一句无须解说，后一句中的“白雪”、“黄芽”指的是什么呢？写到这里，我忽然想引大文豪苏轼的一首《辨道歌》：“北方正气名祛邪，东郊西应归中华。离南为室坎为家，光凝白雪生黄芽。黄河流驾紫河车，水精池产红莲花。赤龙腾霄惊盘蛇，姹女含笑婴儿呀。”苏轼遭贬之后，热衷于神仙道教仙丹神药之说。这里所谓“光凝白雪生黄芽”，和施耐庵的“白雪黄芽”说的是一回事。

简单地说，“白雪”是道教徒对炼金丹所用主要材料水银的别称。《云笈七签》卷七十七《阴丹白雪玄霜法》说：“取上好黑铅一生者二斤，汞半斤，先于铫子（铫音 yáo，一种带把儿的小锅）中拨泻，令细，绝灰，便将汞投在铅中熟搅。”这里所说的“白雪”即汞（水银），“玄霜”指黑色的铅。意思是说先将上等好铅粉放在铫里来回拨拉，令其成为均匀的细末，荡去灰尘，见其色变灰，即将水银倒进去没完没了地搅合。这两样东西，咱听了都害怕，您敢吃吗？不过道教徒炼的金丹，不管哪个方子，水银都是必不可少的。因为其色泽晶亮，所以道教徒喻之为“白雪”。这种说法在宋、元以后比比皆是。《西游记》第十七回写孙猴子在黑风山往下看，“（三个妖魔）都在那里高谈阔论。讲的是立鼎安炉，抟（tuán）砂炼汞，白雪黄芽，旁门外道”。《二刻拍案惊奇》第十八卷说山东曹州甄监生喜好神仙之术。“何谓黄白之术？方士丹客哄人炼丹，说养成黄芽，再生白雪，用药点化为丹，便铅汞之类，皆变黄金白银。故此炼丹的，叫做黄白之术”。

“黄芽”有时也写作“黄牙”，是指道教徒烧炼铅时出现的“精华”。道教徒炼丹为什么要以铅为主呢？因为古人认为铅是五金之首。《参同契》卷上明确地说：“玄含黄芽，五金之主。”俞琰发挥说：“玄含黄芽者，水中产铅也。铅为五金之主，在北方玄冥之内，得土而生黄芽。黄芽，即金华也。”所谓“金华”，即五金之精华。肉眼凡胎的人如果想长生不老，自然需要摄入五金之精华：您瞧，生物都是有寿命的，连山石都会风化，唯有金属万年不灭。人身若是成了“金身”，岂不就永远不死了吗？这是玩笑话。道家如此采择的根本理论依据是：铅为阳，汞为阴。“一阴一阳谓之道”嘛。《云笈七签》卷六十六《明辨章》第二说：“（黄芽）是长生之至药。牙是万物之初也，故号牙，缘因白被火变色黄，故名黄牙。”

道教历来有“外丹”和“内丹”之分。外丹指借助外炼神丹之力而成仙，内丹则注重涵养气血精神，从而达到神仙境界。以上所说，仅仅是外丹烧炼范畴所谓的“白雪”和“黄芽”。晋代以后，内丹之说逐渐兴盛，很多有成仙之想的人，似乎更加注重内丹的聚炼。宋代陈楠曾写过一篇《罗浮翠虚吟》，其中也提到了“白雪”和“黄芽”：“内中自有真壶天，风物光明月皎洁。龙吟虎啸铅汞交，灼见黄芽并白雪。”（《道藏辑要·泥洹集》）既言“内中”，当然是指“内丹”而言。外丹中的黄芽为铅之精华，白雪为汞之精华，那么内丹中的“黄芽”、“白雪”又是指什么呢？苏轼的《龙虎铅汞说》（本人撰著《苏轼文集编年笺注》卷七十三）有这样一段话：“人之所以生死，未有不自坎、离者。坎、离交则生，分则死，必然之道也。离为心，坎为肾。……龙水，汞也，精也，血也。出于肾而肝藏之，坎之物也。虎火，铅也，气也，力也。出于心而肺主之，离之物也。心动，则气力随之而作。肾溢，则精血随之而流。如火之有烟，未有复反于薪者也。世之不学道，其龙常出于水，故龙飞而汞轻。其虎常出于火，故虎走而铅枯。此生人之常理也。顺此者死，逆此者仙。故真人之言曰：'顺行则为人，逆行则为道。'又曰：'五行颠倒术，龙从火里出。五行不顺行，虎向水中生。'"

这段话写得比较艰涩，我们不妨化繁为简而言之，总结出三层意思。一、人的生死无不由坎（肾、水）、离（心、火），心肾交则生，心肾不交则死。二、所谓"龙"，就是汞，就是白雪，就是精血，就是水，属于坎生之物；所谓"虎"，就是铅，就是黄芽，就是气力，就是火，属于离生之物。心动则气力随之而作，肾溢则精血随之而流。所以心不能随便而动，肾不能随便而流。三、俗人一般都无法控制"心动"和"肾流"（比如与人斗气则属于心动，纵欲无度则属于肾流），所以最终心肾不交而死，这是通常之规律。要想成仙得道，必须逆之而行。所以真人有言道："顺行只是俗世之人，逆行才能合于仙道。"又说："五行要辨正来看，如果能让水、火既济，彼此滋养，岂不是永无衰亡之兆？"很多事物或理论原本并不复杂，被各行各业的知识分子一玩儿，就变得玄而又玄了。古代如此，现代又何尝不是如此？

11. 酆　都

第四十二回写宋江被晁盖等人救入梁山泊，因思念老父，执意要回家探望。走到还道村时做了一个梦，梦见天宫娘娘命他记下法旨："遇宿重重喜，逢高不是凶。外夷及内寇，几处见奇功。"又对他说："玉帝因为星主魔心未断，道行未完，暂罚下方，不久重登紫府，切不可分毫懈怠。若是他日罪下酆（fēng）都（作为地名，今径写作“丰都”），吾亦不能救汝。”一看这“酆都”就不是什么好去处。

酆都以及“酆都大帝”的传说，早在魏晋时就出现了。晋代葛洪《枕中书》说：“蔡郁垒为东方鬼帝，治桃丘山；张衡、杨云为北方鬼帝，治罗酆山。”南朝梁陶弘景《真诰》卷十五《阐幽微》说：罗酆山在北方癸地，山高二千六百里，周回三万里。山下有洞天，在山之周回一万五千里。其上其下，并有鬼神宫室，山上有六宫，洞中有六宫，辄周回千里，是为六天鬼神之宫也。第一宫名为纣绝阴天宫，以次东行，第二宫名为泰煞谅事宗天宫，第三宫名为明宸耐犯武城天宫，第四宫名为恬昭罪气天宫，第五宫名为宗灵七非天宫，第六宫名为敢司连宛屡天宫。凡六天宫，是为鬼神六天之治也。这段话下的注解说：“此即应是北酆鬼王决断罪人住处，其神即应是经呼为阎罗王所住处也。其王即今北大帝也。……凡生生之类，其死莫不隶之。”他的《登真隐诀》卷中又说：“杀鬼则酆都太上所使取人者也，邪鬼则天地间精物魍魉害人者也。”《道藏》里还有一部名叫《太霄琅书琼文帝章诀》的书，也出于南北朝人之手，说得更具体些。该书《太真九科》中云：“受经之后，存礼无亏。……若浮游淫泆，逐乐骄慢，违替之衅（xìn），长陷酆都。”意思是说人们受此经之后，一定要对经文虔诚笃信，不可亏心妄作。如果仍旧宣淫逐乐，就会堕入酆都，不能自拔，永远受苦。这说明此时人们对酆都为鬼域的认知已经十分清晰了。陶弘景还有一篇《真灵位业图》，是为神鬼排座次的文字，其中第七中位，即“酆都北阴大帝”，甚至有鼻子有眼儿地说此神为炎帝大庭氏，名庆甲，为天下鬼神之宗，治罗酆山，三千年一替。

酆都究竟在哪里呢？宋代以前都说是在北方，如上面所引《真诰》“罗酆山在北方癸地”句下注云：“当正对幽州、辽东之北，北海之中，不知去岸几万里耳。”然而后来这座“酆都山”神不知鬼不觉地移到了今天重庆的丰都县，至今此地一直自诩为“中华鬼文化”的中心。究其原因，竟和传说中一位叫阴长生的神仙有关。清人俞樾《茶香室丛钞》卷十六《酆都阴君》条说："宋范成大《吴船录》云：'忠州酆都县，去县三里有平都山。碑牒所传，前汉王方平、后汉阴长生皆在此得道仙去，有阴君丹炉。满山古柏大数围，转运司岁遣官点视，相传为阴君手种。阴君以炼丹济人，其法犹传。"其下俞樾按语说："酆都县平都山，道书七十二福地之一，宜为神仙窟宅，而世乃传为鬼伯所居，殊不可解。读《吴传录》，乃知因阴君传讹，盖相沿既久，不知为阴长生，而以为幽冥之主者，此俗说所由来也。至北极治鬼之所有所谓'罗酆'者，别有其地，与此酆都不涉也。"按俞樾的说法，北极治鬼的罗酆山和范成大这里说的酆都山完全是两回事。只是由于"阴长生"的"阴"字与"酆都北阴大帝"的"阴"字偶然巧合，才造成罗酆山"挪移"到了酆都县。然而事实却是：自宋朝以来，民间早就把重庆的酆都当成地地道道的阴曹地府了。曹学佺《蜀中广记》卷十九说："县自'豐'旁加'邑'，而罗酆地府之说始行。……范成大诗：'云有北阴神帝庭，太阴黑簿囚鬼灵。'则酆都之说，亦不起于近代。"意思是说酆都县原本叫"豐都县"，自从"豐"字加上了"邑"（即右耳朵旁）这个偏旁，原来的"罗酆山"就"转移"到酆都来了（这种说法与俞樾又有不同）。范成大已经用诗记录下酆都"云有北阴神帝庭，太阴黑簿囚鬼灵"的传说，可见酆都鬼城的说法不是近代才出现的。的确，宋人洪迈的《夷坚志》里也有"忠州酆都县有酆都观，其山曰盘龙山，即道家所称北极地狱之所"的说法，"盖南宋已有此说"（《茶香室丛钞》卷十六）。

中国是个鬼文化气息很浓的古老国度，鬼国的理念，远远早于佛教传入的时间，只不过当时不直接称为"地狱"而已。这一方面源于人们对来世遭受煎熬折磨的恐惧，另一方面也表达出对当世作恶者的憎恨，警告他们作恶太多，都将瞒不过酆都大帝的慧眼，永受汤熬火炼之苦。这种理念有它的合理性，因为人在世上如果天不怕地不怕，那不是什么恶事儿都敢做了？恶人横行而得不到报应，善人将何以存身？所以南北朝时，这种原始宗教中的“鬼国”理念即与佛教中“十八层地狱”理念形成了很自然的融合。十八层地狱的规模如此之大，当然需要不少官员在那里忙活，所以阎王、判官、小鬼等自然随之“到任”，使中国传统鬼国得到极大丰富，形成了一套完整的阴曹地府系统。

12. “泗州大圣”是什么人

第四十三回写李逵回到老家，想把他老娘背到梁山泊享受快活。走到沂岭时，母子都十分干渴，于是李逵找到一条小溪，喝足后，却不知如何打水带给老娘。忽见远处山顶上有座小庵，乃是“泗州大圣祠堂”。泗州大圣究竟是什么人？

此人很多时候被称为“泗州僧伽（qié）大圣”、“泗州大士”。他本是位西域高僧，唐武则天万岁通天元年（696）来到中土。他究竟是西域哪国人呢？《五灯会元·泗州僧伽禅师》有段话极有意思：“泗州僧伽大圣，或问：‘师何姓？’师曰：‘姓何。’曰：‘何国人？’师曰：‘何国人。’”很多人认为这是泗州大圣在与人打哑谜说禅语，也有人认为大圣所言为实，也就是说，这位大圣俗姓“何”，是西域“何国”人。当时西域地区小国林立，有个叫做“何国”的国家并不稀奇，于是有人考证“何国”究竟是哪个国家。苏轼《僧伽同行》篇说：“《泗州大圣僧伽传》云：‘和尚，何国人也。又世云莫知其所从来，云：不知何国人也。近读《隋史·西域传》，乃有何国。”这是对泗州僧伽大圣籍贯的正确解读。《隋书》卷八十三《西域传》的确记载：“何国，都那密水南数里，旧是康居之地也。其王姓昭武，亦康国王之族类，字敦。都城方二里。胜兵千人。其王坐金羊座。东去曹国百五十里，西去小安国三百里，东去瓜州六千七百五十里。”

按图索骥，这个国家大致在今中亚细亚巴尔喀什湖东北部，也就是当时人们称为“碎叶城”的东北边，唐朝在安西都护府辖境之内。这一点还可以从《释氏稽古略》卷三得到验证。该书说：“泗洲僧伽大士，初自碎叶国游于西凉，是年显化洛阳。”意即泗州大圣最初从碎叶国游方到西凉地区，后来继续东行，在中原洛阳驻锡的。又宋释赞宁《宋高僧传》卷十八《唐泗州普光王寺僧伽传》说：“何国在碎叶国东北。是碎叶附庸耳。”我们都知道大诗人李白就出生在碎叶城，五岁才跟着其父迁到今天四川的绵阳。这么说泗州大圣与李白还算是同乡了？看来事实的确如此。

此人三十岁到中土，八十三岁示寂，在中原前后共五十三年。据《释氏稽古略》卷三载，当时武则天对西域来的高僧十分优礼，只要愿意留在中土者一概接受，并安排寺院居处。泗州大圣最初被安置在楚州（今江苏淮安）龙兴寺。这是一座离京城很远的寺院，但大士来到此地安之若素，“或宴坐于深房，或振锡于长路”。直到唐中宗李显景龙二年（718），才从楚州迁到京城，住在荐福寺。因为他在楚州时德高望重，中宗在他面前都自称为“弟子”。说来也巧，几个月后京师大旱，中宗请他到内殿祈雨，“甘泽随沾”。这样一来，他的名气就更大了，中宗特地为他度脱了慧俨、慧岸、木叉三人为随身侍者，并亲笔为他所居寺院题写了“普光王”大字庙额。大士在淮中住惯了，所以不久便请求回淮上居住，睿宗景云二年（711），大士圆寂，睿宗敕命将大士全身归于泗州普光王寺，塑身建塔。睿宗曾问高僧万回：“僧伽大士究竟是什么人?”万回答道：“他是观音菩萨的化身。”又据《宋高僧传·唐泗州普光王寺僧伽传》载，大圣带着弟子慧俨等一同回到淮上时，选定泗州信义坊建寺。很快在此处挖出了一块古碑，碑文所记，乃是南北朝时著名的香积寺故址，还从地下挖出了刻着普照王佛的字。当地人惊叹：“天眼先见，吾曹安得不舍乎?”从此之后，泗州僧伽大圣便成为淮上士民心目中最灵验的神明，泗州也因普光王寺和大士塔而名扬四海。直到宋朝，凡到泗州者，无不瞻仰普光王寺和泗州大圣塔。蔡絛的《铁围山丛谈》卷五还记载着一件与《水浒传》时代最接近的故事说："宣和岁己亥（1119年，宣和元年）夏，都邑大水，几冒入城隅，高至五七丈。久之方退。时泗州僧伽大士忽现于大内明堂顶云龙之上，凝立空中，风飘飘然吹衣为动，傍侍惠岸、木义皆在焉。又有白衣巾裹，跪于僧伽前者，若受戒谕状，莫识何人也。万众咸睹，殆夕而没。"

泗州大圣显灵之地共有二十七处，以淮、泗一带为中心。施耐庵祖籍也在这一带，所以对泗州大圣十分熟悉，并巧妙而不露声色地用在了自己的书里。

13. 罗天大醮

第六十一回写卢俊义受了吴用的诳惑，到山东去避灾。管家李固怕路上出差错丢了性命，跪在地下求告卢俊义道："主人可怜见众人，留了这条性命回乡去，强似做罗天大醮（jiào）。"什么叫罗天大醮呢？

先说"罗天"。道教将天分为三十六重。《云笈七签》卷三说："自玄都玉京已下，合有三十六天。"其中二十八天在三界之内，另外八天在三界之外。三界以内的十八天是这样分的：从最下一天到第六天为"欲界"，从第七天到第二十四天为"色界"，从第二十五天到第二十八天为"无色界"。凡在欲界天与无色界天之间者，寿命长远，虽然欢乐，但不能免除生死。二十八天之上还有"四天"，名"种民天"，又名"圣弟子天"，又名"四梵天"。这四天中的人由"天人断生死，三灾之所不能及"。"四天"之上又有"三境"——太清境、上清境和玉清境。太清境有九仙，上清境有九真，玉清境有九圣。太清境的九仙分别是：一上仙，二高仙，三大仙，四玄仙，五天仙，六真仙，七神仙，八灵仙，九至仙。上清九真、玉清九圣的名字与太清境诸仙相同，无非称为"上清九仙"和"玉清九仙"

而已。至此为止已有三十五天，最上一天即名“大罗天”，在玄都玉京之上，三世天尊治在其内。“三界二十八天，其次四天，其次三境，最上大罗，合三十六天，总是三尊所统”。三世天尊分别指“过去元始天尊”、“见在太上玉皇天尊”和“未来金阙玉晨天尊”。处在“四天”层面的“太上老君”（老子的化形），即是元始天尊的弟子。三世天尊也有十种称号：“一曰自然，二曰无极，三曰大道，四曰至真，五曰太上，六曰道君，七曰高皇，八曰天尊，九曰玉帝，十曰陛下。”后来的道教或民间神话故事，甚至帝王所尊奉者，基本上都是依照这个模式。譬如宋徽宗“入道”，自称“道君皇帝”，即“大罗天”层面上的天尊称号。

“醮”是祭神的意思。这个意义并不始于道教，早在道教产生之前就有了此说。《文选》宋玉《高唐赋》：“醮诸神，礼太一。”李善注解说：“醮，祭也。”不过道教产生后，这个词语更多用在了祭道教之神的仪式当中。北齐颜之推《颜氏家训·治家》有一句说：“吾家巫觋祷请，绝于言议；符书章醮，亦无祈焉。”王利器集解说：“道士设坛伏章祈祷曰醮。”此后的话本、小说、戏曲中，大都使用这个义项，其例比比皆是，不再举证。这样我们就清楚了，所谓“罗天大醮”，实际上就是用最高级的礼仪祭祀三十六天的最高一天，希望得到众天神的保佑。

不过也有不同的说法，比如《云笈七签》卷一〇三《翊圣保德真君传》说，“罗天大醮”仅为第三等醮，其上还有“普天”、“周天”二醮。这段记载，据说是宋真宗时怂恿真宗东封西祀的大奸臣王钦若编集的。说太祖建隆初年（北宋建国之初），凤翔府周至县民张守真因游终南山，感悟真君显灵，真君教给他结坛九法：上三坛为国家而设，上坛叫做“顺天兴国坛”，为“普天大醮”，旌旗、鉴剑、弓矢、法物罗列次序，开建门户，具有仪范。中坛叫做“延祚保生坛”，为“周天大醮”，法物、仪范比上坛降一等。下坛叫做“祈谷福时坛”，为“罗天大醮”，法物、仪范比中坛再降一等。中三坛为臣僚而设，上坛叫做“黄箓延寿坛”，中坛叫做“黄箓臻庆坛”，下坛叫做“黄箓去邪坛”。下三坛为士庶而设，上坛叫

"续命坛"，中坛叫"集福坛"，下坛叫"却灾坛"。

张守真以此游于京师，太祖赵匡胤对他的瞎忽悠根本不相信。后来太祖驾崩，太宗赵光义嗣位，将他召进琼林苑，举行"周天大醮"，并作"延祚保生坛"。太宗倒是对张守真的话笃信不疑，于是决定在终南山下筑宫，三年宫成。"中正之位列四大殿，前为玉皇通明殿，次紫微殿，次七元殿，次真君所御殿。东庑之外，有天蓬、九曜、东斗、天地水三官四殿。西庑之外，有真武十二元神、西斗、天曹四殿。又有灵官堂、南斗阁，并列星宿诸神之像。"太宗亲题其额为"上清太平宫"。这座宫观是宋朝最早修建的道教宫观，也是最能代表我国中世纪道教诸神理念的大型宫观。

14. 啥叫"皇极先天数"

第六十一回写智多星吴用到大名府赚卢俊义上梁山，故意扮作一个算命先生，对卢俊义说："小生姓张，名用，自号谈天口。祖贯山东人氏。能算皇极先天数，知人生死贵贱。"这里所谓"皇极先天数"，肯定是在忽悠人命天定，因为吴用此时的身份就是个算卦的嘛。那么"皇极先天数"具体讲是啥意思呢？"皇极"比较好理解，它强调的是无偏无颇，大中至正。《尚书·洪范》里早有"皇极，皇建其有极"之说，此不赘述。

简单地说，伏羲氏所作八卦，就叫先天八卦。宋人罗泌《路史·论三易》说："伏羲氏之先天，神农易之为中天；神农之中天，黄帝易之为后天。岂非《易》道广大，变通不穷，有非一法之所能尽？"明朝人杨慎在《丹铅总录·三易》一篇中也说到这个问题，他先引晋人干宝所说"伏羲之《易》小成，为先天；神农之《易》中成，为中天；黄帝之《易》大成，为后天"，然后加上自己的按语说："邵康节之《易》'先天'、'后天'，其源出于此。"邵康节指的是北宋中期的布衣邵雍，据说著名的《邵子神数》就出自他手。不管此说真伪，他善于用《周易》卦象推算命理，则是毋庸置疑的。杨慎所谓邵康节"先天"、"后天"，就是指邵雍说到的"先天八卦"和"后天八卦"两个不同理念而言。在具体一点儿说，"先天八卦"是用伏羲氏八卦，即《周易》中的乾、坎、艮、震、巽、离、坤、兑八卦基本卦象推演而成的一套理论；"后天八卦"则是根据《洛书》推演而成的一套理论。因为《周易》中有"河出图，洛出书，圣人则之"的记载，所以"后天八卦"也源于《周易》并无异议。后人认为先天八卦如灵魂，后天八卦如身体，从邵雍起一直到今天，所有用《易》卜卦者，都需要将先天八卦和后天八卦综合起来，形成"组合拳"。清人王道亨《罗经透解·先天八卦》说："盖先天如人之魂，后天如人之体。有魂则有人，无魂则无人。互相配合，变化无穷，而为阴阳起化之根，万古不易之规者也。"先天八卦如下图：

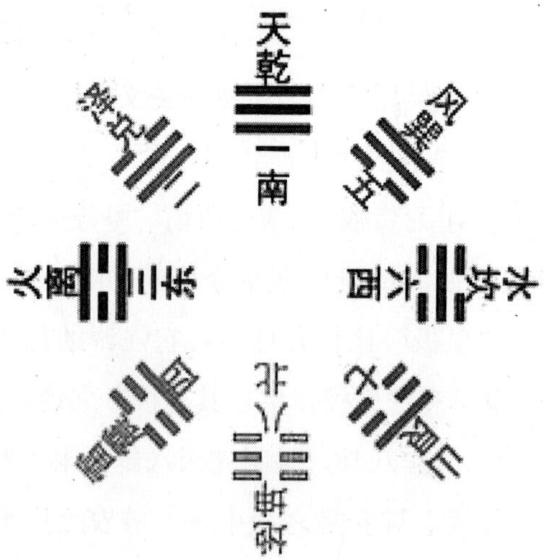

图 1

后天八卦既是根据《洛书》推演而成，那么《洛书》又是什么形象呢？古人将它用图表的形式表现出来，即如下图：

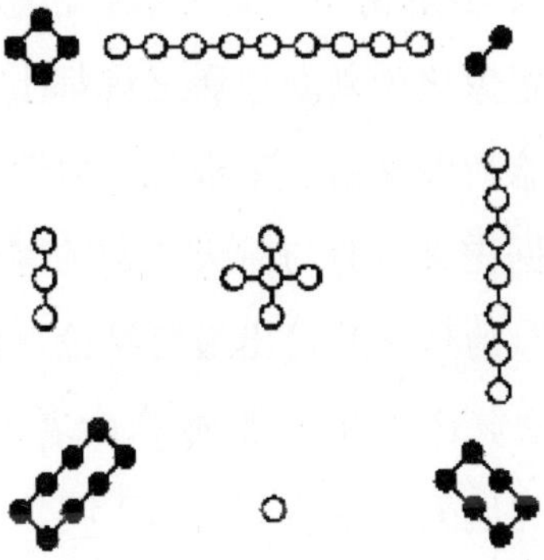

图 2

这个图中的圈圈点点，实际上表示的是九个数目，这就是术数家们早已背得滚瓜烂熟的“戴九履一，左三右七，二四为肩，六八为足，五居其中”。意思是头顶（上中）为九，根底（下中）为一，左面（左中）为三，右面（右中）为七，右上和左上（如人的肩部）分别为二和四，右下和左下（如人的足部）分别为六和八，五在全图的正中，如人的腹部。其中“一、六、八为白，二为黑，三为碧，四为绿，五为黄，七为赤，九为紫”的概念，是根据《易乾凿度》来的。这个九宫图与先天八卦式重和在一起，就是人们常说的“九宫八卦图”。《罗经透解·后天八卦》说：“一坎，二坤，三震，四巽，中五，六乾，七兑，八艮，九离，概出于此，以作飞宫调度。”所谓“飞宫”，就是在九宫之内将数字组合出新的数字和颜色的特征，以附会人事天命。所谓“调度”，就是“组合”、“计算”的意思。懂得九宫八卦理论的算命先生，就是根据这些来断人生死祸福的。《水浒传》里接着又说：“吴用取出一把铁算子来，排在桌上，算了一回，拿起算子桌上一拍，大叫一声。”“铁算子”就是后来的铁制“算盘”。卜卦为什么还要有算盘呢？因为“飞宫”得出的数字十分复杂，需要一点一点、一步一步地细细计算，并按照计算得到的各项数字，与《邵子神数》相应的断语吻合，才能得出最终的结论，不是一般人能在短时间内掌握的（那些江湖骗子，看您两眼就开始信口雌黄，您千万别上当。真正用“邵子神数”卜卦的人，一卦至少要用两个小时)。施耐庵的这段叙述相当传神，这说明他对卜卦算命、星象之学甚至堪舆之说都十分稔熟，否则不可能写得这么准确。甚至他忽悠卢俊义的“皇极先天数”之说，也是十分内行的话语。实际上算命是根据先天八卦与后天八卦的综合判断，最终由后天八卦计算(即“飞宫调度”的结果)得出最终结论，但先天是基础，所以吴用强调“皇极先天”，是算命先生征服被算命者心理的最有效手段——“先天”我都了然于胸，“后天”占卜还在话下吗?

15. “盂兰盆大斋”是什么节日

第五十一回写朱仝于七月十五日盂兰盆大斋时带着小衙内出外游玩，不小心将小衙内弄丢了。书中描述这个节日说：“七月十五日盂兰盆大斋之日，年例各处点放河灯，修设好事。……但见：钟声杳霭，幡影招摇。炉中焚百和名香，盘内贮诸般素食。僧持金杵，诵真言荐拔幽魂；人列银钱，挂孝服超升滞魄。合堂功德，画阴司八难三涂；绕寺庄严，列地狱四生六道。杨柳枝头分净水，莲花池内放明灯。”

“盂兰盆”是古梵文“ullambana”的音译，它的意思是“救解倒悬”。法云《翻译名义集》卷四说：“盂兰盆：‘盂兰’，西域之语转，此翻‘倒悬’。‘盆’是此方贮食之器。三藏云：盆罗百味，式贡三尊，仰大众之恩光，救倒悬之窘急。义当救倒悬器。如孟子云：‘当今之时。万乘之国行仁政，民之悦之，如解倒悬。’”佛教典籍中有一部叫《盂兰盆经》，讲的是目连救母的故事。目连(或作“目莲”)是佛教中“摩诃目犍连”的省称，据说他是佛祖释迦牟尼的十大弟子之一，神通广大，能飞到兜率天。他母亲死后堕入饿鬼道，忍受倒悬之苦。目连以神通之力前往救之。

《初学记》卷四引《盂兰盆经》说：目连见其亡母在饿鬼道中，即以钵盛饭送给母亲吃。谁知饭没入口，便化成火炭，不能再食。于是目连回到佛祖那里求救。佛祖对他说："你母亲罪业深重，不是你一个人能奈何得了的，必须要十方众僧同显威神才行。"七月十五日这一天，目连将各种果子放在盆里，供养十方大德。佛祖敕命众僧，都要为施主祝愿七代父母，行禅定之意之后才能受食。在众僧发愿的感动之下，目连的母亲脱离了饿鬼之苦。目连感激佛祖救母之恩，对佛祖说："未来世佛，弟子行孝顺者，亦应奉盂兰盆供养。"佛祖非常高兴。于是后人"广为华饰，乃至刻木割竹，饴蜡剪彩，模花叶之形，极工妙之巧"。

南朝梁武帝时，是佛教在中国传播的黄金时期，所以"目连救母"便成为人人皆知的故事。由于目连救母是出于孝心，与中土儒家所提倡的"孝"道完全吻合，所以从这时开始，每年的七月十五，便成了超度先人的固定节日。最初的盂兰盆节只在僧尼中进行。道诚《释氏要览》卷下说："（盂兰盆）是佛弟子修孝顺者。应念念中常忆父母，乃至七世父母。年年七月十五日，为作盂兰盆，施佛及僧，以报父母长育慈爱之恩。"其后此节渐及士庶，甚至帝王。很多人在这一天里都要延请僧尼结盂兰盆会，诵经施食，表示对自己父母先人的孝敬和祭奠。《旧唐书·王缙传》就记载说："代宗七月望日（七月十五）于道场造盂兰盆，饰以金翠，所费百万。"唐宋以来，逢到七月十五，人们都要对先人有些表示。高承《事物纪原》卷八说：当时人们都要"以竹为圆架，加其首以荷叶，中贮杂馔，陈目连救母画像，致在祭祀之所"。看上去比南朝及唐代简略了许多，但这只是专门就祭奠先人一项内容来说的。其实自宋朝始，此节逐渐演变成了一个规模宏大、内容丰富的民俗节日，商人们也能趁机发笔小财。《东京梦华录》卷八《中元节》说："七月十五日中元节。先数日，市井卖冥器、靴鞋、幞头、帽子、金犀假带、五彩衣服。以纸糊架子盘游出卖。潘楼并州东、西瓦子，亦如七夕。要闹处亦卖果食、种生、花果之类，及印卖《尊胜目连经》。又以竹竿斫成三脚，高三五尺，上织灯窝之状，谓之‘盂兰盆’，挂搭衣服冥钱在上焚之。构肆乐人自过七夕，便般《目连救母》杂剧，直至五十日止，观者增倍。中元前一日，即卖练叶，享祀时铺衬卓面。又卖麻谷窠儿，亦是系在卓子脚上，乃告祖先秋成之意。又卖鸡冠花。谓之‘洗手花’。十五日供养祖先素食，才明即卖穄（jì，不黏的黍子）米饭，巡门叫卖，亦告成意也。又卖转明菜花、花油饼、馂豏（jùnxiàn，肉菜包子）、沙豏（豆沙包）之类。城外有新坟者，即往拜扫。禁中亦出车马诣道者院谒坟。本院官给祠部十道，设大会，焚钱山，祭军阵亡殁、设孤魂之道场。”您看热闹不热闹？

至于说宋朝东京汴梁盂兰盆节时“各处点放河灯”，史书中尚未见到，连号称民俗百科全书的《东京梦华录》中都没见任何记载。南宋吴自牧《梦粱录》卷四《解制日》（即中元节）中说：“后殿赐钱，差内侍往龙山放江灯万盏。”民国杨荫深《事物掌故丛谈·中元》中说：“除打醮建会以外，尚有祭祖扫墓、放江灯诸事，今祭祖之风各地皆有，其实六朝时已有此风，颜之推《家训》所谓‘有时斋供七月半’是也。扫墓与放江灯，则或有或无了。放江灯在后来也叫做‘照冥’。”他引的书证也是吴自牧的《梦粱录》。至于北宋及北宋以前有没有放河灯（江灯）的习俗，他也没找到可信的记载，只是模模糊糊地说“六朝时已有此风”。明朝田汝成《西湖游览志余·熙朝乐事》中说：“（中元节）僧家建盂兰盆会，放灯西湖及塔上、河中，谓之照冥。”说的也是明朝的事，而不是北宋的事。由此判断，放河灯（江灯）的习俗，应该是南宋时才有的，《水浒传》描写的北宋宣和年间，是没有“河灯”可看的。此风应该盛于明朝。《汉语大词典》“河灯”条说：“河灯：旧时北京中元节夜沿运河所放之灯。清潘荣陛《帝京岁时纪胜·中元》：‘每岁中元建盂兰道场，自十三日至十五日放河灯，使小内监持荷叶燃烛其中，罗列两岸，以数千计。’清富察敦崇《燕京岁时纪·放河灯》：“运河二闸，自端阳以后游人甚多。至中元日例有盂兰会，扮演秧歌、狮子诸杂技。晚间沒河燃灯，谓之放河灯。’”这个解释应该是最可信的，因为有确切的书证摆在这儿。

16. “四生”与“六道”

还是第五十一回，写七月十五中元节时，朱仝带着小衙内到外面游玩，来到地藏寺，但见：“合堂功德，画阴司八难三涂；绕寺庄严，列地狱四生六道。杨柳枝头分净水，莲花池内放明灯。”这段话不长，却含有不少“专用术语”。

首先说明，“四生”和“六道”都是佛教术语——地藏寺是供奉地藏菩萨的，当然说的是佛教理论。“四生”指什么呢？按照佛教经典《俱舍论》、《涅槃经》等的解释，所谓“四生”，即卵生、胎生、湿生、化生。比如鸡、鸭、蛇、鱼等动物是从卵中孵化而生的，名之为“卵生”；人、马、牛、羊等是从母体胎中孕育而生的，名之为“胎生”；蚊蚋、蠓虫、蛆虫、萤火虫等是由阴湿之处或从草杂生之处产生的湿气经寒热聚合而生的，名之为“湿生”（古人早有“腐草为萤”之类的说法）；飞蛾之类是蜕去外壳才得以飞行的，名之为“化生”。可见“四生”包含了世间所有有生命的动物。按照佛教的说法，四生之中，人为最灵之物，连佛都是由人身修炼而成的，所以托生为人是件很幸运的事，一旦误失人身，那可就“万劫不复”了。而“四生”的前身也都是人：人生前有了贪婪之心，来世堕入卵生；生前有了淫欲之情，来世堕入胎生的畜类；生前贪食酒肉，来世堕入湿生；生前心术诡诈，来世堕入化生。

“六道”具体指的是天、人间、阿修罗、畜生、饿鬼、地狱六界。其中前两界为“善道”，后四界为“恶道”（《妙莲法华经》卷三：“妙华覆地，周遍清静，见者欢喜。无四恶道——地狱、饿鬼、畜生、阿修罗道”）。一说前三道为善道，后三道为恶道（《翻译名义集》卷二：“佛去久远，经法流传，五百年后，多有别异。或言五道，或言六道。观诸经义，应有六道。以善有上、中、下，故有三善道；恶有上、中、下，故有三恶道”)。它们的区别在于“阿修罗”究竟应该归于善道还是归于恶道。这个问题，下面还要说到。

“六道”在诸家佛典中解说甚繁，我们还是按照道诚《释氏要览》的叙述稍加梳理。该书卷中说，“道”也可以称为“趣”，则“六道”即为“六趣”。他首先说：“趣”即“趋向”之意，“道”即“道路”之意，二者表示的意义相同。

“天道”表示什么意思呢？《大毗婆沙论》说：“诸趣最胜，故光明照耀，故名天也。”《智度论》说：有四种天。一名生天，四天王等以上天；二名天，今国王称天子；三名净天，指人中生诸圣人；四名生净天，指上界所生诸圣人。《辩意长者子经》说，做到以下五点，就能生于此四天：一、不杀生，令众生安乐。二、布施不贪，赈济困穷。三、贞洁自守，不犯男女色戒。四、诚信不欺，没有妄语。五、不饮酒。这五条听起来似乎不难达到，但仔细想想，当今之人，几乎没有一个够格的，单说“不杀生”一项就把人难住了：谁不吃肉呀？不论吃猪肉还是吃羊肉，您都犯了杀生之戒，甭想升天了。

“人道”表示什么意思呢？《大毗婆沙论》说：能用意思惟，观察所作事故。《阿毗昙论》进一步归纳为“八义”一、聪明。二、好强。三、精细。四、意识端正。五、有较高的智慧。六、能辨别真假虚实。七、懂得并遵从圣人之道。八、聪明业所主（不详何义）。《业报差别经》则分别成了五种四类人，即贵、富、贱、恶：生于人中得人尊贵五事：一、广泛施惠。二、尊敬佛门及长者。三、能忍辱负重，不生嗔忿。四、态度柔和，谦恭待人。五、博学多闻。大富长寿五事：一、能赈济穷人。二、持戒不犯十恶。三、忍辱不乱。四、有进取心，能劝化众人。五、能尽孝尽忠。生人中卑贱五事：一、傲慢无礼。二、不孝敬父母，性情刚愎。三、不敬佛祖。四、盗窃以为生活。五、负债不偿。受人诽谤为人所憎形体丑恶常怀恐怖五事：一、没有诚信，善于欺诈。二、诋毁诽谤说法者。三、轻蔑同辈。四、轻易做过。五、搬弄口舌。《菩萨藏经》则说人有十苦：一、生苦。二、老苦。三、病苦。四、死苦。五、愁苦。六、怨苦。七、苦受。八、忧苦。九、病恼。十、流转大苦。看来别说生于天界了，就是做个人，也决非易事。对照自己，再看看咱身边的人，难得几个真正算上尊贵的，不是有这毛病就是有那毛病。

"地狱道"表示什么意思呢？《三法度人经》说：地狱有三种，一、热，有一十八所；二、寒，有一十八所；三、轻系，又名孤独。有三种孤独，一在山间，二在水中，三在旷野。人为什么会堕入地狱道呢？《辩意经》说：有五事死后入地狱。一、不信佛法，诽谤佛法。二、破坏佛寺。三、转相诽谤。四、不顾君臣父母。五、不顺师教，轻慢谤师。这方面道诚讲得太简略了，实际上"地狱道"是六道当中最令人毛骨悚然的一道，传说中的用锯锯、用刀砍，用油锅炸、用尖锥刺等酷刑，都是地狱道里的寻常小菜儿。道诚说的"热"，即无处不火的热原，他说的"寒"，即无处不冰的寒川，他说的"孤独"，即没有人烟的大海与荒山——三种地狱，没人能受得了。这类"惨剧"，蒲松龄的《聊斋志异》里写得比较形象。

"畜生道"表示什么意思呢？《业报差别经》说，造十种业则会堕入畜生道。一、身恶。二、口恶。三、意恶。四、从贪起恶。五、从嗔起恶。六、从痴起恶。七、毁骂众生。八、恼害众生。九、施舍不净之物。十、邪淫不正。

"阿修罗道"表示什么意思呢？《大毗婆沙论》说："谓身形不端正故。"很多经书中都说，堕入阿修罗道者，"多由嗔慢及疑"。这个解释太过简略，这里补充几句如下："阿修罗"原是古印度的恶神，他凶猛好斗，常与帝释天争斗，故译为"非天"。阿修罗不饮酒，因为他住在海边，所有的酒都是苦的。来世入阿修罗道者，具有轻慢之心，虽不饮酒，但嫉妒心十分严重。您知道，佛教的戒律中，是把"嫉妒"列为必杀之贼的。嫉妒的确是人类的本源性丑恶心态，大概佛祖及诸位菩萨大都饱尝过被人嫉妒的滋味儿，才这么规定的。

“饿鬼道”表示什么意思呢？大概因为太好懂，所以《释氏要览》一句都没解说，我们这里也没有解释的必要。

“四生”与“六道”都离不开佛教轮回的概念，也就是说，任何一个动物生命体，永远处在四生、六道中循环往复。佛教教人向善，并用四生、恶道告诫人们：生前作恶太多，不懂收敛，死后有的是等着你受罪的地方！我们尽可以不去信佛，但必须懂得该怎么做人——不贪财，不贪色，存善念，讲诚信，不嫉妒别人。千万别动不动就因妒火中烧去坑害别人，甚至拿坑害别人当本事，而把别人不跟他一般见识当成别人没本事。

17. 宋朝的“相扑”

第二回写高俅“吹弹歌舞，刺枪使棒，相扑顽耍”，样样内行，“仁、义、礼、智、信、行、忠、良，却是不会”。施耐庵的意思是要说明，高俅这家伙，不着调儿的事没有他不会的，这和北宋末年都市生活的高度繁荣有很大的关系。宋徽宗本人就是个享乐型皇帝，有这样的最高领导者做导向，底下的人哪有不跟着学的道理？

施耐庵说的“相扑”是一种什么游戏呢？说白了就是摔跤运动，和今天日本的“相扑”没太多的区别。其实相扑之戏不但起源于中国，而且历史还非常久远呢。宋人高承《事物纪原》卷九《角觝》说：“角觝，今相扑也。《汉武故事》曰：角觝，昔六国时所造。”照此说法，相扑最迟在战国时已经十分风靡了。汉朝的角觝戏开始进入宫廷。《汉书·武帝纪》中说：元狩三年（公元前120），“做角觝戏”。文颖注解称这种游戏是“两两相当，角力角技艺”。其后才漫衍到民间。到了唐朝，相扑不但依旧是宫廷表演的主要节目之一，甚至连皇帝祭祀天地祖宗，都要带上相扑艺人去“娱神“。宋朝的相扑更为普遍，除了供帝王大臣们欣赏取乐之外，还用于训练军队。北宋后期汴京的都市文化十分发达，各色艺人都能找到展示才能的机会。《东京梦华录·京瓦伎艺》里记载着当时许多行当里的明星大腕儿，如李师师“小唱”、张金线“杖头傀儡”、浑身眼“手伎”、李慥（zào）、杨中立等人的“讲史”、王颜喜、盖中宝的“小说”、丁仪的“影戏”、刘百禽的“弄虫蚁”、杨望京的“胡旋舞”，特别提到相扑、杂剧、掉刀、蛮牌的几个著名艺人是董十五、赵七、曹保义、朱婆儿、没困驼、风僧哥、俎（zǔ）六姐。同书《六月六日崔府君生日二十四日神保观神生日》一节中又说：六月二十四日灌口二郎神生日，汴京人一大早儿就“呈拽百戏”，如上竿、趯（tì）弄、跳索、相扑、鼓板、小唱、斗鸡、说诨话、装鬼、砑（yà）鼓、牌棒、道术之类，“色色有之”。其中还出现了一个叫“乔相朴”的门类，这个词在其他宋朝文献中几乎没有见过。“乔”就是假装的意思。相扑是要比真本事的，怎么能假装得了呢？乍一听确实难以理解，但稍加联想，便会恍然大悟：如今民间的百戏杂耍儿里不是有一种一个人穿着两人联体衣裳表演摔跤打架的传统节目吗？其一招一式不但生动传神，时不时还能逗得观众开怀大笑，直到最后表演者脱下那套别出心裁的道具服装，人们才明白：原来这个演员两条腿扮演着一个甲，两只胳膊着地扮演着另一个乙，整个表演过程，他一直是弓着身子的。

最令人惊奇的是，宋朝的相扑居然还有“女子代表队”。司马光《传家集》里有一篇《论上元令妇人相扑》的奏状，劝诫皇帝不要保留女人相扑这类不雅游戏。文中说：“今上有天子之尊，下有万民之众，后妃侍旁，命妇纵观，而使妇人裸戏于前，殆非所以隆礼法，示四方也。”从这段话可以断定，宋朝女人相扑时穿着极少，近乎于“裸”，所以司马光认为帝王朝臣观看这样的表演有伤国体，也有伤风化，建议宋仁宗将此类表演从节目单里取消。由此可知，宋朝相扑在民间已经相当地普遍，成为人们消闲取乐的保留性节目。无独有偶，关于女相扑，《水浒传》第一〇四回也有类似描写："众人见这边男女相扑，一齐走拢来，把两人围在圈子中看。那女子见王庆只办得架隔遮拦，没本事钻进来，他便觑个空，使个黑虎偷心势，一拳望王庆劈心打来。王庆将身一侧，那女子打个空，收拳不迭。被王庆就势扭捽定，只一交，把女子攧翻。刚刚着地，顺手儿又抱起来。这个势叫做虎抱头。"这段话进一步证明，女队相扑、男女混合相扑在宋朝都已不是什么新鲜事，而且直到明朝，这类项目应该一直保留下来，属于《水浒传》作者见怪不怪的节目。

宋朝不但有真正意义上的传统竞赛项目男子相扑，还有"女相扑"（女队)、"男女相扑"（混合队）和"乔相扑"（纯文艺表演性质），真可谓把相扑发展到了极致。北宋后期吏治腐败，从帝王到百姓都崇尚享乐，所以斗鸡走狗的杂耍儿极为兴盛。在这样的大背景下，高俅吹弹歌舞，刺枪使棒，相扑顽耍什么都会，也就不足为奇了。

18. 宋朝的"蹋球"和"打弹"

第二回说宋徽宗"蹋球打弹，品竹调丝，吹弹歌舞"，样样精通。的确，宋朝的球类运动很普遍，"蹋球"和"打弹"都是玩球，只不过是两种不同的球。

先说"蹋球"。这项运动实际上就是今天足球的前身。古人用兽毛束结成球状物，按照一定的规则彼此蹋来蹋去，既能练兵，又能健身。南朝梁宗懔《荆楚岁时记》引汉刘向《别录》说："蹴（cù）鞠，黄帝所造，本兵势也。"蹴鞠就是蹋球。看来这项运动起源实在是太早了，而且最初就是用来练兵的。宗懔又说：也有人说蹴鞠起于战国。那时的蹴鞠是古人以为"戏"的娱乐性竞技活动。蹋球是否起于黄帝时已经很难考证，起于战国，那时绝对靠得住的。《史记·苏秦列传》载苏秦说齐宣王就有“临菑（zī，齐国都城）甚富而实，其民无不吹竽鼓瑟，弹琴击筑，斗鸡走狗，六博蹋鞠者”的记载，蹋鞠也就是蹴鞠。可见那时的齐国，不但有踢球运动，而且已经相当普及。

到了汉代，球已改用兽皮缝制，而且是将数瓣皮革“斜作片瓣而缝合之”，缝制成一个圆球，与今天的足球形状已经十分接近。扬雄《法言·吾子》篇说：“梡（huán）革为鞠，亦各有法。”啥叫“梡革”？其实就是“丸革”，也就是把皮革缝成圆丸（球）。清朝学者孙诒让在《札迻·法言李轨注》里说：“言以革为圆丸也。……蹋鞠以革裹毛为丸，故谓之垸（huán）。”宋程大昌《演繁露·鞠》中也曾说：“革，皮也。梡革为鞠，即后世之皮球。”

此后历代，只要是太平时日，踢球都是人们十分喜爱的体育运动项目，甚至宫廷里也不乏足球的身影。《太平御览》卷七五四引《魏略》说：“孔桂字叔林。性便妍（piányán），好蹴鞠。故太祖爱之，每在左右。”看来因善于踢球得到皇帝恩赏的，高俅还算不上历史上的第一人呢。汉成帝、唐明皇都是酷爱蹴鞠的“玩家”帝王。

足球到了唐末，已经称为“气球”。五代前蜀韦庄《丙辰年鄜州遇寒食城外醉吟》诗说：“永日迢迢无一事，隔街闻筑气球声。”最迟在这个时期，人们已经发明了往球里面吹气的方法。《宋朝事实类苑》卷五十二引《刘贡父诗话》说：“归氏子弟嘲皮日休云：‘八片尖斜砌作球，火中燂（xún）了水中揉。一包闲气如常在，惹踢招拳卒未休。’”这虽然是一首嘲讽诗，我们却能发现，一，当时的足球是由八瓣皮革缝成，甚至与今天的足球皮块的分布都十分相似；二，球里边是充气的，不再是塞些棉絮或皮毛、杂草之类。“燂”即用火炙烤的意思。这里指足球制作过程中，皮子的热处理、冷处理都十分考究，既要使皮革松软适度，又不能影响其使用寿命。《演繁露·鞠》又说：“今世皮球中不置毛，而皆砌合皮革，待其缝砌已周，则遂吹气满之。气既充满，鞠遂圆实。”这就更加接近今天的足球了。您想，这么好玩的东西，贪玩的宋徽宗怎么能不着迷呢。

与竞赛类足球相近的一种“蹴鞠”形式是就地“颠球”，往往是供贵族或是老人、女子玩的，不必付出太多气力，也能表现个人的技巧，古人称之为“白打”或“官场”。唐王建《宫词》之八一：“寒食内人长白打，库中先散与金钱。”讲的就是此戏。明朝王志坚《表异录·言动》解释说：“白打，蹴踘戏也。两人对踢为‘白打’，三人角踢为‘官场’。”意思是说一对一地对踢叫“白打”，甲递乙、乙递丙，丙再递给甲叫“官场”。

与踢球相关的另一种球类运动叫打球，也叫马球。它也有严格的比赛规则，只不过是骑在马上击球。马球实则是蹴鞠的孪生兄弟，有了蹴鞠就有了马球，无非是把平地踢球改为马上击球而已。五代后蜀花蕊夫人《宫词》之二十二就有“自教宫娥学打毬，玉鞍初跨柳腰柔”的诗句。您瞧，女子也加入到击球的运动中了。

上海博物馆藏《宋太宗蹴鞠图》。此蹴鞠即上面所说的“官场”

再说“打弹”。它还有个很好听的学名叫“捶丸”。捶就是打的意思，丸就是球的意思，所以“打弹”又叫“打球”或“打球子”。宋吕本中《紫微杂说·赌新法》中就说熙宁间，“神宗与二王禁中打球子”。据说这项运动起源也很早，元朝宁志老人的《丸经》说："捶丸，古战国之遗策也。"又追溯到战国去了。但这里只说是"战国之遗策"，我们理解，应该是指后人受到战国时期的某种游戏启发而发明的一种新式游戏才更准确，因为这项运动在宋代以前的古书中记载极少，说明它的出现，最早应该在宋朝。值得注意的是，上古时期有种特别简单的游戏叫"击壤"，即将一个标的物固定在一处，标的物后面挖个小坑，然后后退数步用土石击打，将标的物打入小坑即算得分。古民谣有首《击壤歌》说："日出而作，日入而息。凿井而饮，耕田而食。帝力于我何有哉?"歌前有段后人加的小序说："天下大和，百姓无事，有五十老人击壤于道。观者叹曰：大哉，帝之德也。"虽然"击壤"的标的物不是圆的，我们不便断定"捶丸"就是从"击壤"直接演变过来的，但向后发展，改造成圆形并以竿击打，却完全合乎情理（至今北方偏远地区还有"击壤"之遗俗，俗称"打老台"）。宋代无名氏《张协状元》戏文第二出有一句"筑球打弹谩徒劳"。钱南扬注解说："打弹，用棒打球，古称'捶丸'。"说了半天，打弹究竟怎么玩儿呀？毫不夸张地说，打弹其实就是今天高尔夫球的前身，它的基本规则是在旷地上画一道线为基础，在离这道基线很远的地方挖一个不深的洞穴，称为"窝"；打之前将球放置在基础线之内，用球竿击球，能把球击入窝内者为胜。或许这项运动压根儿就是为贵族预备的，古代的"打弹"，也多为贵族乃至皇家才玩儿得起。《丸经》又说："宋徽宗、金章宗皆爱捶丸。盛以锦囊，击以彩棒，碾玉缀顶，饰金缘边，深求古人之遗制，而益致其精也。"意思是说宋徽宗、金章宗把"丸"装在贵重的锦囊里，击球的球竿装饰得极其精美，杆竿镂金错采，将玉石嵌缀在竿头，玉石四周还要饰以金边。一句话，能怎么装饰，那叫一个不惜血本。这种运动，一般百姓哪玩得起呀！到了元朝，打弹才慢慢流传到民间，不过大多也是些贵族或富家子弟在玩儿。这更能证明，"捶丸"就是高尔夫球的前身。

山西洪洞县水神庙《捶丸图》

您看，足球是咱国老祖宗发明的，如今却总是踢不过别人，现在的国家队如果能请高俅来当总教练，肯定有戏了。高尔夫球也是咱祖宗发明的，如今咱们的水平更是落在孙山之后一百名，真不知道咋整的！现在一些开发商不是偷偷建了不少高尔夫球场吗？政府只知道发文件，却奈何他们不得。依我说文件也别发了，发了文件人家拒不执行，政府也挺没面子，干脆请开发商把场地向有前途的青少年开放，既减少了腐败的滋生，又能培养专业球员为国争光，岂不是一举多得？

19. 啥叫“拍板”

第三回说流落到渭州的金翠莲“手里拿串拍板”在酒店里卖唱。“拍板”是什么物件儿呢？

简单地说，拍板就是以打击节拍为主要功用的乐器。《文献通考·乐考》七称之为“铁拍板”（这并不是说拍板是铁做的，而是说制作拍板的木板需要非常坚硬，硬得像铁）。并说：“九部夷乐有拍板，以节乐句，盖本无谱也。”可见传统的民乐里原本没有拍板，是从外域传进来的。而且拍板功能单一，仅仅用来“节乐句”，也就是我们今天说的“打点儿”。《乐考》接着说：唐明皇命乐师黄幡绰造乐谱，黄幡绰只在纸上画了两只耳朵。明皇问他什么意思，黄幡绰回答说：“但有耳道，则无失节奏矣。”意思是说只要人长着两只耳朵，便不至于乱了节奏。黄幡绰毕竟是个老音乐工作者，他深知给拍板造乐谱纯属画蛇添足，于是拍板依旧保持着“节乐句”的基本功能。据《乐考》所载，五代后周时期的拍板是九片硬木板穿在一起的，宋朝教坊中的拍板则仅用六片硬木板连缀而成，“盖古今异制也”。

《文献通考·乐考》没有说明拍板究竟是何时进入中土的。宋高承《事物纪原·拍板》考证说，此乐器传入中国，最早当在南北朝的北齐（隋朝之前）。这种说法基本可信，但那时大约只在局部范围内有所使用。到了唐朝，才广泛应用在乐舞之中，甚至一般人唱歌，如果没有其他乐器伴奏，也可以自击拍板。《太平广记》卷二十二写神仙蓝采和“每行歌于城市乞索，持大拍板，长三尺余，常醉踏歌，老少皆随看之”。后来他飞升成仙时，“轻举于云中，掷下靴衫、腰带、拍板，冉冉而去”。看来喜欢放歌的蓝采和随身乐器只有那只大拍板。

拍板还可以叫“檀板”，因为此板由檀木制成。杜牧《自宣州赴官入京路逢裴坦判官归宣州因题赠》诗：“画堂檀板秋拍碎，一引有时联十觥(gōng)。”是说画堂之内歌女敲击檀板的节拍非常迅疾，节奏飞快。

拍板虽然不像丝竹管弦乐器那样能奏出不同的音调，但击打时因手法不同，也能奏出长短轻重不同的节奏，如同今天的快板儿，打得好也会出现很多花样，十分动听，唐时还有专门以拍板演奏成名的大腕儿呢。乐史《杨太真外传》卷上就说：“宁王吹玉笛，上（唐明皇）羯（jié）鼓，妃（杨玉环）琵琶，马仙期方响，李龟年觱篥，张野狐箜篌，贺怀智拍板。”这场乐器合奏，缺了拍板还真有点儿逊色。然而拍板毕竟属于简单乐器，所以我们能明白作者为什么要让金翠莲只是“手里拿串拍板”卖唱：她买不起其他乐器，才拿着最不值钱的拍板充数，表示卖唱穷人的身份。这就如同电影《洪湖赤卫队》里小红卖唱时只拿两根筷子敲击一只碗的意思相同。说白了，小红也好，金翠莲也好，都只能叫“清唱”，仅仅靠筷子或拍板打打节拍而已。

20. “定器”指什么

第七十二回里写宋江来到李师师那里，李师师接待他时，“尽用定器，摆一春台”。“春台”即饭桌，“定器”又是指什么呢？

简单说，“定器”就是北宋时定州窑烧制的陶瓷器皿。该窑址在今河北曲阳县的涧磁村，曲阳在宋代属于定州（今河北定州），故称涧磁烧制的陶瓷为“定窑”，它与钧窑、汝窑、官窑、哥窑并称为宋代五大名窑。北宋很长一段时间内，定窑生产的陶瓷，都是以花瓷为主。苏轼《试院煎茶》诗有“今时潞公煎茶学西蜀，定州花瓷琢红玉”之句，可以证明那时的定窑，还是以红色等彩瓷为主。大约到了北宋晚期，才以白瓷享誉世间。金代刘祁《归潜志》卷八记载了一个故事，说他父亲与友人联句作诗时，座间恰有一个定窑酒瓯，于是其父吟道：“定州花瓷瓯，颜色天下白。”据《曲阳县志》记载，白釉瓷器始于五代后期，但当时的工艺还不精湛，所以那时产的白瓷尚不为人所重。直到徽宗朝，定窑白瓷仍不能与钧瓷、汝瓷相媲美。究其原因，在于定窑的盘和碗等都有“芒口”。因为定窑的烧制工艺是仰烧而不是覆烧，这种工艺虽然提高了产量，却使盘、碗等器在烧制前刮去口边的釉质，出现了“涩口”，这种有芒口的器皿大受皇室的非议，所以尽管定瓷釉如白玉，美不胜收，仍然得不到徽宗的青睐，一直没能跻身于御贡之列。陆游《老学庵笔记》卷二说：“故都时定器不入禁中，惟用汝器，以定器有芒也。”这里所说的“故都时”，即北宋汴京为京都时，足见定窑白瓷名声鹊起，也只在士大夫或豪富之家而已，甚至最有鉴赏力的士大夫，也未必对它多感兴趣。譬如苏轼在哲宗末年（哲宗去世后即徽宗即位）任定州知州时所写的诗文里，无一语言及定州白瓷。像苏轼这样的博雅君子兼好事之徒，如果他对定州白瓷没有异议，是不会闭口不提的。尽管如此，那时候能用上“定器”的，肯定不是一般人家，所以施耐庵让李师师用这种瓷器，用得恰到好处，毕竟那也是很高雅的玩意儿，贵人不入眼，富人倒是可以拿来摆摆排场装装幌子。

定窑还有其他品种。《中国陶瓷史》第六章中说：“定县净众院塔基出土的定窑刻花瓶，除包镶银足外，还配有银质带花盖，也应属‘金装定器’，即带金属装饰的定器。”这种“金装定器”实现了金属与瓷器完美的结合，应该是十分精美的。

顺便对宋朝的其他名窑略作交代：钧窑故址在今河南禹州。初为一般性民窑，徽宗看中了其窑变的神奇，遂命该窑为宫廷烧制瓷器。钧窑利用铁和铜呈色的不同，烧制出蓝中带红、紫斑、月白等多种釉色，且每件瓷器的色泽和花纹都不相同，也就是说，任何一件作品都是全天下“独一无二”的，所以受到徽宗的赞赏。汝窑故址在今河南宝丰，宋代属汝州，故称“汝窑”。该窑以烧制青釉瓷著名，以烧制宫廷艺术品为主，故其器物多仿古青铜器造型，釉面有细小纹片，各不相同，巧夺天工，宋人最看重汝瓷，称之为诸窑之冠。官窑出现在徽宗政和至宣和年间，窑址在汴京左近，由官府设窑，烧造青瓷，故称“官窑”。主要作品有瓶、尊，也有仿古的鼎、炉、彝等。宋室南迁后，在杭州凤凰山下设窑，仍按原官窑的烧制工艺，所烧器皿只供内廷之用。官窑瓷器釉面也有裂纹，其裂纹较汝窑更大。哥窑也是南宋官办的瓷窑，窑址不详，也未见出土。有学者认为该窑即是南宋官窑之一。

21.“董将士”、“茶博士”表示啥意思

第二回写高俅在临淮遇赦，经柳世权介绍，到汴梁城“金梁桥下开生药铺的董将士”家暂时居处。接着又说：“（高俅）回到东京，径来金梁桥下董生药家，下了这封信。”后句的“董生药”，还是指开生药铺的董将士。这位“董将士”是姓董双名将士吗？从古小说介绍人物姓名的习惯，显然不是，因为如果他真叫“董将士”，作者肯定会说“姓董，名将士”。

其实“将士”是施耐庵写错了，正确的写法应该是“将仕”。同书第一百一十一回里也出现过这个词语，说柴进、张顺见了宋江，备说陈观父子交结方腊，早晚诱引贼兵渡江，来打扬州。下面又说到燕青扮作浙人到陈观门前，“与庄客唱诺道：‘将士宅上，有么？’”显然，陈观就是陈将士了。这陈观又是什么人呢？他既不是官员，也不是军人，只是扬州城外四十余里定浦村的一个富户。这里“陈将士”也应写作“陈将仕”才对。古书里“士”和“仕”经常混用，并不稀奇，连中国象棋中的双方谋臣，还

一边儿写成“士”，另一边儿写成“仕”呢。

但在这里我们就必须强调一下，否则就很难解释清楚。“将仕”是“将仕郎”的简称，是宋朝文官的阶官名。《宋史·职官志》十说：“叙阶之法：开府仪同三司至将仕郎为文散官。”意思是宋朝的文官官阶中，最高一阶叫“开府仪同三司”，最低一阶叫“将仕郎”。阶官又叫散官，这种制度是从隋朝开始的。《隋书·百官志》下说：“居曹有职务者为职事官，无职务者为散官。”这就很清楚了：当官的有具体职事的叫职事官，没有具体职事的就叫散官。拿今天军人打比方说：某师师长，这叫职事官，因为他有具体的职责；某大校，这叫散官，因为他虽然和师长同一级别，如果有任命，可能也是某师师长，但在没有具体任命之前，他只是个“散官”。宋朝这类官还有个更直接的名字叫“寄禄官”，也就是拿多少俸禄的最直接依据。比如前面说的师长，假定月工资一万元，那位什么都不干的“大校”同样拿一万元，一个子儿都不比供职的师长少。这么说您就更清楚了：宋朝官员的俸禄是依据散官官阶来定的，而不是依照你干什么职务来定。宋朝的文散官是个变动的概念，神宗元丰中初期定为二十四阶，到徽宗政和末年，已经扩展为三十七阶。现将常见三十二阶排列如下：开府仪同三司之下依次为：特进、金紫光禄大夫、银青光禄大夫、光禄大夫、正议大夫、通议大夫、太中大夫、中大夫、中散大夫、朝议大夫、朝请大夫、朝散大夫、朝奉大夫、朝请郎、朝散郎、朝奉郎、承议郎、奉议郎、通直郎、宣德郎、宣义郎、承事郎、承奉郎、承务郎、承直郎、儒林郎、文林郎、从事郎、从政郎、修职郎、迪功郎。

细心的读者一定发现，这三十二阶里并没有出现“将仕郎”啊。不错，“将仕郎”是徽宗崇宁年间（1102－1106）由“迪功郎”改的。此阶如果与“官”相对应的话，可以理解为够格担任州郡中的军巡判官、司理、司法、司户参军、县主簿、县尉等。可能有人会问：比县尉再低的官给哪一阶？对不起，比县尉再低的就不属于“朝廷命官”，没有“阶”给他了。比如县主簿，相当于今天的县办公厅主任，县尉相当于今天的副县长，这两位还勉强算是朝廷命官，再下面的这局长那主任的，古代统统称为“吏”（古代没有这么庞大的官府机构设置，所以宋朝的“官”俸禄才能较高。不像现在，一个县就有几十个职能部门，得多少税收养活他们哪）。“吏”属于“地方粮票”，吃地方税收，由州、县长官临时聘用并养活的主儿，朝廷不会给这些人发放一文钱的俸禄，确切地说，他们跟朝廷没有隶属关系，这些人的档案也不在吏部。

古代民间有个很有趣的习俗，喜欢拿官名讨好人。比如这个“将士”，实际上就是恭维有钱人（无官的富户，如财主、富商之类）的一个“俗称”——他根本就不是什么“将仕郎”，只不过给他戴顶高帽儿讨他高兴而已。类似的情况还有不少，比如开茶馆的称为“博士”，治病的称为“郎中”，理发的称为“待诏”，（有的地方称为“带罩”——给大人贵人理发，须自带伞罩类，以遮风雨或防人偷窥）称地方豪绅为“员外”等等。本书第二回写史进到了渭州，进了一间小茶馆，“茶博士问道：‘客官吃甚茶？’”如果按照古代贵贱尊卑理论解释，这些“将士”、博士”、“郎中”、“待诏”、“员外”都不属于贵人，充其量算是富人。中国传统观念是“贵”居首位，“富”在其次。人富了，就要惦记着“贵”，因为贵人有较高的社会地位，那是富人花多少钱也买不来的。既然买不来，干脆直接“享受”得了。

22. 老虎为什么叫“大虫”

第二十三回的回目叫《横海郡柴进留宾·景阳冈武松打虎》，文中写阳谷县贴出告示说：“为这景阳冈上新有一只大虫，近来伤害人命。”很显然，大虫就是虎，虎又叫大虫。

老虎为什么叫“大虫”？翻开《尔雅·释虫》一看就明白了：郝懿行

注解说：“或行或飞，或毛或蠃（luǒ），或介或鳞，以虫为象。”意思是说“虫”是动物之总名，有行走的虫，有飞翔的虫，有长毛的虫，有不长毛的虫，有长着甲壳的虫，有长着鳞片的虫——总而言之一切动物都是虫。可能有读者怀疑我在开玩笑，这还真不是玩笑话。《礼记·月令》篇里就有不少相关的记载，如孟春之月，“其虫鳞”；仲夏之月，“其虫羽”；季夏之月，“其虫倮（luǒ）”；孟秋之月，“其虫毛”；仲冬之月，“其虫介”等等。戴德的《大戴礼记·曾子天圆》篇说得更清楚：“毛虫毛而后生，羽虫羽而后生，毛羽之虫，阳气之所生也。介虫介而后生，鳞虫鳞而后生，介鳞之虫，阴气之所生也。唯人为倮匈（胸）而后生也，阴阳之精也。”又说：“毛虫之精者曰麟，羽虫之精者曰凤，介虫之精者曰龟，鳞虫之精者曰龙，倮虫之精者曰圣人。”后一段话很有意思，龟、龙、麟、凤“四灵”分别为介、鳞、毛、羽四虫之精粹，又加上人，说人也是虫，只不过是没有毛的“裸虫”而已。裸虫的精英就是圣人。

仔细想想也没什么不对，人和其他动物既然都是动物，当然就都是“虫”类。过去有人总认为自己已经脱离了动物范畴，如果请您仔细归类，您能把人归到哪一类呢？归来归去，最终不还是动物嘛。古人早有这方面的认识，比如晚唐罗隐的《夜泊义兴戏呈邑宰》诗：“溪畔维舟问戴星，此中三害有图经。长桥可避南山远，却恐难防是最灵。”义兴（今江苏宜兴）这地方曾有“三害”（水中有蛟龙，山中有白额虎，外加小混混周处本人），晋朝人周处为了逞强，为乡里除了两害，自己也幡然醒悟，等于除了三害。罗隐的意思是说老虎和蛟龙都可以避开，最难防范的倒是那些恶毒无比的“人”——最灵者人嘛。

以上所说的内容如果读者能够接受，那么老虎称为“大虫”就迎刃而解了：个头儿大嘛，所以叫它“大虫”，多形象啊。如同蛇身很长，所以北方人称之为“长虫”，个头儿太小的“可怜虫”，古人就称之为“昆虫”，用到今天也没改变，甚至还有一门学问叫“昆虫学”。没人会把这门学问理解成研究老虎的吧？

23. “岳庙”、“三牲”和“刘李王”

“刘李王”这个词在书中只出现过一次。第二回写八十万禁军教头王进打算逃出汴梁城，对张牌说：因日前患病，曾打算到酸枣门外的岳庙烧香还愿。他吩咐张牌到庙里去嘱咐庙祝，明天一大早儿要去烧头一炷香，并“要三牲献刘李王”。

先说“岳庙”。岳指的是五岳，所以“岳庙”就有好几种理解。如果是同祀五岳的庙，就叫“五岳庙”，如果只祭祀一岳，则称为“中岳庙”、“南岳庙”等。宋代五岳是必祀之神，所以岳庙在五岳所在地都有庙，如中岳庙在河南府（今河南洛阳），南岳庙在潭州（今湖南长沙），东岳庙在泰安（今山东泰安）等。北宋的京城汴梁，既有五岳观，又有东岳庙。《汴京遗迹志》卷十载，五岳观在南薰门外街西，“宋时建，以奉五岳之神”。“观”也是庙的意思。同书卷十一又载：“东岳庙在城内东隅，祀泰山之神。”也就是说，当时的汴京共有两座岳庙，一座是合祭五岳的“群庙”，另一座是单祭泰山神的“东岳庙”。王进所说的“岳庙”应该是指那一座庙呢？下面“刘李王”三字告诉我们：他指的肯定是东岳庙。至于施耐庵说“岳庙”在“酸枣门外”，可能与事实有些误差，酸枣门是汴京北三门的中门，而《汴京遗迹志》说东岳庙在城的“东隅”，那就应该在曹门附近才对。

再说“三牲”。这个词可太古老了，从打上古时起，祭祀就有“三牲”、“二牲”、“一牲”的说法。《礼记·礼器》里说：“太庙之内敬矣。君亲牵牲，大夫赞币而从。”又说：“三牲鱼腊，四海九州之美味也。”很明显，“三牲”指的是君王在太庙祭祀时献给祖宗神明的食物，具体来说，就是牛、羊、猪。古代很多仪式里都有杀牲祭奠的节目，如《孟子·梁惠王》篇里记载一个故事说：梁惠王坐在堂上，有人牵着一头牛从堂前经过。惠王问他要把牛牵到哪儿去。牵牛人回答说："将以衅钟。"也就是要用此牛祭奠刚刚铸成的新钟。惠王顿生恻隐之心，命道："赶快把它放掉，我实在不忍心看它那瑟瑟发抖的样子。"牵牛人做了难，问："然则废衅钟与？"梁惠王说：衅钟是大事，怎么可以废除？"以羊易之"！意思是说你不会换只羊去"衅钟"吗？咱们别管梁惠王有多缺心眼儿，只看这段话，便知道这个仪式应该是"一牲"级的祭祀活动。至今人们到庙里去求神，也会带些食物摆放在灵前，就是先秦祭奠仪式的遗迹。王进说要到岳庙上"三牲"，表示这次还愿敬神非常虔诚，用了最高的规格来感谢神的佑助。这里所说的"三牲"当然不可能像先秦一样牵来一头牛、一只羊和一口猪，仅仅是象征性地摆上三盘熟肉而已。

最后来说"刘李王"。按说这里的"刘李王"应该是指泰山神所封的王。但泰山神在宋朝以及宋朝之前的确没有这么个封号。《宋史·礼志·吉礼》说："真宗封禅毕，加号泰山为仁圣天齐王，遣职方郎中沈维宗致告。"这是宋朝第一次给泰山神加封。不久祀汾阴，再次加封为"天齐仁圣帝"。此前唐玄宗也封过一次泰山，给泰山神加封过"天齐王"，时间在开元十三年（《旧唐书·礼仪志》三）。也就是说，唐、宋两朝里，东岳的封号都没离开"天齐"，王进所说的"刘李王"又是指哪路神仙呢？清人程穆衡《水浒传注略》说"刘李王"指两位神仙，刘王叫刘焕，李王叫李长兴。且云："道家以刘、李郡王皆东岳掌案。刘郡王主东方，塑象面青；李郡王主西方，塑象面白。"这个解释极为简略，要命的是没有注明出处，不知道他的依据是什么，仅凭他随便一说，当然不能全信。但程氏既然说得有鼻子有眼儿，甚至东方主青、西方主白也很符合传统五行之说，想必又不是在凭空杜撰。我查遍相关资料，也没找到任何关于"刘李王"的线索，甚至连刘焕、李长兴这两个人的名字都难觅踪影。如果刘焕、李长兴真的是封过"郡王"的主儿，道藏文献中不会不留下蛛丝马迹，所以我怀疑这两位很可能是民间附会出来的“土神仙”，即在某一地域内供奉的神仙。

“郡王”属于古代官制中的爵位范畴，始于西晋时期。也就是说，这两位即使实有其人，也肯定是晋朝以后的人，甚至可能更晚些，因为晋代封郡王的都是宗族成员，异姓人是享受不到这种待遇的。唐代之后，郡王方可以授予异姓。据此，刘焕、李长兴应该是唐朝人，他们这个“郡王”究竟是朝廷封的，还是死了以后由泰山神封的，就不得而知了。

24. 东京大相国寺

第五回说到鲁智深闯了大祸，智真长老介绍他到东京大相国寺去投奔智清禅师。

大相国寺是汴京最著名的佛寺之一，相传此处本是战国时期魏公子信陵君的故居。作为佛寺，它的历史也可以追溯到南北朝时北齐高洋在位的天保六年（555），当时此寺称为“建国寺”，后来渐废。据《汴京遗迹志》（中华书局 1999 年 12 月版）卷十载，到了唐朝，为郑审的宅园。检新、旧《唐书》，均无郑审传记，当是“郑景”之宅，此乃点校者不察之误。武则天时期，游方僧人慧云见此宅后园池中有梵宫影像，于是募集资金，铸造了一尊一丈八尺高的佛像，并在此地重新建寺。此时为唐睿宗刚刚登基（710）。在开挖地基时，意外掘出一块旧建国寺石碑，于是此寺仍以“建国”为名。次年，睿宗因登基前曾封为相王，故敕命改寺名为“相国寺”。不少人以为此寺与某位“相国”有关，仅仅是出于猜想而已。程大昌《演繁露》载，此寺原来的匾额为“相国之寺”，后来帝王认为“之”字太累赘，于是命去掉“之”字，另外加上一个“大”字，便成了一直传到今天的“大相国寺”了。程大昌很实事求是地说：这个传闻不知起于何时。那就由我来回答他吧：“大相国寺”之称，起于宋太宗至道二年（996）五月壬辰。您往下看我征引的《燕翼诒谋录》卷二文字，就全清楚了。

这座寺院虽然历史悠久，却称得上历经磨难。唐昭宗大顺年间（890—891），此寺曾遭火灾焚毁，不久重修。另据宋蔡絛《铁围山丛谈》卷五载，北宋开国之初，太祖赵匡胤有毁佛寺之心。有一天他微服闲行到大相国寺，天将昏黑，见一个醉汉倒在一小院旁又吐又骂，他感到很恶心，于是快步行过。谁料那醉汉一把将他的腿抱住，对他说：“快入夜了，你赶快给我回宫里去，否则会有人加害你。”赵匡胤心有所动，于是匆匆回宫。就因为这件事，赵匡胤打消了废佛之想，大相国寺得以安然保存。

大相国寺在北宋时期是京城地标性寺院，寺内有大量前朝珍宝。宋人郭若虚《图画见闻志》卷五载该寺十绝为：一、大殿内安放的慧云所筑弥勒佛；二、唐睿宗于延和元年（712）七月二十七日改建国寺为相国寺的御书牌额；三、匠人王温重装圣容；四、佛殿内吴道子画文殊及维摩像；五、供奉李秀刻佛殿障日（用来遮蔽日光的墙壁）九间；六、唐明皇天宝四载（745）令匠人边思顺修建的排云宝阁；七、阁内西头石抱玉所画《护国除灾患变相》；八、开元十三年（725）封禅东岳时，车道政所画的天王像；九、瑰师所画《梵正帝释》及《法华经二十八品功德变相》；十、西库北壁僧智俨画《三乘因果入道位次图》。当时名流也经常在这里留下墨宝。如太宗朝原南唐李煜的嫔妃乔氏闻知李煜死讯后，将李煜亲笔书写的金字《心经》供奉于西塔院；苏轼于元祐三年（1088）八月五日所题与苏辙等五人前来观看驸马都尉王晋卿所画墨竹手迹，以及苏轼词《哨遍》的草书刻石等。

又据宋人王栐（yǒng）《燕翼诒谋录》卷二载：“东京相国寺，乃瓦市也。僧房散处，而中庭两庑可容万人，凡商旅交易，皆萃其中，四方趋京师以货物求售转售他物者，必由于此。”什么叫“瓦市”呢？宋朝的瓦市是集货物贸易、曲艺杂耍表演为一体的、汇集各样杂货、三教九流为一体的市场，可见大相国寺并不是人们想象当中的“佛门净土”。从这则记载可以推想，当时大相国寺的交易场面一定非常热闹，这或许是佛门涉足“市场经济”的典范吧。该书还说，“太宗皇帝至道二年，命重建三门，为楼其上，甚雄，宸墨亲填书金字额，曰‘大相国寺’，五月壬寅赐之。”可见太宗对于通过大相国寺进行京城大宗贸易的行为是相当赞成和鼓励的。这种习俗一直延续到北宋末。《东京梦华录》卷三《相国寺内万姓交易》记载得相当详细：“相国寺每月五次开放，万姓交易，大三门上皆是飞禽、猫犬之类，珍禽奇兽，无所不有。第二、三门皆动用什物，庭中设彩幕露屋义铺，卖蒲合、簟（diàn）席（今之凉席）、屏帏、洗漱、鞍辔、弓剑、时果、腊脯之类。近佛殿，孟家道院王道人蜜煎，赵文秀笔，及潘谷墨，占定两廊，皆诸寺师姑卖绣作、领抹、花朵、珠翠、头面、生色销金花样幞头、帽子、特髻、冠子、绦（tāo）线之类。殿后资圣门前，皆书籍、玩好、图画，及诸路散任官员土物、香药之类。后廊皆日者货术、传神之类。”

大相国寺入金之后逐渐萧条破败，直到明朝，才又开始大规模修复。此寺至今虽然历久弥新，毕竟不是当年那个大相国寺了。

25. 宋朝的酒

“酒”这个词在《水浒传》里出现得太频繁了，不管是史进、鲁智深还是宋江，动不动就得“吃酒”。武松就因为饮了“三碗不过岗”的烈酒，才把猛虎打死成为英雄的。要聊宋朝的酒，莫如就从“三碗不过岗”说起。

不管是古代还是今天，豪爽的山东人使用的碗都很大，不像江浙闽赣两广用的那种小碗，小小气气的让人难受。我有一次到一位上海朋友家吃饭，直吃到第五碗才落了个半饱儿，不好意思再去添饭，结果回到家又补了一个大馒头外带一块榨菜。玩笑归玩笑，今天北方人用的碗的确不小，就拿一般的碗来说，如果装酒，少说也得装大半斤，大约七八两是没太大问题的。三碗加起来应该是两斤上下。如果喝今天的白酒或曲酒，就算是低度 45 度或 38 度酒，估计也没几个人能喝两斤，更别说 65 度开外的衡水老白干儿或东北高粱酒了。而这“三碗不过岗”仅仅是酒家夸口的话，武松大哥可是喝了十五碗的主儿啊。按一碗半斤算，十五碗已经七斤半，再豪饮的壮汉也喝不了这么多白酒，那他血液中的酒精浓度得多高？还不得烧死？除非是啤酒还差不多。

您真算是说对了。北宋的酒完全不是今天白酒和曲酒的概念，其度数真的和今天的啤酒差不多，北宋以前的酒，就是直到今天还有很多人喜欢喝的“米酒”。有专家考证说，宋朝是米酒和蒸馏酒交叉的朝代，也就是说，今天所谓的白酒或曲酒，也应该出现在宋朝。最有力的证据是 1975 年在河北青龙县出土的一套铜制蒸酒器，包括蒸酒锅和下面的容器，保存得相当完好。据专家考证，这套蒸酒器最迟铸造于金世宗大定年间，也就是南宋高宗绍兴末至孝宗淳熙中期（约 1161－1189）。宋江起义在徽宗宣和年间（1120－1122），比出土的蒸酒锅早四十年左右，那时候还真没有蒸馏酒出现——没有蒸馏酒的工艺，就不可能出现高度数的酒。

这一点还可以从苏轼的“造酒史”得到证实。苏轼是个很好事儿的人，尤其是被贬到惠州、儋州的晚年，反正不当官了，于是经常自己造酒。本人所撰《苏轼文集编年笺注》卷七十三《真一酒法》说：“岭南不禁酒，近得一酿法，乃是神授。只用白面、糯米、清水三物，谓之‘真一法酒’。酿之成玉色，有自然香味，绝似王太驸马家碧玉香也，奇绝奇绝！白面乃上等面，如常法起酵，作蒸饼，蒸熟后，以竹篾穿，挂风道中，两月后可用。每料不过五斗，只三斗尤佳。每米一斗，炊熟，急水淘过，控干，候令人捣细白面末三两，拌匀入瓮中，使有力者以手拍实。按中为井子，上广下锐，如绰面尖底碗状，于三两曲末中，预留少许糁盖醅面，以裌（jiá，双层）幕覆之，候浆水满井后，以刀划破，仍更炊新饭投之。每斗投三升，令入井子中，以醅盖合，每斗入熟水两碗，更三五日，熟，可得好酒六升。其余更取醨者四五升，俗谓之‘二娘子’（即不是头曲的二曲），犹可饮。”这篇文字作于哲宗绍圣二年（1095），比武松打虎早二十多年。文中所述，完全是米酒的酿造方法。他说的“王太驸马”，就是本书第二回提到的驸马都尉王晋卿，可见当时王驸马家也仅仅是酿造米酒——“碧玉香”这个名称，听起来就带有米酒的特征。如果那时已经有了蒸馏酒，像王晋卿那样的超级贵族，能不开怀痛饮吗？即使到了元朝，也不是家家都能做蒸馏酒，米酒仍占主导地位。元杂剧郑廷玉《冤家债主》里有句道白说：“做下好酒一百缸，倒有九十九缸似头醋。”如果是蒸馏酒，就不可能像醋一样发酸。这说明那“好酒一百缸”也都是米酒。

我们也承认，“三碗不过岗”肯定是好酒，酒精度数相对要高些。其实造米酒和酿米醋原理相同，造得好，味道就重，否则味道就轻，甚至发苦，其工艺优劣和酿造者技术高低，全都表现在这上面。还拿苏轼开涮：您别听他自吹自擂，其实知情人都知道他酿的破酒根本没法喝，有段笑谈写在这里，与读者再一起笑一回。叶梦得《避暑录话》卷上有段文字讲：苏轼在黄州作蜜酒不佳，“饮者辄暴”。因为下蜜水腐败的原因。一试之后，决不再作。在惠州作桂酒，尝问其二子迈、过，亦一试之而止。二子语及，抚掌大笑。二方未必不佳，但公“性不耐事，不能尽如其节度。姑为好事，借以为诗，故世喜其名”。您瞧，苏老在黄州时自制的酒谁喝了谁拉稀，可还不认输，到了惠州又酿什么“桂酒”，还兴致勃勃地写了篇吹牛皮的文字《桂酒颂》。此酒酿毕，问他的两个儿子苏迈和苏过，当时苏迈、苏过肯定是大加赞扬，但每人喝一口后便决不再喝。事后与叶梦得说起老爹那坛子“桂酒”，拍着巴掌大笑不止。叶梦得的意思是，那酒方子未必不好，只是苏公这个人鬼点子太多性子又急，所以肯定酿不出好酒来。读文章的人不知底细，还以为苏轼啥都是内行呢。笑完了咱们还回到正题上：苏轼所酿，看得出还是米酒。《水浒传》第五十一回写雷横在郓城县观看艺人白秀英唱曲儿，白秀英张开手请他付钱时，雷横却因没带钱遭到一顿奚落："白秀英托着盘子，先到雷横面前。雷横便去身边袋里摸时，不想并无一文。雷横道：'今日忘了，不曾带得些出来，明日一发赏你。'白秀英笑道：'头醋不酽彻底薄。官人坐当其位，可出个标首。'雷横通红了面皮道：'我一时不曾带得出来，非是我舍不得。'"您注意体会"头醋不酽（yàn）彻底薄"一句，意思是说酿出的醋，如果第一缸不浓酽的话，所有这批醋的味道会都很淡。"酽"就是浓厚、浓烈的意思。可见酒也好，醋也好，都有味道浓烈和不浓烈的差别。"三碗不过岗"的酒肯定是"酽"酒，酒精度比一般村酒会高许多，要不然店家也不敢挂起望子吹牛皮。然而不管多酽，终归还属于米酒那一类，是毫无疑义的。

《水浒传》中还有个词儿，也很能表示当时酒的酿造状态，就是"筛酒"。筛酒就是过滤酒，即把酒糟滤去，只剩能饮的酒浆。这种方法在春秋时期就有了。《左传·僖公四年》写齐桓公派管仲南下攻打楚国，管仲责问楚国使者说：你们楚国的包茅没有按时贡给天子，以至天子祭祀时"无以缩酒"——影响了天子的祭祀，该不该打你？"缩酒"就是"筛酒"。其后的酒也都需要"筛"掉酒渣子才能喝，所以古代很多书里都有"筛酒"这个词出现。有人解释说"筛酒"就是"斟酒"，实在是谬之千里，做这种解释的人完全不知道宋元以前的酒是真需要"筛"的。当然，卖酒的酒家未必一定要当着客人的面儿过滤酒渣，端到客人面前的酒，应该都是清酒了，但在后厨"筛"过，则是肯定的。如果当时已经是蒸馏酒，还筛什么？

原来武松喝的其实是较浓的"醪糟儿"，不是六十五度老白干儿也不是二锅头。哈！

26. “孤老”是指什么人

“孤老”究竟指什么人呢？一两句话还真说不清。咱们慢慢掰扯吧。第四回写鲁达打死镇关西后，逃到代州雁门县，碰上了在渭州酒楼救下的金翠莲父女。老头儿知恩图报，有意搭救“通缉犯”鲁达，对他说：如今翠莲已经给当地大财主赵员外当了外宅。“我女儿常常对他孤老说提辖大恩”。这句话中的“孤老”，显然指的是金翠莲的“老公”赵员外，尽管是外宅，有傍大款之嫌，但赵员外依旧可以称为金翠莲的“老公”。

第二十一回又出现了这个词，说唐牛儿急着找宋江报信。街坊们问牛儿：“唐二哥，你寻谁这般忙？”唐牛儿答道：“我喉急了，要寻孤老。一地里不见他。”众人又问：“你的孤老是谁？”唐牛儿说：“便是县里宋押司。”唐牛儿只是受过宋江帮助的一个里弄小混混儿，居然也自作多情地将宋江称作“孤老”。这样看来，此处的“孤老”理应是指“靠山”。人们不是常说“背靠大树好乘凉”吗？在这里，“孤老”就是那颗“大树”。《汉语大词典》将此词解释为“商贩称主顾”，不知从何说起：唐牛儿与宋江间的关系和商贩与主顾的关系，可谓风马牛不相及。

同一本书里，不同语言环境下的“孤老”表示的意义全然不同，这也正是唐宋时期民俗语言的一大特点。其实此词表示的词义还远不止“丈夫”、“靠山”这么两个。《二刻拍案惊奇》卷三十八《两错认莫大姐私奔·再成交杨二郎正本》说莫大姐落入烟花巷之后，“有时接着相投的孤老，也略把这些前因说说”。意思是莫大姐偶尔遇到个能说体己话的嫖客，便把自己的身世对嫖客诉说一番。这里的“孤老”意义限定很窄，专指妓院里的嫖客。这个意义在古典小说里见得很多，如《金瓶梅词话》中，除了称西门庆是李娇儿、潘金莲等人的“孤老”之外，大多是指嫖客而言。关于这一点，《警世通言》卷三十一《赵春儿重旺曹家庄》中还有更详细的解说：“原来妓家有这个规矩：初次破瓜的，叫做‘梳栊孤老’。若替他把身价还了鸨儿，由他自在接客，无拘无管，这叫做‘赎身孤老’。但是赎身孤老要歇时，别的客只索让他，十夜五夜，不论宿钱，后来若要娶他进门，别不费财礼。又有这许多脾胃处。”不管是“梳栊孤老”还是“赎身孤老”，都没有离开妓院。《荡寇志》第七十七回《皂荚林双英战飞卫·梁山泊群盗拒蔡京》里还有这么一段故事，说高封“年轻时也从男风上得了功名，后来反把他孤老害杀”。由此可见，“孤老”还可以用指同性恋中的男妓（这就肯定不是在妓院了，古代可没有专门的男妓院）。

我们发现，“孤老”一词最早使用在元朝人汤式的散曲《一枝花·子弟每心寄青楼爱人》曲：“恁如今模样正娇，年纪儿又小，则不如觅个知心俊孤老。”再早些的文学作品中，绝没有出现过这个词。有趣的是，清朝文字学家朱骏声《说文通训定声·豫部》说：“《声类》：婟嫪（hùlào），恋惜不能去也。按：今俗谓女所私之人曰孤老，其遗语也。”我们姑且不论“孤老”是不是“婟嫪”的遗语（清朝语音文字学家最崇尚“音转”之说，未必全有道理），单看他的按语：“女所私之人曰孤老”，大致上限定了此词的范畴，即“非正妻的女子赖以生存的男子或所喜爱的男子”叫做“孤老”。这个解释很有道理，我们可以发现：金翠莲给赵员外当的是“外宅”，莫大姐接的是嫖客，李娇儿、潘金莲等人相对于西门庆，往好里说是偏房小妾；往赖里说，跟傍大款讨生活没太大区别，也属于“女所私之人”，而不是“女所嫁之人”。汤式散曲中所说“觅个知心俊孤老”，很明显也是劝这些妓女赶快寻个出路，给“俊孤老”当个外宅，图个生活有靠儿。

这个意义与上述诸例不符的是《荡寇志》，然而这种不符仅仅是将女子托付男子扩大为同性恋而已，所以从广义来看，仍合于“所私”的范围。唯独唐牛儿将宋江称为“孤老”，则属于施耐庵自作主张的“特殊用法”，与朱骏声的解释合不上。至此可以下结论了：一、“孤老”一词是元朝到清朝之间使用的俗语，元朝以前没有此词；二、它的基本意义是指非婚女子恋爱或依傍的男子，以求生计之满足或性爱之满足；三、偶尔可以用来表示同性恋中交往的男女。施耐庵在《水浒传》中使用此词，属于以元朝词语写宋朝故事，且明显带有扩大化倾向，将宋江说成唐牛儿的“孤老”，已经超出了此语的基本意义范畴。

27. 铁匠也可叫“待诏”

前面提到，古代理发匠往往称“待诏”，其他人等也能叫“待诏”吗？《水浒传》里一共出现了三种“待诏”。先看第一种：第二十回《梁山泊义士尊晁盖·郓城县月夜走刘唐》里提到赤发鬼刘唐“去路边一个篦（bì）头铺里问道：‘大哥，前面那个押司是谁？’篦头待诏应道：‘这位是宋押司。’”“篦头待诏”就是理发匠。古时候男女都不剃头，认为头发是“父精母血”所孕育，剃掉就是对父母的大不敬。但头发还是需要梳理的，所以干这营生的人也不愁没生意。第二十八回《武松威镇安平寨·施恩义夺快活林》写武松被押解孟州时遇见施恩。天明起来，才开门，便见“那个人提着桶洗面汤进来，教武松洗了面，又取漱口水漱了口；又带个篦头待诏来，替武松篦了头，绾上髻子，裹了巾帻”。这就更清楚了：篦头待诏为武松做的是“篦头”、“绾髻”、“裹巾”三件事，和今天用剃头剪刀剃去很多头发完全不同，与美容院为人收拾头发却有相似之处。

再看第二种：第四回《赵员外重修文殊院·鲁智深大闹五台山》写鲁智深想打一条铁禅杖，于是走到铁匠铺门前，见三个人打铁。便道：“兀那待诏，有好钢铁么？”接着又说“那打铁的看见鲁智深腮边新剃，暴长短须”，“待诏住了手道：‘师父请坐’”以下大段都是鲁智深和这个“待诏”的对话。很显然，这里所说的“待诏”指的是铁匠。

还有第三种：第七十九回《刘唐放火烧战船·宋江两败高太尉》中说到济州有个奸狡老吏王瑾给高俅献策说：“这个写草诏的翰林待诏，必与贵人好，先开下一个后门了。”这里的“待诏”是朝廷专门草拟圣旨的“翰林待诏”，这才算说到点子上：“待诏”原本就是听候皇帝召唤以备顾问的官，唐朝以后有了“翰林待诏”，又是专门替皇帝写圣旨的官，原本跟梳头师傅、打铁匠人毫不相关。《文选》扬雄《甘泉赋序》说汉成帝时，“召（扬）雄待诏承明之庭。”张铣注解说：“待诏，待天子命也。”那时候的待诏仅仅备皇帝不时顾问，属于“值班学者”。这种习俗一直延续到唐朝，所以唐朝有医待诏、画待诏等，都是专家一流的人物。《旧唐书·职官志》二的注文中有段话讲得言简意赅，先说“其待诏者，有词学、经术、合炼、僧道、卜祝、术艺、书奕，各别院以禀之，日晚而退。”从高祖武德至太宗贞观年间，有温大雅、魏徵、李百药、岑文本、许敬宗、褚遂良。高宗永徽以后，有许敬宗、上官仪，都被“召入禁中驱使”，但当时还没有名目。乾封年间（666－668），刘懿之刘祎（yī）之兄弟、周思茂、元万顷、范履冰，“皆以文词召入待诏，常于北门候进止，时号‘北门学士’”。玄宗即位后，张说，陆坚、张九龄、徐安贞、张垍（jì）等召入禁中，谓之“翰林待诏”。其后又讲说了这些“翰林待诏”在唐朝的演变过程：“王者尊极，一日万机，四方进奏、中外表疏批答，或诏从中出。宸翰所挥，亦资其检讨，谓之‘视草’，故尝简当代士人，以备顾问。至德已后，天下用兵，军国多务，深谋密诏，皆从中出。尤择名士，翰林学士得充选者，文士为荣。亦如中书舍人例置学士六人，内择年深德重者一人为承旨，所以独承密命故也。德宗好文，尤难其选。贞元已后，为学士承旨者，多至宰相焉。”这后一段话的意思是：最初的“待诏”仅仅是备皇帝顾问的各方面专家。其后这些人开始接触朝廷机要，并有资格对一些重大决策提出他们的看法和建议。玄宗下台肃宗即位之后，天下已经乱得不成样子，很多圣命不能再按照正常渠道（一旦泄密，后果不堪设想）下达，于是朝廷设立了一个新的临时性部门，叫做“翰林院”，在这里上班的都是皇帝的亲信，专为皇帝起草绝密级圣旨（这些圣旨大都通过“点对点”的特殊渠道下达，而不再是逐级下达）。这些人的“学名”已经改成“翰林学士”，小名儿还叫“翰林待诏”——他们是正宗的“待诏”，所以咱们说第七十九回的“待诏”才算说到点子上。

还回到“理发师傅”和铁匠称“待诏”上来，这里更多是打趣的成分，不过二者也有相似之处：翰林学士是“等待人招呼”，理发匠和铁匠也是“等待人招呼”，咋就不能用“待诏”过把瘾呢？

28. “端公”、“观察”是啥人物

第八回写林冲刺配，董超、薛霸二人押解。董超正在家里拴束包裹，巷口酒店的酒保来说道：“董端公，一位官人在小人店中请说话。”作者特地补充说明一句：“原来宋时的公人，都称呼‘端公’。”也就是说，在宋朝，凡在官府里负责押解罪犯和看守牢狱的衙役，都可以叫“端公”。这和剃头的叫待诏、治病的叫郎中、打铁的叫将士道理相同，都属于“美化性”称谓。

真正的“端公”指的是什么官呢？唐朝时，端公是对侍御史的别称。唐李肇《唐国史补》卷下说：“侍御史相呼为端公。”《通典·职官》六说：“（侍御史）台内之事悉主之，号为‘台端’。他人称之曰‘端公’。”宋洪迈《容斋四笔》卷十五《官称别名》列举了唐朝很多官名的别称，今录御史台官员的别称如下：“御史大夫为亚台，为亚相，为司宪；（御史）中丞为独坐，为中宪；侍御史为端公、南床、横榻、杂端，又曰脆梨；殿中

（侍御史）为副端，又曰开口椒，监察（御史）为合口椒。”按照唐朝御史台的编制，御史大夫一员，御史中丞二员，侍御史四员，殿中侍御史六员，监察御史十员，加起来不过二十几个人，有时候还缺员，为什么会有那么多“外号”呢？宋人徐度《却扫编》卷下道出其中原委说：唐肃宗以后，各道节度使的参佐人员都要挂个御史台官的名号，当时称之为“外台”。“自方镇及宾佐幕职，下逮卒伍之长，莫不领中丞、大夫、御史之名，名器之滥，莫甚于此。”意思是说唐朝是人物不是人物的芝麻官，只要是替朝廷办事，都兼个御史中丞、侍御史、监察御史之类的台官，听起来很爽嘛。所以唐朝真正在台办公的侍御史虽然只有四人，可“兼任”侍御史的，同一时间内就会有几十个甚至几百个。这些人可能只是普通的“处级”甚至“科级”小官，一旦“兼”了侍御史，也彼此互称“端公”，好像他们真成了侍御史一样。其实这些人中的绝大部分，连御史台的门儿朝哪边开都未必知道。

这些人倒也罢了，再低微也还算是朝廷命官。宋朝把押解刑徒的衙役呼为“端公”，就大为可笑了。事实究竟是不是如施耐庵所说呢？这种用法在元杂剧、明代白话小说中还真找不到佐证，这就很有可能是施耐庵自己的“发明创造”了。冯梦龙的《警世通言》卷三十六有一篇《皂角林大王假形》倒是用过这个称谓。文中说北宋宣和年间，广东新会知县赵再理任满北归时遇到了鬼，那鬼冒充赵再理先自归家。此事惊动开封府，府尹判真知县赵再理投送兖州奉符县牢城拘管。赵再理被押途中，“公人对赵再理道：‘官人，商量句话。你到牢城营里，也是担土挑水，作塌杀你，不如就这里寻个自尽。非甘我二人之罪，正是上命差遣，盖不由己。我两个去本地官司讨得回文。你便早死，我们也得早早回京。’……恰才举棍要打，只听得背后有人大叫道：‘防送公人不得下手！’”赵再理由此得救。“来到奉符县牢城营，端公交割了。……端公便安排书院，请那赵知县教两个孩儿读书。”这里的“端公”，应该指牢城的总管；而职如董超、薛霸的押解衙役，只被称作“公人”，是两个不同层面的职务。虽然很难说清是《水浒传》准确还是《警世通言》准确，起码我们认为《警世通言》的说法更合乎情理，因为牢城总管呼为“端公”，接近唐朝的“外台”；衙役呼为“端公”，实在是没来由。

与此相类的还有个“观察”。第三回写鲁达打死镇关西以后匆匆逃走，“王观察领了公文，将带二十来个做公的人，径到鲁提辖下处”。第十七回写晁盖等梁山好汉智取生辰纲后，济州知州委“三都缉捕使臣”何涛负责侦破此案。何涛的弟弟何清来到何涛家，何涛没给他好脸色。何清很不忿儿，对嫂子诉苦说：“哥哥忒（tè）杀欺负人！我不中，也是你一个亲兄弟。你便奢遮杀，只做得个缉捕观察。便叫我一处吃盏酒，有甚么辱没了你?”这里“缉捕使臣”和“观察”并提，显然意义是等同的。第五十六回里写时迁盗走了徐宁的锁子甲，邻舍告诉徐宁说：“娘子在家失盗，等候得观察，不见回来。”第七十二回写燕青、柴进等来到东京，想把徽宗御屏风上四大反贼中的“山东宋江”四个字抠掉，但要进大内，就必须弄身官军衣服才行。于是燕青出了店门，恰好迎着个老成的班直官。燕青上前唱喏说道：“小人的东人和观察是故交，特使小人来相请。”然后忽悠问道：“莫非足下是张观察?”那人答道：“我自姓王。”燕青随口糊弄道：“正是教小人请王观察，贪慌忘记了。”于是王观察跟随燕青来到楼上。燕青揭起帘子，对柴进道：“请到王观察来了。”前两例中的“观察”，从前后文意即可判断出指的是州府里的捕快。第三例把禁军金枪班教头徐宁也称作“观察”，则与捕快的意义大有区别。第四例中燕青诓骗的“王观察”具体身份是节日期间负责京城治安的下级军官，其所隶系统仍属三衙禁军。由此可知，施耐庵笔下的“观察”，除了指捕快之外，还包括军队里负责城市治安巡捕等事务的下级军官，其职责大都与治安、巡捕有关，这也是世俗人对这类衙役或下级军官的“谀称”。那么真正的“观察”又是指什么人呢?

唐代在中央以下、州府以上设“道”，道里的最高军政长官叫节度使。有些道的等级够不上节度使，或在军事重要性上次于节度重镇，则设观察使，其官阶和官品往往略次于节度使，但节度使、观察使总体属于同一层面的官员。《通典·食货》十一："诸道节度使、观察使多率税商贾，以充军资杂用。"可见二者在职限上没有区别，只是节度使出任时，朝廷赐以旌节，而观察使出任时，这一套礼数就免了。高承《事物纪原》卷六载，观察使最初置于唐肃宗至德元年（756），还有一种说法是初置于乾元元年（758），前后相差无几。此后节度使、观察使大量增加，甚至哪个地区当为节度职哪个地区当为观察职，连朝廷都难以分清了，于是很多节度使则兼任观察使。有些军阀占的地盘儿实在太小，对朝廷的要挟力相对有限，这类地区的官员也往往还以"观察使"为名。总而言之，节度使、观察使都是唐朝中央之下节镇中的最高军政长官，前期相当于今天的"省"里的军政一把手，甚至监察、财赋等事也是这些节度使、观察使说了算。中后期以来，节度、观察所辖的地盘越来越小，但仍能控制三四个州郡，并兼领所在州的刺史。唐人对节度使和观察使都称为"节帅"。宋代虽然还保留了节度使、观察使之名，但已没有实际权力，仅仅是个虚衔，所以宋朝的节度、观察，只是名义上相当于唐朝的节度使、观察使，实际权力却完全无法与唐朝相比。再回到《水浒传》里看这几个"观察"，都是连品级都没有的杂役或治安联防队员甚至城管队员、连排编制中的低层次教员，和唐朝那些省级、副省级高官根本没有可比性，这不是与将看守牢狱的衙役称为"端公"一样有趣吗？中国人特别好虚荣爱面子，可不是从今天才有的，古代也是如此。

29. 樊楼始末

第七回写高俅为其螟蛉之子高衙内设计陷害林冲，假装让虞候陆谦请林冲到樊楼喝酒。第七十二回又提到宋江和柴进到汴京天汉桥去看鳌山。“正打从樊楼前过”。可见樊楼是当时东京的“地标性”建筑，是最高档的“五星级”酒楼。明朝小说里也屡屡提到它。《醒世恒言》第十四卷有篇叫《闹樊楼多情周胜仙》，直接把故事背景定格在樊楼了。文中交代说，大宋徽宗朝，“东京金明池边有座酒楼，唤作樊楼”。《古今小说》第十一卷《赵伯升茶肆遇仁宗》中也提到“见座酒楼，好不高峻，乃是有名的樊楼”。这樊楼有什么来历呢？

第一个问题，首先要弄清这座大酒楼在啥地方。李濂的《汴京遗迹志》卷八说，此楼与潘楼、欣乐楼等高档酒楼都在“土市子街”。按照《东京梦华录》卷一描述的具体方位，此街在皇城的东南方，潘楼再往东即是。宋人吴曾《能改斋漫录》卷八讲得更具体，说此楼在皇城以东的东华门外。北宋皇城以东有两条南北向的大街，靠近皇城根儿的一条北出内城景龙门、外城通天门，东华门就在这条街上，是个东西向的门；稍东一条街北出内城安丘门、外城永泰门。也就是说，樊楼在这两条大街之间，离皇城不算远。如果我们把今天北京的故宫比做当年汴京的皇城，那么樊楼的位置大致在北河沿大街与王府井大街之间的灯市口西街上。

第二个问题是：这座酒楼为啥叫“樊楼”。其实“樊楼”只是个俗称而已，此楼最早叫“白矾楼”，又叫“矾楼”，大约在北宋徽宗朝，又改名叫“丰乐楼”。《能改斋漫录》卷八说：“京师东华门外景明坊有酒楼，人谓之‘矾楼’。或者以为楼主之姓，非也。本商贾鬻矾于此，后为酒楼。

本名‘白矾楼’。”可见就连宋朝稍晚一点的人，对此楼的来历都不很清楚，要不是吴曾作此解释，还真以为是位姓樊的大经理经营的酒楼呢。闹了半天此楼最初是因为“矾商”进京在此楼卖白矾而得名，想来当时颇有“矾商会”的意味。叫“白矾楼”一般人不会产生误解，省略成“矾楼”，久之便容易让人误以为“姓矾的人”所开酒楼，《百家姓》里没有“矾”姓，于是相传久了，人们自然给它来了个“规范化”，把“矾楼”改成“樊楼”。尽管民间称此楼为“樊楼”，帝王可从来没这么称呼过。《东京梦华录》卷一说，当时汴京巧匠甚多，都住在马行街东、西两巷，小工小匠所居之处通往鸡儿巷妓馆，大工大匠所居之处通往白矾楼，“后改为丰乐楼”。究竟哪代帝王改名丰乐楼，书里没作具体的交代，但作者紧跟着说：“宣和间，更修三层相高。五楼相向，各用飞桥栏槛，明暗相通，珠帘绣额，灯烛晃耀。”我们大致推测，樊楼改名丰乐楼，应该在徽宗一朝。周密《齐东野语》卷十一提到此楼“乃京师酒肆之甲，饮徒常千余人”。可见称之“五星级”大酒楼毫不夸张。

第三个问题是：樊楼原本是“商会”性质，什么时候正式改为酒楼的呢？这就很难说清楚了，我们只能根据现有的记载推测，大约不晚于宋朝第三代皇帝真宗时期。文莹《湘山野录》卷上《日本国忽梯航称贡》条说，大中祥符年间，日本上贡，真宗甚喜，命翰林学士撰写圣旨。谁知这位学士水平不高，平常都是让属下小官张君房代笔。这一回任务紧迫，学士却到处找不到张君房，急得抓耳挠腮。此时张君房“醉饮于樊楼，遣人遍京城寻之不得”。可见那时樊楼已经是公开营业的商业性酒楼了。张舜民《画墁录》里还记载神宗元丰年间，西北名将种谔“期集于樊楼”，又可见当时樊楼为“京师第一名楼”是毫无疑问的。《宋人轶事汇编》卷十四引《青泥莲花记》里有个小故事也和此楼有关，书中说徽宗经常到李师师那儿瞎混，李师师的夫婿贾奕吃醋，写了一首《南乡子》词：“闲步小楼前，见个佳人貌类仙。暗想圣情浑似梦，追欢，执手兰房恣意怜。一夜说盟言，满掬沉檀喷瑞烟。报道早朝归去晚，回銮，留下鲛绡当宿钱。”

如此讽刺当朝皇帝，您说这不是找死吗？果然，贾奕因此被贬到海南岛受罪去了。宣和六年（1124），徽宗册李师师为李明妃，将李师师所在的金线巷改名为小御街。“樊楼乃丰乐楼之异名，上有御座，徽宗时与师师宴饮于此”。这段记载类似于戏说，但起码在作者心目中，樊楼是连徽宗都喜欢去的地方。难怪明朝人一写到宋朝汴京，都拿樊楼当故事背景。

30. 岳父为何称为“泰山”

第八回写林冲受高俅陷害刺配从军，他丈人张教头来为他送行。林冲对老丈人说：“泰山在上，年灾月厄，撞了高衙内，吃了一场屈官司。今日有句话说，上禀泰山：自蒙泰山错爱，将令爱嫁事小人，已至三载。”

老丈人最早称为“外舅”。《尔雅·释亲》中说：“妻之父为外舅，妻之母为外姑。”讲得明明白白。那么“丈人”之称又是从何时开始的呢？宋人庄绰《鸡肋编》中说唐人柳宗元称其妻父杨詹为“丈人”，是妻父称“丈人”之始。清人赵翼《陔余丛考》不同意庄绰的说法，他认为早在晋朝，就有这个习俗了（见该书卷三十七）。至于称老丈人为“泰山”，很多人也都心知其义。但细究其源，可能就有人说不清楚了。这个称呼最早起于唐朝，说来也很有意思。唐段成式《酉阳杂俎·语资》载，唐玄宗东封泰山时，宰相张说担任封禅使。按照惯例，帝王封禅后，文武百官自三公以下都可迁官一级。张说的女婿郑镒本是个九品小官儿，由于张说的原因，骤迁为五品。大宴时，玄宗一眼看见郑镒官位腾跃，怪而问之，张镒不敢回答。近臣黄幡绰开了个玩笑说：“此乃泰山之力也。”

丈人既称为“泰山”，丈母娘又该称什么呢？明人余庭璧《事物异名》说：丈母娘可以称“泰水”，不过他又自注说：“称丈母为泰水，不知何出。”庄绰《鸡肋编》卷上有个解释说：“俗人以泰山有丈人观，遂谓妻母为泰水。”这个说法和《酉阳杂俎》略有出入，也可备为“泰山”来源之一说吧。丈人称泰山，于是丈母则称“泰水”，可真够“阳刚阴柔”的。清朝梁章钜《称谓录·妻之母》又说：“《合璧事类》：俗呼妻母为‘泰水’。此何义耶？案此即因妻父之为泰山而推之，知此称宋时已然耳。”尽管此称“宋时已然”，可是在现有文献中，很难找到实际使用的例证，大概仅仅是宋人的玩笑之语吧。

其实称老丈人为“泰山”毕竟不如称“岳父”的普遍，直到今天，女婿在他人面前提到老丈人，更多用的是“岳父”这个称谓，称丈母娘为“岳母”，也比“泰水”顺耳得多。那么“岳父”之称又从何而来呢？这就好解释了：泰山乃五岳之首，老丈人既已不愧为“泰山”，自然可以等同于“岳”了，又是父辈，故称为“岳父”，既不失于礼敬，听起来又顺情顺理。从现存的白话小说中检索，这个称谓在宋朝似乎还没用到，最早出现则是在元杂剧中。石君宝《秋胡戏妻》第一折就有“岳父岳母，满饮一杯”的说法。马致远《黄粱梦》楔子：“今日辞别了岳父。便索长行也。”到明朝冯梦龙写《三言》，已经用得相当普遍。据此推断，这个称呼，或许在与南宋对峙的金朝就出现了。

31.“主腰”是啥东西

第二十七回写武松在孟州遇到孙二娘，“敞开胸脯，露出桃红纱主腰，上面一色金钮”。

“主腰”又叫“主腰儿”、“主腰子”，是宋元以来的俗语，因此文言作品里见不到这个词，倒是俗文学作品里常常见到，如《警世通言》卷三十三《乔彦杰一妾破家》说周氏把董小二扯到面前，“解开主腰儿，教他摸胸前麻团也似白奶”；《醒世姻缘传》第七十九回：“四钱八分银买了一匹平机白布，做了一件主腰。”同一件物件还有个雅名儿叫“抹胸”，是古代妇女用来束胸的用品。据“一色金钮”之说，此物肯定比今天妇女所用的胸罩要宽大得多。《金瓶梅词话》第七十三回写西门庆与潘金莲同房时，潘金莲让西门庆取她的主腰子垫在腰底下。“西门庆便向床头取过他大红绫抹胸儿，四折叠起，垫着腰”。这段话给人明显的感觉是：“主腰”应该是有一定厚度的内衣类衣物，将其叠起来垫在腰底下，能起到抬高腰部的作用。如果仅仅是单薄的一两层绫绢，垫在腰下，是不可能使身体姿势发生变化的。

32. “五圣”指什么

第二十一回写到宋江被阎婆子哄到阎婆惜屋里，因为吃了酒，宋江离开时，误将刘唐送来的金子和晁盖的感谢信忘在了床栏上。出门后忽然想起，急忙回去取，却被阎婆惜藏在被底下。此女抓住了宋江“通匪”的把柄，十分得意地想：“不怕你教五圣来摄了去。”这里提到的“五圣”指的是什么呢？这是古代江南一带供奉的一个邪神名。明陆粲《庚巳编》卷五《说妖》载：“吴俗所奉妖神，号曰‘五圣’，又曰‘五显灵公’，乡村中呼为‘五郎神’，盖深山老魅山萧木客之类也。五魅皆称侯王，其牝（pìn）称夫人，母称太夫人，又曰太妈。民畏之甚，家家置庙庄严，设五人冠服如王者，夫人为后妃饰。贫者绘像于板事之，曰‘圣板’，祭则杂以观音、城隍、土地之神。别祭马下，谓是其从官。每一举则击牲设乐。”虽然“五圣”不是什么大牌神仙，祭祀礼仪还相当隆重。清钮琇《觚賸·奏毁淫祠》又说："江南家立尺五小庙祀之，俗称'五圣祠'。是后日渐蕃衍，甚至树头花前，鸡埘（shí）豕圈，小有萎殀，辄曰五圣为祸。"清人赵翼《陔余丛考》卷三十五考证得更为详尽，他说："五圣祠，钮玉樵（清代钮琇）谓：（明）太祖既定天下，大封功臣，梦兵卒千万罗拜乞恩。帝曰：'汝固多人，无从稽考，但五人为伍，处处血食可耳。'命江南人各立尺五小庙祀之，俗谓之'五圣庙'。后遂树头花间、鸡埘豕圈，有灾殃，辄曰五圣为祟。本朝有汤公斌巡抚江南，奏毁之。其祸遂绝。"接着还说："康熙八年，秀水县民郭季平为五圣所祟。丙寅，江苏巡抚汤公奉除五圣淫祀，妖祸遂绝云云。然实未尽绝也。余少时见邻人王祥龙及俞奕千之女皆犯此祟，谓之'神和病'。男则有女鬼与合，女则有男鬼与合，来则必有泄精遗血之事。而山村野岸，尺五小庙所在有之，如汀州'七姑子'、建昌'木神三郎'之类。盖幽明之际，变幻无穷，固非令甲所能禁也。然玉樵谓起于明祖，则未必然。"赵翼不同意钮琇"五圣"起于明朝的说法，又举了宋人洪迈的《夷坚志》说："林刘举将赴解，祷于钱塘门外九里五圣行祠，遂登科为德兴尉。到任奠五显庙，知为五圣之祖祠也。则五圣之祠宋已有之。"又引明人郎瑛《七修类稿》，认为"五通神"即"五圣"，五圣、五显、五通，名虽异而实则同。"《夷坚志》所载韩子师病祟，请客以符水治之，见五通神销金黄袍，骑马而去。又医者卢生托宿赵喜奴家，共枕席，天明，但见所寝在五圣庙侧草露之上。《武林闻见》所载宋嘉泰中大理寺决一囚，数日后见形于狱吏，求为泰和楼五通神。如此之类，不一而足。而陈友谅僭号，亦在采石五通庙，则'五圣者'，宋元已有之，而非起于明祖矣"。这位赵老博引古今，证明"五圣"最迟起于宋代，显然比钮琇之说可靠得多。施耐庵为元末明初人，他顺手将"五圣"用在宋朝民间俗语中，可见赵翼之说大致可信。

杨荫深《事物掌故丛谈》则将"五通神"的历史追溯到唐朝。他说："托名柳宗元的《龙城录》说柳州有五通神。则不但宋有，而唐也有之了。大抵此种皆由巫觋（xí）惑众而来，或因神仙有五通不死之说附会成之，断无真有此妖。”他又具体描述道：“五通神在宋时已有之，而且不限江南，北方也有的。其情形一如狐妖的祸人，不过狐常变为女人，而此则仍为男子。”看来所谓“五圣”，只是些游走于乡间、不登大雅之堂、骗吃骗喝的地方小鬼儿而已。

33. 端午何以称为“蕤宾节”

第十三回写梁中书收了杨志之后，“又早春尽夏来，时逢端午，蕤（ruí）宾节至”，与蔡夫人摆宴庆贺端阳。这里“端午”和“端阳”都是指今之端午节，此节在农历的五月初五。那么“蕤宾”又是什么意思呢？它与端午节有必然的关系吗？

要说“蕤宾”，先得从古代音乐中的十二律讲起。十二律是古乐中的十二个调子，包括阳律六：黄钟、太簇、姑洗、蕤宾、夷则、无射；阴律六：大吕、夹钟、中吕、林钟、南吕、应钟。可能读者还没明白：“蕤宾”说的是节令，和音乐有什么关系？您别急，古代的律候还真与音乐有密切的关系。《后汉书·律历志》上篇说：“夫五音生于阴阳，分为十二律。……天效以景，地效以响，即律也。阴阳和则景至，律气应则灰除。”意思是说有阴、阳而生五音，五音而生十二律，这是天地间冥合一切的规律，出现什么声响，就说明应了哪一律。阴阳调和，则节令应时而至，十二律依次而动，律管中的葭（jiā）灰则应时而飞。再说得通俗一点儿，就是古人将代表十二律的十二根竹管中放进葭灰（芦苇膜烧成的轻灰），节候到了哪个月，代表哪个月的那支竹管里的葭灰就飞出来。反过来说，代表哪个月的律管里飞出葭灰，就说明与之相应的那个月开始了。《后汉书·律历志》接着将具体操作方法做了介绍：“候气之法，为室三重，户闭，涂衅必周，密布缇缦。室中以木为案，每律各一，内庳外高，从其方位，加律其上，以葭莩灰抑其内端，案历而候之。气至者灰动。其为气所动者其灰散，人及风所动者其灰聚。”这段话的意思是说，候气的方法是：在三重密闭的屋室里，关好窗户，挂好帷幔，不要让一点风吹进来。然后即可将律管分别摆放齐整，靠身体的一头稍低，靠外的一头稍高，将葭莩灰置于每根律管的顶端管口。一切都做完，就可以等着观察律管内葭莩灰的飞动情况了。

既然六阴、六阳与季节气候发生了必然联系，还要弄明白各律与气候阴阳的对照才行。古人在这方面有其一套严密的理论。《淮南子·天文》中说：“道始于一，一而不生，故分而为阴阳，阴阳合和而万物生。故曰‘一生二，二生三，三生万物。’”这是传统阴阳理论的最基本依据和出发点。其后《淮南子》（《吕氏春秋》说法相同）又具体解说了六律、六吕之间的逻辑关系：“冬至德气为土，土色黄，故曰黄钟。律之数六，分为雌雄（即阴阳），故曰十二钟，以副十二月。”既然“黄钟为宫，宫者，音之君也。故黄钟位子（子丑寅卯的子位），其数为八十一（三生万物，即可用三乘以三，得数为九，九乘以九，得数即八十一。我们可以按照相对比例理解为律管的长度），主十一月。”（因为冬至在十一月）这个基准确定下来后，再用“三分损益法”（“损”即减去，“益”即加上）依次计算，其他十一律吕的长度及阴阳归属，就都能计算出来了：黄钟下面生林钟，因为林钟之数为五十四，主六月。怎么来的呢？您看：八十一是九乘以九得来的。将八十一等分为三份，每份为二十七，八十一减去其中一份二十七，就剩五十四了（三分损一法）。林钟上生太簇，太簇之数七十二，主正月。怎么来的呢？以林钟的五十四除以三，每份是十八，然后在五十四的基础上再加上十八，就是七十二（三分益一法）。太簇下生南吕，南吕之数为四十八，主八月。同理，将林钟七十二除以三，得数为二十四，然后用七十二减去二十四（三分损一法），则为四十八。南吕上生姑洗，姑洗之数为六十四，主三月。即用南吕的四十八除以三，得数为十六，四十八加上十六（三分益一法），得数即为六十四。姑洗下生应钟，应钟之数为四十二，主十月。即将四十二除以三，得数为十四，用应钟的四十二加上十四（三分益一法），得数即为五十六。五十六无法被三整除，故在此稍加一个数为五十七，于是蕤宾之数为五十七，主五月。蕤宾上生大吕，大吕之数为七十六，主十二月。即用五十七除以三，每份为十九，五十七再加上十九（三分益一法），得数为七十六。大吕下生夷则，夷则之数为五十一，主七月。即将七十六除以三，又不能被三整除，于是稍减一个数为七十五。再用七十六减去二十五，则为五十一。夷则上生夹钟，夹钟之数为六十八，主二月。即将五十一除以三，得数为十七，用夷则的五十一加上十七（三分益一法），得数为六十八。夹钟下生无射，无射之数为四十五，主九月，即将六十八除以三，还不能被整除，稍加一个数为六十九。用夹钟的六十九除以三，每份为二十三，还用夹钟原有的六十八减去二十三，得数即为四十五。无射上生仲吕，仲吕之数为六十，主四月。即将无射的四十五除以三，每份为十五，即用无射的四十五加上十五（三分益一法），得数即为六十。至此，十二律吕的长度就全部算出来了，然后再上下所生摆列出阴、阳相间的顺序，即为以下简表：

一月	二月	三月	四月	五月	六月	七月	八月	九月	十月	十一月	十二月
太簇	夹钟	姑洗	仲吕	蕤宾	林钟	夷则	南吕	无射	应钟	黄钟	大吕
阳	阴	阳	阴	阳	阴	阳	阴	阳	阴	阳	阴
72	68	64	60	57	54	51	48	45	42	81	76

您发现了吗？从“黄钟”依次往下数，其律管的长度是越来越短的。由“黄钟”到“大吕”短了五个数，由“大吕”到“仲吕”分别各短了四个数。由“仲吕”到“应钟”分别各短了三个数。为什么要把“黄钟”定为基准呢？因为“黄钟”在十二辰的“子辰”，即“冬至阳生”的那一辰。细心的读者已经发现：既然是新年的开始，应该将“黄钟”对应“一月”才对呀，为什么将“黄钟”与“十一月”对应起来了呢？难道写书的人脑子进水，以为每年十一月是“新年”了？我相信读者诸君中一定会有人提

出这样的问题，所以必须把其中的“猫腻”揭示出来。

我国上古使用过三种主要的历法，即夏历、殷历和周历，这三种历法的“月建”（即把每年的第一个月定在什么位置上）是不同的。具体如下表.

十二辰：	子	丑	寅	卯	辰	巳	午	未	申	酉	戌	亥
夏历：	十一月	十二月	一月	二月	三月	四月	五月	六月	七月	八月	九月	十月
殷历：	十二月	一月	二月	三月	四月	五月	六月	七月	八月	九月	十月	十一月
周历：	一月	二月	三月	四月	五月	六月	七月	八月	九月	十月	十一月	十二月

您分别竖着一行一行看，看出来问题了没有：夏历的正月，是殷历的二月、周历的三月。同样的道理，周历的正月，却是夏历的十一月、殷历的十二月。为什么会有这样的差异呢？因为夏朝人认为立春才是一年的开始，而立春在十二辰的“寅辰”，所以他们把每年的第一个月定在“寅辰”。商代人认为阳气早在立春前一个月就已经开始萌动，所以把夏历正月提前了一个月，置于“丑辰”。周代人则认为“冬至阳生”，而冬至在夏历的十一月、殷历的十二月，所以周历把新年的第一个月定在冬至那个月里，即“子辰”。现在再回到第一个表对照来，您会发现，将“黄钟”（即有冬至的“子辰”，上引《淮南子》已经明确说过）定为一年之始的历法是周历而不是夏历，而自汉代以后，人们使用的却是夏历而不再是周历，这就产生了很大的误差：我们现在使用的农历还是夏历，也就是说，夏历的五月其实已经是周历的七月了，而周历的五月，仅仅是夏历的三月。那是不是说“蕤宾”所表示的五月也仅仅是夏历的三月呢？您如果提出这样的问题，我的回答是：您百分百正确！然而历史有它的“惰性”和“惯性”——虽然汉代以后人们不再使用周历，但很多业已形成的民俗习惯，懒怠再去更动它，干脆来个“依次顺延”吧。于是人们便不再追究原本是属于夏历还是周历，硬是把周历的五月糊里糊涂地挪到了夏历里头来了。这么一挪腾，“蕤宾”也跟着改变角色，用来指夏历的五月了——有时候“将错就错”，也便是正确的了。

还有一些很繁琐的理论，在这里就不多说了，就这些数目字儿，不喜欢数学的读者已经厌烦了。我只想告诉读者一个结论：“蕤宾”代指五月，就是这么计算出来的。端午又在五月初五，所以称为“蕤宾节”——有点儿意思吧？您瞧，就“蕤宾节”这么三个字，咱们费了多少笔墨。

34.阿罗汉、比丘尼、李天王、鬼子母

第二十四回写王婆子说和男女风情的本事很大，有几句韵语说：“略施妙计，使阿罗汉抱住比丘尼；稍用机关，教李天王搂住鬼子母。”显然这四个词语都是用来做比喻的，而且阿罗汉和李天王为男性，比丘尼和鬼子母为女性。

“阿罗汉”就是我们通常所说的“罗汉”，是个从古印度“进口”的词儿。它的最初意义是指古印度原始小乘佛教中的最高果位，意为“杀尽一切烦恼之贼”。《智度论》三说：“‘阿罗’名贼；‘汉’名破。一切烦恼破，是名阿罗汉。复次，阿罗汉一切漏尽，故应得一切世间诸天人供养。复次，‘阿’名不，‘罗汉’名生。后世中更不生，是名阿罗汉。”“复次”就是“另外一说”之意。这段话的意思是：古梵文中“阿罗”意谓“烦恼之贼”；“汉”意谓“破”，二词合起来，意谓“破掉一切烦恼之贼”。还有一种解释是：“阿罗汉”一切烦恼（漏的意思就是烦恼）都没有了，所以应该得到天、人共同的供养。还有一种解释是：“阿”意谓“不”；“罗汉”意谓“生”。二词合起来，意谓后世不再生烦恼，故名“阿罗汉”。不管从哪个角度解释，“阿罗汉”的意思都表示修行到最高境界，不再受世间烦恼侵扰，可以尽情“欢喜”了。小乘佛教中的“果位”，有点儿像今天学术界的“学位”。大乘佛教主张“普度众生”，小乘佛教则重在自我修行。说得再通俗些，大乘是“度众生”，小乘是“度自我”。佛徒修行小乘教，

每当“取得阶段性成就”，便称为一个“果位”。果位共有四等，到达“罗汉”之最高果位，须经过预流果、一来果、不还果，最终才能证为阿罗汉果。佛教最初传入中土时，人们对大乘和小乘并没有清醒的区分，往往各说其词，所以唐玄奘非要到印度去取“真经”，就是想澄清中土对佛学不同甚至是杂乱无章的理解。理论上说，凡被叫做“罗汉”的，应该属于小乘佛教范畴，比如济公，您回忆一下，他的形象是不是个自顾自的“自我修行”者？

“比丘尼”就是我们通常所说的“尼姑”，也就是女性佛徒。这个术语又被译作“苾刍（bìchú）尼”，后来统一称为“比丘尼”。请您注意，这个“尼”字很关键。《佛说阿弥陀经》说：“一时佛在舍卫国祇树给孤独园，与大比丘僧千二百五十人俱，皆是大阿罗汉。”这里“比丘”指的是男性佛徒，只有加上“尼”字，才指女性佛徒。“尼”表示女性佛徒是怎么来的呢？清人俞正燮《癸巳存稿·尼庵议》讲得最通俗，他说：“谓之‘尼’者，佛国女曰夷；信佛女曰优婆夷，出家女曰苾刍夷。”意思是说古印度女人称为“夷”，女居士叫“优婆夷”，女佛徒叫“苾刍夷”。原来“尼”字是从“夷”字一音之转而演变来的。因为佛教是禁人欲的，所以“阿罗汉抱住比丘尼”，属于犯色戒的勾当。

“李天王”是个难以说清楚的人物。《西游记》里有个托塔李天王，其原形是唐初大将军李靖，因建立过丰功伟业，被太宗图形于凌烟阁。后来逐渐被民间神话，为之立庙祭祀，遂成为“李天王”。这个神话的过程，当始于唐，衍于宋，盛于元、明、清。《云笈七签》卷一〇三讲到北宋太祖乾德年间，陕西岐山下有李靖庙。可见五代至宋初，李靖庙已经得到当方士民的祭祀。该书卷四《经法传授部》还说李靖是太上老君传授《云台正治官图》的第三十八代传人李淳风弟子，又说他曾受九天玄女经书，所以屡战屡胜。此人被民间尊为神，有点和关羽相似。

“鬼子母”在古典小说中用得很普遍，首先是《金瓶梅词话》第二回把上面几句话原封不动地搬进书中。写《西游记》的吴承恩当然不会忘记这个角色，该书第四十二回扮演了一个替孙悟空传信给菩萨的信使。又如《后水浒传》第三十回韵语："走过村坊，人人只道灶王婆；行到市镇，个个尽疑鬼子母。"还回到正题上说：这女子本是佛教中的神名。梵名叫"诃梨帝南"，汉译为"鬼子母"。据说她本是王舍城娑多药叉的女儿，出嫁后生下五百个小儿，于是发下恶愿，欲尽食王舍城中别人家小儿。经佛祖度化后，转变为保护小儿之神。唐玄奘《大唐西域记·健驮逻国》说："有窣堵波，是释迦如来于此化鬼子母，令不害人。"《法苑珠林》卷二十九说："健陀逻国属北印度。……有佛化鬼子母处。"可惜这位女神就因为曾有过恶念，后来虽然为神，毕竟带有"鬼"气，所以很多时候，人们记得最清楚的，还是她发愿吃小孩的"恐怖袭击"场景。宋朝和尚道诚《释氏要览》卷下说："中国僧寺立鬼庙。"句后注云："即鬼子母庙也。"看来神和人一样，只要有过"前科儿"，几辈子都洗不清。

35. "水火"四解

"水火"这个词在《水浒传》里出现过不少次，意义却很不相同。譬如其一，第八回写董超、薛霸"拿了水火棍"，押解林冲上路。其二，第二十一回说男女吸引之事："原来这色最是怕人。若是他有心恋你时。身上便有刀剑水火，也拦他不住，他也不怕。若是他无心恋你时，你便身坐在金银堆里，他也不睬你。"其三，第五十一回写朱仝押解雷横途中，遇见一个小酒店，于是招呼众人进店吃酒，独自将雷横带到僻静处，"只做水火，来后面僻净处开了枷，放了雷横"。第六十九回写吴用定计救史进，命顾大嫂告知史进："我们月尽夜，黄昏前后，必来打城。你可就水火之处，安排脱身之计。"同一卷里，写小节级吃得半醉，"带史进到水火坑边”。其四，第九十七回写乔道清拜公孙胜为师，公孙胜对他说：“足下这法，上等不比诸佛菩萨，累劫修来，证入虚空三昧，自在神通；中等不比蓬莱三十六洞真仙，准几十年抽添水火，换髓移筋，方得超形度世，游戏造化。”

先看例一，说的是一种器物叫“水火棍”，这是指旧时代衙门差役使用的上黑下红、上圆下扁的木棍。黑色代表水，红色代表火。因为这器物是用来打人的，所以含有“水火无情”之义。然而这个名称在古代小说戏曲中，只在《水浒传》一书中用到，难怪《汉语大词典》解说此词时，除了举《水浒传》中的例子外，只能再举姚雪垠《李自成》第三卷一例曰：“衙役们带着火签、传票，挂着腰刀，拿着水火棍、铁链、手铐，下乡抓人，如狼似虎。”《李自成》中用到此词，完全是从《水浒传》无意间沿袭过来的。

再看例二，说男女相悦时，身上便有刀剑水火也拦他不住。这里“水火”与“刀剑”是并列词语，可以肯定，此处“水火”实际上指的是指“被水淹死被火烧死”，即凶险的境地。《管子·法法》：“蹈白刃，受矢石，入水火，以听上令。”也是“白刃”、“矢石”与“水火”并提。《水浒传》第五十八回写孔亮遇见宋江，放声大哭。宋江忙道：“贤弟心中有何危厄不决之难，但请尽说不妨。便当不避水火，力为救解。”也是这个意思。

例三共有三个例句，其中的“水火”，指的都是解大小便。这种表示方法在修辞学上叫做“委婉”——一些十分难听或刺激性强的词语，避免直接说出来，而改用比较温和婉转的词语来表达。如果说拉屎撒尿，显得十分伧俗，所以改用“水火”，意思也到了，听起来也不伧野。其实这种修辞现象至今还有很多，比如把妓女叫“小姐”，把妓院叫“红灯区”，把拉屎拉尿叫到“洗手间”之类。这样我们就明白了，“只做水火”意思是只当是去“解手儿”；“水火之处”就是厕所；“水火坑边”就是“粪坑边”。

最后看例四，“抽添水火，换髓移筋”，显然是中医及道教范畴的术语。中医以五行比五脏，则心为火，肾为水，肺为金，肝为木，脾为土。《针灸甲乙经·五藏六府官》："夫心者火也，肾者水也。水火既济，心气通于舌。"道教名著《云笈七签》卷十七《太上老君内观经》说人的五脏藏五神："魂在肝，魄在肺，精在肾，志在脾，神在心"。一精一神，在肾与心，则吐纳抽添的，自然就是水与火，能否长寿乃至成仙，也主要看心与肾之气是否充盈。这就是"抽添水火，换髓移筋"说法的根据。

36."闹鹅儿"是啥物件儿

第六十六回写梁山好汉大闹东京，时迁"挟着一个篮儿，里面都是硫黄、焰硝，放火的药头，篮儿上插几朵闹鹅儿，踅入翠云楼后。"

这"闹鹅儿"是啥物件儿呢？原来是古人妆扮自己的一种头饰。是剪丝绸或者乌金纸做成花草和昆虫之形，插在头上做装饰用的。"闹鹅儿"本该写成"闹蛾儿"才对，表示蜻蜓、草虫、蝴蝶等昆虫为人们闹春增彩。"蛾"是飞蛾之意，比较切当，如果写成"鹅"，就显得又大又笨，大失传神之趣了。

"闹蛾儿"是什么时期出现的呢？宋朝以前找不到相关的记载。清人陈维崧写过几首《望江南·岁暮杂忆》词，第一首说："人斗南唐金叶子，街飞北宋闹蛾儿。"他定的调子是：此物最早出现于北宋。清王夫之《杂物赞》中说："以乌金纸剪为蛱蝶，朱粉点染，以小铜丝缠缀针上，旁施柏叶。迎春元日，冶游者插之巾帽，宋柳永词所谓'闹蛾儿'也，或亦谓之'闹嚷嚷'。"这里说的虽然是清朝的闹蛾儿，其实与宋朝的闹蛾儿完全相同。宋人史浩《粉蝶儿·元宵》词讲述了闹蛾儿的普及和制作方法："闹蛾儿、满城都是。向深闺，争翦碎、吴绫蜀绮。点妆成，分明是、粉须香翅。”您看，这个小装饰品并不难做，只需将“吴绫蜀绮”剪成小片儿，按照一定的方法把它们扎束起来，再稍加点染，使之更像飞着的草虫或蛱蝶即可。宋杨无咎的《人月圆》词又具体说明了闹蛾儿的戴法：“闹蛾斜插，轻衫乍试。”即将闹蛾儿斜插在鬓边，与贵族妇女的“金步摇”用法差不多。明朝刘若愚《酌中志·饮食好尚纪略》说：“自岁莫（暮）正旦，咸头戴闹蛾，乃乌金纸裁成，画颜色装就者。亦有用草虫、蝴蝶者。”刘若愚讲女子们头戴闹蛾儿是从岁暮就开始的，到“正旦”时，几乎个个女子都戴这东西。他没说到元宵节还戴不戴，但我们可以想象得出，灯节游赏之时，这物件儿也肯定是少不了的。南宋周密《武林旧事》卷二《元夕》说：“元夕节物，妇人皆戴珠翠、闹蛾、玉梅、雪柳、菩提叶、灯球、销金合、蝉貂袖、项帕，而衣多尚白，盖月下所宜也。游手浮浪辈，则以白纸为大蝉，谓之‘夜蛾’。”您看这些浮浪子弟坏不坏？宋人赵长卿《探春令·元夕》描绘杭州元宵节景致说：“去年元夜，正钱塘，看天街灯烛。闹蛾儿转处，熙熙语笑，百万红妆女。”可见元宵节时，女子戴闹蛾儿是相当普遍的。那么宋朝元宵节之前戴不戴此物呢？女词人朱淑真《忆秦娥·正月初六日夜月》这样说道：“凤鞋儿小，翠眉儿蹙。闹蛾雪柳添妆束。烛龙火树争驰逐。争驰逐，元宵三五，不如初六。”按她的说法，戴闹蛾儿的最佳日子是正月初六，其实这个描写完全可以理解为刘若愚“自岁莫正旦，咸头戴闹蛾”的旁证，说明宋朝女子戴闹蛾儿也不局限于元宵，应该也是在元旦之前就开始了。宋人洪瑹的《阮郎归·壬辰邵武试灯夕》词描写更为传神：“闹蛾儿簇小蜻蜓，相呼看试灯。”这话可以理解为头戴蛱蝶闹蛾儿的少女簇拥头戴蜻蜓闹蛾儿的少女一起看灯，也可以理解为一群头戴蛱蝶、蜻蜓的少女相约看灯，那道风景，一定是十分令人陶醉的。

37. “二十八宿”与“十二宫辰”

第七十一回写梁山泊英雄排座次。正式仪式举行之前，忠义堂内铺设下“七宝三清圣像。两班设二十八宿，十二宫辰，一切主醮星官真宰”。所谓“主醮星官真宰”，主要指的就是二十八宿和十二宫辰。

“二十八宿”是古人对星空中黄道周边星宿的命名，分别是：

东方苍龙七宿：角、亢、氐、房、心、尾、箕；

南方朱雀七宿：井、鬼、柳、星、张、翼、轸；

西方白虎七宿：奎、娄、胃、昴、毕、觜、参；

北方玄武七宿：牛、斗、女、虚、危、室、壁。

“黄道”是古人勾画出的太阳围绕地球运行的轨道（古人认为地静天动，太阳是围着地球转的），它每年与天赤道相交两次，这两个相交点，古人把它定为“春分”和“秋分”，而把太阳运行到与天赤道最远的两个点定为“冬至”和“夏至”（古人又称为“四至”）。这四个点确定之后，再以它们为基准，将黄道等分为二十四份，即今天所谓的“二十四节气”。因为“黄道”这个概念在古人心目中极为神圣，所以民俗中乃至道教中将其神化，也就在情理之中了。二十八宿又是黄道周边的星宿，属于在黄道上“值班”的星宿，自然也具有了“神气”。据《三洞珠囊》卷七《二十八法门名数品》引《度星经》所说，东方苍龙七宿的角宿字君帝，亢宿字君明，氐宿字君上，房宿字君真，心宿字君贞，尾宿字君利，箕宿字君长。南方朱雀七宿的井宿字君节，鬼宿字君居，柳宿字君迁，星宿字君明，张宿字君府，翼宿字君信，轸宿字君乾。西方白虎七宿的奎宿字君时，娄宿字君利，胃宿字君明，昴宿字君玉，毕宿字君进，觜宿字君明，参宿字君成。北方玄武七宿的神君为斗宿字君子，牛宿字君居，女宿字君陈，虚宿字君通，危宿字君参，室宿字君王，壁宿字君婴。二十八宿各有所司，《道门定制》卷三有具体的记载，无非阴、晴、寒、暑、风、雨、雷、雹之类。限于篇幅，不尽罗列。《西游记》中则把二十八星宿加入五行元素和动物象征组成神名，距离道教原始名称就差得很远了，不妨录在这里，以供读者对照一哂：

东方苍龙七宿：角木蛟、亢金龙、氐土貉、房日兔、心月狐、尾火虎、箕水豹；

南方朱雀七宿：井木犴、鬼金羊、柳土獐、星日马、张月鹿、翼火蛇、轸水蚓；

西方白虎七宿：奎木狼、娄金狗、胃土彘、昴日鸡、毕月乌、觜火猴、参水猿；

北方玄武七宿：牛金牛、斗木獬、女土蝠、虚日鼠、危月燕、室火猪、壁水貐。

“十二宫辰”也是古代天文学中的术语，可以单称为“十二宫”，也可以单称为“十二辰”，还可以简单叫做“十二次”，或“十二辰次”。它的形成，基于太阳在黄道上运行的轨道和北斗斗柄摆动的指向。也就是说，太阳沿黄道运行时，北斗七星的斗柄指向也在缓缓地变动。古人把太阳在黄道上运行一周等分为十二分，则北斗斗柄的指向恰恰也转动一周回到了原位，于是黄道上这十二等分便成为十二个太阳月的界定。《史记·天官书》说：“分阴阳，建四时，均五行，移节度，定诸纪，皆系于斗。”所谓“定诸纪”，就是指确定目前在十二辰中的哪一辰，看看北斗斗柄的指向即可了然。《汉语大词典》解释此词谓“太阳与月亮沿黄道运行一周，每年会合十二次，每次会合都有一定部位，分黄道周天三百六十度为十二段，每段三十度，称十二宫”。是完全错误的，编写者不明天文，也应该知道，黄道是太阳运行的轨道，与月亮没有任何关系。退一步说，太阳与月亮怎么可能“相交”呢？那不成了日全食或月全食了吗？再退一步说，就算太阳与月亮“相交”，每年会合也不止十二次，而是十二点零三次，三年之后必得闰一个月，这也是古代的历法常识。

古人为十二宫取的名字依次为：

星纪　玄枵（xiāo）　陬訾（zōuzǐ）　降（xiàng）娄　大梁　实沈　鹑（chún）首　鹑火　鹑尾　寿星　大火　析木

它们是等分于黄道上的十二个区段，如果想准确把握它们在黄道上的具体区段，我们还可以列表加以说明：

星纪：自斗十二度始，过牛，至女七度止。

玄枵：自女八度始，过虚，至危十五度止。

陬訾：自危十六度始，过室，再过壁，至奎四度止、

降娄：自奎五度始，过娄，至胃六度止。

大梁：自胃七度始，过昴，至毕十一度止。

实沈：自毕十二度始，过觜，再过参，至井十五度止。

鹑首：自井十六度始，过鬼，至柳八度止。

鹑火：自柳九度始，过星，至张十七度止。

鹑尾：自张十八度始，过翼，至轸十一度止。

寿星：自轸十二度始，过角，再过亢，至氐四度止。

大火：自氐五度始，过房，再过心，至尾九度止。

析木：自尾十度始，过箕，再过井，至斗十一度止。

所谓供奉“十二宫辰”，即指这十二神。

宋江等人供奉二十八宿和十二宫辰，实际上是大大犯上的做法，因为供奉这些“高级神明”，应该是天子所为，一般人是决不可以做此等事的。古人将天子比做“日”，黄道是“日行之道”，您说这是宋江之流该供奉的吗？古代还有“分野”之说，十二宫辰、二十八宿下应十二州、十二诸侯之地，而十二州、十二诸侯又代表全天下，自然也该是天子才有权处分的。其分野如下表：

十二宫	二十八宿	分野国（地区）	分野州
星纪	斗、牛	吴、越	扬州
玄枵	女、虚	齐	青州
陬訾	危、室、壁	卫	并州
降娄	奎、娄	鲁	徐州
大梁	胃、昴	赵	冀州
实沈	毕、觜、参	晋、魏	益州
鹑首	井、鬼	秦	雍州
鹑火	柳、星、张	周	三河
鹑尾	翼、轸	楚	荆州
寿星	角、亢	郑	兖州
大火	氐、房、心	宋	豫州
析木	尾、箕	燕	幽州

38. “御弟在千步廊买市”啥意思

还是第七十二回，徽宗对李师师说：“寡人今日幸上清宫方回，教太子在宣德楼赐万民御酒，令御弟在千步廊买市。”

“御弟”就是徽宗的弟弟。徽宗和哲宗都是神宗的儿子。神宗一辈子生的儿子不算少，加起来共有十四个，可惜大部分都夭折了，所以神宗去世时，哲宗已经排行老大。哲宗有个儿子叫赵茂，本可以成为大宋朝的皇帝，只是这孩子太没福气，生下来三个月就死了，所以哲宗死后，才轮到本不该当皇帝的哲宗之弟赵佶（即徽宗）意外登上了皇帝的宝座，其实哲宗死时，赵佶还有个哥哥叫赵佖（bì），本来可以当皇帝，但赵佖天生独眼龙，影响大国形象，于是赵佖的弟弟、神宗第十一子赵佶才名正言顺地继承了皇位，您说这不是命里该着吗？截止到靖康元年，神宗的儿子在世的还有三个，一个是徽宗的十哥燕王赵俣（yǔ），一个是他弟弟越王赵偲（sī）。史书里经常提到的所谓“二王”，就是指这两位。说句狠话，他们活下来还不如早点儿死了痛快，因为金兵攻陷汴京后，这两个人便成了仅次于徽、钦二帝的头号俘虏。被金人押解北上，走到庆源府（今河北赵县）时，赵俣被活活饿死；走到韩州（今辽宁昌图）后，赵偲也受尽折磨而死（《宋史·宗室传》）。《水浒传》里所说的“御弟”，也是徽宗唯一的弟弟，就是指这位赵偲。

赵偲的母亲是林婕妤。据《宋史·后妃传》载，林氏祖籍是南剑州（今福建南平），她祖父是老三司使林特，父亲是司农卿林洙。年纪很小时便被选进后宫，后来得幸，生下两儿一女，这两个儿子便是后来的燕王赵俣和越王赵偲。哲宗元祐五年（1090），林婕妤去世。哲宗在位时，赵偲封为永宁郡王，又封为睦王。徽宗即位后，历太保、太傅，进封为定王、邓王、越王。

“千步廊”其实就是今天常说的长廊，“千步”，言其长而已。这个词唐、宋都有人用过。唐卢纶《杂曲歌辞·天长地久词》：“虹桥千步廊，半在水中央。”宋曾巩《答葛蕴》诗：“同行千步廊，揽辔金马门。”曾巩诗中的“千步廊”和《水浒传》里所谓“千步廊”说的完全是一码事儿，都是指汴京宣德楼正南御街两旁的长廊。北宋汴京逢到年节，尤其是冬至到元宵节期间，自宣德楼直到朱雀门（开封内城南门）数里之长的御街，是不许平民行走的，平民的活动，如买卖、卖艺等，都要在御街两边的长廊里进行。这就如同今天北京的东、西长安街，不准平民进行驻留性活动，凡驻留性的活动，都要在长安街两边的“慢车道”或“人行道”上进行道理是相通的，只不过北宋汴京的“慢车道”和“人行道”不仅是人行之道，更是一堆一伙儿的集市和场子。《东京梦华录》卷六说：“正月十五日元宵，大内前自岁前冬至后，开封府绞缚山棚，立木正对宣德楼，游人已集御街，两廊下奇术异能，歌舞百戏，鳞鳞相切，乐声嘈杂十余里。”这里所说“御街两廊”，正是《水浒传》里的“千步廊”。

弄清了“千步廊”的具体意义，“买市”就可以在此基础上进一步解释了。“市”就是市场、集市的意思。古时官府或豪富设立集市，招徕买卖人前来，带头给予奖赏性的购买，以此刺激市场繁荣的行为，就叫“买市”。比如一枝鲜花本来最多卖十文钱，官府则出二十文钱买下来；一包牛肉最多卖一百文钱，官府则出二百文钱买下来。这不是哄抬物价，而应该看做是官府的一种德政或善举。不过林子大了啥鸟都有，也有刁民借此占便宜的。周密《乾淳岁时记·元夕》就记载说：“京尹乘小提轿，诸舞队次第簇拥，前后连亘十余里，锦绣填委，箫鼓振作，耳目不暇给。吏魁以大囊贮楮（chǔ）券，凡遇小经纪人，必犒数十，谓之‘买市’。至有黠（xiá）者，以小盘贮梨藕数片，腾身迭出于稠人之中，支请官钱数次者，亦不禁也。”意思是说带头的吏人背着装满钱币的大包袱，凡遇到小生意人，都要拿出数十钱给他，随便取些小商品而已。有些狡黠的小生意人，往往用个小盘，盘里装几片梨或藕，反反复复地杂在人群中向官吏讨要钱财，对这种下三滥，临安府尹也不与之计较，图个吉祥和谐嘛。周密《癸辛杂识别集》专有一章叫作《德寿买市》说：“孝宗冬月、正月孟享回，且就看灯买市。帘前堆垛见钱数万贯，宣押市食，歌叫直一贯者，犒之二贯。”意思是说孝宗祭享回到德寿宫，宣召唱曲子的艺人表演节目，明明只值一贯，却赏他两贯。

《水浒传》第八十二回的回目就叫《梁山泊分金大买市·宋公明全伙受招安》，再次用到这个词语。说宋江打算接受朝廷招安，对宿太尉道：“小可愚意，今欲罄竭资财，买市十日，收拾已了，便当尽数朝京。”意思也是说将梁山泊积攒的钱财以“买市”的形式散与当地百姓，而后入朝，接受朝廷委派。

39. 三才、九曜、四斗、五方

第五十八回写宋江等攻打青州之前，命金钱豹子汤隆添造“三才、九曜、四斗、五方、二十八宿等旗，飞龙、飞虎、飞熊、飞豹旗”。“二十八宿”已经在《“二十八宿”与“十二宫辰”》一节中交代过，这里再简单说说三才、九曜、四斗和五方。

“三才”是《周易》里就已出现的词语，指的是天、地、人。《周易·说卦》说：“是以立天之道曰阴与阳，立地之道曰柔与刚，立人之道曰仁与义。兼三才而两之，故《易》六画而成卦。”汉朝王符的《潜夫论·本训》说：“天本诸阳，地本诸阴，人本中和。三才异务，相待而成。”《太平御览》卷一引《易乾凿度》解释稍有不同，说：“天有阴阳，地有柔刚，人有仁义，是谓三才。”不管怎么讲，“三才”指天、地、人是没有问题的。

“九曜”大致有三种说法，一说指北斗七星和辅佐它的两颗小星。《云笈七签》卷一〇二引《紫度炎光神玄变经》说：太微天帝君生于始青之端，是“九曜神灵之胤”。“胤”即后代的意思。《文子·九守》所谓“天有四时、五行、九曜、三百六十日”，也是这个意思。同是一书，又说“九曜”是单指太阳而言。该书卷八《释三十九章经》云：“皇上四老真人在日中无影，呼日名为九曜。”第三种说法是唐代从古印度传入中土的一种历法叫《九执历》，其中有日、月、金、木、水、火、土、罗睺（hóu，黄旛星）、计都（豹尾星）九颗星，称为“九曜”。虽然这种历法仅仅由唐僧一行抄录，还没抄完一行就死了，但在道教中却留下了深刻的印记。在《元始天尊说十一曜大消灾神咒经》中，除了上述“九曜”之外，还另加了“紫炁（qì，气的古字）真君”和“月孛（bèi，彗星）真君”两位。该经所列咒文有总有分，先列“九星都咒”文曰：“九曜顺行，元始徘徊。华精莹明，元灵散开。流盼无穷，降我光辉。”继列“五星神咒”文曰：“五星列照，焕明五方。水星却灾，木德致昌。荧惑消祸，太白辟兵。镇星四据，家国利亨。”意思是说欲诵咒文，先要将九曜、五星来个“总诵”，然后再一曜一曜地分别念诵。其后所列的“九曜”依次是“太阳真君”、“太阴真君”、“木星真君”、“火星真君”、“金星真君”、“水星真君”、“土星真君”、“罗睺真君”、“计都真君”，附带还有“紫炁真君”和“月孛真君”，共十一曜。这十一曜中，显然前九曜是最重要的。因为“紫炁”和“月孛”，一指祥云，一指彗星，并非每时每刻都能出现在天上，人们只是出于敬畏之心，才将它们附在“九曜”之后的。

综合以上几种说法，再结合《水浒传》“力避重复”的原则，我认为施耐庵所说，当是指《元始天尊说十一曜大消灾神咒经》中所列的前九曜，而不可能仅指太阳一曜。《云笈七签》卷一〇三载宋初内供奉官王守节、起居舍人王龟从奉旨修筑终南山上清太平宫，其东廊之外，也建有天蓬、九曜、东斗、天地水三官共四大殿。

“四斗”指道教中的南斗、北斗、东斗、西斗，其中南斗和北斗在古代天文中是有具体所指的，东斗和西斗则完全出于道教徒的附会。南斗有星六颗。在北斗以南，故称。《史记·天官书》说：“南斗为庙，其北建星。”张守节正义云：“南斗六星，在南也。”北斗则指二十八宿中的斗宿，为北方玄武七宿之首。《诗经·小雅·大东》：“维南有箕，不可以簸扬。维北有斗，不可以挹酒浆。”朱熹集传说：“箕、斗二星，以夏、秋之间见于南方。云北斗者，以其在箕之北也。”《云笈七签》卷一〇三载宋初内供奉官王守节、起居舍人王龟从奉旨修筑终南山上清太平宫时，冥冥之中得到真君指点，在四大殿（玉皇通明殿、紫微殿、七元殿、真君殿）的东廊庑之外，又建了天蓬、九曜、东斗、天地水三官四殿；西廊庑之外，又建了真武十二元神、西斗、天曹四殿。此外还有灵官堂、南斗阁，并列星宿诸神之像。这里出现了东斗、西斗、南斗三个殿阁，可见唐末宋初时，四斗的概念已经比较完备。该书卷二十一《上四天》一节又说："依《度人经》说，东斗主算，西斗记名，北斗落死，南斗上生，中斗大魁，总监众灵。此名一天五斗魁主，即明中斗已北而有北斗也。"照此说法，道教所谓"四斗"中的"北斗"，恐怕与古天文中的北斗七星概念并不吻合。同书同卷引《真人口诀经》又说："五斗位者，阳明为东斗，丹元为南斗，阴精为西斗，北极为北斗，天关一星以为中斗。"古代民俗中的"阳明"指东方，主春；"丹元"指南方，主夏；"阴精"指西方，主秋；北极指北方，主冬。据此可知，此处所谓"四斗"，应该是指主四季的星辰而言。

"五方"指的是东、西、南、北、中，应该没有什么疑问。古人以青、赤、白、黑、黄五种颜色为正色。《尚书·益稷》中说："以五采彰施于五色。"孙星衍疏解云："东方谓之青，南方谓之赤，西方谓之白，北方谓之黑，天谓之玄，地谓之黄，玄出于黑，故六者有黄无玄为五也。"这个观念是早已有之的，所以古代天子铺填社坛时用五种不同颜色的土。分封诸侯时，天子则按照封地所在的方位，取坛上一种颜色的土授予他，供他在封国内立社。《尚书·禹贡》篇说："厥贡惟土五色。"孔颖达疏引《韩诗外传》说："天子社广五丈，东方青，南方赤，西方白，北方黑，上冒以黄土。"汉代蔡邕《独断》也说："天子大社，以五色土为坛。皇子封为王者，受天子之社土，以所封之方色。"如此看来，五方之旗，即象征天下五方土地的五色旗帜。

40.《水浒传》中的记时

《水浒传》里有很多表示时辰的术语，如“牌”、“更”、“鼓”等，在此一并作一缕述。

“牌”又叫做“辰牌”，即“时辰标牌”，是古代计时器中标志时刻的牌子，起于北宋太宗时期。宋人袁褧（jiǒng）《枫窗小牍》卷上载，太宗太平兴国年间，蜀人张思训制作并呈上了一座浑仪，他的规制与旧浑仪不同，显得十分精巧便捷。“起为楼阁数层，高丈余，以木偶为七直人，以直七政，自能撞钟击鼓；又为十二神，各直一时，至其时，即自执辰牌，循环而出”。意思是说张思训制作的浑仪总高一丈多，其间有七个值班木偶，又制成十二个小神人，每个小神人值班一个时辰，只要到了某小神该值班的时候，他就会自动走出木楼，手举当值时辰的牌子示人，这个时辰结束之后，他会自动退回去，下一个时辰值班的小神人继之而出，并举出下一个时辰的标牌示人。这件事在当时极为轰动，以致太平兴国四年（979）正月太宗看后大为欣赏，钦赐名为“太平浑仪”，并擢拔张思训为司天浑仪丞。因为此器后来失传，我们只知道他采用的流转液体为水银，比此前用水更为精确。因为此仪器报时用“牌”，所以宋朝称时辰为“牌”，就是这么来的。《汉语大词典》解释此条为“古时用十二地支记十二时辰，官府按时辰挂出牌子”。不知此说的根据是什么？十有八九是出于想当然。您可以发现，表示时辰用“牌”为单位最早起于宋朝，唐朝绝没有称“午时”为“午牌”的记载。如果按照《汉语大词典》的解释，“午牌”、“巳牌”等说法，岂不是应该从汉、唐时期就有了？

古代把一昼夜分为十二个时辰，每个时辰大致相当于今天西历的两个小时。它们依次是：

子时：头一夜晚 11 时至次日凌晨 1 时；

丑时：凌晨 1 时至凌晨 3 时；

寅时：凌晨 3 时至凌晨 5 时；

卯时：凌晨 5 时至清晨 7 时；

辰时：清晨 7 时至上午 9 时；

巳时：上午 9 时至上午 11 时；

午时：上午 11 时至中午 13 时；

未时：中午 13 时至下午 15 时；

申时：下午 15 时至下午 17 时；

酉时：下午 17 时至傍晚 19 时；

戌时：傍晚 19 时至晚 21 时；

亥时：晚 21 时至晚 23 时。

了解了这个"时刻表"，书中所有十二时辰的表述，都可以迎刃而解了。比如第二回写王进受高俅陷害，设计脱身，命两个牌军卒到岳庙准备供祭之物。"两个牌军买了福物煮熟，在庙等到巳牌，也不见来"。其实王进早就逃走了。对照上表，可知"巳时"是上午 9 时至 11 时。又如第三十九回写宋江"次日早饭罢，辰牌前后，揣了些银子，锁上房门，离了营里，信步出街来"。"辰牌"即上午 7 时至 9 时之间，正是吃完早饭的时候。再如第十六回写杨志押解生辰纲，"行到申牌时分，寻得一个客店里歇了"。"申牌"为下午 3 时至 5 时，走了大半天，也该歇着了。

书中还有不少处写处决犯人在"午时三刻"（第四十回处决宋江戴宗、第六十二回处决卢俊义、第一〇一回处决田虎、第一一〇回处决王庆等）。"刻"也是古代的计时单位，但历代的"刻"代表多长时间，是处在变化当中的。最早时人们将十二时辰即一昼夜分为一百刻。汉哀帝建平二年（公元前 5 年），改为一百二十刻。即每个时辰分为十刻。南朝梁武帝天监年间，以八刻为一辰，昼夜十二辰，共计九十六刻。宋赵与时的《宾退录》卷一有这样一段话："韩文公《记梦》诗曰：'百二十刻须臾间。'方氏《举正》载董彦远云：'世间只百刻，百二十刻，以星纪言也。'朱文公《考异》云：'星纪之说，未详其旨，但汉哀帝尝用夏贺良说，刻漏以百二十为度矣。'余谓董说固安，夏贺良之说，行之不两月而改，且衰世不典之事，韩公必不引用。按古之漏刻，昼有朝、禺、中、晡、夕，夜有甲、乙、丙、丁、戊。梁武帝天监六年，始以昼夜百刻布之十二辰，每时得八刻，仍有余分。故今世历家百刻，举成数尔，实九十六刻也。"赵与时既不同意董彦远的"星纪"说，也不同意朱熹的"夏贺良说"，他认为像韩愈那样的大文豪，不可能用汉哀帝时的衰世历法，但他没能给出更合理的解释。尽管如此，南朝时期每辰八刻，则是没有疑问的了。按照这个习俗，"午时三刻"相当于今天的中午 11 点 30 分至 11 点 45 分之间。第九十三回写梁山好汉在盖州大胜，次日，宋江准备出东郊迎春。"因这子时正四刻，又逢立春节候"。"正"就是"整"的意思。子时整四刻，恰好相当于午夜 12 点整。很巧的是，古人使用了一千多年的"刻"，与今天习惯使用的"刻"完全吻合。我们今天把十五分钟叫做"一刻钟"，与古人所谓"一刻"表示的时间段是相等的。

上面所引《宾退录》里已经讲到，古人把一夜分为甲、乙、丙、丁、戊五段，谓之"五更"，又称"五鼓"、"五夜"。颜之推《颜氏家训·书证》说："汉、魏以来，谓为甲夜、乙夜、丙夜、丁夜、戊夜；又云鼓，一鼓、二鼓、三鼓、四鼓、五鼓；亦云一更、二更、三更、四更、五更；皆以五为节。"《资治通鉴·魏邵陵厉公嘉平元年》："自甲夜至五鼓。"胡三省注解说："夜有五更：一更为甲夜，二更为乙夜，三更为丙夜，四更为丁夜，五更为戊夜。"也就是说，古书里"五鼓"、"丙夜"之类的说法，都是表示夜间某个时段的。古人是如何划分"五更"的呢？大致说来，每更大约是一个时辰，初更在晚间 19 点至 21 点，即十二时辰中的酉时；二更在晚间 21 点至 23 点，即戌时；三更在午夜 23 点至次日 1 点，即子时；四更在凌晨 1 点至 3 点，即丑时；五更在凌晨 3 点至 5 点，即寅时。古人的生活习性与今人大不相同，因为那时候基本上是日入而息，日出而作，相当地“绿色”。那时候想过“夜生活”，一般人是费不起蜡烛灯油钱的。第一百一十九回写鲁智深在杭州六和寺，众和尚对他说：“今朝是八月十五日，合当三更子时潮来。因不失信，谓之潮信。”把“三更”和“子时”并称，是因为三更正与子时相吻合。

41. “丙丁火”与“庚辛金”

第三十五回说宋江等人在对影山前观看两位壮士相战，有一首韵语写得十分精彩，今择录数句：“这个按南方丙丁火，似焰摩天上走丹炉；那个按西方庚辛金，如泰华峰头翻玉井。宋无忌忿怒，骑火骡子奔走霜林；冯夷神生嗔，跨玉狻猊纵横花界。”书中这两位壮士，一位是打着白旗穿着白衣骑着白马的赛仁贵郭盛，一个是打着红旗穿着红衣骑着红马的小温侯吕方。这首韵语妙绝妙之处在每一联都用白、红相对：“焰摩天上走丹炉”表示的是红色，“泰华峰头翻玉井”表示的是白色；“骑火骡子奔走霜林”表示的是红色，“跨玉狻猊纵横花界”表示的是白色，这也是作者文化修养极高的表现之一。既然如此，“南方丙丁火”与“西方庚辛金”当然也是用来表示红色与白色。

古代的五行之说，贯穿于一切学说之中。比如金有金星，又名太白，代表颜色为白，方位为西，季节为秋；木有木星，又名摄提，代表颜色为青，方位为东，季节为春；水有水星，又名辰星，代表颜色为黑，方位为北，季节为冬；火有火星，代表颜色为赤，代表方位为南，季节为夏；土有土星，又名填星，代表颜色为黄，方位为中，季节为季夏。以上韵语用到的有白色，属西方金，而“玉井”、“玉狻猊”的“玉”就都是白色的；还有红色，属南方火，而“丹炉”、“火骡子”的丹和火就都是红色的。这些都好理解，大家也比较熟悉。什么叫“南方丙丁火”和“西方庚辛金：呢？

《周易》里的八卦不但表示方位，还有其特定的五行意义，《罗经透解·第二层》讲得清清楚楚：

离火比坎水，乾金与兑同。

震巽皆属木，坤艮土为宗。

八山寻卦例，一卦管三宫。

意思是说就五行而言，离为火，坎为水，乾、兑为金，震、巽为木，坤、艮为土。八卦中每卦管三宫，合为二十四宫。

按照后天八卦的排列，八卦中每一方位又分为三个小的方向，堪舆家称之为“二十四向”，又叫做“二十四山”、“二十四宫”，应用于罗盘之中，依次为：

正南离三山：右丙，中午，左丁；（五行火）

西南坤三山：右未（紧靠丁），中坤，左申；（五行土）

正西兑三山：右庚（紧靠申），中酉，左辛；（五行金）

西北乾三山：右戊（紧靠辛），中乾，左亥；（五行金）

正北坎三山：右壬（紧靠亥），中子，左癸；（五行水）

东北艮三山：右丑（紧靠癸），中艮，左寅；（五行土）

正东震三山：右甲（紧靠寅），中卯，左乙；（五行木）

东南巽三山：右辰（紧靠乙），中巽，左巳。（五行木）巳之右即丙，周而复始。如下图：

现在我们来对照上表和图例理解施耐庵所述。“南方丙丁火”，即上表第一行所示“正南离三山：右丙，中午，左丁”。右丙左丁，涵盖中间正方“午”，则“午”可以忽略不言（如同今天说“一、二、三”，为了更简洁，可以说成“一至三”道理相同），而“离为火”，这不正是“南方—丙丁—火”吗？同样道理，“西方庚辛金”，即上表第三行所示“正西兑三山：右庚，中酉，左辛”。右为庚，左为辛，涵盖中间正方的“酉”，则“酉”

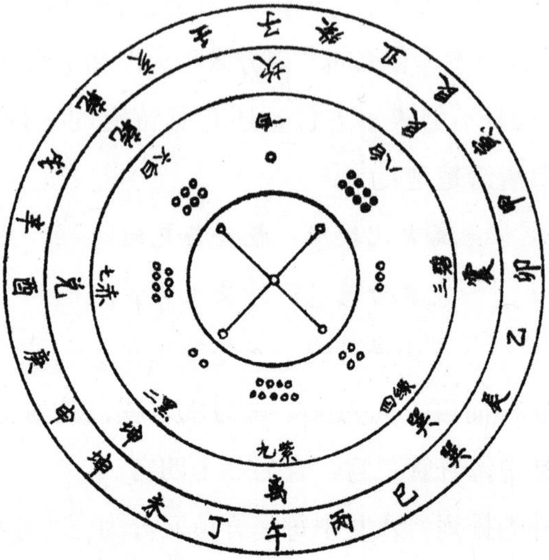

图 3

可以忽略不言，而“兑为金”，这不正是“西方—庚辛—金”吗？

“二十四向”或“二十四宫”是古代星相家、堪舆家应该具备的最起码的常识，他们第一步必须先定下“八方”，第二步再定下“二十四向”，才可以继续深入探求每方、每向的五行吉凶。如果您想拿上表来探求十二时辰，也是没有问题的。您看，如果以正北方的“子”为“子时”起点，顺时针旋转，隔癸即为“丑时”，继续顺时针旋转，隔艮即为“寅时”，继续，隔甲即为“卯时”，继续，隔乙即为“辰时”，继续，隔巽即为“巳时”，继续，隔丙即为“午时”，继续，隔丁即为“未时”，继续，隔坤即为“申时”，继续，隔庚即为“酉时”，继续，隔辛即为“戌时”，继续，隔乾即为“亥时”，继续，隔壬回到“子时”，一昼夜结束。

施耐庵在这段韵语里没有涉及多深奥的堪舆之说，只用了它们内含中最最基础的“八方”、“五色”、“五行”、“二十四宫”等概念，这已经足以证明他的博学多才了。

42. “二社”是什么意思

第一百二十回写徽宗允了太尉宿元景所奏，于梁山泊内为一百单八将修建祠堂，妆塑神像。其后的韵语说：“纸炉巧匠砌楼台，四季焚烧楮（chǔ）帛；桅竿高竖挂长旛（fān），二社乡人祭赛。”前一句是说巧匠们用纸糊成楼台，一年四季都有人到这里烧纸钱。后一句意谓祠堂前面竖起桅竿，挂起灵幡（同“旛”），两社时附近百姓到此祭奠比赛。啥叫“两社”呢？

“社”最早是指“土地神主”，也就是供奉土地神的牌位。最初的“社”只是个坛场，叫“社坛”。逢到祭祀社神时，树立神主，供人祭奠。高层次的社坛依次叫做太社、王社、国社、侯社。班固《白虎通义·社稷》说：“王者、诸侯俱两社何？俱有土之君。《礼记·三正记》曰：‘王者二社。为天下立礼曰太社，自为立社曰王社；诸侯为百姓立社曰国社，自为立社曰侯社。太社为天下报功，王社为京师报功，太社尊于王社。’”意思是说上古时天子要建两个社坛，为天下士民祈福的叫“太社”，为自己祈福的叫“王社”；诸侯也立两个社坛，为国民祈福的叫“国社”，为自己祈福的叫“侯社”。低层次最小的社，则指集镇、乡镇供祭土地之神的场所。天子、诸侯有他们的“社”，三里五乡也有三里五乡的“社”，哪儿能缺少得了土地爷的灵佑呢。这种社叫“里社”或“乡社”。上古时究竟多大片儿地方为一个“社”呢？自古以来各家的说法很不统一。《管子·乘马》篇说：“方六里，名之曰社。”《左传·昭公二十五年》：“请致千社，以待君命。”杜预注解说：“二十五家为社。千社，二万五千家。”《礼记·祭法》说：“大夫以下成群立社曰置社。”郑玄注解说：“大夫以下，谓下至庶人也。大夫不得特立社，以民族居，百家以上则共立一社，今时里社是也。”这些说法都未必准确，所以我们也无须认真。顾炎武《日知录·社》说：“社之名起于古之国社、里社，故古人以乡为社。”倒是最通俗易懂的说法：乡有大乡小乡，哪能卡那么准确？大体上今天一个乡镇的规模，在古代总要立个社。

“社”是一乡一镇百姓会聚的“公共场所”，今天所谓“社会”，就是从“社”那儿一步步发展来的：没有社，百姓在哪儿“会”呀？“会于社”最早的节目主要是祭祀社神，求他老人家保佑一方风调雨顺。但一方百姓总不能天天都去祭祀社神，还种不种庄稼了？所以人们约定，一年中春、秋两季各祭奠一次，即春社和秋社。古代民俗，春社定在每年立春后的第五个戊日，秋社定在立秋后的第五个戊日。由于一年才两次，而且都在不冷不热的时节里，所以百姓逐渐在这难得的两天里添加了一些娱乐性节目。唐朝以后，百戏在我国兴盛起来，为了丰富社日的活动，人们会在这一天里纵情戏耍取乐。宋范成大《上元纪吴中节物俳谐体三十二韵》：“轻薄行歌过，颠狂社舞呈。”自注说：“民间鼓乐谓之‘社火’，不可悉记，大抵以滑稽取笑。”元、明之后，杂剧、传奇相继崛起，社日里痛痛快快看几台大戏，不仅解除了累积数月的劳顿，也为土地爷增添了娱神的新节目。有趣的是：宋、元以前的社里往往有社公、社母两个形象。中国古代重人伦、重婚姻的意识居然也渗透到神灵身上，真有点儿滑稽。宋陈元靓《岁时广记》卷十四说：“社公、社母不食旧水，故社日必雨，谓之‘社翁雨’。”陆游《小圃独酌》诗说：“数点霏微社公雨，两丛闲淡女郎花。”您瞧，人们不但考虑到不让土地老儿鳏居独处，还考虑到他们夫妇的“饮食卫生”，使二老能用上清新洁净的水，真可谓用心良苦！其实唐、宋时期，春、秋两社已经演变成了民俗节日，祭奠社神，反倒成了次要的内容。《东京梦华录》卷八说：“八月秋社，各以社糕、社酒相赍（jī）送贵戚。宫院以猪羊肉、腰子、奶房、肚肺、鸭饼、瓜姜之属，切作棋子片样，滋味调和，铺于饭上，谓之‘社饭’，请客供养。人家妇女皆归外家，晚归，即外公、姨、舅皆以新葫芦儿、枣儿为遗，俗云‘宜良外甥’。市学先生预敛诸生钱作社会，以至雇倩、祗应、白席、歌唱之人。归时各携花篮、果实、食物、社糕而散。春社、重午、重九、亦是如此。”据说“社日酒”还有治耳聋的神奇疗效呢。陆游《社日》诗：“幼学已忘那用忌，微聋自乐不须医。”自注说：“古谓社酒治聋。”

现在可以明确定义了：施耐庵所说的“二社”，就是指民俗中的春社和秋社。不管民间在这两个日子里增添了多少节目，祭祀当方土地仍然是不可或缺的内容。而此时宋江等人的地位，已经相当于那里的土地之神，所以说“二社”时，百姓要给他们烧纸钱。

43. 舞鲍老

第三十三回写宋江来到清风寨，正值元宵佳节，于是与几个人一道看完小鳌山，又投南去看灯。“只见前面灯烛荧煌，一伙人围住在一个大墙院门首热闹，锣声响处，众人喝采。宋江看时，却是一伙舞鲍老的。宋江矮矬，人背后看不见。那相陪的梯己人，却认得社火队里，便教分开众人，让宋江看。那跳鲍老的，身躯纽得村村势势的。宋江看了，呵呵大笑。”

“舞鲍老”也好，“跳鲍老”也好，鲍老都是指古代傀儡戏中的角色名。傀儡戏起源甚早，高承《事物纪原》卷九说，此戏在西汉初年就有了。起因是汉高祖刘邦被匈奴困在平城，采纳陈平之计，用木头雕刻了一个美女立在城头，借以迷惑匈奴单于。但高承否定了这种说法，理由之一是据汉代应劭《风俗通义》记载，当时高祖仅仅是命画工画了一张匈奴阏氏图，并没有刻木为美女的事。理由之二是据《列子·周穆王》载，当时有巧人名偃师，雕刻出的木头人能歌善舞，穆王与盛姬观之，舞罢，木头人用手招呼穆王左右之人。穆王大怒，欲杀偃师，偃师大惧，遂将木头人毁掉，“皆丹墨胶漆之所为也”。高承认为，这才是傀儡戏真正的起源。他又说：“其事又见唐李商隐《宫词》曰：‘不须看尽鱼龙戏，终遣君王怒偃师。’是以《通典》曰：‘窟礧子，亦曰魁礧子。作偶人以戏，善歌舞。’审此，知其偃师之遗事也。”他又引北齐人颜之推《颜氏家训》云：“古有秃人姓郭，好谐谑。今傀儡‘郭郎子’是也。”不管傀儡戏起于汉高祖还是起于周穆王都不重要，重要的是傀儡戏最早属于木偶戏，有歌舞这一重要特征。因为傀儡戏的人物动作笨拙可笑，所以后来发展为用真人模仿木偶动作来演，自然也很滑稽好玩。颜之推所说的“郭郎”，就是这个行当里的著名“喜剧”演员。胡仔《苕溪渔隐丛话》后集卷五十五引《后山诗话》载，宋初杨亿有首《傀儡诗》说：“鲍老当筵笑郭郎，笑他舞袖太琅珰。若教鲍老当筵舞，转更琅珰舞袖长。”意思是说宴席之间，鲍老笑话郭郎的舞袖不精。可如果要让鲍老来演，他会因为舞袖太长而要得更糟糕。这里将“鲍老”和“郭郎”并提，说明“鲍老”这个角色的出现，不会比郭郎晚，很可能他们是同时代的同行艺人。颜之推说北齐以前就有了“郭郎子”，那么“鲍老”至迟在北齐时代已经出现，即使再晚，也晚不过隋、唐。这个角色，一定是因为他姓“鲍”，年纪又有一大把，又属于人们喜爱的滑稽小品演员，于是尊称他为“老”，如同尊称郭秃子为“郎”道理相同。王国维《古剧脚色考》说，唐朝段安节《乐府杂录》有一种戏叫“弄婆罗”。“大中初，有康廼（nǎi）、李百魁、石宝山。‘婆罗’疑‘婆罗门’之略。至宋初，转为‘鲍老’。”接下来举了杨亿那首诗为例证。清朝直到民国这段时期，传统学者很喜欢用音韵学中的“音转”理论解释语言方面的问题，并相互吹捧为“绝学”，王国维也用了这样的理论，说“鲍老”是从“婆罗门”一音之转而来的。他的说法用“旁钮双声”勉强可以解释，但有一个现象必须注意到：既然音转可以由甲转为乙，乙也应该可以转回为甲，这就如同从北京乘车可以到广州，同样可以从广州坐车回北京道理相同。现存的宋词中，有《婆罗门令》、《婆罗门引》两个词牌，而词又是和杂剧密切相关的文学体裁，为什么宋词中就没有音转为《鲍老令》、《鲍老引》呢？显见得王国维如此解释“鲍老”的来源，是完全不靠谱的。南宋吴潜的《秋夜雨·依韵戏赋傀儡》词说：“腰棚傀儡曾悬索，粗瞒凭一层幕。施呈精妙处，解幻出、蛟龙头角。谁知鲍老从旁笑，更郭郎、摇手消薄。歧路难准托。田稻熟、只宜村落。”词中的“鲍老”还是与傀儡戏、郭郎两概念密切相关，却与“婆罗门”风马牛不相及。可见“鲍老”必定是“中国造”，而不可能是“舶来品”。

王国维接着考证说：“至南宋时，（鲍老）或作‘抱锣’。《梦华录》云：宝津楼前百戏，有假面披发、口吐狼牙烟火如鬼神状者，上场着青帖金花短后之衣，帖金皂袴，手携大铜锣，随身步舞而进退，谓之‘抱锣’，绕场数遭，或就地放烟火之类。‘抱锣’即‘鲍老’，以此际偶携锣，遂讹为‘抱锣’耳。然舞队犹有大小斫刀鲍老（《武林旧事》）、倬刀鲍老（《梦粱录》）等名。又南、北曲调以鲍老名者。殆以十数。金、元之际，鲍老之名分化而为三：其扮盗贼者谓之‘邦老’，扮老人者谓之‘孛老’，扮老妇者谓之‘卜儿’，皆‘鲍老’一声之转，故为异名，以相别耳。”此段更是全用“音转”理论加以解说，也就更不靠谱。

早期的鲍老形象应该是个滑稽老头儿，而且与女角色有关系，即以恶作剧的手段要笑女人并自己出丑逗人笑乐的角色。褚人获《坚瓠十集》卷三《贾刘献佞》记载着一则旧事，说南宋末年，贾余庆和刘岊（jié）相继投降元人。有一天在留远亭夜集，元人燃火于亭前饮酒。刘岊从船中取一女子到亭前，命她陪元人同寝。文天祥“不胜悲愤”，作诗讽刺刘岊说：“落得称呼浪子刘，尊前百媚佞旃裘。当年鲍老不如此，留远亭前犬也羞。”咱先不说刘岊多么无耻，仅看这里的“鲍老”。文天祥的意思是说戏台上的鲍老都做不出如此下流的丑事，你刘岊真是连条狗都不如。这件事说明两点，第一，“鲍老”是当时人们再稔熟不过的角色，所以拿来做比喻；第二，他的戏份儿主要是与女演员搭档并生出可笑故事的，带有今天

"黄段子"的性质。明朝田汝成《西湖游览志余》卷二十记载瞿宗吉《看灯词》十五首，其中一首说："傀儡装成出教坊，彩旗前引两三行。郭郎鲍老休相笑，毕竟何人舞袖长。"我们能想象：这些傀儡戏中的"郭郎"、"鲍老"（不止一人，大约是一队郭郎，一队鲍老）做出的滑稽动作，一定是能逗人发笑的。由此可见，从宋初杨亿的诗到《东京梦华录》的记载，再到宋江在汴京看的鲍老，再到文天祥的诗，进而再到瞿宗吉的《看灯词》，"鲍老"的形象是始终如一非常一致的，甚至与应劭《风俗通义》的记载都是古今相通的，根本没有分裂成"强盗"、"老者"乃至"老妇"三个行当。

44. "瓦子"、"诸般宫调"和"顶老"

第二十九回写武松醉打蒋门神，先来到蒋门神酒店门前，见到门口坐着一个小妇人。"正是蒋门神初来孟州新娶的妾，原是西瓦子里唱说诸般宫调的顶老"。一句话里有三个比较陌生的概念，下面一一略作交代。

"瓦子"又叫"瓦市"、"瓦肆"、"瓦舍"（如"三瓦两舍"在明清小说中常用），指的是宋代以来歌舞、戏曲、口技、杂耍儿等表演的集中场地，有点儿像旧时北京的天桥儿和天津的劝业场，只要有点技能的人，都可以练个摊子吸引观众，靠一技之长混碗饭吃。中国传统的杂技百戏，从秦汉以来便陆陆续续出现了。高承《事物记原》卷九载，戏场子起于隋代，相扑起于战国，傀儡戏起于西汉，俳优戏起于春秋，攀援登高、吞刀吐火之戏起于秦代，皮影戏起于西汉，舞轮戏起于南北朝。至于唱歌跳舞，那就用不着考证了。这些歌舞杂耍之类的功夫活儿，一直在民间自然状态地流传和发展，但都难成规模。特别是从东汉起直到南北朝结束，中原地区难得有太平盛象，唐代虽然昌盛了几十年，使这些艺术门类得到了很大的发展，但更多的是为宫廷及贵族所享用。五代十国战乱结束后，国家进入了一个相对和平稳定的时期，宋朝都城汴京很快成为一座繁荣的大都市，而且这种繁荣一直持续了一百多年，这就为都市的市民文化提供了很好的发展机遇和土壤，再加上宋朝历代帝王执政都比较温和，人们的生活相对轻松，于是此前已有的各种戏耍玩意儿，都找到了展示风采的场所。“瓦子”正是在这种社会大背景下应运而生的。

按照南宋吴自牧《梦粱录》卷十九《瓦舍》“瓦舍者，谓其‘来时瓦合，去时瓦解’之义，易聚易散也”的解释，最初的瓦子规模并不大，可能就是一个摊儿，或是两三拨人相邀“联袂演出”的两三个摊儿，要把几下子赚几个小钱儿就撤了。这种临时搭个场子的情况，我记得在新中国建立初期还是如此。这种“演出”带有很大的随意性和灵活性，所以将它解释为“来时瓦合，去时瓦解”，不但准确，而且传神。随着都市市民乃至士大夫阶层的文化消遣需要，这类摊子越聚越多，艺术的门类也越来越多，逐渐形成了“成行成市”的规模。到了徽宗在位享乐至上的北宋末年，汴京的瓦子已有数十处。《东京梦华录》里记载的有名有号的瓦子，就有御街面的“新门瓦子”、潘楼街南的“桑家瓦子”、“中瓦”、“里瓦”（卷一）、旧桥门的“朱家桥瓦子”、梁门南的“州瓦子”、州桥西的“保康门瓦子”（卷三）、封丘门外的“州北瓦子”、潘楼街东宋门外瓦子、州西梁门外瓦子（卷八）等。书中记桑家瓦子、中瓦、里瓦等处景象说：“其中大小勾栏五十余座。内中瓦子莲花棚、牡丹棚、里瓦子夜叉棚、象棚最大，可容数千人。自丁先现、王团子、张七圣辈，后来可有人于此作场。瓦中多有货药、卖卦、喝故衣（卖旧衣物）、探搏（赌博）、饮食、剃剪（理发）、纸画、令曲（唱小调，类似“西单女孩”）之类。终日居此，不觉抵暮。”您看，一处瓦子就有大小演出剧场五十多座，最大的竟然可以容纳上千名观众，瓦子与瓦子之间还有应有尽有的“一条龙服务”，这种规模即使在当今，也不是一般城市所能比拟的。该书卷五《京瓦伎艺》条详细记载了当时汴京瓦子的兴旺：“崇（宁）、（大）观以来，在京瓦肆伎艺：张延叟孟子书；主张小唱：李师师、徐婆惜、封宜奴、孙三四等，诚其角者。嘌唱弟子：张七七、王京奴、左小四、安娘、毛团等。教坊减罢并温习（从教坊专业出来干个体的艺人）：张翠盖、张成、弟子薛子大、薛子小、俏枝儿、杨总惜、周寿奴、称心等。般杂剧：杖头傀儡任小三……悬丝傀儡张金线、李外宁，药发傀儡张臻妙、温奴哥、真个强、没勃脐、小掉刀，筋骨上索杂手伎：浑身眼、李宗正、张哥，球仗踢弄孙宽、孙十五、曾无党、高恕、李孝详，讲史李慥、杨中立、张十一、徐明、赵世亨、贾九，小说王颜喜、盖中宝、刘名广，散乐张真奴，舞旋杨望京，小儿相扑、杂剧、掉刀、蛮牌董十五、赵七、曹保义、朱婆儿、没困驼、风僧哥、俎六姐，影戏丁仪、瘦吉等，弄乔影戏。刘百禽弄虫蚁、孔三传《耍秀才》诸宫调，毛详、霍伯丑商谜，吴八儿、合生、张山人说诨话，刘乔、河北子、帛遂、胡牛儿、达眼五、重明乔、骆驼儿。李敦等杂班，外入孙三神鬼，霍四究说三分，尹常卖五代史，文八娘叫果子。其余不可胜数。不以风雨寒暑。诸棚看人，日日如是。教坊、钧容直，每遇旬休按乐，亦许人观看。每遇内宴前一月，教坊内勾集弟子小儿，习队舞、作乐、杂剧节次。”上面我们说到瓦子类似旧北京的天桥儿，然而就其规模来讲，又比天桥儿的把式场子大得多，也排场得多。北宋后期的汴京，商铺、妓馆、瓦子是支撑大都市商业和娱乐业的三大支柱性产业。

南宋的瓦子继承了北宋后期的风格和模式，经过战乱后，临安府又变成了一口彻头彻尾的“销金锅儿”。《梦粱录》卷十九载：“杭之瓦舍，城内外合计有十七处，如清泠桥西熙春楼下，谓之南瓦子；市南坊北三元楼前谓之中瓦子；市西坊内三桥巷名大瓦子，旧呼上瓦子；众安桥南羊棚楼前名下瓦子，旧呼北瓦子；盐桥下蒲桥东，谓之蒲桥瓦子，又名东瓦子，今废为民居；东青门外菜市桥侧名菜市瓦子；崇新门外章家桥南名荐桥门瓦子；新开门外南名新门瓦子，旧呼四通馆；保安门外名小堰门瓦子；候潮门外北首名候朝门瓦子，便门外北谓之便门瓦子；钱湖门外之南首省马院前名钱湖门瓦子，亦废为民居；后军寨前谓之赤便门瓦子；钱湖门外南首省马院前名钱湖门瓦子，亦废为民居；后军寨前谓之赤山瓦子；灵隐天竺路行春桥侧曰行春瓦子；北郭税务曰北郭瓦子，又名大通店；米市桥下米市桥瓦子，石碑头北麻线巷内侧曰旧瓦子。”要知道一个瓦子就是一个商业娱乐区，可以想象当时的杭州，人们有多少可以任情取乐的去处。

“诸般宫调”即俗称“诸宫调”，是宋、金、元三代流行的说唱文学形式。先说“宫”和“调”。古代音乐中有五音、七音之说。五音指宫、商、角（jué）、徵（zhǐ）、羽。大致相当于今天简谱中的1、2、3、5、6。人们往往称唱歌跑调儿的人为“五音不全”，就是指这五音。七音指在五音基础上再加变徵（相当于简谱4）、变宫（相当于简谱7）。这样就出现了七个音调：

宫	商	角	变徵	徵	羽	变宫
1	2	3	4	5	6	7

如果您想用简谱谱曲，有这七音就够用了。七音中的任何一个音都能构成一种调式，所以统称为“宫调”。七音与十二律吕（参考本书《端午何以称为“蕤宾节”》）相配，可得到十二宫（以“宫”为调）、七十二调（以其他六个调与十二律吕组成的调），合称为“八十四宫调”。然而这只是一种理论，实际情况是八十四调中大部分宫调是不便于演唱的。通常使用的只有十至二十个左右。明白了这个基本原理，“诸宫调”或“诸般宫调”的意义就迎刃而解了——无非是将一个一个的宫调连缀在一起，这就如同今天的戏曲，一段一段的唱词间杂着念白，就能把一个很长的故事用既说又唱的形式表演出来。宋王灼《碧鸡漫志》卷二说，神宗熙宁、元丰、哲宗元祐年间，“泽州孔三传者，首创诸宫调古传，士大夫皆能诵之”。意思是说将单曲串联起来组成“诸宫调”形式演唱，是北宋中期泽州（今山西晋城）人孔三传发明的。《东京梦华录》里提到“孔三传《耍秀才》诸宫调”，在汴京是“保留节目”（见本文稍前）。此时的孔三传，应该是位年纪不小的老牌巨星了。

“顶老”通常指歌妓、艺伎，即靠歌舞、杂剧技艺混饭吃的女艺人，也兼及一般性妓女。不管是“文艺工作者”还是“小姐”，都始终脱不开九流之列。《汉语大词典》解释此词说：“頂老，指妓女、歌妓。宋、元、明时的调侃之语。”然而我查检了相当数量的宋代文献，包括俗文学类文献，却根本看不到这个词语的影子。它最早出现，是在元代散曲中。一例是商道的《南吕一枝花·叹秀英·梁州第七》：“生把俺殃及做顶老，为妓路划地波波。忍耻包羞排场上坐。念诗执板，打和开呵。随高逐下，送故迎新，身心受尽摧挫，奈恶业姻缘好家风俏无些个。”另一例是高安道的《七煞》第二曲：“供过的散嗽生，嗟顶老撇朗兜，老保（鸨）儿强把身躯纽。”《清平山堂话本·柳耆卿诗酒翫江楼记》：“这三个顶老陪钱，争养着那柳七官人。”《清平山堂话本》的作者是明朝嘉靖年间的洪楩（pián）。陆澹安《小说词语汇释》解释说：“顶老，江湖上称呼妓女的切口。”举例是《古今小说》卷三十六：“告公公，我不是擦卓儿顶老，我便是苏州平江府赵正。”“切口”即“隐语”的意思。应该说，这个俗语最早出现在元代，常用在明代，宋代是没有这么个“切口”的。所以到了明朝，徐渭才在《南词叙录》中解释说：“顶老，伎之诨名。”他的说法与陆澹安的解释是基本一致的。

以上三个问题解释完，蒋门神小妾的身份来历也就清楚了：此女原先是在汴京西瓦子里唱诸宫调的歌妓，不知怎么傍上蒋门神，到孟州当起老板娘来了。

45. 宋朝的“泰乙宫”

“泰乙宫”在《水浒传》里一共出现过两次，第一次在第七十八回，写童贯征讨梁山失利后，蔡京奏道：“童贯可于泰乙宫听罪，别令一人为帅，再去征伐。”第二次在第七十九回，写宋江把俘虏的官军大将韩存宝、党世雄二人送回高俅帐下。高俅本想将二人斩首，众官求饶，高俅这才“饶了两个性命，削去本身职事，发回东京泰乙宫听罪”。这两句中的“泰乙宫”，看上去都是犯官“听罪”的去处，不知施耐庵这样描写有什么依据。

北宋的确有这么座宫观，还分为东、西、中三观呢。不过不是这两个字，而是“太乙”或“太一”。我们先把这三座宫观的简况稍作介绍。《汴京遗迹志》卷八说：“都城太一宫有三处：一在城东南之苏村，为东太一宫；一在城西南之八角镇，为西太一宫；一即五岳观之旧址，为中太一宫。”其实“泰乙”、“太乙”、“太一”，都是道教中所说的天上北极之神，是最高贵的天神。宋玉《高唐赋》说：“醮诸神，礼太一。”《史记·封禅书》说：“天神贵者太一。”司马贞索隐云：“天一、太一，北极神之别名。”那么“泰乙观”显然就是礼敬北极之神的宫观。三座太一宫的修建有先有后，最先修建的是东太一宫。叶梦得《石林燕语》卷三记载其修建始末说：“太平兴国中（龚明之《中吴纪闻》具体说是太平兴国六年，即981年），司天言太一式有五福、大游、小游、四神、天一、地一、真符、君綦（qí）、臣綦、民綦凡十神，皆天之贵神。而五福所临无兵疫，凡行五宫，四十五年一易。今自甲申岁，入黄室巽宫，当吴分，请即苏州建宫祠之。已而复有言今京城东南有苏村，可应姑苏之名，乃改筑于苏村，京师建太一宫自此始。”大意是说太宗太平兴国年间（976—984），司天监上奏说：太一神式中的十位神官每四十五年周行五宫一次，今年行至巽宫，为吴地之分野，应该在吴中的苏州赶快修建一座太一宫观，以示虔敬。不久有人上言，说京城东南有个村子叫“苏村”，既然其方位也在东南，与苏州相吻合，不如就在苏村修建泰乙宫。做为帝王，修建一座宫观，既能使自身得到保佑，又能施泽于万民，何乐而不为？于是太宗大笔一挥：同意。这是汴京修建太一宫的第一桩。到了仁宗天圣六年（1028），已过了四十五年多了，所以方士说：太一之神走到西南蜀地之坤宫了，于是仁宗选定西南八角镇，又建了一座西太一宫。神宗熙宁年间，距天圣六年又过了四十多年，方士们说：太一已经从黄庭宫移到真室，又该建太一宫了。于是神宗决定在城里五岳观旧址修建中太一宫（以上均见《汴京遗迹志》卷八）。有时候“神灵保佑”也未必全是“迷信”，您瞧：从北宋初年到神宗时期一共修了三座供奉天神的太一宫，所以北宋前一百多年平平安安。到了徽宗时，又过了四十五年，可他不但不惦记着修建太一宫祠神，反而去乱修什么“艮岳”，这下子麻烦惹大了：既然你不懂得敬天畏神，天神真的把凶残的金兵派过来灭你了！大凡人没了信仰，没了悚惧之心，为所欲为，贪得无厌，早晚要遭到上天报应，咱还别一点儿都不信，老拿它当迷信。如果贪官们都“迷信”点儿，也不至于现世现报。

太一宫在北宋历史上扮演着非常重要的角色。正常情况下，朝廷每年都要在这里举行四次大型祭祀活动。《长编》卷二十四载太平兴国八年（983）十一月己未，第一座太一宫修建完工后，太宗随即下旨：“每岁四立日行祠礼。”（四至，指冬至、夏至、春分、秋分）。如果遇有天灾人祸，那就可以随时祈祷。比如真宗咸平三年（1000），西夏李继迁频繁扰边，年底时真宗下旨，“遣翰林学士梁周翰，以来岁元日诣太一宫，设醮一月，为民祈福”（《长编》卷四十七）。

这样庄严肃穆而又神圣无比的道教宫观，怎么可能与刑狱血腥之事连系在一起，成为审理败军囚犯的地方呢？就不怕惊动了天神不再显灵吗？

像韩存宝、党世雄这样的过犯，自有三衙负责审理，如同今天的“军事法庭”意思相同，与泰乙观毫不相干，这是起码的常识。在宋朝，文臣拥有很大的权力，即使是武官有罪，“军事法庭”已经审理结案，也还要交到刑部去进行复审。《宋史·职官志》三说：“刑部，掌刑法、狱讼、奏谳(yàn)、赦宥、叙复之事。……凡大理、开封、殿前马步司狱，纠正其当否；有辩诉，以情法与夺、赦宥、降放、叙雪。”这么一摆列，读者自然十分清楚了：韩存宝等二人必是先交到“殿前马步司狱”过堂，然后由刑部复核，再呈报宰相最后定夺，基本上就作数了。

46. 九天玄女

第四十二回的回目叫《还道村受三卷天书·宋公明遇九天玄女》。写宋江走到还道村时遇到官兵来拿他，幸得九天玄女娘娘的护佑，得以脱险。后做一梦，得到九天玄女所授三卷天书，并嘱咐他说：“汝可替天行道，为主全忠仗义，为臣辅国安民。去邪归正。”这段故事在宋朝时就已在民间广泛流传。《大宋宣和遗事》亨集说：“郓城县官司得知，帖巡检王成领大兵弓手，前去宋公庄上捉宋江。争奈宋江已走在屋后九天玄女庙里躲了。那王成跟捕不获，只将宋江的父亲拿去。宋江见官兵已退，走出庙来，拜谢玄女娘娘。”《水浒传》此后多次提到九天玄女及天书等事。直到第一百一十九回全书接近尾声时，还在写宋江重新整修九天玄女庙。“宋江思念玄女娘娘，愿心未酬，将钱五万贯，命工匠人等，重建九天玄女娘娘庙宇，两廊山门，装饰圣象，彩画两廊，俱已完备”。可以说，宋江出道儿和他的后半生，遇险逃生也好，遇敌战胜也好，都与九天玄女如影随形。这条主线在清朝俞万春写《荡寇志》时同样保留下来。该书第一百三十二回《徐虎林捐躯报国·张叔夜奉诏兴师》中，公孙胜说道：“我们遵奉九天玄女多年，我想不如先在玄女宫设坛大醮。”接着又交代说：“原来宋江那年自得了天书之后，即于寨内启建一座玄女宫，正在忠义堂背后，特派头目专司香火。宋江每月行香，十分致敬。”这么重要的角色，究竟是怎样一位神仙呢？

说起这位“九天玄女”，也的确是了不得，她竟然是黄帝的老师，法术精熟，法力无边。《云笈七签》卷一一四专有一篇《九天玄女传》说：九天玄女是黄帝之师，圣母元君的弟子。黄帝早年为有熊国的国君，辅佐神农氏的孙子。后天下大乱，诸侯相伐，干戈不断，各据方色，自称五行之号：太皞（hào）的后人自称为青帝，神农的后人自称为赤帝；共工的后人自称为白帝；葛天氏的后人自称为黑帝；黄帝因起于有熊之墟，所以自号为黄帝。后来黄帝与蚩尤大战于涿鹿之野，蚩尤作大雾三日，内外皆迷，黄帝无法取胜。数日后，玄女下降，“乘丹凤，御景云，服九色彩翠之衣，集于帝前”，对黄帝说：“吾以太上之教，有疑可问也。”黄帝再拜请求败蚩尤之法。“玄女即授帝六甲六壬兵信之符，《灵宝五符》策使鬼神之书，制袄（xiān）通灵五明之印，五阴五阳遁甲之式，太一、十精、四神胜负握机之图，五岳、河图策精之诀，九光、玉节、十绝、灵幡命魔之剑，霞冠火珮，龙戟霓旗，翠辇绿軿（píng），虬骖虎骑，千花之盖，八鸾之舆，羽籥（yuè）、玄竿、虹旌、玉钺神仙之物，五龙之印，九明之珠。九天之节以为兵信，五色之幡，以辨五方”。再战之时，蚩尤果然大败。后来黄帝铸鼎立九州，置九行九德之臣，采首山之铜，铸鼎于荆山之下，黄龙下迎，黄帝乘龙升天。“皆由玄女之所授符策图局也”。

《太平广记》卷五十六《女仙》当然不会把这位超级仙女忘在脑后，该书引《集仙录》说：“王母乃命一妇人，人首鸟身，谓帝曰：‘我九天玄女也。’”随后授予黄帝三宫五意阴阳之略，太一遁甲六壬步斗之术，阴符之机，灵宝五符五胜之文。有了这些法宝，黄帝无往而不胜，“克蚩尤于中冀，剪神农之后，诛榆罔于阪泉，天下大定，都于上谷之涿鹿”。不知道宋江所塑的九天玄女，是否也是“人首鸟身”的形象。

实际上关于九天玄女的传说决不始于宋、元时期。宋人蔡絛《铁围山丛谈》卷四记载宣和年间御府收藏的古画，“其最高远者，以曹不兴《玄女授黄帝兵符图》为第一，曹髦《卞庄子刺虎图》第二，谢雉《烈女贞节图》第三”。曹不兴是“吴孙权时人”，可见九天玄女早在三国之前，就已经是名扬天下的大腕儿级仙女了。不过古人把她的神威说得太神乎，也着实害惨了不少人。唐朝罗隐写过一本小书叫《广陵妖乱志》，是专门记载晚唐淮南节度使高骈的。说高骈晚年惑于神仙之说，任用自称有道的小人，结果连自身都没保住。他在军府西边建了一座延和阁，听凭这些小人在那里“作法”。为此罗隐写诗讽刺道：“四海兵戈尚未宁，始于云外学仪形。九天玄女犹无圣，后土夫人岂有灵？”（《后土庙》）

九天玄女在古代戏曲和小说中，一直是正义和法力的象征，很少将她塑造成反面人物的。《警世通言》卷四十《旌阳宫铁树镇妖》说有一条老龙，原是黄帝在荆山铸鼎后骑上天去的。但它很快丧失了优良传统，在天上肆意贪毒，于是“九天玄女拿着他送与罗堕阇（dū）尊者。尊者养他在钵盂里，养了千百年，他贪毒的性子不改，走下世来，就吃了张果老的驴，伤了周穆王的八骏”。看来人要是太坏了，神仙都拿他没办法，“人至贱则无敌”嘛。